姐妹物语

〔美〕马凯琳 著

余彬 译

四川文艺出版社

图书在版编目（CIP）数据

姐妹物语 / 马凯琳著；余彬译. —成都：四川文艺出版社，2017.6
ISBN 978-7-5411-4685-5

Ⅰ. ①姐… Ⅱ. ①马… ②余… Ⅲ. ①长篇小说 – 中国 – 当代 Ⅳ. ①I247.5

中国版本图书馆CIP数据核字（2017）第125879号

本书是马凯琳（Karen Ma）英文原著 *Excess Baggage* 的中译本。英文版于 2013 年由美国出版商 China Books 出版。

JIEMEI WUYU

姐妹物语

[美]马凯琳　著

余　彬　译

责任编辑	奉学勤
封面设计	叶　茂
内文设计	史小燕
责任校对	蓝　海
责任印制	喻　辉

出版发行　四川文艺出版社（成都市槐树街 2 号）
网　　址　www.scwys.com
电　　话　028-86259287（发行部）　　028-86259303（编辑部）
传　　真　028-86259306

邮购地址　成都市槐树街 2 号四川文艺出版社邮购部　610031
印　　刷　四川华龙印务有限公司
成品尺寸　146mm × 210mm　1/32
印　　张　11.25　　　　　　字　　数　270 千
版　　次　2017 年 9 月第一版　印　　次　2017 年 9 月第一次印刷
书　　号　ISBN 978-7-5411-4685-5
定　　价　36.00 元

目录

引子

　　1962年7月中旬的一个下午，北京，一栋陈旧的楼房。靠近楼梯口的过道里，陈燕独自一人坐在小板凳上，用力地搓揉着一件脏衣服，她的身边，放着一大桶水。外面的阳光很好，好得都有点刺眼了，她要赶紧把衣服洗出来，晾出去。这栋楼房面积不大，上下两层，只住了两户人家。陈燕带着两个女儿和一个刚会走路的儿子，住在楼下。楼上还有两个房间，住着李先生一家。

　　"妈，我要上楼找姗姗玩，一会儿就下来……"珮吟从陈燕的眼前闪过，她穿了一件鲜红的裙子，笑嘻嘻地抓住了楼梯扶手，往楼上跑，两根细溜溜的小辫子在脑袋后面甩啊甩。珮吟是陈燕的大女儿，再过一个星期就八岁了。这天放学早，还没到三点，珮吟就回家了。每天放学后，珮吟都会上楼和姗姗一起做作业，姗姗和她一般大，两个小女孩要好得很。

　　"等一等。"陈燕叫住了她，"妈有事要跟你说。"陈燕的语气里，有一种让珮吟觉得陌生的东西，她不由得止住了脚步，回头看着妈妈。可陈燕又犹豫起来，好像不知道该怎样向女儿开口。

　　沉吟了一会儿，陈燕双手在衣襟上擦了擦，伸进裤袋里，掏啊掏，掏出了一张皱巴巴的纸头。"是，是你爸爸……"陈燕低着头，回避着女儿的目光，"你爸爸发来电报说，那个计划，有点变化，你们三个孩子，不能一起去香港了。"

"为什么？"珮吟瞪大了眼睛，警觉地看着妈妈。

"因为……"陈燕吃力地咽了一下口水，不知道该怎么解释。

珮吟惊恐不安的样子，让陈燕的心揪成了一团。在珮吟的眼睛里看到慌张和失望，这已经不是第一次。生活在这个多灾多难的年代，谁也躲不过一次又一次的折磨和煎熬。可是，在张家的三个孩子中，显然是珮吟吃的苦头最多，偏偏这个老大又是陈燕最疼爱的。

就在两年多前，中国经历了一场史无前例的大饥荒。悲剧性的"大跃进"运动，埋下了遍地焦土和粮食匮乏的恶果。

从1959年的春天开始，饥荒开始蔓延加深。几乎在一夜之间，所有的食品都要限量供应了，大米、玉米面、麦子、菜油、盐，当然还有肉类，都变成了稀罕物。一开始，城市居民还能享受配给供应的肉菜大米，可是，没过几个月，连这也没了，时不时地需要去黑市搞点吃的。到最后，连玉米面和麦子都紧缺了，每人每天的额度少到可怜。荤腥更是难得闻到，这个五口之家，每个月只有一斤肉的配给，肉也是瘦精精的，一点点肥肉都被陈燕小心翼翼地刮下来，熬成油，做菜时小勺挑一点，这顿就算是有油水了。

那时珮吟已经五六岁了，她的肚子总是饿着。美吟和大卫晚出生了四五年，对饥饿的印象就没有姐姐那么深刻。还没上学的珮吟，每天只能吃上一碗玉米粥和一个窝窝头，她最常问妈妈的问题就是："妈，我好饿，下顿饭什么时候吃？"仰着头盯着妈妈时，眼眶里泪水打着转。有时候，饿极了，她就缠着妈妈讨肉吃，明知道没用，还是会一次次地哀求妈妈。她的肚子里一点油水都没有，实在太糟心了，但是她不知道怎样形容这种掏心挖肺的饥饿感，只说再不吃点肉，肚子会变成个洞洞了。陈燕记得，面对女儿的呜咽，她只能抱紧了瘦吟细小的身体，强忍着泪水安慰她："孩子，去睡吧。睡着了就不饿了啊，听话！"

到了1961年的冬天，日子更是变得格外的艰难，空气中弥漫着饥饿和死亡的味道。听人说，老家东北那边的乡村，饥荒最严重，饥肠辘辘的乡民们什么都吃，蛇、老鼠还有蚂蚱，统统都成了美味。饿死人的消息，已经听了很多，而这一年，这种令人心惊的噩耗尤其多。很多人是活活饿死的，也有人是饥不择食中毒死的，还有些人偷了粮食，一通胡吃海塞给撑死了。那些老弱病残的，最难挨得过去，即使是健康的人，也活得很煎熬。好些人全身浮肿，脸肿得眼睛都睁不开。走在街上，陈燕就常常看见这样的病人，让她对自己和孩子们的前景充满忧虑。大多数的时间，她和孩子们就待在家里不出去，尽可能保存体力。

后来，陈燕把工作辞了，在家带孩子。这个五口之家，就靠着她的爱人张逸文的一份公务员工资过日子。后来，政府部门精简人员，张逸文的工作也丢了。一家子的生计实在让他犯愁，还好他头脑活络，也不知从哪儿听来，说是到了香港就有活路，于是他就跑到派出所去排队，申请出境许可证。可是想往香港跑的人实在太多了，到后来，已经根本拿不到许可证了。几经周折，通过一位南方朋友的介绍，张逸文搭上了一位在香港有些门路的生意人，生意人答应帮他偷渡过去。终于，有一天，在夜色的掩护下，张逸文和几位朋友一起，成功地偷渡到了香港——这个传说中遍地是金子的东方之珠。到香港后，张逸文很快找到了一份活计，在一间小公寓里住了下来，算是在香港站住了脚。他是幸运的，后来，越来越多的难民拥进香港，偷渡客大半被抓住，遣回大陆。

1962年初春，张逸文来信说，这阵子香港移民局政策放宽了些，是一家人移居香港的大好机会，千万不要错过。他叮嘱陈燕准备好移民的手续，他会在罗湖等待。听到这个消息，陈燕兴奋得几个晚上没睡好觉，牵肠挂肚的分离终于结束，一家人马上可以团圆了，而且，还是团圆在人人羡慕的香港。可是，好日子眼看着就要来了，出发前的一周，她毫无防备地接到了张逸文的一封电报，电报的内容很简略：只允许带两孩，留一个给姥姥。原来，张逸文去移民局申请，却意外地得知，为了控制入境的人数，香港移民局严格执行新规则，一个家庭不允许同时带入三个孩子。

接到电报，陈燕愣住了。三个孩子中要留下一个，留哪个呢？手心手背都是肉，这不是为难她吗？因为这个消息，她躲在被子里哭了一整夜，天亮了，还没做出痛苦的选择。大卫是必须带上的，他还小，可是，两个女儿该留下谁？她想来想去，又折腾了两天，还是没法做出决定，脑子都快要炸开了。最后，她跑到邮局，花血本打了一个长途电话到老家大连，找她妈妈和弟弟陈锋商量。

其实，决定并不难做，需要有人帮她一起下决心，才是真的。美吟才四岁，正是淘气的时候，留下来是一个麻烦。珮吟是老大，很懂事，而且已经上学了，不会让姥姥太吃力。再说了，一个八岁的乖巧孩子，没准还能帮老人做点家务呢，要留就留下她吧，就这样定了下来。挂电话前，陈燕轻松地对妈妈说，珮吟不会在大连住多久的，过一两年，她就会回来接走女儿的。

做出决定后，陈燕如释重负，可是，一回到家面对孩子，她的心又沉了下去。她让这个决定默默地在自己的心里发酵，没有马上告诉珮吟。难受了两天后，她还是想不好该怎样跟珮吟开口，想到女儿就要被孤零零地留下来，她是既内疚又伤心。珮吟是她最疼爱的孩子，在这一点上，陈燕知道自己很偏心，但这种偏心是藏在心里的。在很大程度上，是珮吟挽救了她的婚姻，成了维系她和张逸文之间的一根纽带。当初，她跟张逸文是家里给撮合的，张逸文是个大学生，想法挺多。从一开始，他就对陈燕挺冷漠的，结婚后还是没啥感情。不久，他竟然扔下陈燕，离家出走了，以此来抗议家里给他安排的这段婚姻。

那时候，抗战早已结束，在那段动荡的岁月里，她守在张家，相继埋葬了他老去病死的父母。七年后，陈燕在北京找到了他。那是在1953年，她记得很清楚，就在第一届全国人大召开的前一年。她发现她的丈夫更消瘦了，但精神却很好，陈燕觉得他倒是比以前更有男子汉气概了。这一次，他没有拒陈燕于千里之外，也许是因为离开七年，没给家里捎一句话，心里毕竟内疚吧。尤其是当陈燕告诉他父母亲都已经离世时，他的脸上闪过了悲伤和惭愧。他让陈燕留在北京，两人这才开始了像模像样的家庭生活。一年后，珮吟出生了。那是陈燕人生中最甜美的一段日子，逸文的一颗心都融化在了女儿身上，夫妻俩感情上的缺失，因为女儿的诞生，都加倍地弥补回来了。

所以，在陈燕眼里，珮吟和另外两个孩子是不一样的，对她有说不出的疼爱。可是，眼下的处境，逼得她再不忍心也得割舍。而且，把珮吟留下，交给姥姥和舅舅，是这个家庭唯一的选择。照着张逸文的意思，陈燕必须在三天后的星期五把两个年幼的孩子带到香港。陈燕担心到时候珮吟会在火车站大哭大闹，缠着他们不让走，她只好硬着心肠，在珮吟面前闭口不提动身的日子。她事先和陈锋商量好，让陈锋去学校接珮吟回家，自己带上两个孩子，早点出门去火车站。这样算计不到八岁的女儿，陈燕的心里，说不出的羞愧，可这是为了这个家庭，她拼命地安慰自己，但心情依然阴郁极了。

现在，陈燕躲避着珮吟受伤的眼神，简直无法想象如何面对最后一刻的来临。她害怕自己一动摇，就不去香港了，或者，心肠一软，把珮吟也一起带上。可是，这样一来张逸文的计划就化成泡影，他们这个家，恐怕也就没有出头之日了。

是的，这对珮吟很不公平，可陈燕别无选择。当然，在她的内心深处，还藏着一个念头，尽管珮吟会遭点罪，但不会很久的，顶多也就一两年。她告诉自己，这样做是为了一家人的幸福，这是一条逃离饥荒的活路。而且，这样的机会不容错过，为了三个孩子的未来，她必须这样做。

"妈，为什么我们不能一起去香港？"珮吟从楼梯上下来，走到楼梯口，站在妈妈身边，小手抓住了妈妈的衣角，"妈，你说好带我们一起去的。"珮吟的眉头皱着，脸上流露着和年龄不相称的忧虑。

"宝贝，"陈燕艰难地挑选着字眼，"不是妈不愿意把你们三个都带出去，可是，香港移民局有规定，一次只能带两个孩子。"陈燕稍停了一下，接着，她用最温和的语气说："孩子，那你说我们该怎么办？"她想把女儿受到的刺激降到最低限度。

"妈，你在说什么？我怎么听不懂？"

陈燕试图向女儿解释，但她心里也很明白，这些事儿，一个不到八岁的孩子怎么会理解，可是，她却要去承受大人世界带给她的不幸。陈燕一阵伤心，嗓子眼有点发紧，她索性心一横，抬头望着女儿说："珮吟，你是个懂事的孩子，乖乖地跟着姥姥和小舅住，一年后我一定回来接你。"

"不行，为什么把我留下，为什么不留美吟呢？你偏心，你偏心！"珮吟大声嚷嚷起来，跺着脚，小脸蛋通红。这孩子是被宠惯了的，这下子突然觉得被抛弃了，急得放声大哭起来。

这个结果，陈燕早就料到了，她心里惭愧，没法把大人的考虑解释给年幼的孩子。她紧紧地搂住了珮吟，说："不哭不哭，那这样吧，我给你和美吟玩抓阄好不好？"珮吟愣了愣，陈燕趁机把她哄进了房间。房间里，美吟和大卫坐在地板上，正在起劲地玩弹珠呢，陈燕对两个女孩说："听好了，我们来玩个游戏好不好？我手心里有两张纸头，一张是白纸，一张上面有个圈圈，你们谁抓到了有圈圈的纸头，就要留下来，懂了吗？"美吟头也不抬地在玩弹珠，她完全不知道妈妈在说什么。

陈燕把事先准备好的纸条攥进了手心，这个破主意也是她出于无奈才想到的，她知道珮吟是个讲道理的孩子，用了这一招，珮吟就不会大哭大闹了。她也知道，如果先让珮吟打开纸条的话，肯定不会想到去看妹妹的纸条。两张纸条上，陈燕都画了个红圈圈。

果然，珮吟并没觉察到自己是被妈妈给骗了，但这个结果让她又急又气，伤心得泪流不止。陈燕在心里骂着自己，又心疼女儿，带上她去了百货公司，买了一双珮吟喜欢了很久的布鞋，这才止住了她的泪水。年幼的珮吟，根本无法预知这个游戏给她带来怎样的厄运。而当时三十四岁的陈燕，也万万没有想到，纸头上的这个红圈圈，竟然套了她心爱的大女儿一辈子。是的，看起来，是那个夏天午后那个简单的游戏，决定了珮吟的命运，而她，却一手制造了女儿漫长的流浪。当年的这个决定，让陈燕的余生在后悔中度过，但是，一切都无法挽回。

Part 1

东京

第一章

　　一开始，那声音很轻，很轻，几乎听不见，悄悄地钻进了她的意识之中，慢慢地长大。挥挥手，想把那个恼人的声音赶走，身体在半空中沉浮，时而清醒，时而迷糊，她挣扎着，保持着平衡。但是，那个声音赶不走，反而越来越响，最后，响得连墙壁都颤动起来，她猛地坐了起来。窗外，警车呼啸而过，房间里一片黑暗，有那么一会儿，她想不起来自己在哪里。渐渐地，她的眼睛适应了黑暗，看到了自己身上盖着的厚厚的被子，还有身下的榻榻米，她一下子清醒了过来。

　　抱膝坐在那里，警车过后，四周落入格外的沉寂，夜色又包围了她。这是一个小小的日式房间，两侧是滑动拉阖门，对着小阳台，是一扇沉重的玻璃移门。木质天花板很低，借着外面时不时打进来的灯光，都能看得清木板上的纹路。来到东京已经十天了，但她还是不能完全相信自己离开了中国。

　　拉阖门断开的隔壁房间，住着她的母亲，她能听到母亲均匀的呼吸声。现在，在这个堆满了大大小小的箱子和廉价家具的逼仄小公寓里，她和母亲又住到了同一个屋顶下。她睡的这个房间，是公寓里唯一的一间卧室，她来了之后，就占据了这间卧室，母亲搬到厅里睡去了。

　　来到东京之前，珮吟一门心思想的就是离开中国，等了那么多年，离开中国成了她的心结。可是，到了日本以后，她才发现，和母亲生活在一起并不自在。她觉得母亲对她一点都不了解，这让她很沮丧，动不动就会发火。前一天晚上，母女俩就大吵了一场，起因是陈燕给她做了一碗鱼煨面，上面撒了葱花。

"我不喜欢吃面，尤其不喜欢吃鱼！"珮吟看了一眼，就嫌恶地把那碗面推到了一边，转身气鼓鼓地打开了冰箱，翻找半天，终于翻出了一个便利店里买来的饭团。"我讨厌面食，我喜欢米饭。"珮吟像发表声明一样地又吼了一句，接着，把饭团的包装纸剥了个精光，大口大口地啃了起来。让她恼火的是，母亲一点都没有意识到女儿已经长大成人了，动不动就把她当作那个当年被丢下的小女孩。更可气的是，母亲压根儿就没有想过要多花一点时间来了解这个女儿，她怎么就不来问问她想吃什么，想玩什么？最起码，也该多花点时间和她聊聊天吧。可是，没有，母亲就是自以为是地替她做主，烧那些她不爱吃的饭菜。

"哟，你什么时候开始喜欢吃米饭，不喜欢吃面的？"正在洗碗的陈燕，听到珮吟的话，不禁把脸转了过来，不认识一样地看着女儿说："你以前可爱吃鱼了，面条么，是你最喜欢的。""妈，那都是什么陈芝麻烂谷子啊！"珮吟不耐烦地叫了起来，"你想一想，这都多少年过去了？这三十年来，你对我不管不问，你怎么知道我喜欢什么，又讨厌什么呢？"

被女儿一抢白，陈燕噎住了，张了张口，话却接不上。过了阵子，才幽幽地说："我好心好意给你做面，怕你放学回家肚子饿。"陈燕皱了眉头继续说："可你一点也不领情，还说上这么一大堆，也太没良心了吧。"珮吟听了，什么也没说，沉下脸，别过头去继续啃饭团。

"珮吟？我在说话呢，你听见了没有？"看看女儿无动于衷的样子，陈燕有点恼火，朝珮吟走了过来，"你怎么啦？你心里有气，就说出来嘛，说啊，你到底在生什么气？"珮吟起身，漠然地绕开陈燕，走到冰箱前，一把拉开冰箱门。她伸手拿了一罐大麦茶，打开，喝了一大口。才转过身，冷冷地盯着陈燕说："难道，我没理由生你的气吗？"

"你是说把你留在大连吗？是不是？孩子，你又不是不知道，我何尝不想啊，可我没办法啊。可当时的中国，正在搞运动，谁都出不来……"

"又来了，"没等陈燕说完，珮吟就打断了她的话，"你别老拿'文化大革命'做挡箭牌，这都什么年代啦？'文革'早就结束了，现在都九十年代了。"

"那你也得讲讲道理啊，我八〇年不是回去找过你吗，那时候可是想好了要带你出来的。可你那时候呢，结了婚，还有了两个孩子，你叫我怎么办？我可能把你一家大小都带出来吗？"陈燕越说越激动，声音不由得高了起来，"你又不是不知道，你妈在外糊口不容易，日本的物价这么高，我靠着做清洁工，拿那么一点点薪水维持生计，如果一下子多出来四张嘴，我能喂得饱吗？"

珮吟听了，沉默了很久，之后，叹了一口气："对你来说，我永远是一个包袱，对不对？对不对？那时候去香港，你说不能把我们三个孩子都带走，是因为香港有规定，一家只能带两个孩子。这几年来，我想明白了，这都是借口。真正的理由，是钱。我说得没错吧？"珮吟说着说着，声音都变得刺耳了："姗姗妈都跟我说了，你们之所以把我像个破布包一样地扔下，是因为你和爸爸担心香港生活费用高，供养不起三个孩子。这才是真正的理由，对吗？"

珮吟盯着陈燕，这双眼睛里，流露着陈燕熟悉的痛苦和失望，也流露着陈燕陌生的敌意和质疑。陈燕想说点什么，可又说不出话来，女儿的质问，让她无言以对。"你这个残酷的决定，夺走了我多少机会？"看母亲没反应，珮吟冷冷地接着说，"你看看我，今年都三十八了，再过两年就是四十岁的人了。可我有什么？什么都没有！老公没了，孩子也不在身边。现在来到一个陌生的国家，什么都得从头开始，这些，你替我想过吗？"

"珮吟，你说话可得有点良心。我可从来没叫你离开家人，这是你自己的主意。是你不惜一切代价，扔下他们跑出来了，现在可别在这儿埋怨别人。"

"那是，要不是我不顾一切地跑出来，这一辈子就困在大连了，那我死了也不会瞑目的。"

"珮吟，你还有完没完？"陈燕忍无可忍地打断了女儿，"大连有什么不好？但你非要觉得是我亏待了你，那我也没办法。今天就不要再说了，就此打住吧。"

如今总算跟家人重聚了，可是，经历的那些磨难，已经烙在脑海里，永远都不会忘记。可母亲却以为过去的一切都可以一笔勾销，假装什么也没有发生，可能吗？她怎么会忘记，小时候，住在舅舅家破烂又冰凉的棚屋里，天天盼望着妈妈来接她，夜夜流着泪入睡。她又怎么会忘记，那些滴水成冰的冬天，两个表兄弟和舅舅舅妈挤在一张热乎乎的大炕上，而她却孤零零地蜷缩在冰冷的钢丝床上。妈妈带着弟弟妹妹离开的那一年，她才八岁，那时候她懂什么啊，真的以为妈妈过一两年就会来接她的。可事实证明，这一切都是谎言。直到八十年代，北京的门户开放政策正式下来之后，母亲才姗姗来迟地赶来看她。可那时候她已经是快三十岁的人了，早就结了婚，还是两个孩子的妈了。在二十多年的等待中，人生中最宝贵的年华就这样流逝了。

你走的时候对我说，过一两年你就会回来接我的，可你为什么说话不算数？珮吟还记得，那次母亲回国来看她的时候，她悲愤地质问母亲。一年又一年，她在大连等着妈妈来接她，却一次次地失望，妈妈的食言，带给她的是漫长的孤独和绝望。

母亲支支吾吾了半天，也找不出一个说得过去的理由，表情十分尴尬。后来，她才结结巴巴地说，一九六四年，也就是离开大陆两年后，她的确考虑过回去接女儿的。可是，那一年夏天，大卫突然受到严重的病毒感染，情况十分危急，她脱不开身，错过了时机。再说，当时她自己的香港居住证还没办妥，怕回了大陆之后，就再也去不了香港了。但是，母亲越是找理由，珮吟就越是生气，她生气的是母亲还把她当成八岁的小女孩，随便哄骗。怎么可能平时都好好的，临到要出门了，大卫就病了呢？

那么六五年呢？你怎么不来？珮吟不依不饶地追问下去，母亲脸上的尴尬她不是没有看到，但是她不想轻易地放过她，毕竟，她吃了那么多的苦头，她有追问的权利。她还是希望从母亲的嘴里听到一个体面的理由，这对她自己也是一个安慰，哪怕母亲编一个，可是，没有。后来，珮吟慢慢地意识到，她自己真正渴望的并不是什么所谓的理由，而是要宣泄一下这么多年来一直郁积在心的愤怒和沮丧。她无非是要呐喊一下，为什么这一家人可以在纸醉金迷的香港享福，而她一个人却被遗弃，成为唯一的替罪羔羊呢？

她更想让母亲知道的是，自己对她的失望。身为母亲，无法实现对女儿许下的唯一一个承诺，却给女儿带来了无数个痛苦的日夜。的确，一九六五年是"文化大革命"的前夕，那时候出入中国已经很不容易，把她接走的难度是很大的。可是，即使这样，母亲和弟妹们不是已经在香港了吗，如果抓住时机，好好想办法，毕竟有三年的时间可以周旋。三年，在大陆关上大门之前，如果他们愿意，如果他们努力，是可以把她接走的。说白了，他们就没有把她放在心上，正因为母亲心不诚，一家人从此分开，音信不通。留在老家的那些年，她在孤单中度过了动荡不安的"文革"十年，那时候，她觉得自己就像是一只被关在笼里的野兽，叫天天不应，叫地地不灵，孤独，无助，绝望。应该还在爸爸妈妈面前撒娇的年龄里，突然间最亲近的家人都不见了，她完全不明白发生了什么，敏感的小人儿从此过着寄人篱下的生活，心心念念的就是等着她母亲来接她。但是，希望一次次地落空，年龄一年年地增长，失去的，再也回不来了，就冲这一点，她发誓一辈子都不会原谅她。

嘀嗒，嘀嗒，嘀嗒……榻榻米上的闹钟不缓不急地走着，珮吟伸手抓过闹钟，凑近一看，才四点半。她转身整了整枕头，又躺了下来，身子一缩，整个人钻进了被窝，她想再睡一会儿。被子压在她的身上，又厚又重，她翻了好几个身，怎么都不舒服。日本人怎么把被子做得这么笨重，她想念家里的被子，松松软软地裹着身子，多么熨帖。珮吟把衬在被子下面的毛巾被抽了出来扔到一边，减掉了一点分量，可还是不舒服。她又把一条腿伸到被子外面，搁在凉凉的榻榻米上，可还是觉得热。她心里烦躁起来，干脆又坐了起来，呆呆地看着眼前的这床被子。被子上，银色的线条，勾勒出云朵的图案，连绵不尽如同一条翻滚的河流。她伸出手指，沿着那些线条轻轻地描着，描着，打了个大大的呵欠。

珮吟拧开了床头灯，在晨曦中微微显出轮廓的房间，一下子暴露在昏黄的灯光中，再次提醒珮吟，这个小小的居室有多么简陋。一张复合板小桌子搁在角落里，上面杂乱无章地堆着书本和报纸。两张折叠椅，夹在这张桌子和那面真正的墙壁之间，白天拿出来坐，这会儿收拢起来，珮吟才有地方睡觉。书桌的另一边，是一个小抽屉柜，上边放了一台15英寸东芝牌电视机，外壳鲜红。几厘米之隔，是一张日式暖桌，这会儿被竖起来斜靠在玻璃拉门上，那桌子的四条腿像八爪鱼一般张开，正冲着珮吟，好像在表示对珮吟的欢迎。

对面靠门的一边，立着一只简易无纺布衣橱。这种衣橱，是日本人的发明，无纺布外框，金属骨架，装有拉链开合，下面连着轮子，可以随意搬动。凑合着用，可以解决狭小空间里的储物难题，在日本很有市场。为了腾出地方，摆放珮吟的衣服，母亲早就把自己的东西都清理走了。可是，这只衣橱还是太袖珍，折腾了半天，珮吟一大半的穿戴还是留在了带来的两个旅行箱子里，每次翻找想穿的衣服时，她都烦得咬牙切齿。

从踏入母亲家的那一刻起，珮吟就对这里心生厌恶。这间可怜巴巴的小公寓，让她联想到自己人生的失败，这堆破破烂烂的旧家具，折射出她无比的沮丧。她就搞不懂了，张家怎么会潦倒到这个地步？珮吟认识的好些人，无论是去了加拿大还是澳大利亚，人家也是白手起家，过个五年十年就挣了大钱。偏偏她的家人怎么就这么不堪，都出来好几十年了，到现在还是没有一样拿得出手的，真让她觉得丢脸。说起来，她还可以怪自己命不好，赶上"文化大革命"耽误了大好青春。可她家人怪谁去啊，都出来那么多年了，要怪，只能怪自己没有把握好机会，白白浪费了宝贵的光阴和机会，到头来还是一无所有，这样的结果，可真对不住她为这个家庭做出的牺牲啊。

她永远不会忘记，几天前第一脚踩进这个破烂家时，她的心里有多么崩溃。进门刚把鞋脱下来，一抬头，直接就看到那个被称为厨房的狭小空间，比窄窄的走廊宽不了多少，挤着脏兮兮的水槽和炉灶，估计进去了转个身都困难。走廊通向她母亲所谓的"两居室公寓"，其实就是一间长条形的榻榻米房间，被一道拉阖门隔出了两块空间。

当她看到厕所时，更是惊得连下巴都快掉下来了。这个简陋的厕所竟然是用薄木板搭出来的，小得就像个衣柜，里面就只有地上的那个洞。没有浴缸，没有淋浴，如果要洗澡的话，就要走上十多分钟，穿过一条嘈杂的商铺街，跑到钱汤也就是大众浴室去。难道这就是文明而富足的日本？难道这里住的是有钱有文化的人？虽然大连的那套房子她自己觉得又小又破，可是和她母亲的这套窝囊公寓一比，那可真算得上宽敞明亮了。

"恭喜你啦张珮吟，看样子，你终于能出国发大财啦！"那是她的同事冬梅，在大连第一百货公司给她举办的欢送会上，伏在她肩头对她说的。五年前，单位里的另一位同事小玉去了温哥华，听说在那里倒卖一种成分不明的生发水，生意很好，发了财了。"你要是像小玉那样挣了大把的外汇，可别像她那样忘了跟你同过甘共过苦的姐妹啊，我们可没有你们的福气啊。"小玉的客户是些很好骗的华侨和洋人，拿出汉方的幌子一忽悠，加币就哗哗地进来了，据说，小玉的身家该有五十多万加币。这话在单位里一传开，在百货店工作的十几位同事都红了眼，一个个都巴不得立刻飞出国门去发财。

什么挣外汇发大财，想得美！珮吟恨恨地想着。只要她一天还跟着母亲，住在这个比贫民窟好不了多少的家里，她就没有出头之日。出国都三十年了，母亲还买不起一套像样的公寓，这样的日子，还能有什么自尊，要是被小玉知道了，简直就是个笑话。再说了，母亲怎么就没为女儿的将来想一想呢？当年把她扔在老家，让她吃了那么多的苦头，现在还要让她再过这种穷日子，说得过去吗？珮吟越想越气，觉得自己倒霉透了，不仅是历史的受害者，也是父母的牺牲品。而这一切，归根到底是因为父母糟糕的安排，尤其是母亲，竟然生生地抛下了她。

在那么多年揪心的等待中，珮吟从没想到的是，母亲的生活状况居然还不如她自己。直到两天前，她才发现母亲竟然真是一名清洁工，每天一大早就摸黑爬起来，到写字楼去擦地板打扫卫生。 这事要是被同事们知道了，叫她珮吟的这张脸往哪儿搁啊？现在想起这事，她还是特别的生气。两年前她们在北京见面时，母亲根本没提起这事儿，凭什么要瞒着她？她觉得自己真是倒霉透了，受了那么多苦，到头来却碰上这么一家窝囊废。别人家在外打拼几年，就能大笔大笔地捞钱了，而她家至今都没过上体面的生活。她张珮吟苦苦地撑了三十年，天天盼着能有一天过上向往的生活。现在可好，出是出来了，可是见到的竟是母亲给人点头哈腰，收拾烟头烟灰，趴在地毯上抠口香糖的模样。做了三十年的梦，就这样破碎了。

母亲大概在珮吟脸上读出了失望，她解释说，住在这间简陋的公寓里也是迫不得已。十五年前，她爸爸就离开了东京，声称要去大阪发展，自从那以后，他就没有拿出像样的钱给她贴补家用。 母亲认为父亲一定是外面有人了，不会再顾家，为了支撑这个家，她不得不出去找工作。可是，凭着她那把年纪，日语又不好，找份好工作谈何容易。无可奈何之下，她就找了这份清洁工的工作，她说，至少这样总是好过死皮赖脸地求着孩子她爸要生活费。

听了这么一番话，珮吟非但没有同情母亲，相反，她觉得母亲真无能。她怎么可以堕落到这个地步，由着父亲随意踩踏？岁月在母亲的脸上留下太多的痕迹，眼前这个脸色焦黄与满沧桑的老太太，和她的记忆中那个美丽的母亲，简直判若两人。没准，珮吟心里暗想，父亲还是让母亲给吓跑的。

"真他妈的倒了邪霉！"想着想着，一句粗话冲口而出，倒把珮吟自己吓了一跳。她赶紧捂上嘴，竖起耳朵聆听隔壁的声音。薄薄的米纸挡不住一点声响，听着母亲均匀的呼吸声，她才舒了一口气。

她又伸手环住了双膝，头一歪，枕在了膝上，目光落在了床头边搁着的两只箱子上。那是两只棕色的旅行箱，是她的发小姗姗送给她的结婚礼物。两只箱子伴随了她很多年，已经有点陈旧了，但是它们是珮吟身边唯一值点钱的东西，当年姗姗还是托了人在国外买回来的。十三年前，珮吟没听姗姗的劝，执意和郭敏结了婚。他们是别人给牵线相的亲，一共交往了没几个星期。郭敏比珮吟大十几岁，是个长途货运卡车司机，整日在外奔波。每过一两周，就得从大连开车到内蒙古，一年到头，不在家的日子倒有五六个月。这样的日子，本来也是可想而知的，可那时候的珮吟哪顾得上这些，她只想有个属于自己的家。因为这个念想，她没有心思挑挑拣拣，只求有个男人赶紧把她从舅舅家带走。长期的孤单和寂寞，在她的心头蚀出了一个巨洞，她急切地需要一个家来弥补她那无家可归的失落感。当然，现在回想，姗姗说的一点没错，她和郭敏不合适，两人说不到一块儿去，始终像陌生人。婚后感情非但没有加深，还因为郭敏频繁出门，两人之间越来越疏远。但她不在乎，因为这段婚姻给了她两个孩子，大山和大海，这就够了，她一辈子都没有这样满足过。

一个半月前的一天，她接到了来自日本领事馆的通知，说签证已经批下来了。决定命运的这一刻终于到来，可她脑子里最先跳出来的就是眼前的这两只箱子，它们终于派上用场了。当她拿到护照，翻到盖着长方形印章的那页，一激动，差点没哭出来。那细巧的线条，勾勒出一朵菊花，为了换来这朵细细巧巧的菊花，三个月来，她四处奔波，凑齐了日本领事馆需要的文件，其中的好些文件，她以前压根儿都没有听说过。幸好，老天终于开眼了，夜不成寐的日子终于结束，她终于如愿到手一张出国通行证。

珮吟心里很清楚，日本领事馆之所以会批准她去日本，关键在于大卫。大卫是日本一家大型贸易公司的经理，他签署了担保信，充当珮吟在日本期间的担保人，承担她在日本产生的一切费用。要不是大卫的相助，恐怕她自己再怎么努力也是无济于事的，亲人相助，让她终于有了一条生路，为此她感激不尽。

然而，拿到签证又意味着又将面临一个新的难题，到底应该独自一人远走高飞，还是留下来陪伴丈夫和两个儿子。这是她人生中面临的最难选择，但是说到底，放弃到手的通行证，简直是不可想象的，所以也无须选择。

珮吟心里还很清楚的一点是，这一走，这个家就不完整了，对于孩子来说，太残酷了。可眼下出国形成了一股热流，人人都恨不得跳入其中，削尖了脑袋想往外跑，无论是单身的还是结了婚的，也无论是有孩子还是没孩子的。一点点机会都要拼了命地抓住，生怕错过一次，就不会再有第二次的机会。珮吟当然也不例外，更何况她已经失之交臂足足三十年，今天的一切是她用无比艰难的等待换来的。这些年，她一直在等着出国和家人团聚的机会，这下机会终于来了，怎么可能白白地让它溜走？这个机会来之不易，很可能就是最后一根救命稻草。她很清楚，在中国，走出国门并不容易。今天赶上中国的大门敞开了，可以自由出国，可谁知道明天又会怎样呢？如果失去这次机会，谁又能担保还有下次？再说了，这次出国，也不是光为了她自己，两个孩子的前途，更是她所牵挂的。为了孩子们更美好的将来，她先走一步，为他们踩点铺路，这样不是更好吗？

那天晚上，郭敏回家后，珮吟用了最温和的语气，跟郭敏解释，尽量淡化出国的影响。"最多也就一两年吧。"她装作若无其事地说着，话一出口，她立刻意识到，自己的语气竟然跟三十年前的母亲一模一样。她愣了愣，马上驱散了这个念头，自己是不会重蹈母亲的覆辙的。她告诉自己，历史不会重演，大山和大海不会像自己那样被抛弃。她深信，自己一定会比母亲更称职，一定会让孩子们早日过上幸福的生活。

可是，郭敏根本不买账，"你这种人我还不知道吗？从来不知足！"他冲着她吼，"你就是这山望着那山高，跟外头那些兔崽子一个德行，得了机会就想跑，六亲不认，真他妈的良心给狗吃了！"郭敏嘴里的兔崽子指的是住在楼上的任玲。任玲已经结婚好几年了，两年前，任玲凭借一个音乐奖学金，只身远赴澳大利亚留学。奖学金的期限是九个月，到期后，她又留了两年多，到现在还没有要回来的意思。更让旁人议论的是，两年来，她没给家里写过信打过电话，外面都在传，她一到澳大利亚就立马找了个本地人，现在已经结了婚了。郭敏打心眼里瞧不起她。

"我这样做，不也是为了我们这个家嘛？"珮吟不服气，"到了日本，等我安定下来，挣到钱，两个孩子就能顺顺利利地出国留学了。我会让他们俩上最好的大学，过得更好。"

"你就别往自己脸上贴金了，这一切和我们没关系，你还不都是为了你自己？你明明知道还装什么傻？"郭敏索性敞开了嗓子，大喊大叫起来，"结婚十四年来，你没一天消停过，天天念叨着要出国，要和你那些个高档次的家人团圆。我心里明白得很，一出国，你连自己姓什么都不记得了，还会记得我和两个孩子？别扯了。"说完，郭敏转身进了卧室，"砰"的一声把门给甩上了，留下珮吟愣愣地呆立在客厅里。她不想去敲门，免得惹郭敏发更大的火，没办法，只好在沙发上蜷了一夜。两天后，冷战升级了，郭敏放出话说："既然你铁了心要走，我也不拦你，你就尽管走吧。可我得警告你，一旦跨出这个家门，就别想再回来了，听明白了吗？"

那以后，珮吟尽量在外头吃晚饭，省得两人一碰面又要吵。一个礼拜后，郭敏跟她提出离婚，而且还要把孩子交给奶奶带。"你不配做母亲，你就是要抛弃他们。"珮吟表示抗议，郭敏就气势汹汹地吼她。他开始喝闷酒，喝醉了就在家使性子发火，摔摔打打，骂骂咧咧的。

郭敏的愤怒，珮吟完全能够理解，可她不想因此让步，坚信自己的计划对自己和孩子都是最好的选择。她也不想离婚，这个家同样也是她的选择，可是两个人之间的对立，也让她不安，她担心郭敏会刁难她。想了很多天之后，为了避免节外生枝，坏了大事，她终于答应了离婚。而且，这段时间里承受的精神折磨，几乎让她崩溃，在一个清晨，她悄悄地离开了家。

离开之前，她在孩子卧室的门外徘徊了很久，犹豫着要不要进去，再抱一抱两个儿子。但最终她还是没有勇气推门进去，她知道自己无法面对孩子伤心而疑惑的眼神。结果，她只给孩子们留了一张字条，叫他们听话，好好读书，告诉他们等她安顿好就会来接他们出国的。

出国前的那几天，幸亏有姗姗收留了她，让她挺过了周边亲友的冷嘲热讽。她知道，离了婚，再出国，肯定引来很多非议，背后有的是指指点点的人，说她是狠了心出国淘金。

姗姗一直给她打气："珮吟，振作起来。到了日本，你就好好地干。等你出了名，发了大财，回来把孩子接走，让多嘴多舌的人好好瞧瞧。"机场告别的时候，从小和她一起长大的姗姗紧紧地抱住了她。

没错，她告诉自己，一定要像小玉那样，发了大财才回家。她想好了要好好请教小玉，让她指点一些做生意的门路。小玉赶上好时候在加拿大发了财，现在轮到她了，她要在日本复制小玉的成功。一旦发了财，第一件事就是回国去接大山和大海，送他们去美国留学，将来出人头地。至于这个宏伟计划该如何实现，她心里还没谱，但是，她很明确地知道一件事，有朝一日她衣锦还乡，她一定会把郭敏揪出来，让他睁大眼睛好好看看，她珮吟是不是一个光顾着自己的人，她要让他明白自己犯了一个多大的错误。

"砰"的一声闷响，透过薄薄的米纸，从隔壁房间传来，好像是什么东西碰撞了一下。一定是母亲醒了，珮吟扫了一眼闹钟，五点半了。

米纸拉门轻轻地开了一条缝。"我看见你的房间亮着灯，你起来了？怎么这么早就醒了？"母亲睡眼惺忪地打量着她，头发乱蓬蓬的，脸上却没有一丝不快，昨晚的争吵似乎了无痕迹。起码，没有留下阴影吧，反正从母亲的脸上，什么也看不出来。

"嗯，睡不着……心里事儿太多了吧。"珮吟淡淡地说。

"孩子，不是我说你，不能老往后看。该往前看了，早一天调整好心态，你就能早一天适应新的生活。"

又来了，珮吟不禁皱了皱眉头，母亲那么害怕旧事重提，是因为往事会勾起她的罪恶感吧。"你是说我在想国内的事儿吗？没有，我已经不想了。我现在想得更多的是怎么做生意。"

"生意？什么生意？"

"从中国进口生发水，这生意十拿九稳，准能挣钱。"

"什么？你连日语都不会说，怎么在日本做生意？你现在的首要任务是学好日语。"

"那是肯定的，我当然要学日语，可是做生意又不妨碍我念书。我有一个去了加拿大的朋友，就是因为卖101生发水发了大财，我也要学她那样，在这边挣上一笔钱。"

"钱，钱，你怎么开口闭口都是钱？你的意思是把货物从中国运到日本来卖？"

"就是这个意思，可没钱怎么行？做生意也得有点资本。"

"那你想要多少，有个大致的数目吗？"

珮吟略一沉吟，说："怎么也得有个万把块人民币吧，我得先买上几千瓶生发水囤着，还得租个不太贵的小仓库存放。等到有什么庙会或集市活动的时候，就可以拿出来卖了。"

陈燕听了直摆手："别想得太天真了，在这儿做生意哪有这么容易。日本的厚生省可不是吃素的，他们管得可严了，想要出售进口健康美容产品，你必须要先通过他们的审查。再说了，我可没有这么多钱可以借给你，你爸我看也够呛，叫他供你上语言学校都费了老大劲，还是我好说歹说他才同意的。我说呀，你还是等一等吧，先把日语学好，我会帮你找一份工作，然后你就可以慢慢地攒钱了。在日本的中国人，哪个不是这样一点点做起来的呢！"

"还叫我等？我已经等够了！"珮吟一听，气不打一处来，"我这辈子，就耗在等待上了，我再也不想等了！"

"行行行，那就随你的便吧。只要你有本事筹到钱，我不拦你。"母亲敷衍地说着转身进了厨房。

"不用你操心，我发誓，我一定会有办法的。"珮吟冲着母亲的背影喊了一句。

"珮吟啊，要不要给你做早点啊？快到上学的时间啦！"过了一会儿，母亲从厨房探出头来喊道。

"谢了，一会儿我自己来。"珮吟赌气地说道。谁要你给我做早点，珮吟心想。母亲的这种近乎献殷勤的关爱方式，让她很不舒服。这么多年过去，缺失的爱，能用这样的一餐一饭弥补得回来吗？需要你的时候，你在哪里？

第二章

美吟答应母亲，一定不会迟到的，十一点整，她会准时等在新桥站。可是，现在都十点一刻了，她还没拿定主意穿什么呢，身着一套内衣，站在那儿发愣。这套红色的羊毛连衣裙么，太热了，那套藏青色裤装么，又太一本正经了，美吟已经在穿衣镜前来来回回走了好几趟了。望着榻榻米上成堆的被否决掉的衣服，美吟脑子里一片空白，她心神不宁地走到桌前，端起咖啡又喝了一口。她知道，今天的这顿饭很重要，一定要把握好分寸。

直到十点半，美吟终于选定了一件本白的绉纱衬衫，配一条羊毛混纺黑西裤，外披一件烟灰色意大利麂皮夹克。这件夹克价格不菲，花去了她大半个月的工资。接着，她又翻箱倒柜地找出了一顶黑色贝雷帽，小心翼翼地用这顶圆帽子压住了一头鬈发，短短的鬈发略显凌乱，贝雷帽一戴，就显得精神了。出门前，她还戴上了太阳眼镜，看着镜子中的自己，满意地做了个鬼脸。

路上，美吟顺手在报摊上买了一份《读卖新闻》，上了地铁翻看起来。扫一眼标题，就没啥好事，净是些负面消息，无非又是经济不景气，房地产疲软，股票不断缩水。看来，日本几十年来的泡沫经济就要破裂，繁华时代的幕布就要落下了。哎，美吟叹了口气，把报纸一卷，胡乱地塞进了拎包。

美吟知道，日本经济的状况，和自己的饭碗息息相关，她的工作是将客户公司的公关资料翻译成英文。一般来说，公司一旦紧缩财务支出，最先被砍掉的，就是她手上那些可有可无的项目，所以，她不敢不关心日本的经济。当然，今天还有更让她操心的事，那就是如何应对珮吟。现在她满脑子想的都是见了面该说什么，尽管姐妹俩已经不是初次见面，但是一想到这个姐姐，美吟心里还是直发怵。在珮吟来东京之前，她多次劝姐姐别来日本，觉得姐姐对日本抱着太多的幻想，来了不见得好，反而会失望。可是，现在人都到了日本了，还能说什么呢？

美吟觉得姐姐的行为简直不可理解，那么多年都过去了，她为什么还要拼了命地出来，寻找这个在异国他乡漂流着的家呢？现在的姐姐，又不是当年那个半大的孩子，眼看着都奔四了，还是两个孩子的妈。费那么大的劲，又是闹离婚，又是抛下孩子，又丢了一份稳定的工作，大老远的来了，却巴巴地和他们挤在一起，心甘情愿地在别人的国家里做二等公民。何苦呢？这里又没有一座金矿等着她。

自懂事起，美吟从来就没有享受过生活在家乡的那份自在和畅快。以前，在香港，她饱受同学的奚落，被叫作"大陆妹"。在他们眼里，她就是一个乡巴佬，一个土包子。后来，到了日本，美吟的日子更更难过了。这是一个资源贫乏，极其排外的小岛国，美吟只觉得自己在哪里都格格不入，身为一个外国人，她知道自己只是一个过客。无论到哪里，为了谋生，美吟必须付出加倍的努力，必须学会吃苦耐劳不生事，规规矩矩做人，才有可能站住脚。所以，她总是梦想着有一天回到自己的家乡，体验一下走在祖先走过的土地上的感觉。可珮吟倒好，为了出国，有个好好的家却偏偏不要，那是她不懂得寄人篱下的委屈，没有过动不动就得点头哈腰赔不是的经历。

分别了那么久，现在姐姐又来投奔这个家庭，对此，美吟还不清楚这意味着什么。但是，她下意识地感觉到，珮吟这位不速之客，恐怕不会给这个流落在海外多年的家庭带来什么好处。这个家庭，沉浮于生活成本昂贵的东京已有十多年，勉力维持着表面的平衡，而姐姐的到来，可能就会一举击破这个平衡。对这位大她四岁的姐姐，美吟已经没什么具体的印象了，但是这么多年来，母亲总是把姐姐的名字挂在嘴边。珮吟是最聪明的，珮吟是最能干的，珮吟做功课最认真，珮吟从来不让爸妈操心，这些话，美吟耳朵都听出茧子了。但是，美吟并没有放在心上，尽管她知道在爸妈的心目中，她就是那个夹在中间既不聪明又不伶俐的二女儿，可是她并不在意，毕竟，又能干又懂事的珮吟离他们很远。可现在不一样了，珮吟已经在日本，她会给这个家庭带来什么？她又会给美吟带来什么？美吟不知道。

美吟长大后，曾经在纽约待过几年，在那里读的大学，主攻东亚艺术史。当时，她一边上学，一边在一家美术馆打零工。三年前，因为和男友分手，她离开伤心地，回到了日本她母亲身边。从小四处漂泊，美吟年纪轻轻，但已满心沧桑。这时候，她想到如果能回老家大连，看看张氏家族，还有自己的亲姐姐，那该有多好啊。这种愿望来得很强烈，家乡，那才是她真正的根啊，一个既陌生又熟悉的地方，一个既亲近又遥远的地方，毕竟，她已经离开老家三十多年了。而珮吟，则是维系她和她的家乡之间唯一的亲人。

为了能够早日回去看看她的家乡，两年前，美吟鼓动母亲和她一起回中国看珮吟。后来，因为种种原因，她们只在北京见了一面，那是姐妹三十年后的第一次重逢，美吟还见到了珮吟的丈夫和孩子们。那以后，美吟更希望能去大连看看，她想找到自己的根。可是，还没等到实现愿望，姐姐就已经只身离开了祖国，这一来，美吟和老家之间的纽带就断了。对于这个结果，美吟一时还没回过神来，所以，尽管珮吟在两周前就已经到了东京，美吟却还没见过她，在东京的第一次会面，她很当回事。

刚走出地铁站，冷风扑面而来，美吟禁不住打了个寒战，下意识地搓了搓手。捂住嘴，哈了一口气，美吟看见自己哈出的气消散在空气中，秋天的寒意渐渐浓了。已经晚了一刻钟了，她的眼前掠过母亲略带愠怒的面容，脚下就快了许多，匆匆地往右边的广场奔去。

早上的新桥广场特别安静，都有点萧索了。不再喷水的池子里，积了厚厚的一层泥土和落叶，周围只有三三两两的游人，在寒风中缩着脖子。不远处，是一个卖鲜花的小摊，水桶里插着几把粉色的玫瑰和亮黄的菊花。路边一家Doutor咖啡馆飘来一阵阵带点焦味的香气，让人有一种熟悉的感觉，除此之外，此刻的广场，没有一丝普通工作日里的喧哗和拥挤。

美吟一眼就看到了母亲，她和姐姐就站在广场的另一端，身后是一个醒目的火车头模型，这是约好的会面地标。美吟愉快地向母亲挥着手，脸上漾开了笑容，这笑容有点过了，掩盖着她内心的紧张，眼睛的余光，则瞥向了姐姐。

站在母亲身边的姐姐也笑盈盈地看着她。姐姐的身材瘦削而高挑，大概比自己高出半个头吧，美吟心里酸了一下。离上次见面，又是两年过去了，已经三十八岁的珮吟，依然能算得上是一个美人。略显消瘦的鹅蛋脸，细长的双眼，再配上高高的颧骨，像足了母亲，在姐姐身上，美吟依稀看到了母亲的年轻时代。珮吟这些长相上的优点，一下子拉开了和弟弟妹妹之间的距离，算是对她的一点弥补吧。美吟和大卫没能继承陈燕的优点，大扁脸，塌鼻子，一看就是父亲的基因太强大。

不过，珮吟看起来气色不太好，比两年前在北京见到时更苍白了。她烫了一头鬈发，蓬乱晦暗，有种兵荒马乱的感觉，和周围的气氛很不搭。珮吟披着一件褐黄色的风衣，里面是碎花连衣裙，款式和颜色都很土气。更让美吟看不上的是，珮吟的白色凉鞋还配了一双半筒丝袜。天啊，她简直就是个中国大妈。

美吟对着姐姐略一点头，挤出了一个勉强的笑。

陈燕走过来揽住了她的肩头："你总算来啦，怎么搞的，这么晚。"母亲果然不高兴了。

"对不起啦，我坐的那趟烂车，在田町站给耽误了。"

"美吟啊，你今天穿得很好看啊。"珮吟开口了。

美吟脸上一热，听到姐姐的夸奖，她心里还是美滋滋的，毕竟自己刚才在着装上的用心，没有白费。不过，她并没有喜形于色，不知为何，她要在姐姐面前显出自己的高傲，显出自己的不同一般。或者，她就是想在自己和珮吟之间画出一条清晰的界线，不管姐姐的到来会给这个家庭带来什么，但是她这个做妹妹的是绝对占了上风的。在两姐妹中，她美吟明摆着是那个受过更多教育的，也是那个见过更多世面的。

"她现在不怎么用美吟这个名字了。"陈燕插了进来，"这阵子，就喜欢用她的英文名字薇薇安。"听母亲这样一说，美吟有点不自在起来了。她不明白母亲为什么要在这个时候提起这一茬，两年前在北京见面的时候，珮吟一直叫她美吟，那时候母亲可什么也没说。当然，话说回来，既然珮吟已经到了东京，这些东西迟早她都会知道的，早说晚说都一样。

"喂喂俺？为啥叫这个名？"珮吟盯着美吟，好像要从她脸上读出答案。

"那是我在横滨上国际学校的时候，一位美国修女给我起的名字，"美吟耸了一下肩，轻描淡写地说，"我的中文名洋人叫不出来，所以，我干脆就用这个名字了，省得麻烦，仅此而已。"

"嚯，你还上了贵族国际学校啊？你可真是幸运儿啊。"珮吟的目光再一次扫遍了美吟的全身。

美吟听出了姐姐话里酸溜溜的味道，一时不知该如何回应。她心里很明白，国内像珮吟这般年纪的人，正赶上了"文化大革命"，整整十年间，几乎没读过什么书，是被荒废掉的一代。虽然她和姐姐只差了四岁，但是却有着迥然不同的命运和人生。她能怪珮吟吗？不能，要怪就要怪母亲，没头没脑地在这会儿提起这个话头，这不是在刺激珮吟吗？她有点恼火又有点无奈地看着母亲，好像在等她来圆场。

"哎，薇薇安，光说话，也没点表示啊，"母亲好像看出了美吟的心思，"来来来，打个招呼。你姐姐千里迢迢地来到了日本，姐妹俩终于团圆了，多不容易啊。"

"姐，欢迎你！"美吟迟疑了片刻，慢慢张开了双臂，向前抱住了姐姐。她的动作有点僵硬，拥抱时，她的下巴蹭到了姐姐化纤布料的领子，感觉很不好。

珮吟并没有回抱，相反，她挡开了美吟的胳膊，"美吟，这算什么呀？"她毫不留情面地说道，"你现在都是外国人的做派了，在咱们国内，哪有这样打招呼的？咱们可别来这一套，我都要起鸡皮疙瘩了。要抱，就去抱你们国际学校的老外朋友们吧。"

美吟的脸一下子红了起来，生生地收回了胳膊。珮吟的敌意也不难理解，美吟总给珮吟打预防针，告诉她日本不是天堂，某种程度上，或许还比不上中国。在姐姐来日本这件事上，美吟从来就没有赞成过，现在，她还能期待姐姐对她有好脸吗？春天的时候，美吟给姐姐写过一封信，之后她们就没再联系过，两人之间，有一道看不见的隔阂。

"妈，大卫呢？他怎么还没来？"美吟回头问陈燕，借此转移目标。

"嘿，你们都到啦！"正说着，大卫从火车头后面绕了过来。这家伙又长胖了，不过还是乐呵呵的样子。大卫今年三十三岁，这个小弟弟，年纪轻轻，却有点谢顶了，看上去倒是比两个姐姐还要老相一点。

"大姐，怎么样？这些天过得还习惯吗？"他笑吟吟地问珮吟，"睡日本的蒲团，没有睡不着吧？"

"嗯，挺好的！"珮吟笑着点了点头，还伸手拍了拍大卫的肩膀，显然，她和这个弟弟倒是亲热多了。

"那咱们就过去吧！"大卫说着，示意大家跟着他走。

新桥饭店不远，走一会儿就能到。美吟和大卫在前面带路，陈燕和珮吟跟在后面慢慢走。路上，大卫跟美吟聊了会儿工作，又说起了前几天买的索尼Walkman，说着就把他新入的宝贝拿出来跟姐姐显摆了一下。大卫是一家大型贸易公司的销售经理，平日里工作很繁忙，还常常加班。购买最潮的电子产品，成了他犒劳自己和减轻压力的方式，这些新奇玩意儿都是他的玩具。美吟比大卫只大了一岁多一点，但是她对这个从小和她一起漂洋过海的弟弟十分宠爱，虽然她对这些电子玩意儿一点都不感兴趣，但还是饶有兴趣地听着。姐弟俩一路说说笑笑，有一搭没一搭地闲聊着。

他们两个先到了饭店，刚推开大门，美吟一眼就看到了等候在大堂的爸爸。跟儿子一比，张逸文的个子矮了一大截，不过看起来精神很不错。跟往常一样，他头上戴了一顶麂皮帽子，身上散发着Old Spice须后水的香味，体面而清爽，和其他中年日本中产商人没什么两样。

"爸，早!"美吟向张逸文挥了挥手，但马上又觉得不对劲，都十一点多了。

张逸文点了点头，以示回应。"你妈她们呢？"说着，眼睛不住地往他们身后瞄，还眨个不停。爸爸也紧张吧，美吟心里暗想。

"她们就在后面，马上就到。"美吟乖巧地答道。

"爸爸，爸爸!"珮吟和母亲走了进来，见到张逸文，珮吟脱口喊叫着，朝着张逸文跑过来。她的手握住爸爸的那一刻，美吟都能清楚地看见姐姐眼里的泪花。可是爸爸好像一时反应不过来，站在那儿像个稻草人，嘴巴闭得紧紧的，手不自然地伸着。就算是一个失散多年的老朋友见面，也该有个热烈的拥抱吧，何况这是爸爸三十年没见的亲生女儿，美吟心里为姐姐抱不平，眼前的一幕让她很不舒服，皱皱眉，她别过了头去。

一家人到了二楼的金凤凰时，已经十一点半了，等位的人很多，排队都排到了门外。这会儿到这家餐馆吃饭，真不是个好主意，美吟心想。新桥算得上是东京的一个小唐人街，金凤凰周日的午餐，在华人中口碑很好，不仅可以吃到地道的粤菜，还有各色点心。所以，这里和香港一样，一到周日中午，顾客盈门，热闹非凡。

"Irashaimase，欢迎。"终于排到他们了，前台小姐恭恭敬敬地向他们鞠了一躬，"请问，你们几位？"

"四位……啊不对，五位。"大卫说完，有点不好意思，悄悄地去看珮吟，看到姐姐面色如常，才松了口气。

美吟下意识地也回头看了看姐姐，可不是么，突然多出了一个人，他们都还不习惯。珮吟的到来，打破这个四口之家的平衡，这种感觉很陌生，也很奇怪，好像阴魂不散的野鬼，从遥远的过去，缓缓地飘了过来。

前台小姐请他们在外面稍等片刻，转身进去查看是否有五人座腾出来。挤在人群中的一家人，彼此离得很近，但是又都沉默着，这种距离让大家都感到有点不自在。美吟看着近在咫尺的爸爸，回想着上一次爸爸回到东京家里的情景，感觉好遥远。她爸从来就不喜欢在家待着，常常找各种借口在外过夜。陈燕对此非常恼火，两人经常因此吵架，一来二去，张逸文非但没有收心，反而一气之下，不辞而别，干脆搬到大阪去了。

其实这一次的家庭午餐会，张逸文也是不想来的，但是他实在是没有借口了。"什么？你来不了？你大女儿等了你半辈子了！她好不容易来到了日本看你，你还好意思说你没时间！你还有良心吗？"为这事陈燕没少和他吵，在电话里冲着他歇斯底里地大叫，直到他答应回东京。

这些事都是后来陈燕说给美吟听的，说这些话时，陈燕心头的气还没消，哼，你爸起先还说自己要到国外出差呢。不过张逸文终于还是来了，美吟看着爸爸花白的头发，心想，或许他那无动于衷的外表之下，还剩了一点点温情吧。

不一会儿，前台小姐回来了，她一脸歉意地对大卫说："先生，很抱歉。大堂已经没有位置了，不过，如果您不介意多付两千五百日元，我可以给你们安排一间包厢，您看如何？"

大卫和美吟对视了一眼，然后不约而同地扭头看着张逸文。

张逸文靠墙站着，离他们很近，他显然有点不情愿，抬手看了看劳力士表之后，点了点头，算是答应了。看上去，他有点游离，身体重心在两条腿之间来回切换着，显得烦躁不安。这个小动作，让美吟注意到了他脚上的新皮鞋，从窗口射进一道阳光，照在这双皮鞋上，泛出柔和的亮棕色，一定是意大利出品吧，看上去价格不菲。不知道现在是谁在为他挑皮鞋，还真舍得花钱，美吟一想到这事，心情黯淡了下来，眉头也微微地一皱。

美吟还记得，在她过十五岁生日之前，他们家还是很正常的。和大多数家庭一样，每个周日，爸妈通常会带上她和弟弟上超市购买食物和日常生活用品。那时候一家人过得还蛮融洽，爸妈在一起也没有像仇人一样。可是，突然有一天爸爸说要搬到大阪去住，理由是几个重要的大客户都迁到大阪了，出于工作需要，他也不得不搬。不过，他并没有一次性地彻底搬离他们那个位于目黑区的家，而是像老鼠搬家一样，一点点把他的东西挪走。当中他也回来过好几次，有时是来东京开会，有时是出差，等到他的东西搬得差不多后，也就很少出现了。像现在，他一年也就来个一两次，而且多半是因为公务在身顺道而来的，来了后，待上三四个小时就找个借口告辞了。

"你怎么老不回家啊？总说没空，回家看看老婆孩子也不至于耽误你接待客人啊！"每次张逸文一踏进家门，陈燕就给他一顿数落，毫无顾忌，即使当着美吟和大卫的面，她也不会放过一吐怨气的机会。所以，每次张逸文回家，不像是回家看望亲人，倒像是回来接受审判，结果他回家的次数越来越少。有几次，即使回到了东京，他居然也不回家，饿了就下馆子，而且，这种局面越来越严重，后来吵得实在没法收拾的时候，她爸爸就干脆连家都不回了。最近几年，如果有实在回避不了的家庭聚会，他就会把聚会地点定在外面餐馆里，起码陈燕不会在公共场合发飙。

就这样，他们家聚会下馆子已经成为传统，不过就是这样的聚会，现在也是越来越少，一年里也就那么一两次，多半是过中国年。美吟知道老爸对这个家早已失去兴趣，他那颗心，早已飞得老远老远的。谁知道他这些年对着的是一个什么样的女人，过着怎样的生活。对于她爸爸来说，过年来看看他们也只不过是走个形式而已，就算是名义上的一家之主吧。

一家人默默地跟在前台小姐后面，走到长廊尽头，进了一个包厢，美吟轻轻地松了一口气，早吃早散吧，吃过了大家就可以各回各的家了。包厢很宽敞，至少，按照东京的标准，这就是大包厢了，可是，美吟只看了一眼，就在心里给这间包厢打了差评。四壁是浅蓝色的墙纸，有点陈旧了，衬得这间包厢落寞而苍凉，一点儿都不温馨。而且，明明才五个人，却安排了十人座。

张逸文是第一个坐下来的，珮吟自然而然地坐在了他旁边，哼，她倒是会抢先！美吟一旁看着，见姐姐一点都不懂规矩，心里很不高兴。她走到张逸文的身边，把另一侧的空椅子拉了出来，示意母亲过来，坐在爸爸旁边。可是，陈燕冲着她直摆手，相反找了个离张逸文最远的位置坐下，这下，她是正对着张逸文了。

"我呀，就是要离你爸远远的，而且越远越好，因为我不想跟他说话。"说这话时，陈燕提高了嗓门，生怕张逸文听不见。接着，她拍了拍身边的空椅子，示意正站在张逸文身边的美吟过去坐。美吟朝她妈翻了翻白眼，但还是听话地走过去，坐在了母亲的身边。

都落座后，一家人竟然相对无言，气氛一时有点儿尴尬。美吟装着在研究天花板上挂下来的吊灯，眼睛盯着那盏龙头形状的吊灯，心里却在嘀咕，什么家庭聚餐呀，简直是受罪。只有大卫一个人没心没肺的，丝毫没觉出有啥不对劲。他刚去上了趟卫生间，进包厢后自然而然地坐到了母亲身边，从一只红漆盘子里抓了一把黑瓜子，若无其事地嗑了起来。

"对不起先生，今天想喝什么茶？"一位女招待走了进来，对着离门最近的大卫问道，"我们这儿有乌龙茶、茉莉花茶，还有普洱。"她恭恭敬敬地用日语跟他说着。

"乌龙茶怎么样？"还没等大卫回答，美吟就脱口而出。在日本待久了，她也像日本人一样喜欢这种精致的福建名茶，特别享受乌龙茶那种持久又圆润的香味。

"可以吗，大姐？"大卫看了看珮吟，珮吟才是今天的主角。

珮吟撇了撇嘴，说："我就喜欢喝茉莉花茶。"

大卫点点头，对服务员说："那就来一壶茉莉花茶吧。"

美吟低下了头，什么也没说，只管低了头把玩那双筷子。她默默地将筷子从纸套里抽出来，又默默地把纸套折成一个小小的纸风琴。她讨厌茉莉花茶，怎么会有人喜欢这种茶，闻起来就像廉价的香水。乌龙茶却是完全不一样的，那种芬芳是微妙的，又是令人陶醉的。美吟最喜欢的乌龙是冻顶，喜欢那种清新而优雅的回甘。恐怕只有乡巴佬才会喜欢茉莉花茶吧，美吟的心里突然怜惜起姐姐来了，她没有享受过好东西呢。她听说了，像姐姐那样，从那个年头走过来的人，能吃饱肚子就已经很不容易了，对茶还能有什么讲究呢。

女招待端来了茶，顺手把菜谱递给了大卫，大卫看也没看就将菜谱搁在玻璃转盘上，转给了爸爸。一家人的目光就一起投向张逸文，谁也没说话。张逸文翻了会儿菜谱，直接就跟服务员点起了菜，他的日语很流利，点菜也很拿手，压根儿就没想过要征询一下妻儿的意见。这是他一贯的作风，虽然美吟看不惯他的这种做派，但是也随他去了，因为最后买单的人总是张逸文。多少年来，这是张家唯一不变的习惯，也是张逸文扮演一家之主的唯一时刻。

等菜上桌的空隙里，大家都无话可说，气氛又冷清了，只有从隔壁间传来的婴儿哭闹声，时不时地打破包厢里的寂静。大卫和美吟两人使劲地嗑着瓜子，终于，连大卫也觉出不对劲了，于是开始模仿昨天晚上电视里的搞笑节目。大卫就是有这好处，一觉得阵势不妙，就喜欢用耍宝来调节气氛，说起来，也是因为生长在这样的家庭。他手舞足蹈，一会儿中文，一会儿日语，正说得来劲，突然咳嗽了起来，看样子是给瓜子呛着了。

"哎哟，怎么搞的，没事儿吧？喝点茶。"陈燕说着，就要把茶壶转过来给他倒茶。置放了这会儿，茶已经泡得差不多了。

"不用不用，妈，我没事。"大卫伸手盖住了自己的茶杯，朝陈燕摇摇头。

茶壶离珮吟最近，这时她忽地站了起来，端起茶壶给张逸文倒茶。看样子，珮吟也是紧张的，她把茶杯倒得满满的，都快满出来了，张逸文抬了抬手，示意她停下来。

"对了，那两个小家伙，你的，都好吗？"张逸文终于开口了，他微微扭头，看着坐在身边的大女儿。坐在对面的美吟，听着她爸爸的中文，感觉好别扭。最近几年来，他们家在一起的聚餐，数也数得清。大多数的时候，大家都默不作声，要不就是有一搭没一搭地闲聊，中文日语掺杂着。看样子，老爸已经很久没用中文跟人讲话了，说起来很不自然。

"他们很好，两个孩子都很聪明，适应能力也很强，成绩很不错，让我很放心。"一说起孩子，珮吟心情挺愉快的。美吟在一旁听出来，爸爸一个字没提到离婚的事，他这是有意的，避重就轻，是他一贯的作风。当然，只要他不提，就可以装着没这回事儿。他老人家也不用承担责任，出手帮助珮吟解决家人来日本的问题，推卸责任，本来就是他最拿手的了。

"他们两个，现在有多高了？"

"这我还真不知道，上次量身高，是学校给他们做体检，那时候就已经有一米三五了。"

"才八岁，就那么高了？"

听了这话，珮吟微微地皱了皱眉头，继而缓缓地说："八月份，他们刚刚过了十周岁生日。是的，对他们这个年龄来说，一米三五还是算高的。"

"好，好，男孩子高一点好。"

听着这些不咸不淡的对话，美吟觉得好无聊，她站起了身，晃到挂在墙上的两幅字画前面。这是两幅大大的书法作品，配了木制的镜框，左边的一幅写着"三代同堂"，右边的一幅写着"和谐美满"。扑哧一声，美吟笑出了声。

"你在看什么呢？"听见美吟的笑声，陈燕抬起了头。

"没什么，我在欣赏书法呢。母亲，这字体是不是很俊秀啊？"美吟指着那幅"和谐美满"，问她母亲。

"嗯。"陈燕点了点头，"是不错，你看得出是什么字体吗？"

"应该是楷书吧，我要是也能写出这么漂亮的毛笔字就好了。"

"你呀，就是懒惰。读小学的时候，你要是肯听我的话，多用点功夫练练毛笔字，今天你的字也有这样好了。"陈燕数落开了。那时候，他们还住在香港，这个家还像个真正的家，每天晚饭的时候，爸爸是会回家吃饭的。想起来，那已经是很久很久以前的事了。

　　还好，服务员这时推门走了进来，又端上了一壶新续的茶。陈燕打住了，没再唠叨下去，美吟躲过了一次不知听了多少回的说教。菜怎么还不上？美吟很不耐烦了，她注意到，珮吟又给张逸文倒了满满一杯茶。这该是第三杯了吧，真殷勤啊，美吟心想。爸爸和姐姐还在说着孩子的事儿，这会儿谈着将来上什么大学，选什么专业，等等，这也扯得太远了吧。美吟突然想到，姐姐在爸爸面前大谈两个孩子，该不是指望爸爸出钱供两个孩子上大学吧？趁早打消这个念头吧，美吟心里冷笑了一下，要不然，迟早会大失所望的。

　　美吟的肚子已经咕咕叫了，她正想出去催问一下，服务员端着菜推门进来，最先上的是一个冷菜拼盘，凉拌海蜇皮配四种腊味。大卫很有礼貌地转了一下转盘，将这盘菜刚好转到爸爸面前，大家的目光又集中在了张逸文身上。

　　"好了，吃吧！"张逸文拿起筷子指了指菜盘，然后夹了一块烤得金黄的烧鹅肉，放在自己前面的小碟里，顺手把分菜筷子递给了珮吟。

　　珮吟站了起来，她并没有马上给自己夹菜，而是给爸爸夹了一大堆，有叉烧肉、海蜇皮、鸭膀什么的，每一种都夹了好几块："爸，您多吃点！"然后，她往自己的碟子里也夹了好多菜，小心翼翼地把碟子送到了大卫面前，说："小弟，来，你也多吃点。"一边说着，一边把大卫的空碟子换给了自己。

　　"哎哟大姐，你可不用操这个心，大家自己管自己吧。"大卫显然不习惯这样的做法，忙不迭地说道。

　　"这算什么呀，没事儿，"珮吟一边说，一边又盛满了一小碟子的菜，"我还要……"

"等一下，我自己来。"没等珮吟说完，美吟飞快地将转盘转了过来，几筷子就装了一小碟，递到了母亲前面。

"妈，凉拌海蜇，你最喜欢吃的。"美吟冲着母亲甜甜地一笑。

"好闺女，我就知道，还是你惦记着妈。"陈燕也笑吟吟地接过了碟子。

美吟顺手取过她母亲前面的空碟子，开始为自己夹菜，还偷偷地瞄了一眼姐姐。可珮吟压根儿就没在意，她已经开始吃了起来，看她那样子，还蛮喜欢吃这儿的菜的。一时间，包厢里又没声音了，大家都埋头吃了起来。

过了会儿，珮吟打破了寂静，她放下筷子，转向张逸文，问道："爸，我……我想啊，要学好日文，究竟得要花上多长时间呢？"

"嗯，这个嘛，得看情况。"说着，张逸文抬起了头，有点怔怔地看着大家。那表情有点怪，好像看到一家人都在，很意外似的。

"我的意思是，您花了多长时间学好日文的？"

"这个，我就记不得啦，那是很久以前的事啰。不过，你要是用心学的话，依我看，有那么两年的时间就差不多了。"

"两年的时间！天哪，这初来乍到的，怎么负担得起两年的学费呀？"

"这个么，上日语学校的费用，你不用担心。第一年的学费已经帮你全部预交了，至于第二年么，有需要的话，我们当然还会帮你想办法的。"张逸文说着，看了看珮吟，正迎上了珮吟充满期待的眼神。

"这是真的吗？"珮吟忍不住笑了。

"那当然，而且，就算你老爸付不起这笔钱，你不是还有弟弟妹妹么，我可以肯定，在座的所有人都会助你一臂之力的。"张逸文用第三人称称呼他自己，有意无意地把自己和女儿的关系拉远了，"我们大家都知道的，你在日本能好好地生活下去，这有多重要。大卫，薇薇安，你们说对不对？"

"对，毫无异议。"大卫连连点头。

美吟也点了点头，不过，她可不像弟弟那么单纯。"当然重要，这是肯定的。"她轻声说道，好像说给她自己听似的。一旁的母亲似乎完全游离于这个话题之外，她一语不发，手里无意识地摆弄着湖绿色的餐巾布，心思仿佛飘向了遥远的地方。

"谢谢爸爸，谢谢大家，亲人们的支持，对于我来说太重要了。"说到这里，珮吟顿了顿，好像在斟酌该怎么接下去，"真的，爸爸，没有您的多方关照，我恐怕都来不了日本，我太幸运了，谢谢您。"

这不是完全表错情了吗？珮吟心里应该明白啊！听到珮吟这一段肉麻的话，美吟心里十分不舒服。明摆着的事实是，他们的爸爸没有为珮吟的签证出过一丁点的力气。要不是大卫不辞辛苦地奔波，从一个政府部门跑到另一个政府部门，凑齐了所有文件；要不是大卫大大咧咧地同意了当珮吟的担保人，负责解决她在日本饮食住宿的一切问题；还有，要不是有大卫就职的那家大公司，为大卫的担保背书，她能有今天吗？要不是因为大卫的操劳，她敢说，今天的珮吟依然还是孤零零地待在大连的一角。珮吟凭什么睁着眼睛说瞎话，这么露骨地讨好老爸？美吟真为大卫感到不值。

或许珮吟看出了美吟的心思，她端起了酒杯，毫不含糊地对大卫说："我还要感谢大卫，帮了我大忙，兄弟，我是不会忘记这份情的，来，我敬你一杯。"

大卫站了起来，举起了杯子回应珮吟。

　　珮吟只字没提到陈燕和美吟，这刻意的空白，让美吟很难堪。她尽量装着满不在乎的样子，轻轻地转动着那只小小的茶杯，心里只盼着菜快点上。一会儿，盛着叉烧包、烧卖和豆豉排骨的小蒸笼端上了桌，张逸文点的海鲜烩面、黑椒牛柳、酸辣汤和清炒豆苗这几样也都上桌了。美吟忙着伸筷子夹菜，埋头吃了起来。

　　"薇薇安，大卫，你们两个给我听着……"正当服务员端上甜点的时候，张逸文开口了。他清了清嗓子，很郑重其事地说，"你们的姐姐，刚到日本，没有钱，日文也不会。她需要你们，我要求你们尽可能地帮助她，这是你们做弟弟妹妹的应尽的一份义务，懂了吗？"

　　"那是当然了，这就不用说啦。"大卫连连点头，"放心吧，帮助大姐渡过难关，这是我们应该做的事情。"

　　爸爸的这番话，让美吟听了直反胃。她实在没法点头，好不容易地挤出了一个勉强的笑容。居然有这样的爸爸！这番话，太典型了，这就是爸爸一贯的做派，一遇到什么麻烦事，赶紧先推卸责任，推给谁他都不管，只要不来麻烦他。美吟恨不得当面质问他，那你呢？打算怎么帮大姐？好歹你也表个态呀。

　　就在美吟胡思乱想之际，她爸爸已经在示意服务员埋单。还没有吃完甜点，他就站起了身。"哦，不早了。我还有事，得先走了。"说着，他用餐巾擦了擦嘴，大步地走了出去。

　　美吟已经想不起是怎样和家人告别，又是怎样坐上地铁回的家了。她的脑海里，浮现着一张旧照片，那是一张边角皱巴巴，颜色发黄的旧照片。照片正中，坐着一个可爱的圆脸女孩，看上去七八岁的模样，两条辫子乖巧地搭在细伶伶的肩头。紧挨着这个女孩的，是另外一个圆脸小姑娘，这个小姑娘个头矮一些，年龄也小一些，头发乱乱的，是卷卷的短发，她一脸无邪的笑容，露出一颗豁牙。坐在大女孩膝上的，是一个胖娃娃，这个娃娃伸出了肥嘟嘟的小手，好像在跟摄影师叔叔打招呼。

这是印在美吟脑海里的一张照片，她不知道看了多少遍，这张照片记录了三十年前的美好时光。那时候，三姐弟还是那么天真无邪，一点都不知道未来意味着什么。这是他们一家拍的最后一张合影，不久，弟弟妹妹跟着母亲辗转离开北京去了香港，后来又从香港去了东京。只有姐姐去了大连，跟着姥姥和小舅过了小半辈子。三十年了，一道深深的鸿沟隔开了他们，这道鸿沟，究竟要怎样才能填平呢？

第三章

　　米田语言学校，一间长方形的教室里，珮吟正在学习用日语表达再见的意思。和她一起的还有两位中国同学，淑君和阿东，三天前，他们刚刚认识。"Mata ashita。"说着，珮吟下意识地挥了挥手，立刻，她意识到犯了错误，赶紧把手缩回，低下头，鞠了一个四十五度的躬。日语的表达不仅仅是在于语言上，想要把意思完整地体现出来，必须配以恰当的手势，以及有特定文化含义的肢体动作。这个话，珮吟今天早上刚刚听说，是大桥老师说的，她记住了。

　　大桥老师是B1班班主任，头发灰白，梳得一丝不苟。她在课上总有那么多话要说，有时候还要拖堂一刻钟，才宣布下课。这天，她家里有点急事，下课时间一到，她就匆匆地离开了。

　　走出学校，珮吟熟门熟路地朝虎门站方向走去，她通常会在那附近坐公车回家。走到一半，她猛地想起，今天中午约好和美吟一起吃饭的，差点给忘了。她返身朝着千代田线走去，前往新御茶之水站和美吟碰头。

　　前一天晚上，美吟，或者应该叫她薇薇安，打电话来，约她去御茶水女子大学区喝茶。珮吟很讨厌妹妹的英文名字，那么小资，那么做作，其实，任何显示妹妹西方教育背景的信息，她心里都很排斥。

电话里，妹妹邀她一起去几个有趣的日本书店，珮吟心里估摸着肯定不是去书店这么简单，美吟向她示好，让她总觉得哪里不对劲。当初她费了那么多口舌，使劲儿地想打消自己来日本的念头，无非是盼着自己乖乖地待在中国，老死在那里，不要来麻烦他们。现在珮吟来都来了，美吟才装着对她好，可不是假惺惺么？当初她那么需要弄到一份签证，向美吟求助，却被万般推脱，现在主动示好，不就是做个姿态，挽回一下面子吗？

珮吟从她的大拎包里翻出了那个装表的小布袋，拿出表一看，已经十二点半了。她还从来没在霞关站坐过地铁，从地图上看，距离倒是不远，从学校过去也没几站。可到了跟前才发现，霞关站是个大站，有三条线在这个站会合，千代田线、丸内线，还有日比谷线。这就意味着这个如同庞然大物的地铁站起码有六个地面出入口，地下的通道更是错综复杂，这对珮吟来说，坐对地铁还真是个不小的挑战。

折腾了好久，抓住每一个中国面孔的路人问路，珮吟终于找到了通往千代田线的入口，买好了地铁票。在这条线上奔驰的地铁一律是银色车皮，线条流畅，是珮吟见过的最具时尚感的。她三步并作两步跳上了地铁，往车头方向走去，找了个靠近车门的位置坐下。一抬头，哗啦啦的一片杂志广告，从车厢的天花板倾泻而下，车厢里面，有种密不透风的感觉。这些广告色彩浓烈丰富，营造出一种喧哗的气氛，而车厢的内壁，是由米色和浅蓝制造出的宁静，这两种效果组合在一起，显得有点不搭调，或许也可称之为不和谐，但是又和平地共存着。

中午时分，地铁上不很挤，整节车厢里不过二十来人。坐在珮吟对面的，是三位中年妇女，看上去五十不到的样子。她们身穿质地精良的皮衣和厚外套，收拾得山清水秀，头发整整齐齐，脸上扑了厚厚的粉，唇上抹了亮色的口红。一路上，她们有说有笑，像是一群出门郊游的女学生，兴奋地叽叽喳喳着。看着她们的开心劲儿，珮吟心想，你们倒好，快活得跟什么似的，你们的老公还不知道在哪个办公室里煎熬着呢。

珮吟注意到，车厢里那些独自一人的乘客，都非常安静，多半在读书或者看报，有的干脆闭目养神。还有好几站，珮吟往后靠了靠，跷起了二郎腿。中午没回家，有点疲倦了，她想休息会儿。刚闭上眼睛，就想起还有阅读作业呢，今天时间紧，还是趁这会儿有空先看一看吧。她从包里拿出了教科书《初级日语》，翻到第五章，看了起来。这一章说的是一个叫丽莎的外国人到了日本，去走访住在目白区的朋友。对话写得挺生动，珮吟正看得入神，冷不防被人用胳膊肘捅了一下，珮吟一惊。

"八格牙路!"

珮吟虽然还不识几个日语，但她知道这个词儿，是骂人话。她吃惊地抬起头，看到邻座的一个日本老人，灰白的头发已经没几根了，眼皮耷拉着，眼袋松松地垂下来，但浑浊的眼珠子里透出了嫌恶和鄙视。"你这个样子成何体统?"老人一边斥责她，一边低头掸去裤腿上的灰尘。看上去那还是蛮新的一条裤子，深灰色的料子，质量很好。

珮吟这才反应过来，老人是冲着她生气呢，一定是她跷着二郎腿，不小心蹭脏老人的裤子了。她有点愧疚，赶紧坐正，放下了右腿。有那么一瞬间，她都想给老人道个歉了，但是老人那副气势汹汹的样子让她下不来台。还是回避吧，她别过头，看着窗外，装着什么都没发生。

"你是外国人，对吧?"没想到，老人还是不依不饶，盯着珮吟手上的教科书，说，"我猜就是，你是哪里来的? 韩国人还是中国人?"

老人的嘴里喷出了酒气,珮吟一阵反胃,她整个转过了身子,背对着他,好糟心。珮吟觉得整车厢人都在看着她呢,搞得她浑身不自在,低了头去看书,其实是一个字也看不进去。幸好广播报站声响起,新御茶之水站终于到了,珮吟匆匆起身,车门一开,就跳了下去。

经过地铁上的这个小插曲,珮吟的情绪低落到了极点,她还从来不曾受到过这般侮辱呢,就算她弄脏了老人的裤腿,那也是无意的。她简直不能相信这个穿着体面,看上去也挺有修养的老人会对她如此凶狠,还用如此歧视外国人的话语在众人面前羞辱她。

走出地铁站,街面的嘈杂多多少少驱散了一点珮吟心头的郁闷。这条小街的两边,开着许多夫妻店,小小的门面,都是自家的店号,店招幡旗在微风中飘动。餐馆也不少,很多是街边的小食摊,虽然已经过了正午,食客们还是不少,街上飘荡着的香味混合了各种食物。珮吟这才想起自己还没吃中饭,经过刚才的一出,突然觉得又累又饿,抬眼一路看去,发现了一家小小的中餐馆。

刚挑开红白图案相间的和风暖帘,珮吟就听到了一声I-ra-sha-i-ma-sei,一位三十出头的女招待迎上来,向她打招呼。一听口音,珮吟就知道她是中国人,小小的个头,却穿了一件宽大的T恤衫。一条牛仔裤和一双脏兮兮的运动鞋,看上去和一般日本餐馆的女招待很不一样。珮吟快速地打量了一眼菜谱,点了一份饺子套餐。

"你是中国人吧?"女招待端着她的套餐过来,十只瘪瘪的煎饺,配上一团米饭,还有一碗蛋花汤。珮吟开口问道。

"是啊。"女招待眼睛一亮，高兴地笑了。

"你是哪儿人？"珮吟马上用中文和她攀谈起来。

"阜新。"

珮吟正往嘴里塞了一只饺子，一听，高兴得没等咽下去就说："哇，和沈阳很近哎，离我住的大连也不远。你来日本多久了？"

"六个来月吧，你呢？"女招待饶有兴趣地问道。

珮吟不想让她知道自己刚来不久，于是转移话题问道："你喜欢这儿吗？"

"哎，像我们这种初来乍到的人还说什么喜欢不喜欢哦，我只想着能活下来就不错啦。"女招待叹了口气，悠悠地说道，"我在上语言学校，一有空就到这儿来打工。"

"这儿的工钱还行不？"珮吟一边问，一边探头往厨房方向看，怕被人听到，幸好，厨师刚刚进卫生间去了，眼前只有另外一位顾客，坐在店堂的另一边。

"嗨，不行，我一个小时才挣五百五十日元。不过呢，我在这儿可以白吃两顿饭，而且在储藏室里搭张小床有个窝。这儿的厨师就是老板，是我的一个远房亲戚，来日本二十多年了。他说我的日语不够好，没法给我更多的工钱，他还说雇了我就算开恩了，像我这么差的日语，根本没有别的地方会雇用。"

"什么，他这是在剥削你！"珮吟瞪大了眼睛，她早就打听过了，这里的最低工资是七百五十日元。

"我知道，"女招待不以为然地说道，"但现在是要看别人的脸色吃饭，还想怎么样？只能希望快快度过学徒工的阶段，熟练一点后再去找个好点的工作。哎，如果我有富亲戚就好了。"女招待叹了口气，说她有个朋友去了加利福尼亚，很幸运，亲戚们给她筹了八千美元，"真叫人妒忌啊，多幸运啊，"女招待伸手捂住嘴，压低声音说，"有家里人做靠山，起步容易多了……"

卫生间的门哐的一声推开，女招待赶紧低头到别处去了。

有家里人做靠山，起步就容易多了。珮吟端起蛋花汤，喝了一口，心里想着这句话，是的，她就是和家里人在一起，可是，起步何曾容易。现在她终于到了日本，难道她的家人对她伸出热情的双臂了吗？难道他们处处是真心为她好吗？

对爸爸和弟弟，她没有丝毫怀疑，她能感觉得到他们在努力帮她适应新的环境。至于母亲和妹妹，她就吃不准了，尤其是母亲。她还记得，那天从新桥饭店出来的路上，母亲跟她说的几句话，至今还堵在心里不舒服。

"珮吟，你觉得你爸这人怎么样？"

母亲这么一问，珮吟也没放心上，随口就说："我觉得挺好的呀，不过我也说不上，这不才见了两个小时……"

"你爸这个人啊，已经不是你记忆中那个顾家的好爸爸了。"没等珮吟说完，母亲就打断了她，"过去五年里，他总共回家三次，加在一起大概六个小时。如果换了我，我就不会对他抱太大的期望。如果他帮了你，那最好，但是，我先跟你打个招呼，如果他不帮你，你也要有思想准备。这么多年，我们就是这样过来的，对你，应该也不会有例外。"

珮吟什么也没说。

"你在想啥呢？"母亲见她没反应，问了一句。

珮吟抬起头，说："妈，你干吗要这样？你和爸爸关系不好，并不说明他就会对我不好。我知道他会帮我的，我能感觉得到。不管你怎么说，我还是他的女儿，你有什么过不去的？"

母亲摇着头，叹息着说："珮吟啊，我只是想保护你，如果你听不进去，那就算了。"

那天晚上，两个人都没再说话，珮吟一点都没觉得不自在，相反，倒觉得就这么安安静静的舒服多了。沉默是珮吟习惯使用的武器，当年，珮吟就是靠了这一招，熬过了在舅舅家寄居的日子。舅舅脾气暴烈，幼小的珮吟心里装满了复仇的念头，直到舅舅去世后很久，她都没能释怀。现在，居然要在母亲这里再使上这一招，这倒是珮吟没想到的。那天夜里睡下后，珮吟翻来覆去难以入眠，心里把母亲的话琢磨了又琢磨，她弄不懂为什么母亲就不能为她想想。

再说了，母亲从来就不是个乐观派，自从七十年代末中国打开大门后，母亲回国了三次来看她，但是，她从来不鼓励珮吟走出去，和她一起去日本。母亲总是来来回回地说，东京生活成本太高了，在那儿生存下来很不容易。

母亲好像从来就对她没有信心，根本不认为女儿能出国为自己打造一片天地。难道母亲从来就没想过大女儿也该有属于自己的春天吗，难道母亲从来就没想过自己作为家长和监护人，缺席了这么久，现在难道不应该好好弥补一下吗？

即使是两年前，也就是母亲最近一次来中国，她还是反复说，在日本找到好工作很难，日本人是不会把最好的工作让出来给外国人的，尤其是像中国人这样的亚洲人。

净是些借口和谎言！珮吟愤愤地想着，在她看来，最关键的问题就是母亲在海外生活了这么久，已经变成了一个又悲观又可怜的老太婆了。在任何问题上，她都是那么负面，那么满腹怨气，珮吟发誓，以后老了，一定不能像她母亲这样。她一定要让她的家人看到，她比他们都能干得多，她有能力超过他们，远远地超过他们。那么多年来，她身边没有父母，没有兄弟姐妹，她不是也熬过来了，而且，还是熬过"文化大革命"

这样一段动荡的岁月。现在，她终于来到了这个新的国度，有什么是她不能做到的呢？没有！

等珮吟回到新御茶之水站，走近她们说好的接头地点时，美吟已经站在售票机前等着她了。美吟今天穿了一件鲜艳的红色皮夹克，下面是一条新的牛仔裤。珮吟远远地就看到妹妹了，她的眼镜好大，头发乱乱的，像一只大眼金鱼。

"今天天气还真不错哎。"美吟愉快地向她挥了挥手。

珮吟点点头，"是啊，这么多天都是阴沉沉的，今天总算见到阳光了。"

"我们走吧，我要带你去看几家有趣的书店，不远，走过去就到了。"说着，美吟就迈开了步，珮吟紧紧跟上。

她们走在一条小马路上，两边有多家体育用品商店和文具店，来来往往的行人都是大学生的模样，小马路就从大学校园中穿过。美吟带着珮吟一转弯，是一条短短的小径，小径两边全是一家挨着一家的书店。美吟在一家书店门口停了下来，示意珮吟可以进去了。"这就是有名的屋起亚马书店，"美吟压低声音在她耳边说，"你肯定听说过屋起亚马吧？"珮吟想了想，摇摇头。"三十年代他在上海开过书店的，和很多中国作家成了好朋友，其中包括鲁迅。"

珮吟抬起头，看到店招上刻着四个中文字：内山书店。什么屋起亚马啊，原来就是内山啊，那珮吟当然知道了。珮吟到日本这些天，发现光看日文也能猜对几分，但是一读出来那就完全是两回事了。

"我经常到这儿来读点中文书，东京虽然大，但是要找中文书还挺不容易的。"

"嗯，不错。"珮吟说着，跟着美吟进了书店。环顾四周，中文书果真很多。美吟还指给珮吟看，在书店的一角，有很多学中文的教科书，这在日本是很少见的。美吟说，以前，她在横滨遇到了一个第二代中国移民，连一句中文都不会讲，"哎，我要是早点知道这家书店，就好告诉她了，真为她感到可惜。"

珮吟想起来，上次吃饭的时候，美吟和大卫说话时用的是一种半中文半日文的混搭，根本不是纯正的中文。有那么一刻，她想对妹妹说，你也得多读中文，别说别人，你自己的中文也快要丢光了。

两人从书店出来后，美吟带珮吟去了一家茶屋，也就在这条街上。两人喝着绿茶，吃着和风麻糬，美吟问起了语言学校的事儿。出于礼貌，珮吟尽量和美吟有一搭没一搭地讲着话，心里却是很烦躁。这一下午，眼看就要晃过去了，一点意思都没有。这是两姐妹第一次单独坐在一起悠闲地逛街喝茶，起码看起来美吟是悠闲的，可是珮吟一点也不习惯。上上次见到美吟，是在1990年的北京，两姐妹见面的时候，旁边也都有别的家人，所以她们俩都没有说过什么话，几乎可以说是陌生人。这会儿，珮吟的心里很复杂，她感觉到了家人对她的到来有想法，那么，美吟应该算是朋友还是敌人呢？这个问题让珮吟很伤脑筋。添了三回茶，珮吟觉得现在告辞也不算失礼了，她正想开口，美吟递给了她一个信封，信封上是团团簇簇的粉色樱花。

"这是啥？"珮吟有点意外。

"我给你的礼物！"美吟笑盈盈地说道，"里面是十万日元，即使在昂贵的东京，也够你用一阵子了。但愿这点钱能让你在日本的日子开始得舒服一点。"

珮吟吸了一口气，十万日元！她迅速地心算了一下，差不多有八千人民币了。"你太贴心了。"珮吟微微一笑，但她没有流露任何情感。她把信封对折了一下，仔细地放进她的钱包里。美吟叫人来结了账，她们肩并肩地走出了茶屋，默默无语地走向地铁站。

到了地铁站，她们各自要去不同的方向。珮吟轻轻地挥了挥手，告别美吟，然后看着她的背影消失在人群里。她心里明白，妹妹是期望从姐姐那里得到一个衷心的谢谢，可是，珮吟哪有那么天真。姐妹之间，隔了三十年，那是她人生中最美好的三十年。难道美吟真的以为，姐姐生命中那些再也不回头的日子，只值八千块钱吗？珮吟呆呆地站在那里，想起了她八岁的那一年，想起了她和美吟做的那个游戏，不知道怎么就输了，然后，一切都变了。

在她的心里，就是美吟偷走了属于她的生活。

第四章

阳光透过百叶窗的缝隙，钻进了美吟的单身公寓。十一点半了，美吟睁开睡眼，看了一眼床头的闹钟，伸了个大大的懒腰，才挣扎着从被窝里爬出来，从阁楼梯子上下来。电话铃声已经响了好几声了，美吟还是没找到她的无绳电话。最后，她终于在乱糟糟的衣服堆里找到了那只响个不停的话筒。

"小祖宗，是不是还没醒啊，电话都响了老半天啦。"

"早，妈。你怎么样啊？"美吟举着电话，打了一个大大的哈欠。

"还行吧，你怎么这么能睡啊，我都上了半天班了。"

"我昨天睡晚了，折腾了大半夜，才翻译好，"美吟揉揉眼睛，"那破玩意儿必须在下午一点之前发出去。"说着她走进了客厅，饭桌也是她的办公桌，这会儿上面的各种文件堆得像小山包一样。她找到了那叠昨晚刚打出来的纸张，在桌子上顿顿齐。

"这次翻的是什么啊？"母亲问道。

"还不是老样子。是一家照相机公司的产品说明书，他们的产品要销往中国。翻这种说明书真是太无聊了，一共大概有四十来页，我都不知道在讲啥。"

美吟周末在兼职翻译科技类文本，百分之八十的内容涉及电器类的产品，她都不记得自己翻译了多少份洗衣机和传真机的说明书了。虽然这也是她生活的来源之一，可是她厌恶自己写下的每个字。她希望能接到一些有趣的文本，比如说艺术品手册之类的。八十年代末她在纽约大学研读东亚艺术史的时候，就接到过这类活儿，通过朋友的介绍，她在画廊之类的地方找到过一些兼职的翻译工作。可是，那是在纽约，这类事儿在东京很少，而且报酬也极低。

当然，美吟在日本也上过大学，拥有东京大学日语专业的本科学位。所以，她找工作是不用愁的，即使做一份兼职的翻译工作，在周末加加班，也能每个月稳定地增加大约十万日币的收入。平时，她每周工作三天，给她的日本老板当秘书，以她的学历，老板带出去也挺有面子的，还可以兼做随身中文译员。这份工作带给她月收入二十万日元，而且，因为工作稳定，她的工作签证就有了保障。这在日本已经算很不错了，一些男人也不过挣她这点钱，而且还要昏天黑地地干活。

有了这两份收入，美吟才能够在东京西边的学艺大学附近租下一间小小的公寓，那里属于安静而又时尚的居住区。

"不管无聊不无聊，总比刷马桶洗碗强。薇薇安，你知道你已经很幸运了。"

"妈，我知道。"美吟乖巧地止住了牢骚，她知道母亲是在把她跟珮吟比呢，珮吟还在为学习日语而苦苦挣扎呢。

的确，她之所以能够在东京过得舒舒服服，很大程度上得益于她的日语和英语能力。在这一点上，如果说要感谢谁，那她必须感谢张逸文。那时候，是爸爸主张将她送进了横滨美国学校，就是在那个国际化的环境中，她意识到，作为一个外国人，想要在日本过上好日子，光靠日语是不够的。想要和日本人竞争，必须掌握英语，而且，必须比日本人的英语好得多才行。掌握了英语就像打开了一扇门，它能让你获得更多的尊重，也能让你的腰包更鼓。在日本人眼里，英语是很难学的，亚洲其他国家的人总是比他们学得更好。美吟的成功，就是暗合了他们的这种想法，终于在竞争激烈的日本凭借自身的一点优势而站住了脚跟。

在珮吟到来之前，母亲就向她提过，以后让姐姐住到她这儿来，可是美吟装作没听到。的确，美吟的公寓比母亲的大，条件也更好，有独立的卫生间，可是，那又怎样？美吟可不想分享属于自己的空间，在她看来，姐姐可以为了赚钱而抛下丈夫孩子，实在是心狠，也太自私了，她一点儿都不想和这样的姐姐住在一起。

在珮吟写来的信件中，美吟看到，姐姐关心的只有一件事，那就是如何离开中国。其实，这一点让美吟挺不舒服的，在美吟看来，姐姐的生活已经够美满了，一个过得去的丈夫，一双可爱的孩子，一份稳定的工作，而且，她还拥有母亲对她的赞赏。她实在想不明白，姐姐到底是中了什么邪，非要把现有的一切都扔掉，一门心思就要跑到日本来做二等公民。

姐姐根本就不明白在别人的国家里讨生活是什么滋味。日本是好，从日本回去的人也都把日本说得花好稻好，可是，日本的那些好，作为一个外国人真的能享受得到吗？姐姐也太天真了。日本人把外国人一律称为外来者，他们不会把歧视摆在脸上，但是在心里是没有一点认同的，所有那些好处，怎么可能会让给外来者呢。相反，作为一个外来者，必须时时自我调整，随时准备臣服才是生存之道。在这样的环境中生活，一步走错，就无法挽回了。美吟特别反感像姐姐这样来自于中国的人把日本看成是天堂，恨不得觉得日本的马路都是金子铺的。他们抱着这样的成见，都是道听途说的结果，又不愿意花时间去了解一下。贪婪，就是贪婪，这才是驱动姐姐来到日本的唯一动力，这和其他中国人拥出国门的理由没有什么不一样，对此，美吟感到又痛心又厌恶。

电话的另一头，母亲还在不停地唠叨："她老公突然一下就没了，连个遗嘱都没留下。现在佐贺弥桑都不和她女儿说话了，她女儿想把她挤出去，自己成为法定的户主。你想想啊，不和自己的女儿说话是啥滋味，而且是独生女哦。这个可怜的老女人啊，她得独自一人过新年了……"母亲混在一群打工的人中间，家长里短的听了不少，有事没事就会和美吟唠叨这些。

美吟悄悄地把话筒放下，自己做起了事儿。美吟已经很有经验了，这种时候，最好的方法就是由着母亲絮絮叨叨。

母亲的生活空间就是从家里到办公楼的两点一线，她也需要一个出口吸吸新鲜空气，吐吐怨气。美吟把一摞纸塞进了传真机，按了一下发送键，将昨晚熬夜赶出来的文件发了出去。

然后，她又拿起了话筒，那一头，佐贺弥桑的故事还没讲完呢，"妈，"美吟压低了声音，"她在家么？"

话筒那头顿时沉寂了下来，"你是说珮吟？"过了好一会儿，母亲的声音才传了过来。

"还有谁啊。"自从珮吟来了之后，美吟发现，一提到珮吟，自己就会有意无意地用上第三人称。她是想用这种方式，和母亲达成一种默契，她意识到，将母亲拉到自己这一边是很重要的。

美吟记得很清楚，两年前，她们在北京聚会的时候，母亲是多么为姐姐感到骄傲啊。和美吟相比，珮吟简直是人生赢家啊，她有一个长得高高大大的老公；她有儿子，而且一下子就生了两个；她在大连最大的百货公司里做副经理。可是美吟呢，至今还是单身，没有固定的工作，号称是自由职业，以大陆人的标准，那简直就等同于无业游民。现在回想起来，美吟的眼前还会浮现出母亲喜气洋洋的模样，脸上笑开了花，两只手不停地摩挲着外孙的小脑袋。

"你怎么就不像你姐姐呢?"那天,和珮吟一家子见了面之后,她和母亲回到了酒店,母亲就没完没了地烦她,"看看你姐姐吧,她有个铁饭碗,有个好家庭,这才是成功的女人嘛。可你呢,书读得越多,脑子却更糊涂了。你倒是说说看,什么时候你才会去找份真正的工作,好好地成个家。"

母亲的这种态度,让美吟对姐姐的一意孤行更加不可理解。当然,日本是比中国富有,可是,即使这样,也不至于让姐姐狠下心肠抛家弃子啊,何况,姐姐自己就是从那样的童年阴影里走出来的。

不过,在美吟的内心深处,她更担心的是,珮吟的出现会让母亲对她的宠爱得而复失。过去那么多年中,因为珮吟不在,美吟已经自动升级为母亲最宠爱的女儿,但是现在,原本就是母亲心头肉的珮吟又突然出现,美吟的地位岂不是要降级了。在这个长期缺少父亲的家庭里,美吟早就不在乎爸爸对她的感情,正因为如此,母亲的宠爱,是她不能再失去的。

珮吟来日本生活的决定,让美吟慌乱了一阵,也想了各种说法试图阻止姐姐。在写给姐姐的信里,美吟总是反复强调外国人在日本找工作有多难,希望以此吓退姐姐。可突然间,姐姐不再来信了,美吟才宽心了几个礼拜,就发现了更让她糟心的事实。原来,珮吟不再写信来和她啰唆,直接给母亲和大卫写信了。后来她得知,珮吟在信里恳求他们的帮助,甚至于威胁要自杀,直到母亲让了步。幸好大卫的公司是一家大型外贸企业,可以做珮吟的担保和赞助,要不然的话,拿到日本签证可真不容易。这一切,美吟知道得太晚了,等她搞清楚了状况,姐姐已经踏上了行程。

珮吟刚到日本的头两个星期,美吟也曾想过带着珮吟到处走走看看，以此弥合两人之间的裂痕。可是，自从上回给了姐姐那笔钱之后，她对姐姐就越来越有看法了。当时，她递上那个装了十万日币的信封，满心以为姐姐至少会给她一个拥抱吧，可没想到，姐姐只是微微一笑了事，也不知道她心里怎么想的。对于美吟的好意，珮吟显然无动于衷，这让美吟心里老大的不痛快。她因此更加断定，珮吟来日本，并不是为了和家人团圆，而是为了从他们身上挖钱。漫长的等待，是笼罩在姐姐心头的乌云，在这片乌云下孤独地生活了这么久，姐姐已经变成了一个心怀仇恨的女人，她来日本，一定是为了找回属于她的那部分，不然的话，她怎么会如此不知感激呢？

母亲清了清嗓子，说："珮吟当然不在家咯，她上学去了。"母亲的声音里，有一丝不快，好像很不耐烦回答美吟的问题。

"呃，她最近怎么样啊？"

"我看还行吧，不过呢，她不到不得已，是不会主动开口的。有时候我觉得自己是和一个石头人住在一起，大多数时间我都不知道她在想啥。我给她洗衣服，给她做吃的，但是我从来没从她嘴里听到过一句谢谢。更可气的是，她还说我做的菜都不对她的胃口。"

"妈，你也别介意了，你知道的，有些人就是不会感恩的，你对她越好，她反而对你要求更多。"

"那你说我该怎么办？她现在很无助，也没有钱，好吧，这个我也有责任。这么多年过去了，我可从来没想到会……"

"妈，你可别让她牵着鼻子走，这不关你的事儿，你别把罪名都揽到自己头上。她是被'文革'害惨了，那可是一场浩劫啊。"

"话是这么说，可现实没那么简单啊，她现在很孤独，已经没有退路了。在这儿，全靠我们供着她，哎……"母亲缓缓地叹出一口气，"还债啊，这就是还债啊。"

"我提醒过她的，告诉她在日本生活有多难，可她根本听不进。"

"薇薇安啊，你姐姐是有些不切实际的幻想，但她毕竟是你的姐姐啊，至少，在她能够站得住脚之前，我们还是应该帮她的，你说呢？"母亲的语气里竟带了几分恳求。

"帮助她？"美吟一听就来气了，"我可不知道怎么帮她。她什么都想要，恨不得上来抢了，抢到手，连声谢谢都没有。"美吟把那天给钱的事儿告诉了母亲。

"那么，给她找份工作呢？接触一下日本的社会现实，也许能让她快一点调整心态。再说了，如果她自己一点都不出力，我可真负担不起了。"

"妈，可她一点日语都不会，谁会用她啊？当然了，如果大卫肯帮她的话，还是可以安排在他的公司里的，做点跑跑腿的事儿。你问过大卫了吗？"

"薇薇安，你知道这是不可能的啊。大卫的公司可是一家大企业，规矩大得很，怎么可能随便安排人呢。再说了，大卫做了珮吟的担保人，已经出了大力了。我可不能将珮吟的重担一股脑都放在他的肩上啊。我们也是她的亲人，现在也该我们为她做点事儿了。"

"你说的是有道理，"美吟顿了顿，说，"可是，我上哪儿去帮她找工作啊？"

"工作总是有的，你不出去找，怎么会知道有没有呢？"听得出，母亲有点急。不过，母亲马上缓了缓口气，接着说："薇薇安啊，我要不是迫不得已，也是不会来麻烦你的。上星期，我给她介绍了一份清洁工的活儿，可她才干了两天就不去了，说是穿上清洁工的制服太丢人了。或许，她会更喜欢餐馆的工作，至少，她还可以见见人，讲讲日语。薇薇安啊，帮帮她吧，帮她找个餐馆的事儿做做吧，哪怕是在厨房打下手、洗碗，都可以啊。只要是在下午学校放学之后，不影响学习就好。工作上的事，我已经无能为力了啊。"

美吟叹了一口气："好吧，妈，我试试看。"

"谢谢你啊，"母亲的情绪高了不少，"我就知道，你是可靠的，还是你是妈妈的好闺女。一有消息，就告诉我……"

传真机发出了一声怪叫，一张传真纸卡在了半当中，这个破机器又发作了！美吟恨恨地将传真机的插头拔下，打开盖子准备修理，却不小心撞到了桌上一只积灰的纸盒子，啪的一声，纸盒子掉在地上，里面的东西散落一地：一套古代人物的剪纸，几个陶瓷的生肖动物，这会儿已经碎成了片，还有一听龙井茶，一条翠绿的丝巾。这些都是珮吟送给她的礼物，那时候还想请她帮忙的。

剪纸和陶瓷小玩意儿，姐姐难道真的以为能用这些廉价的手工艺品来收买她吗？简直是太可笑了。还有那条绿围巾，美吟最讨厌绿色了。美吟把这些东西都扔进了垃圾桶，好了，她再也不用看到这些玩意儿了。

美吟自己都觉得奇怪，珮吟怎么会这样让她心烦。是的，她的姐姐的确有点自私，可是，说起来，谁又不自私呢？为什么自己就不能对姐姐多一点善心呢？毕竟，自己已经比姐姐不知幸运多少了。

然后，她耳边响起了熟悉的声音。

"你的姐姐珮吟啊，读书可自觉了，哪像你和大卫哦。我一点都不用管她，但是她每次总是考第一。你和大卫怎么就不像你姐姐呢？"

这些话，是她母亲最爱唠叨的，这么多年来，美吟听得耳朵都出茧子了。在母亲的嘴里，珮吟就是一个没有缺点的天使，渐渐地，珮吟就成了一个榜样，让美吟永远也够不到。后来，美吟一听到珮吟这个名字就难受。

母亲还不止一次地告诉美吟，珮吟不仅是三个孩子中最聪明的一个，而且，还是她让爸爸回心转意，回归了家庭。正因为如此，在母亲的心中，珮吟的位置是无法取代的，对于这个事实，美吟只有妒忌。这个让美吟妒忌了很多年的姐姐，现在和她生活在同一个城市里，这种威胁，让美吟心烦意乱。

第五章

　　教室里很安静，安静到只能听见笔尖和纸张摩擦的沙沙声，以及偶尔翻动书页的声音。大桥老师正在讲台上板书生词，她每写一个汉字，坐在下面的学生们就赶紧抄写下来。虽然九名学生都来自亚洲，但是相对来说，汉字对于珮吟和另外两位大陆学生还是容易多了。大家都知道，大桥老师有个习惯，喜欢突然袭击搞小测验，测验的通常就是她板书的内容。虽然大家都恨死了，但没有人敢掉以轻心，要知道，如果语言学校的学业通不过，他们的签证就要泡汤了，这可不是开玩笑的。

　　"呃……老师……"坐在前排的珮吟犹犹豫豫地开了口，声音虽然不大，在安静的教室里还是显得有点突兀。

　　"大桥老师，"珮吟稍稍提高了嗓门，提醒正在板书的老师，"刚才你写的这个汉字……少了一点。"

　　珮吟的心咚咚地跳着，虽然只是简单的几句话，但她的日语不流利，在老师和同学面前说话还是需要一点勇气。大桥老师转过了身，疑惑地看着她。珮吟很自信地指着那个缺了一点的汉字，用手指比画了一下。

　　"一点？"大桥老师半侧过身，退后一步，看着自己的板书，眼睛看向珮吟手指的方向，"哪儿呢？"

　　"这儿，还是我指给你看吧。"说着，珮吟从座位上站了起来，走上了讲台，拿起记号笔，在那个缺了一点的汉字上留下浓浓的一笔。

珮吟是个直肠子，心里存不住疙瘩，看到不对的地方，非要说出来心里才舒服。以前在国内，有一次，在单位的大会上，当着同事们的面，指出了一个广告中英文用词的不妥，搞得领导很下不了台。她知道自己很有把握，又是同事中唯一一个拿到英语文凭的，理应在这种时候有所坚持。会后，领导把她拉到了一边，提醒她，当初，她想去读夜大，可是他签批的，而且，他还争取让单位出钱帮她付了一半的学费。"你怎么这么忘恩负义，不给我面子呢?"领导冲着她吼道。

那年，本来该有的年终奖珮吟没拿到，为此她气闷了很久，结果就是下定决心要出国。珮吟聪明，从小寄人篱下，变得很敏感，用舅舅的话来说，就是性格古怪了。但是她心性很高，从小就没了爸爸妈妈的保护，知道凡事要靠自己。可这又谈何容易，虽然她的工作能力蛮强，但是没有靠山，她又不屑于拍领导的马屁，所以在单位里吃不开。在她心里，盼望着能够到一个地方，那里只认才干，不认关系，她能凭借自己的聪明才智，远离碌碌无为的人。她认定了在中国，她的这个想法是不可能实现的，只有出国，这一切才有可能。两年前，母亲和妹妹的来访，给她打开了一扇通往外面世界的窗户，她立刻知道，人生的下一个目标，就是走出国门。

教室里，安安静静的，所有的眼睛都看着大桥老师，等着她给个说法。"等一下，让我查一查……"大桥老师扶了扶她的金丝边眼镜，打开了讲台上的一本词典，慢慢地翻找，"啊，找到了，真的错了。"老师从眼镜上方环顾了一下教室，微微一笑，对着学生们鞠了一躬："真是个低级错误啊，抱歉啦。"

教室的后排那边有点骚动，同学们悄悄地说起了话，珮吟听出了阿东的声音。这个二十七岁的小伙子来自江苏，在国内时是个大厨，他因为对老师说话不礼貌，属于校方眼里的捣蛋分子，不过，他在中国同学中威信倒是挺高的，因为不管谁有事儿，他都会站出来相助。他总是说，在国外，我们自己一定要团结，互相帮衬，没有别人会帮我们。

"中国人的汉字水平果然很高啊，"大桥老师的脸颊有点泛红，看得出，当着学生的面承认错误还是有点难堪的。她擦去了那个错字，重新写了一遍，"不过呢，汉字本来就是中国人的发明啊，你们应该就是专家啦。"她浅浅地一笑，目光扫过教室里的学生。

珮吟开开心心地转身回到了自己的座位上，她看到阿东向她伸出了大拇指，她回了一个笑脸。

午间休息的铃声响了，"好了，本节课到此为止，大家去吃午餐吧，"大桥老师的笑容有点不自在，这一次，她显得有点迫不及待地要下课，"我们下午见。"

珮吟在米田语言学校才上了六个星期的课，不过，短短的六个星期也让她的个性展露无遗，大家都觉得她是个聪慧的学生，接受能力很强，不过个性高傲，眼里容不下沙子，对老师的错误，总是当面指出，不懂得给老师留情面。这已经不是第一次指出大桥老师的汉字书写错误了，虽然中国同学挺赞赏她的做法，但是在老师眼里，她是有点麻烦的。

大桥老师一离开，大半的学生都跟着拥出了教室，有些同学赶紧到院子里抽根烟，还有些同学去隔壁的711便利店买便当吃中饭。

珮吟决定还是待在教室里，天气渐渐地冷了，站在冷风里吃饭很不舒服。在教室的后排，有两位韩国同学正在安安静静地讨论语法问题。留在教室的另外一位中国同学是淑君，她用热茶泡了方便面，准备就拿这个当中饭了。听人说，淑君有个年幼的孩子，留在了福建。她是出了名的节省，珮吟亲眼见她连续吃了三天方便面了，难道她不知道方便面里的防腐剂对人体有害吗？

珮吟拿起自己的便当盒，走了过去，"淑君，要吃点鸡吗？"她打开了便当盒的塑料盖子，里面是晶莹的白米饭，还有串在竹签上的烤鸡肉。

"不，不用了，谢谢你。"淑君朝她直摆手，脸都红了。她看上去很疲惫，大概是因为在便当作坊上夜班累了吧。珮吟听说她有时会上到深夜两点钟，只为了多赚点钱，这种又苦又累的活通常都是来日本淘金的外国人在干。

"你还是不要老吃方便面吧，又没营养，里面防腐剂又多，吃多了很不好的。"

"我知道，"淑君说道，"可我也是没法子啊，我得省钱下来，在老家盖房子。"淑君说起老家，咧开了嘴，露出了长得歪歪扭扭的门牙，"我的好多同乡都是这样做的，他们在国外拼命攒钱，然后把钱带回家，盖楼房，办企业，这也是我的梦想。"

"你老家在福建哪儿？"

"你听说过永定吗？"

珮吟正想听淑君说说她的老家，就看见陈红踩着一双紫色的高跟鞋，一扭一扭地过来了。"嘿，张珮吟，"她一边喊着，一边朝珮吟招手。淑君瞅个空，赶紧转身吃她的泡面去了。

"上节课，你做得很对！"陈红的头发刚刚剪过，新发型干净利落，更显得头发飘逸而富有弹性，一身翠蓝的套装，腰身那儿一收，整个人立刻就婀娜了，亮丽的颜色也很配她乌黑的眼珠。

其实珮吟和陈红并不熟，没想到她会主动上来打招呼，珮吟有点奇怪。"你是说大桥老师的事儿吗？最近她错了好几回，是该给她提个醒了。起码督促她好好备课，不能这样马马虎虎就来上课了。她可别忘了，下面坐着好几位汉字的专家啊。"

"你是专家，我可不是。"陈红摆摆手，在珮吟身边坐了下来，珮吟注意到她的手指细长白皙，涂了紫色的指甲油，泛出神秘诱惑的光泽。"说起中文书写，我的能力等于零，我十四岁就离开了校园，从此再没读过书。你呢？让我猜的话，你是北大中文系出来的吧？"

"不是北大，不过，我是上过很好的大学。"珮吟头也没抬，悠悠地说道，她从便当盒里夹起一块鸡肉，优雅地送进了嘴里。"我上的是大连外国语学院。不过，我的中文知识和我的大学可没有关系，我在大学里主修英语。"

"英语？你还会说英语？"

珮吟点点头，"我在一家文学杂志社干过一阵子编辑，对汉字的那点敏感，就是从那时候来的。"

"哇，我这才知道，我们当中有个文化人哎。"陈红瞪大了那双描着浓重眼妆的眼睛，夸张地叫了起来，"我最妒忌像你这样的人了，我自己连一句完整的中文句子都写不好，现在，我的老板又逼着我学点英语，你能教教我吗？"

她还有工作？珮吟忍不住多看了两眼陈红的打扮，那身翠蓝的套装把她的身材衬托得玲珑有致，这年轻女孩子真漂亮。珮吟一下子有点泄气，自己上身是一件无精打采的绿色套头衫，下面一条松松垮垮的裤子，真是太难看了。

在珮吟眼里，陈红就是个谜，她显得和别的同学很不一样，珮吟隐隐约约也听到一些有关她的传言，据说，她以前是上海街头的混混女，也不知道使了什么手段，从社会的最下层，混到了东京来。

从陈红的打扮上，珮吟实在猜不出她以前会有多不堪。看上去，她个子高挑，充满自信，身材姣好，皮肤细腻洁白。每次上课，她总是会迟到半小时，踩着恨天高，短得不能再短的皮裙紧紧地裹着她。她喜欢艳丽的色彩，有时候，是一件鲜红的紧身超短连衣裙，下面是镂空黑丝袜。每次她走进教室，教室里就充溢着名贵香水的气味，看起来，她有的是钱。只要她一出现在教室门口，阿东的眼睛就发直，一路看着她摇摇摆摆地走到自己的座位上。

"小红，你是做什么工作的？"珮吟问道，她的眼睛落在了陈红的套装上，"你总是打扮得无可挑剔。"

"你知道的，就是那种老是要坐着的工作呀。"陈红说着，咯咯地笑了起来，"有时候，也要唱唱歌。"

"你是说，你在卡拉OK吧上班吗？"

陈红摇了摇头："比那个更好。"她眼光扫过整个教室，确定没有人在附近可以听得到她们的对话，压低了声音说："我在新宿银座的一个酒吧里上班。"说着，她从手袋里掏出了一包柔和卡宾，点上抽了起来。

"酒吧？我听说那儿挣得多。"珮吟也压低了声音。

"嗯，只要你自己有本事，你就能挣大钱。干这行的姑娘，我知道的，一晚上四五个小时，大多数能挣一万二日元。"陈红停顿了一下，往空中吹了一口烟，"不过，我挣得更多。"

"嘿，怎么搞的？"一位坐在后排位置上吃中饭的韩国学生闻到烟味冲了过来，指着墙上贴着的禁止吸烟的标语，气愤地用日语对她们说："教室里不许抽烟，难道你们不知道吗？"

"啊，对不起啊。"陈红赶紧用日语回了一句，把香烟扔在地上踩灭了，"多管闲事。"她附在珮吟耳边嘀咕了一句。

可是珮吟啥也没听到，她的心思全在陈红刚才讲的话上。"你是说，你一晚上挣的比一万二还要多？"她有点发蒙，"那么，呃，这种工作上哪儿找？"

"要我说，只要你肯下功夫，机会总是有的。"陈红站起身，把手袋往肩后一甩，对珮吟说，"出去说吧，想不想去喝一杯？我得出去一下，烟瘾上来了。"

La Mille 咖啡馆离学校很近，几步路就到了。

"来两杯蓝山。"一落座，陈红就熟门熟路地跟店员要了两杯咖啡。

蓝山！虽然没喝过，但是珮吟在大连时就听到过，她拿起菜单一样样看下来，发现蓝山是上面最贵的一种，一杯要八百日币。

"别担心，我来买单。"陈红说着，舒舒坦坦地往后一仰，陷到了绿丝绒的沙发坐里。她和珮吟面对面，一条跷着的腿随着背景音乐的节奏轻轻地晃动着，在她身后，是一幅巨大的油画，金色的边框，一朵朵睡莲开在池塘里。转弯的角落，放了一盆仙客来，深红的花瓣，在橘红墙壁的衬托下，更加艳丽。"怎么样，不错吧？"陈红看着珮吟，笑吟吟地问道。

"当然。"珮吟点点头，眼光落在了桌上一盏古董台灯上，灯罩是彩绘玻璃。这还是第一次珮吟走进这么高级的咖啡馆，之前，她去的都是像Doutor这类大众化的咖啡馆。八百日元，她盘算了一下，这就相当于他们在大连一个月的房费，那时，每个月付房费的时候，郭敏都要念叨的，对了，郭敏现在已经是她的前夫了，她提醒自己。好贵的一杯咖啡，她轻轻地叹了一口气。

好像是要强调这杯咖啡有多贵，服务生端来的咖啡盛在一套骨瓷杯具里，一道细细的银边镶在杯口，托盘的正中，是花体的英文Noritake。陈红的那套也是相仿的花色和款式，只是杯口镶了金边。珮吟端起杯子，呀，好苦！这杯浓浓的咖啡和她以往喝过的咖啡不太一样，让她想起了中药的味道。

陈红看着她的表情，微微一笑，"不习惯啊？来，加点奶。"她端起一只小巧的奶杯，往珮吟的杯子里倒了一点奶油，"这是东京最好的咖啡。"

珮吟低下头，又小心地抿了一口。

"你可别告诉我这是你第一次喝咖啡，当然了，在大连这种穷地方可能连咖啡馆都没有吧，在上海，光是南京路上，就有十多家咖啡馆。"

"我们大连也有，"珮吟说着，不禁挺了挺腰板，"在大连市中心，起码就有两家，我常去的那家在富丽华酒店里。"

"是吗？那儿卖什么咖啡呢？"

"不记得了，我去那儿都是喝茶，茉莉花茶，我不喜欢喝咖啡。"

"你开什么玩笑？"陈红瞪大了眼睛，好像听到了最不可思议的事儿，"你去咖啡馆喝茶？听着，如果你想让人家对你有印象，你先得学会品尝外国的食物和饮料。这就是为什么喝咖啡比喝茶更有档次，尤其是在咖啡馆里。天，在咖啡馆里喝中国茶，我简直不知道你是怎么想的。"陈红用一枚精美的瓷勺搅动着蓝山咖啡，脸上露出一副不可思议的神色。珮吟顿时感觉无地自容，好像刘姥姥第一次进了大观园一样，浑身不自在。

"再说了，咖啡馆也不仅仅是给你喝咖啡的，"陈红慢悠悠地说，"你到这种地方来，是提高自己的品位和修养。你就看看这个环境吧，在中国，你上哪里找这样的氛围，喝个咖啡，包围在古典音乐和毕加索的名画之中。"

毕加索？哪幅油画是毕加索画的？珮吟伸长了脖子，睁大眼看着陈红背后的大幅油画。"我可从来没听说过毕加索画的睡莲，你确定这不是莫奈的？"珮吟对西方的艺术有点兴趣，也读过几本相关的书，不过，她也没见过几幅画，被陈红一说，她也吃不准了。

"莫什么？莫奈？我可没听说这个名字。哎，算了，别去理他。我的意思就是，像我们这样的年轻女人赶紧要抓住青春的尾巴，给自己打造一个很有品位的形象，这样我们才有可能出去遇见我们想要认识的人，才能出人头地。"

珮吟点着头，心里已经很佩服。她闹不明白，眼前这个世故老练的女人，难道以前真的是街头浪荡女？

"你常来这儿？"

陈红没回答，她的身子往下一滑，整个人陷进了沙发里，就势将两条腿往咖啡桌上一跷，一对细细的紫色高跟冲着珮吟。"我可是太累了，"她闭上眼睛，打了一个哈欠，"我已经连着两个晚上没合眼了。"

"小红，"珮吟咽了下口水，凑近了一点，说，"我听说，你以前在上海是卖衣服的，对吗？"

"哈哈，"她轻轻地笑了一下，眼睛睁开了一条缝，"有意思，这话不知道是怎么传到你这里的。"她有点费劲地直了直身子，抽出一根香烟点上了。"其实，我可真不愿意说以前的事儿，"她慢悠悠地开了腔，"不过呢，我愿意跟你讲，你对我好。"

陈红指的是笔记本的事儿，她老是跟珮吟借课堂笔记用，只要她一开口，珮吟都会借给她。以前，她俩从来没说过什么话，无非是上下课之间，在过道里见了面，彼此会打个招呼，陈红见了她，不像对别人那样目不斜视的，总是会找些话来和她寒暄。后来，珮吟才明白过来她是冲着课堂笔记来的，每逢大考临近，陈红一定会来跟珮吟借笔记，珮吟也不在乎，借也就借了，自己又没有损失。再说了，有人借笔记，不正是说明了自己是个好学生吗。

陈红停了一下，好像在想怎么开口，她深深地吸了一口烟，又缓缓地吐了出去："是的，我以前就在街边摆摊卖些小商品和衣服，你知道的，就是什么内衣内裤啊，口红啊，小袋子啊，这些小玩意儿。不过，那不是在上海，而是在盐城，我是在盐城出生长大的……那已经是很久以前的事儿，太久了，我恨那个地方，在那里，我没有一分钟是开心的。现在，终于离开了那个鬼地方。"

"为什么？"

"为什么？你能不能想象住在一个臭烘烘的棚户里，白天都有老鼠窜来窜去。你要和两个兄弟挤一张小破床，连翻个身都费劲，你能不能想象你的老爹整天喝得醉醺醺的，动不动就发火骂人。而你的老娘整天就是念叨钱不够用，嫌我们都是赔本的货。"

陈红又猛吸了一口烟，微微仰起头，对着空中缓缓地吐了出去。"我的老爹以前是个建筑工人，后来在工地上受了伤，就只能待家里。后来他开始赌博，输了钱就在家里喝闷酒，砸东西。我老娘在家的时间不多，她是个夜班工人，我是家里唯一的女孩，于是伺候他的任务就落到我的头上。我得烧饭给他吃，可他一不高兴就给我一通暴打。一次，他嫌我烧的面条太咸了，一把抽出腰间的皮带，劈头盖脸地就冲着我打过来。"

珮吟心头一紧，陈红的话让她想起了自己的童年，在舅舅的家里，她也是那个可怜的小女孩。她记得那年冬天，那是她在舅舅家度过的第一个冬天，不到九岁的她有了一个新任务，每天放学后生好炉子，这样舅舅舅妈回家就可以直接烧菜了。那个大冬天，她还不到九岁吧，生个炉子对她来说很不容易，总是呛得又流泪又咳嗽。有一次，大概是因为天气太冷，好不容易生起来的炉子，一不小心又灭了。舅舅回家一看晚饭还没烧好，抓起笤帚就打在了她屁股上。那天，她被惩罚不许吃晚饭，等大家吃完饭，她一个人留在厨房里，用刺骨冰冷的水洗碗。而两个堂兄弟，吃完饭就上了热炕，和他们的爸爸挤在一起，说说笑笑地嗑着瓜子。

这种境况，一直维持到珮吟离开舅舅家。十六岁那年，她作为接受再教育的知青，被送到了靠近中苏边境的一个农场里。农场的活很重，她养过猪，在滴水成冰的日子里给猪喂食，她还修过路，铁镐砸在冻土上把虎口震出了血，但是她心里很愉快，和其他年轻人在一起，至少她和别的人是平等的，在这里，她反而有了一种身处大家庭的感觉，终于，不再寄人篱下了。

"后来，我母亲上班的工厂倒闭了，我们只能想办法做点小生意，什么东西能卖钱就卖什么。"陈红的声音低了下去，"我是家里的老大，所以，养家糊口的责任也有一部分落到了我的头上。没办法，我只好辍学了，那时候我才十四岁。我母亲发现，最好卖的就是女人的衣服和手提袋，于是我们就开始摆地摊卖这些货品，我干了三年，整整三年啊，像噩梦一样。"陈红说着，把烟蒂狠狠地撳灭在烟灰缸里。

珮吟点点头，她明白，又是一个老大！为什么在生活中老大总是吃亏？

"我不想提那些日子，但是我永远也不会忘记。那时候，我起早摸黑，风里来雨里去，还要和警察打交道，简直不是人过的日子。"

"所以你就不干了，离开了盐城？"

陈红摇了摇头，表情凝重起来，低头盯着烟灰缸，仿佛陷入了沉思。

"哎，你还好吧？"看着她这个出神的样子，珮吟有点紧张。

陈红又摇了摇头，眼睛还是紧紧地闭着。"那都是因为我的老爹啊，"她咬着牙吐出了一句，"一天，我收摊后回到家，看到家里来了一个陌生人，一个长得很丑又很胖的中年人，镶着一颗大金牙。我老爹非要我陪着他们一起吃晚饭，我就只好坐在一旁陪着他们。那天在饭桌上我喝了一罐饮料，后来发生了什么都不知道了。等我醒来的时候，我躺在一家简陋破旧的小旅馆里，那个大金牙就躺在我的身边。见我醒来，他朝我压了过来，我惊叫了起来，用尽全身的力气把他推开……"她稍稍停了一下，让气息平静下来，"可是他不让我走，冲着我大喊大叫，嘴里冒着难闻的酒气。我这才知道，我爸输给了他一千元，所以就把我做了抵押，让大金牙来开我的苞，随便他玩。我听了血都冲上了头，用力推开他，抓起衣服，冲了出去。"她抬起了头，眼睛空洞地盯着远处，好像在讲述与她无关的一件事。

"那天晚上，我没回家，从此再也没回过，我担心我爸会又把我交给大金牙，就在一个朋友家躲了两天。到第三天早上，我跟朋友借了点钱，坐上了开往上海的火车。我已经不想再看一眼盐城了，我真应该早点离开那个家啊，他们从来就不爱我，无论是老爹还是老娘，我在他们眼里就是个赔钱货。"

珮吟开始对眼前这个姑娘生出无限同情。

"不过，我现在还得谢谢他们，"陈红扬起了头，脸上又恢复了那种什么都无所谓的样子，"如果我没有离开家，我就不会在这里了，也不会和你在一起，一起品味这一杯美妙的咖啡了，对不对？"她对着珮吟挤挤眼睛，脸上露出了一丝调皮的笑，"你知道，上海可是一个迷人的地方，我太爱了……"这时，她挥手叫住了一个正从她们身边经过的服务生，"嘿，能不能给我拿一包沙龙香烟？"

陈红又转回身对着珮吟，她已经完全恢复常态，不留一丝往事的痕迹，看起来和刚才简直就是两个人。

"虽然上海什么都好，可就是找不到工作做，我在几家三星级酒店找过一些临时工，打扫房间，端盘子，反正只要有活，什么都干，又苦又累，可就是赚不到钱。"陈红停顿了一下，接着告诉珮吟，后来，她在酒店里遇见了几位在日本工作的年轻人，他们早几年去了日本，看上去过得挺滋润，他们告诉她，日本这个地方挣钱容易，去那儿也不难，申请到一个语言学校，就能拿到签证了。

"当我听说只要证明有十二年的教育程度，就可以申请签证时，我觉得这个事儿可行，就开始很认真地想这个问题了。不久，我就托人搞了一个假的文凭。可是，后来我才知道，作为申请的一部分，必须先付六个月的学费。你是知道的，这儿的学费有多贵，我可没有那笔钱，那时我简直都要崩溃了。"

服务生走了过来，手里托着一只银质托盘，托盘里是她要的沙龙烟，陈红拿起烟，放了一张一千元的日币在托盘里。她熟练地打开烟盒，抽出一根，在咖啡桌的玻璃面上磕了磕，点上了。"我可不是会轻易放弃的人，后来，有人建议我去找一个担保人，担保我在日本期间的生活费和学费。于是我就开始在五星级酒店里转悠，希望能撞上个日本来的游客或生意人。我的确碰上了好几个日本人，可是他们没有一个人能帮我的忙。我又灰心丧气了，最后，我终于发现了一个好去处，就是五星级酒店边上的酒吧，那里每天晚上都挤满了外国人。我花了好大的功夫，终于说服了一家酒吧的老板，让我在那里打工。"

"这下你该有好运气了。"

"是的，事实证明，这一步走对了。这家酒吧就像一座金矿，来来往往的有很多日本来做生意的人。一年前，我就在那里遇见了石田先生。"

陈红说到这里开始来劲了，她滔滔不绝地说了下去。她说石田先生有家庭有孩子，他常来上海出公差，盯建筑项目。不久，陈红就和石田好上了，每次石田来上海，他们就黏在一起。不久，陈红就向石田提出要去日本，石田很犹豫，不过，最终他还是答应了做陈红的担保人。六个月前，当陈红终于抵达东京时，石田不仅帮她付了一年的学费，还给她租了间公寓。

可是，不久他们之间的事儿就被石田的太太发觉了，她吵着要离婚。石田畏缩了，他表面还装着和陈红之间什么都没发生的样子，但是悄悄地想着抽身了。终于有一天，他突然就蒸发了，不再给陈红打电话，陈红打过去也没人接，陈红甚至打到他的办公室，石田不是出差了就是正忙着。

"男人啊，都一个德行，想和你睡觉的时候，能把你哄上天，一旦得了手，他们就像夹着尾巴的狗那样缩回去了。不过，谢天谢地，我可不傻，我早就料到会有这一天，已经存了一笔钱来应付这一天了。就在他消失后的不久，我找到了一份工作。"

"就是你说的那个酒吧的工作吧？"

陈红点点头，"是的。酒吧的老板娘是个台湾人，很精明的台湾人。早几年，日本经济繁荣的时候，她在新宿开了这家酒吧。地方很小，但生意很火，母亲桑雇了五位坐台小姐，三个从大陆来，还有两个是台湾的。我们一周三个晚上，轮流上班，从晚上七点半上到夜里十二点半。"

这份工作很简单，陈红满不在乎地笑着说，就是和客人调调情，陪他们说说话，喝喝酒。酒吧的客人基本上就两类，要么是孤寂的白领，买醉寻找慰藉；要么就是公司的高管，来酒吧释放压力。她的工作就是用温存的话和开心的笑逗他们开心。

"你要做的就是用手拿东西喂他们吃，给他们擦嘴巴，就像你在照顾一个婴儿一样，就差给他们换尿片了，难怪这种酒吧被叫作成年男子的托儿所，哈哈哈。"

陈红似乎突然被烟呛了一口，一阵猛烈地咳嗽起来。她俯身撑着茶几，使劲儿地咳着。出乎珮吟的意料，陈红把一口痰吐到了咖啡杯里。珮吟虽然不知道Noritake杯具值多少钱，但是陈红往这么优雅的杯子里吐痰让她吃惊不小，心里不禁掠过一丝厌恶。

可是恢复了平静的陈红好像什么都没发生，她清了清嗓子，继续说："你要知道，做小姐能了解到有关日本社会的很多事情，我太喜欢这份工作了。你想吧，上哪儿还能找到这样的工作，跟男人说说话，一个小时就能赚到两千日元。"

珮吟皱起了眉，"我不是听你说，四个小时能挣一万二吗？可是一个小时两千，一整夜也只能挣一万啊。"

"嗨，那是刚开始的收入，六个月后，你就能赚更多啦。再说了，如果你能给店里带来更多的客人，或者你能哄得客人开一瓶威士忌，你又能多得百分之二十的提成。这总可以了吧？"陈红朝珮吟挤了挤眼睛。

"难怪会看到街上有女人把男人往酒吧里拖。"

"这里面油水可多了，再说了，客人还会给我小费呢。我在那儿，算是挣得多的，做得好的月份，我一个月能挣三四十万呢，那可是差不多两三万人民币了，还都是现金。"陈红说着做了个数钱的动作。

"两三万人民币！"珮吟惊叫了起来，搁在大连，她还不定在百货公司干上多少年呢。

"这还不是全部呢，你还会得到很多额外的好处，比如客人会送给你礼物啊，带你出去吃晚餐啊。"陈红把她的红宝石戒指在珮吟眼前晃了晃，"看到了吗？这是田中先生给我买的，只要是我上班的日子，他几乎每天晚上都要来。好吧，他是有点油腻腻的，还口臭，但他对我很好，总是时不时带几位朋友来，给我增加点收入。他是我的财神，就是因为他，我才成为店里挣得最多的。"陈红说着，自顾自笑了起来。

"陈红，呃……你是怎么找到这份工作的？"

"怎么？你也动心了？"

珮吟有点难为情地点了点头，"可是，我已经三十出头了，不知道……"

"你到底多大？"

"三十四。"珮吟能听到自己声音里的虚假。

陈红皱了皱眉："要是我，我就把年龄少说几岁。在这个行当，没人讲实话的。日本男人喜欢年轻女孩，天真，娇嫩，你懂我的意思吗？"

陈红伸手去拿打火机，珮吟已经一把抢先抓起了打火机，凑上去给陈红点上了。陈红深深地吸了一口，又慢慢地吐了出去。虽然还是早午后，咖啡馆里已经烟雾缭绕，似乎除了珮吟之外，大家都在抽烟。

"我敢说，你报自己二十八，他们也相信。"

"真的吗？"听到这句话，珮吟欣喜地抬起了头，脸上都放光了。

"当然相信，不过呢你得买点好衣服，去美容院做做脸，整个人就会精神了。"陈红说着，带着挑剔的眼光看了一眼珮吟的齐肩发，"好在，母亲桑总是欢迎新面孔，如果我再帮你说说好话，这事儿就成啦。"

回到教室，大桥老师已经在写字板上写了好多句子，下午的课开始了。可是珮吟一句也听不进去了，她满脑子都是想象中的新生活，坐在豪华的日式酒吧里，给西装革履的男人倒威士忌。满墙的酒瓶，若明若暗的灯光。她想起最近在哪份报纸上见到过一篇文章，说现在中国人能找到的工作分三类，站着的，坐着的和躺着的。赚得最少，活儿最累的当属站着的工作，一站就是一整天。讽刺的是，赚得最好的工作当然也是最容易的工作，躺下来就行。这种躺着就把钱赚了的工作，一两个小时就能有大把的现金收入。

珮吟记得，她母亲叫她在学校附近找个餐馆打打工，可是那种工作一个小时只能赚七百五十日币，是日本的最低工资。

那可是最低工资啊，珮吟没法忍受那种耻辱，整夜缩在脏兮兮的厨房里，就为了一份最低工资，而别人衣着光鲜地坐在酒吧里，就把三倍的钱给赚了。在珮吟看来，当小姐比干杂活吸引人多了，又体面，又轻松，给有钱人倒倒威士忌，就能赚到两千日币一个小时，这样的好事哪里找去。她也不是孩子了，也是听闻过那种场合的，就是为了赚钱，又不是要跟男人发生关系，至于醉汉对她口出污言秽语，她相信自己一定有能力反击。但是，她该如何向她的妹妹交代呢？还有她的母亲，如何向她们提起酒吧的事？

那个夜晚，珮吟躺在床上，翻来覆去睡不着，脑子里翻江倒海地出现各种画面，一会儿是和陈红一起到银座，去买工作服，一会儿看见了母亲生气的脸，对着她骂出各种难听的话，直到凌晨，她才迷迷糊糊地睡着了。

第六章

　　美吟坐在办公桌前，呆呆地盯着眼前的黑色笔记本电脑。现在是上班时间，可是她眼前晃动的都是皮特的影子。她好像又回到了纽约中央公园西侧公寓，周末的早上，皮特戴着他那副金丝边眼镜，悠闲地坐在皮转椅里，阅读着最新一期亚洲艺术收藏鉴赏月刊 *Orientations*。

　　和皮特分手，已经三年了。皮特比她大十二岁，是纽约大学艺术史的教授，那时，美吟在那儿主修艺术史，皮特是她的老师。认识不久，皮特就对美吟表示了特殊的好感，说是欣赏她敏锐而独特的艺术鉴赏力。其实，美吟心里知道，皮特骨子里是个东方癖，喜欢和亚裔女性交往，对白人女性无感。他总是跟她说，和她交往，让他想起了以前在台湾做交流学生时的情景。他们的关系维持了四年之久，可自从他们分手，美吟就再没听到他的一星半点消息。回到东京的决定，一半也是出于要忘掉皮特，可是，到目前为止，似乎还是没有奏效，她时不时地就会有一阵难以抑制的冲动，想给他打个电话，或者给他写几个字。

　　美吟突然觉得脖子后面有点痒，好像有东西在爬，她赶紧抖抖肩，又用力地摇着头，原来是一只苍蝇，摇摇晃晃地飞向窗户，趴在玻璃上不动了。

　　美吟抚了抚眼睛，强迫自己把注意力集中在工作上，两眼盯着笔记本看。和她隔开几张桌的贝奇正在打电话，虽然声音很轻，但是在安静的办公室里，还是听得很清晰。"对了，等你去了那儿，一定要去卡马拉雅度假村啊，美得像天堂……"那是贝奇正在给一位译员打电话，应该是核对翻译中的几个细节问题，可一拿起电话，就滔滔不绝地东拉西扯开了，这会儿她正在说着自己不久前的巴厘岛之行。这是她一贯的做派，美吟已经习惯了。

美吟一松劲，往后倒在圈椅里，心底滑过一声呜咽。没事儿做比太忙更烦人，美吟心里清楚得很，但是不论如何，表面上她都得装得很忙，她将笔记本往边上一推，开始整理办公桌上凌乱的文件。苍蝇发出恼人的嗡嗡声，一下一下地往玻璃上撞着。可怜的苍蝇，你看着自己想去的地方，可就是去不了，其实，我也和你一样，美吟心里默默地念着。

"美吟啊，我求你了，你就不能帮你姐姐找个工作吗？"她耳边响起了母亲的声音。她多希望爸爸还在东京啊，她多希望爸爸也能像一个正常的父亲，承担起本来属于他的责任。

从小到大，美吟很少从爸爸那里得到教诲和引导，对于她来说，爸爸在她的成长过程中是缺席的，尤其是在高中毕业后，当她的同学都会从爸爸那里听取有关大学和职业的经验和建议时，美吟只有靠自己去摸索。她的母亲也给不了她多少帮助，一来她对日本也不太了解，二来见识也有限。

美吟想到这里，思忖着要不要冲出去买一份人才招聘的杂志，但一想到秘书和田纪子那双审视的眼睛，还是算了。

纪子是天野裕二的私人秘书，已经做了十年，今年她三十三岁，比她的老板年轻了二十四岁，可她的一举一动，倒不像是他的助理，而是他的妈。这也是因为裕二身体羸弱，离了婚，一个人住。纪子到处跟着他，给他拎包，帮他拍去外衣上的浮尘，为他预约医生看病。有时候，他家里来客人，她甚至会上门帮他插几盆花。没有纪子，裕二简直什么也十不成，尽管他的办公室很豪华，但他一个礼拜都难得来一次。所以，纪子几乎成了实际上的老板。

纪子对裕二可谓尽忠尽职，处处维护他的利益。而且，她对外国人很有成见，也不知从哪里来的偏见，认定外国人来工作就是想揩日本人的油。因此，她整天瞪大那双鹰隼一般的眼睛，盯着公司里的三个外国员工，美吟、贝奇和派翠西亚。为了监视她们的一举一动，她干脆将自己的办公桌调了个方向，虽然隔着一条通道，但是直接和她们面对面，什么也逃不过她的眼睛。她还要求三位外国员工进出公司都要打卡，所以，没有一个说得过去的理由，简直不可能出去。除非是在吃中饭的时候，不需要打卡就可以外出，但是时间上也卡得很紧。因此，她们连饭都吃得不放松，心里一直要惦着时间。

美吟看了看手表，十一点半，离午饭时间还有半小时。她抬眼看看周围，贝奇还在打电话，派翠西亚的位置还空着，她今天上下午班，两小时后才会到。

"嘿，你说，那张马脸今天是怎么啦？"过了大约五分钟，贝奇手捧着她的粉色咖啡杯，走到美吟的身边，轻轻地说了一句。

美吟无奈地摇摇头，愤愤地说："这些该死的规则，这里的人怎么就像对待中学生那样对待我们？让我们早走两分钟又怎么啦？"

"嘘……"贝奇往过道的方向歪了一下头，示意美吟小心说话，怕被纪子或者她的助手辉子听了去。

贝奇四十出头，原先是纽约一家杂志社的编辑，她圆圆胖胖的身材，一头金色鬈发，看到她，美吟都会不由自主地想到好莱坞女星贝蒂·米得乐。和贝奇一见面，美吟就喜欢上了她，这不仅仅是因为贝奇这个人又好玩又机智，还因为在日本，她是美吟唯一可以与之谈谈美国的人。她们的交谈会让美吟回想起在曼哈顿的时光，那里有美吟美好的回忆。七年前，美吟去纽约玩，她一下子就爱上了这个城市，还有这个城市的艺术氛围，这次旅行的结果是，美吟决定在纽约读硕士。所以，只有和贝奇在一起时，美吟才能说说她对小意大利的怀念，还有东六街上一家挨着一家的印度饭店，当然，还有在Zabar超市里瞎逛，在华盛顿广场上流连。进这家公司不久，美吟就把贝奇视为知己和人生导师了，无论是和皮特纠缠不清的分手，还有关于珮吟来日本的事儿，以及工作上的一些流言，只要美吟心里想到的，迟早都会说给贝奇听。

眼看着纪子进了复印间，贝奇凑近了在美吟肩上轻轻一拍，低声说："我们就是闲坐在这里也是有钱赚的，多合算啊，往好处想想吧，我们就算坐在这儿看看报纸，一个小时也能挣二十美元哪，这个价钱可真不错。"说着，贝奇咯咯地笑了，顺手还给美吟递过一份《每日新闻》："再看会儿吧，马上可以吃午饭了。"

美吟懒洋洋地接过报纸，说："要不要一起吃啊？你说个地方。"

"好啊，Mugen怎么样？有一段时间没去了。"

"好，就这么说定了。"

贝奇在天野上了近三年的班，除了做撰稿人之外，她还负责每周开班两次，集中地给散落在涉谷西段六个分部的三十来位日本员工补习英语。她是公司里唯一在职两年以上的外国员工，也是唯一的一位全职外国员工。

在美吟来这儿上班之前，天野来来去去的兼职外国雇员多得像蜜蜂，加纳的奇奇、法国的艾伦、内罗毕的曼巴、芬兰的塞米。就在美吟入职后一个月，一位个子高高的金发女郎突然现身，她是个德国人，前一天晚上和天野在一个派对上萍水相逢，她第二天摸到他的公司要给他一个惊喜，结果他给了她一个更大的惊喜，当场给了她一份工作。

美吟知道为什么天野这么能吸引外国人，她自己就是亲历者，深有体会。在天野先生的公司里，工作压力不大，工资却不少，不仅如此，更重要的是，他还很慷慨地为外国雇员办工作签证开绿灯，为他们提供所有需要的资料。这在日本公司中很少见，一般来说，想要拿到工作签证，只能是成为全职员工。因此，成为天野的员工，从本质上来说，就是可以享受着合法身份的便利，随心所欲地做着任何事。

敲开天野大门的外国人基本上有两类人，一类是尚未成名的准艺术家，还有一类是以前的英语老师，来这里工作歇歇脚，换个环境。一直想成为爵士歌唱家的派翠西亚也是这样。晚上，她到赤坂见附的一家酒吧驻唱，每周有三个下午她到天野晃晃，号称是德语翻译，其实她的工作量很少，天野也是难得接到德语的翻译资料，所以大多数的时间，她就坐在那儿对付她的指甲油，或者为晚上的演出准备一些小噱头。

"你说说看，天野先生有毛病啊，他干吗老是雇些外国人，又没有活儿给他们干。"一天，美吟和贝奇就聊起了这个话题。

"这个你清楚的，我觉得我们也就是个花瓶吧，"贝奇笑着说，"有没有活儿干没关系，重要的是，我们是很体面的花瓶，显得他的公司很有档次啊。"

"花瓶？好吧，听上去还有点道理，不过，我可不是花瓶，我可没有他要的档次。"美吟垂下了眼皮，显得眼睛更加细长，"你知道他干吗雇我吗？因为他有负罪感。"

"负罪感？怎么会？"

"我来面试的时候，他和我聊了一会儿，他流露出愧对中国，要好好回报中国人的意愿。太平洋战争时期，他爸爸是一名士兵，后来，1945年日本兵败溃逃时，东北的一个农村家庭救了他父亲，把他父亲藏进了地窖。要不是这家中国人，他父亲早就没命了。"

"他把这些都跟你说了？"

美吟点点头："话虽如此，但是，我相信他内心更加喜欢的是西方人。"美吟说起来上一次公司安排拍正装照，算是对员工的奖励。那天，天野穿得一丝不苟地来到了公司，一套意大利手工银色西服，一双小羊皮手工皮鞋。那天后来是贝奇和派翠西亚陪着他前往影楼的，他没有叫美吟。后来美吟才发现，连旅游部的布莱恩都受到了邀请，外国员工中，唯独漏了她，这不应该是疏忽了，肯定就是有意为之。

"你想吧，天野追求的是国际形象，也就是说，在他的心目中，金色头发蓝眼睛的员工才是他的骄傲，至于我么，一张东方面孔，没有他想要的异国情调。"

"好吧，你不算花瓶，那你好歹也算是个物件吧，也许，你也能算一件摆设。"贝奇说着自己都笑了起来。

美吟心里不爽快，只是耸了耸肩。

好不容易熬到十一点五十九分，美吟和贝奇赶紧起身，往打卡机走去。她俩肩并肩地走出了公司，中午的阳光正好，美吟吸了一口带有温度的新鲜空气，一下子觉得舒服多了。她们要去的Mugen，藏在公司附近的一条小马路上，供应有机食物，提倡健康饮食，很受当地人以及外国食客的欢迎。店堂的装饰也很简单，原木风格，配以青花蓝布，一炷熏香在空气中袅袅散开，尺八吹奏出轻柔的背景音乐，制造出一种类似于禅意茶馆的风格。她们两人要了一样的套餐，一千二日币一份，主菜是豆腐，配以蒸时蔬，糙米饭，和大酱汤。

"美吟啊，你好像有什么心事。"喝着大麦茶，贝奇开了口。

贝奇的单纯和直率，是美吟最喜欢的地方。"哎，还不是因为我姐姐……"她慢慢地开了口，一件件地说起了她和母亲如何帮助珮吟适应日本生活的诸多细节。

"现在问题就来了，我姐姐在日本才生活了两个半月，连日语还不会说呢，可我母亲给我下达了一个艰巨的任务，帮她在日本找一份工作。"

贝奇抬了抬眼皮："那倒也不是完全没可能。"

"可能吧，但是，上哪儿找那百里挑一的老板，愿意接受不会讲日语的员工呢？"美吟顿了顿，一位服务员走了过来，给她们泡上了热茶，美吟看着服务员的手，说："我姐姐要是能找到一份厨房的帮工，就算她运气好了。"

"为什么这样说，你觉得她连服务员的工作都干不了吗？"

"我倒没这样觉得，可是，你不知道，我姐姐也不知道哪来的底气，总觉得自己应该做工资高，又体面的白领工作。"

美吟跟贝奇说起了母亲给珮吟找了份清洁工的工作，可她没多久就甩手不干了。"你也知道，外国人不好找工作，尤其是中国学生，谁不是从最底层的工作开始干起的，我就是不理解，她凭什么就觉得她可以凌驾于这些工作之上呢。"

"也许，是因为她觉得她可以依靠你和你母亲吧，你们总不至于不帮她吧。"贝奇总是一针见血，"只要有捷径可以走，谁愿意吃苦受累呢。"

美吟沮丧地摇了摇手，说："哎，我就觉得她太不现实了。是的，我们的父母都在日本，可是，我妈很穷，一点积蓄也没有，我爸呢，又是个铁公鸡，这次他给我姐姐付了一年的学费，已经让我很吃惊了。如果她的学费都有人帮她出的话，那她已经比大多数的中国学生条件强多了。但是，即使这样，她还是要学会自己挣钱，这个世界上，根本没有什么免费的午餐，越早意识到这一点，对她自己越好。"美吟说到激动处，手一挥，碰翻了茶杯。

"嘿嘿嘿，安静安静。"贝奇赶紧拿餐巾纸擦去了倒出来的茶水，笑着说，"你看看自己，也太激动了吧。"

"我就是不明白，她怎么会对每个人都有要求，恨不得每个人都围着她转。她又不是十二岁，都三十八岁了。"

贝奇皱了皱眉毛，说："薇薇安，我觉得你应该给你姐姐一点耐心，当然，你姐姐也不能指望你和家人一直供着她，可是，她确实需要一点时间才能立住脚啊。"

美吟想了想，点了点头："你知道她的问题在哪里吗？因为她在中国出生，在中国长大。在那个环境里，很多事情都笼罩在关系网之中。找工作也不是凭实力，而是等父母退休顶替，或者找人托关系，反正不是光明正大凭真本事。可是这种想法，在日本、美国或者别的好多国家就行不通了，最终，你还是得自己走出去，努力为自己找到一份工作。我做到今天，完全都是靠自己，我那个不靠谱的爸爸可真的一点都靠不住，没有帮过我一个手指头。可我姐姐对我和我母亲还是充满幻想，恨不得我们俩为她摁下快进键，一下子让她过上好日子，省得她自己出力。可是，这一套在中国之外行不通啊，尤其令人难以接受的是，她还根本意识不到这一点，觉得我们为她所做的一切都是理所当然的，好像我们欠了她一样。这一点，让人很不舒服。"

"可是，当时你家人是怎么离开中国的？为什么又把你姐姐留下了呢？"贝奇很不解。

于是，美吟把她从母亲那里听来的事儿对贝奇说了一遍，她说了当初香港的移民法规，一个家庭最多只能携带两名孩子出关，又说到了一九六六年爆发的"文革"，使得她母亲把姐姐接出来的想法再次落空。"我知道，那个留在大陆的孩子很可能就是我，幸亏我是小的那个。"美吟想了想，又加了一句，"那纯粹就是我的运气了。"

"所以，我完全可以理解你姐姐为什么对你和你母亲这么生气了，她可是三个孩子中唯一一个被抛在国内的啊，我敢肯定，这么多年来，她一直生活在怨恨和自卑之中。现在她总算和你们团聚了，可是又这么大年纪了，还要适应在异国他乡的生活，当然很不容易。和她相比，你和你弟弟真是太幸运了，你该对你姐姐更耐心一点，多给她关心，而不是埋怨啊。"

美吟一听，更来气了，说了半天，贝奇怎么站到姐姐那边去了，完全不像平时，总是很维护她，理解和支持她，这一回，难道她没听懂她的话吗？

一位身穿蓝布和服的女侍者端着托盘过来了，她往桌上放了一只篮子型的盛具，里面有几个小碟，一块嫩生生的豆腐浸在酱汁里，大虾天妇罗炸得晶莹剔透，篮子边上，是几只小小的瓷碟，盛了几样冷菜，腌梅子，油浸香菇，蒸山芋。每样食物都是一点点，可配在一起很养眼。

两个人都是爱吃的，对日本菜的喜爱是她们的共同点，菜一上来，她们的话题就从珮吟身上转到食物上了，说着说着，贝奇又说起了刚刚结束的东南亚之旅。

下午过得很快，美吟还是幸运的，公司上了一个最新项目。为了给公司树立一个更有格调的形象，天野先生策划开一个系列画展，第一个展出是五位当代中国艺术家的三十幅作品。新来的艺术总监让美吟负责翻译展览手册，还要将这五位艺术家的背景资料都查出来撰写好，这就够美吟忙的了。在天野工作到现在，终于等来了一个和她的专业有关的项目，这让她心里又生出很多感慨，好希望皮特这时候出现在她的身边，他一定会为她骄傲的。

两天后，上野地铁站口，美吟等着珮吟。出门的时候没想到会下雨，这会儿美吟站在一家水果店窄窄的雨棚底下，两手拎着沉甸甸的购物袋，心急地盯着从地铁口涌出的人群。

一滴冰冷的雨水从雨棚滑落，滴在美吟的前额上，慢慢地滚落下来，凉凉的，湿湿的，美吟很不舒服，可又腾不出手去擦。她只好把购物袋放在湿漉漉的地上，从包包里挖手绢。挖了半天，只找到一张皱巴巴的纸巾，还是拿纸巾擦眼镜吧，这会儿眼镜上都蒙了一层水汽了。擦好眼镜戴回去，继续盯着熙熙攘攘的地铁口。人流不断地从地铁口涌出，打开各色雨伞，马路成了色彩斑斓的河流。可是哪里有珮吟的影子，美吟挽起湿嗒嗒的袖管，看了一眼手表：4:45，说好是四点半见面的，珮吟又晚了。

又过了五分钟，珮吟还是没有出现，见鬼，怎么搞的，她跑哪儿去了，总是迟到！

美吟正要穿过马路，到对面公用电话亭打个电话，她看见姐姐匆匆忙忙地从地铁口跑出来，慌慌张张地四处张望。没有时间观念的大陆人！美吟心里暗暗地骂了一句，抱怨声不由得冲口而出："你怎么这么晚啊？"

"哎呀，还不是因为路上堵，你看看，这么多人。"珮吟若无其事地回答道，"一下雨，大家都躲到地铁里了，人多得我挤都挤不上去，错过了好几班。"

美吟心里窝火，冲着珮吟就说："你都来晚了，起码可以道个歉吧。我在这儿淋着雨等了你二十多分钟了，你知道吗！"美吟盯着珮吟，眼睛里都是怒气。珮吟的词典里没有"谢谢"和"对不起"，这是她最不能容忍珮吟的地方之一，也是大陆人普遍的毛病，没有时间观念可以说是大陆人的特征。

"我不就晚了一会会儿吗？干吗发这么大的火？"珮吟皱着眉头问道，她看不惯妹妹为了一点小事就小题大做。

"你就和你们大陆人一个德行，从来不知道遵守时间。你难道从来就没想到过，你这样做给别人带来多少不方便吗？"美吟冲着珮吟大喊大叫起来，其实，她也从来没有想过，这样的话，对姐姐也是一个伤害。珮吟被妹妹一通数落，脸上一时放不下来，张口想说什么，可啥也没说出来。

"哎，算了算了，不说了。我们还是找个地方坐下来，把你的履历好好填写一下吧。"美吟没理会珮吟递过来的雨伞，转身就自顾自在前面急急地走着，落下珮吟在后面追，有点狼狈。

在一家咖啡馆坐下后，珮吟从包里取出了两张履历表，一张还没填过，干干净净的，另一张有点起皱了，空格处是珮吟填写的中文。根据珮吟填写的内容，美吟在另一张空白表格上填入了日文，只有年龄那一栏还是空白。

"我该填几岁呢？"珮吟问，她看着表格踌躇着。

美吟想了想，说："填三十三岁吧，年龄报得太小也不好，他们会觉得你没法胜任这个工作。"

珮吟点点头，觉得很有道理，就在年龄空格里填了个33，然后把表格折起来，塞进一只白信封，小心地放入了包里。

"面试的时候你知道怎么说的，对吧？"美吟有点不放心。

"当然。"珮吟瞟了一眼美吟，好像在说，你都把我当成什么人了。

"别忘了说你会尽最大的努力的，你会听从他们的指令的。"

珮吟点点头，脸上浮起了一层阴郁。

"还有，别忘了面带微笑。"

"得了，你别老把我当成小孩子好不好，我又不是傻瓜。"

美吟还是不放心地看了珮吟一眼，"好吧，不早了，我们走吧。"

她们的目的地，就是这家隔开几个门面的居酒屋。店门口挂着一个巨大的白色灯笼，灯笼上，书写体的蜻蜓两个字粗黑醒目。店门虚掩着，美吟探头往里面看了看，这会儿还早，店堂里点着幽暗的灯，显得空荡荡的。美吟和珮吟走了进去。

这家居酒屋店面很小，一共就三张狭长的餐桌，一张桌子挤挤能坐四个人。沿着吧台，一排还能坐八个人，然后就没有其他的位置了。一个五十来岁的日本男人，是个秃头，闻声从里间走了出来，朝她们打招呼。他嘴里叼着一根香烟，自我介绍叫小川，一抬手，请两姐妹在吧台坐下。

小川迅速地瞄了一眼珮吟的履历表，抬眼看看她们，问道："你们两人，哪位是来申请工作的？"他绕到了吧台后面，摘下嘴里的烟，手肘支在吧台上，斜着眼看着她们。

"是她。"美吟指指珮吟，说。

小川用犹疑的眼光上下打量着珮吟，问道："你会讲日语吗？"

"会的，会一点点。"珮吟低声地说，拘谨地微笑着。

"你来日本多久了？"

"哦，六个月了。"珮吟难得的温顺。

一阵令人难堪的沉默，美吟在吧台下悄悄地踢了珮吟一下，示意她多说说日语，但是珮吟张了张嘴，还是没说出什么来。

"这可能会有一点问题。"小川先生慢慢地开了口，一只手搓揉着前额，"呃，是这样的。我现在急需一位女侍者，但恐怕不是像你这样的。你的日语显然还不够好，而且，你也没有在餐馆服务的经验。"小川把履历表又看了一眼，说："这样吧，我这里临时缺了一位厨房的下手，原来那个打杂的小工出了车祸，现在还在医院里。在他回来之前，你就顶替他，你愿意吗?"

珮吟点了点头。

于是小川先生向她们介绍了这份工作的情况，一周四个晚上，六点到十点，四个小时，每小时七百五十日币。珮吟的主要任务就是给大厨打下手，切菜，洗碗，打扫厨房等。这时候，店里的电话响了，小川赶紧过去接电话。

"七百五还真不错，你说呢?"美吟热切地看着珮吟，她希望姐姐抓住这个机会。

"还可以吧。"

"你想吧，你不仅能赚到钱，还能多练习练习你的日语，多好啊。"

"嗯。"珮吟木然地回答。

"那就这样定了。"

小川先生回来后，美吟帮着珮吟定下了第二天的工作。

回车站的路上，美吟一直在等着珮吟对她说点什么，起码也得谢谢她吧，她帮珮吟找了这份工作，又陪她过来。可是，珮吟一句话也没说，只是将自己的雨伞往美吟的那边靠了靠，遮住了不断滴落的雨点。路上，美吟很想说点什么，但看看姐姐，她也就闭上了嘴。

一路无语地走到地铁口，都快要分手了，美吟才开口说："哦，对了，我差点都忘了。"她把手上拎着的两个塑料袋子递给了珮吟："这是给你的，早知道今天下雨，我就下次再带出来了。"

"这是什么?"

"是我穿过的一些衣服，现在穿不了了，我想你可能还用得上。"

"哦。"珮吟的语气一如既往的冷冰冰。

"当然，如果你不喜欢，就别穿了。"美吟似乎觉察到了什么，虽然珮吟的反应让她很恼火，但是她还是想多多理解珮吟，就像贝奇对她说的那样。她觉得这些旧衣物至少能省她姐姐一点钱吧。就像当年，她在纽约大学读书的时候，很欢迎同学朋友给她一些衣物的，那时候她学费生活费都靠自己打工挣出来，能省则省，这些来自于他人的好意都让她很感激。但是，她根本不知道，大陆人不愿意穿人家穿过的衣服，觉得这是低人一等。而且，也很好面子，不愿意接受别人的施舍。

"我知道。"珮吟冷淡地说了一句，接过袋子转身就走了。

望着姐姐远去的背影，美吟轻轻地叹了一口气。她到底想要什么？无论如何努力，都无法取悦姐姐，美吟感到又无奈，又失落。

第七章

回到家里，珮吟脱了鞋径直走了进去，都没跟母亲打声招呼。

"你回来了？饿了吗？给你留了晚饭了，搁在冰箱顶上。"倒是母亲一听到她进门的声音，立即迎了上去。

"哦。"

"怎么了？你不喜欢小川先生？"珮吟脱下了外衣，挂在简易衣柜里，母亲在她背后，已经在焦急地发问了。

珮吟一转身，满脸都写着惊讶："我们这才刚刚去见了面，你怎么已经知道这个名字了？"

"你妹妹告诉我的。"

"她刚才给你打电话了？这么说，她把一切都向你汇报了咯。"

"差不多吧，我也想知道啊。怎么，你觉得这有什么不对吗？"

"当然啦。"

"为什么？"

"为什么？你自己明白。"

"你在说什么啊？"母亲显然已经很生气了，强忍着保持平静，"你还要为此跟我吵一架吗？"

"我已经烦透了你们两个多管闲事，不管我做什么，你们都要来指手画脚。我不是个孩子了，我自己能照顾好自己。"珮吟一边说，一边气鼓鼓地冲进了自己的房间，顺手一推，把米纸拉门关上了。她多希望这是一扇真正的门，而不是一层薄薄的纸门。不然的话，她至少可以把门用力地摔上，以表明自己的态度，而不是这软绵绵的一推。

"多管闲事？这叫多管闲事？"母亲在门外气急败坏地叫着，"我可没觉得，我们这还不是因为关心你吗？"

"关心我？太可笑了。"

母亲不再接话，默不作声了，房间里一下子安静了下来。隔壁邻居在看电视，电视里的声音听得清清楚楚。

"咦，这是你的袋子，别把它们留在过道上呀。"过了一会儿，母亲又叫了起来，"这些袋子鼓鼓囊囊的，里面都是啥呀？"

"是美吟扔掉的垃圾，我还以为连这个她都告诉你了呢。"

珮吟听到母亲在窸窸窣窣地翻袋子，"这些看上去很不错哎，你打开看过吗？"

"妈，你看你都在干吗呀？别碰那些东西啊。"珮吟探出头，无可奈何地叫着。

"你看看这件羊毛夹克，上面还挂着吊牌呢。"母亲根本没理她，自顾自在翻衣服。

珮吟只得走了出来，她看见母亲手里举着一件烟灰色的小翻领外套，冲着她大呼小叫地说："哇，这件很不错哎。"

"怎么？不喜欢？那这件呢？"母亲另一只手又抓起了一件海军蓝的羊毛连衣裙。

珮吟皱着眉头，走到母亲身边，也蹲了下来。这些衣服都被母亲倒出来了，摊了一地。这些衣服多半是蓝色的或者黑色的，珮吟撇了撇嘴："哼，这些衣服啊，都是奔丧的时候穿的。"说完站了起来，又回到了自己的房间里，这一回，她倒是没把门给关上。

"珮吟，你其实不是不喜欢这些衣服的颜色，而是因为都是穿过的，对不对？"

被母亲这样一说，珮吟不出声了。以前，小时候，珮吟穿的都是新衣服，穿小了才给妹妹穿。现在却反过来了，她要从美吟那里接收穿过的衣服，这让她很不舒服。

"珮吟啊，别挑三拣四，你现在还没开始工作，当然没能力买新衣服。"母亲把一件件衣服仔细地折了起来，放回了袋子里，"如果我是你，就会大大方方地把这些衣服收下。"

"妈，可我不是你。我自己有衣服，再说了，我千里迢迢地从中国来到日本，不是为了来捡几件破烂衣服的。就算我现在没钱，我也宁可等着，等我赚了钱，我会用自己的钱去买最时髦的衣服。"珮吟在自己的房间里坐下了，背对着母亲，"我的原则就是不是新衣服不穿。小时候住在你那个小气鬼弟弟家里，我已经穿够了旧衣服了。"

"还有，美吟今天对我很粗鲁，我下午就迟到了一会儿，可她冲着我大叫什么你们大陆人从来不守时。对于她来说，我不是她的姐姐，而是一个让她瞧不起的大陆人，而且，在她眼里，所有的大陆人都是没有文化的土包子。她怎么就不想想，她这么对着我大喊大叫有多粗鲁吗？所以啊，要我穿她的旧衣服，那可是见了鬼了，她可不就是为了在我这里找到高人一等的好感觉吗？我就偏偏不让她得逞。"

"你这扭曲的傲气是从哪里来的？"母亲已经气得不行了，她没有想到，最喜欢的大女儿竟然会这么不通情理，她忍不住数落起来："你妹妹诚心诚意想为你省点钱，可你却觉得她在羞辱你。对，你现在找到一份工作了，可你有这份工作，还不是我求着美吟帮你找的。我告诉你，这次你别再任性，好好地干下去。"

"什么？"珮吟猛地一转身，面对着母亲，眼睛里燃烧着怒火，"你真是多管闲事，如果你真是吃饱了没事儿干，干点什么不好呢，你为什么不学着管好自己的老公，别让他跑了呢？"这些刻薄的话，在心里憋了很久，但是从来没有想过要说出来。气头上，也就脱口而出了，她心里懊丧，可话已出口，收不回来。其实，她心里也明白，家庭破裂的责任不在母亲，可是她气恨母亲太软弱，也不够努力保全家庭的完整。如果爸妈还在一起的话，她和母亲怎么也不至于挤在这种老鼠窝一样的地方。哎，这个妈呀，实在太无能，这一辈子就没有努力过。

"你给我闭上嘴，忘恩负义的东西！"果然，母亲挥着手，大喊大叫起来，好像恨不得要给珮吟一个耳光。她瞪大了眼睛，狠狠地盯着珮吟，脸孔通红，脖子上的青筋都暴了出来："你根本不了解情况，不要凭空指责我。"母亲倚靠着移门站着，身体不住地颤抖着，她死死地盯着珮吟，仿佛要永远地盯下去。可最终，她还是深深地吐了一口气，转身走开了。

屋子里又安静了下来，珮吟听到隔壁邻居在放洗澡水的声音。她打开书包，把课堂笔记一本本拿了出来，摊在桌子上。在这种时候，她都特别感激还有事情可做，这些作业让她暂时有个忙碌的理由，暂时游离于这个家之外，这个越来越让她感到透不过气来的家。过了几分钟，她听到母亲在隔壁房间里叹了一口气，然后她听见了移门关上的声音，接着是电灯关掉的声音。然后，一切都安静了。

在她小小的卧室里，珮吟找到了安全感。现在，夜晚成了她最喜欢的时刻。只有这段时间才是她自己的，她可以躲开旁人的眼光，还有母亲没完没了的催促。她把椅子往桌子的方向拉近了一点，拿过书包，在里面翻找那本袖珍词典。她的手碰到了一个小小的软软的东西，拿出来一看，是一个天鹅绒面的小盒子。啊，那个礼物！

刚才一进屋就和母亲吵，把这件礼物都给忘记了。她小心翼翼地打开盒子，黑色金丝绒上，托着一枚制作精巧的金戒指，上面镶了一颗晶莹的月长石，这是陈红给她的礼物。珮吟把戒指套在中指上，对着灯光，伸直了五指。宝石泛出淡淡的蓝色，有一种令人心动的神秘感，珮吟很喜欢。

"珮吟，这枚戒指送给你怎么样？"那天，她们一起吃中饭，陈红很随意地问了一声。

"你不想要了吗？"

"那倒不是，不过呢，这种戒指我有的是，多一枚少一枚无所谓啦。你喜欢，就送给你咯。客人给礼物我都来不及用，怎么办呢，他们都喜欢送我礼物哄我开心。"

一个礼拜前，珮吟跟母亲说起了陈红，她是想说她的朋友依靠这份晚上的工作，可以过上舒服的好日子，得到物质上的满足。而这份工作又不累，只需要唱唱歌，给客人倒倒酒。

"我听着怎么觉得你的朋友是在干酒吧陪酒女郎的营生呢？"母亲一点不为所动，还露出一脸的惊诧，"那种事儿，你可不会去干吧？"

"妈，你想到哪儿去了？根本不是你想象的那种工作，挣的却是餐馆招待员三倍的工资。"珮吟嫌母亲大惊小怪，知道的少。

"珮吟啊，你才来三个月，可脑子里面已经有这种可怕的念头了。别忘了，你是两个孩子的妈，有个靠卖笑卖肉为生的母亲，孩子会抬不起头的。"

"这跟卖肉有关系吗？"母亲的用词深深地刺痛了珮吟，难道母亲真的这么想吗，以为她会下贱到去做妓女？陈红说过，没有人会强迫她做不愿意做的事，她的工作就是给客人倒威士忌，给客人讲讲笑话，让客人开心，这有什么了不得的？

不过，母亲说起她的两个儿子，让她心里隐隐不安。到日本后，她很想儿子，给儿子们写过很多封信，可是这些信肯定被郭敏拦截了，因为她没有收到来自儿子只言片语的回音。她还往郭敏家里打过无数次电话，也没用，郭敏一听到她的声音就把电话给挂了。她很想跟儿子说说她在日本的生活，但是她也有点犹豫，要是他们听到她想去干一份酒吧女的工作，会怎么想。他们知不知道，母亲之所以这样做，完全是为了他们的前途，她为孩子们设想了很美好的前景，她有她的计划，可是，一切都需要钱。

当然，即使他们现在不知道，以后也会知道的，珮吟这么一想，也就释然了。总有一天，他们会感谢母亲的付出，他们会明白，母亲暂时的离开，是为他们铺就一条通向西方大学的道路，为他们打开一扇看到外面世界的窗户。只有走这样的一条路，他们才不会重复母亲的悲剧，困在小城，虚度一生。

第二天下午，珮吟来到蜻蜓居酒屋的时候，小川先生已经等着她了。看到她进来，小川一言不发，直接就把她带到了吧台后面的厨房里。虽然只是个很小的空间，但是很整洁，物件都归置得井井有条的。厨房的尽头是个炉子，边上一张矮桌，靠墙摆着，上面叠放着十多口各种各样的锅子，摞成了三堆。挨着吧台后侧的下方，是一条和吧台一样宽度的狭长案板，在这里切好食物直接就可以装盘端给吧台前的客人了。

吧台对面，倚墙一排大橱柜，里面摆满了各种色泽绚丽的杯盘碗碟，珮吟看了直咂舌，眼前这些餐具，什么形状都有，和她习惯的中国餐具很不一样。有长的，有方的，有扇形的，还有各种花叶鱼鸟形状的。厨房的尽头，有两个水槽，水槽边上的晾杆上，搭着几块抹巾。珮吟暗想，这儿就该是她的工作岗位了，洗碗洗菜。

带着珮吟转完厨房，小川顺手递给珮吟一件日式围裙，这就开始干活了。她的第一个任务就是给大厨隆三打下手，隆三叫她把两根白萝卜切成细丝，萝卜丝是日餐中最基本的配饰，很多菜式里都少不了，用量很大，隆三跟她说。

隆三看上去五十出头，圆胖的脸庞，眯缝的小眼，干起活来也是乐呵呵的，很享受的样子。做菜的时候，不是哼着小调，就是给珮吟讲笑话，珮吟听不懂，他就自己呵呵地笑。

他对珮吟很照顾，耐心地教她。"等一等，秋桑。"他用日语的发音称呼她张小姐，"这样用刀，萝卜丝就能切得更细，"他对珮吟说，"你看，切出来的丝儿是不是更好了，像一波波的白浪呢。"

切了白萝卜，隆三又拿出些黄瓜和胡萝卜让她切，借助蔬果切模，珮吟把胡萝卜片切出了枫叶和樱花的形状。珮吟没见过胡萝卜能产生这种轻盈细致的效果，以前在中国，胡萝卜多半是被雕刻成小鸟，或者是做成一棵小树。珮吟常听人说，日本人追求小而美的效果，可能就是这个意思吧。

到了晚上饭点，珮吟就没有时间雕花了，厨房里一片忙碌，珮吟不停地洗碗，连上个厕所的时间都没有。这一天结束的时候，珮吟累得快要虚脱了，毕竟，这种纯粹的体力活，已经很久没有干了。不过，珮吟挺喜欢这份工作，觉得学到了很多，这半天下来，对日本的餐饮文化有了很直观的了解。隆三先生告诉她，每一种形状的盘子，端上桌的时候，都有一个正面。比如半月形的盘子，直线条的这一边就是正面。这一天过得还不错，是个好开头，虽然很疲惫，但珮吟心情不错。

"等一等，秋桑。"

正当珮吟准备跨出店面的那一刻，小川从收银台后面急急地走了出来，叫住了她。这时珮吟换上了平时穿的衣服，已经打好卡了。

"我看见你是先换好衣服，之后才去打的卡，虽然换个衣服也就两三分钟，可这也是占用了工作时间啊。"小川先生叉着腰站在她面前，脸上是很气愤的样子，"我不知道在你的国家你是怎么做的，但是，在日本，换衣服都不能算在工作时间里面，你明白了吗？"

"这是她第一天上班，小川桑，我敢肯定她不是故意的。"隆三先生从吧台后面探出了头，对小川说道。

"隆三君，这跟你没关系，你回去工作吧。"小川对隆三喊了一句，又回头训斥珮吟，"还有一件事，我注意到你今天迟到了十分钟。在日本，说好的工作时间，你必须至少提前五分钟到达。不然的话，你就是给别人制造麻烦，也是让自己讨嫌。这些地方，是你必须尽全力避免的，你明白了吗？"

"嗯……是。"珮吟点了点头，她觉得脸颊在燃烧。她很想为自己说几句，可日语实在不够用，什么话也说不出来。她僵住了一般站在门口，好像就等着小川让她走。

"把这些规则记在心里，现在，你已经在日本了，你的行为必须和日本人一致，不然，你来这里就没有意义了。"

"是，我明白了。"珮吟快快地鞠了一躬，逃也似的转身冲出了店门，跑到了马路上，她的心脏依然在怦怦地跳。走出几步后，突然想起，她把交通卡留在打卡机上了，她转身回到店门口。现在，店里透出的灯光已经很幽暗了，她站在门口，犹豫着要不要进去。她鼓了鼓勇气，轻轻推开木移门一条细缝，就一下子僵住了，她听见小川扯着大嗓门，冲着厨房的方向喊叫着。

"你看见没有，我指出她那些毛病后，她却一声不吭。我以前就听说，中国人从来不会道歉，这下子我算是亲眼看到了。"

"给她一点时间吧，你自己不是说，她来这儿不久，不懂规矩。"隆三好脾气地回道。

"可万一她不改怎么办？"小川还在气头上，"你注意到没有，她在休息时间还拿店里的电话给家里打，我简直不能相信自己的眼睛，这也太匪夷所思了。"

珮吟身子一缩，轻轻地关上了门，感到一阵反胃。一整夜，她都站在那里洗碗，手泡肿了，脚也站麻了，可这就是辛辛苦苦的回报？她转身离开，脚步轻飘地走在夜色中的马路上，那张交通卡，明天再去拿吧。

在回家的地铁上，刚才发生的一切，像一个挥之不去的噩梦，一遍遍地在她的脑海里回放。她从来没有在工作中被如此指责，而且还是为了这么小的事，珮吟越想越生气，在中国，就算迟到个十分钟，一刻钟，根本不算个事儿，谁也不会对她翻白眼。而且，打卡之前换件衣服值得这么大做文章吗？就算占用了两分钟的时间有什么了不起的，真是小心眼！以前在大连第一百货的时候，珮吟对她的上级老王也没什么好感，但是现在回想起来，和小川一比较，老王简直是个宽容大度的贵人了。

回到家后，她什么也没跟母亲说，径直进了自己的房间躺下了。那一夜，她辗转反侧，难以入眠，心里想着该拿这份新工作怎么办。

第二天上课的时候，珮吟急切地等待着陈红的出现，可是她的位子一直空着。最近，陈红的出勤没个准，不来上课成了常事。熬到课间，珮吟找了个公用电话拨了陈红的号。

"珮吟，是你吗？你怎么会给我打电话？你不是在上课吗？"

"小红，我已经两天没看见你了，你还好吗？"

"好得很，就是忙啊。我都想退学了，这里事儿太多，我早上起不了那么早。"

"退学？那你的签证怎么办啊？你得维持你的留学生身份啊。"

"不用了，我的一个客户让我到他公司上班，还给我提供工作签证。最好的事儿是，我还不用每天去上班。"

"你决定了？那我以后就见不到你了。"

"是啊，见面机会少了。怎么啦？有什么事吗？"

"有，呃……我其实挺想见你一面的。"

"你是说现在吗？可我不能啊，我还穿着睡袍呢。"

"我可以等你。"

电话里沉默了一会儿，珮吟听到陈红低声说："那好吧，要不，你到我家来，这样方便些。"

半小时后，珮吟就搭地铁来到了惠比寿陈红的家，她想好了要翘下午课。出来给她开门的陈红，身穿一件粉红色的睡裙，裙摆似透非透，非常性感。她指了指一张白色的皮沙发，请珮吟坐，转身进了厨房，给珮吟倒咖啡去了。

珮吟打量着陈红的公寓，客厅并不是很大，浅色的硬木地板一衬，倒也简洁。客厅中间，是一张圆形的玻璃餐桌，配以四把黑色皮椅，显得很高档。阳光透过一扇飘窗，洒在客厅里，午后的微风，穿过半开的移动玻璃门，吹了进来，玻璃门外，是小巧的阳台。

珮吟注意到，咖啡桌上有一只烟灰缸，满满的一缸香烟屁股。烟灰缸旁边，是五只空的啤酒瓶，有几只瓶口留着口红印。看来，陈红家昨晚有客人。

陈红端着托盘从厨房里走了出来，托盘上是一只咖啡壶和两只小杯子。她把托盘往咖啡桌上一放，提起咖啡壶，给珮吟倒了一杯。

然后，陈红在珮吟身边坐下，很亲热地对她说："说说看，到底怎么了？"

"小红，我很想换工作。"珮吟脱口而出。

"换工作？你有工作了？"

珮吟点了点头："我昨天刚开始工作，在一家餐馆打杂。"珮吟低着头，不敢去看陈红的眼睛。

果然，陈红叫了起来："什么？打杂？难道连服务生都不是吗？"陈红一脸的惊诧和不屑，"你怎么这样的工作都肯干呢？"

"都是我妈和我妹，她们老催我。我现在吃她们，住她们，没法说不。"

"可是这种工作又脏又累，而且会很忙碌，是不是？你看，我早就告诉你了。"

"工作累我也就忍了，问题是那个老板让我很生气。"珮吟把昨天的事儿说了一下，"我觉得，小川对中国人有成见。"

"这些我以前都听说过。"陈红不以为然地说道。

"我真的不理解日本人，他们那么计较时间干吗？我的老板把我盯得死死的，我觉得连上个厕所都没有时间。"

"至少，你的老板一开始就提醒你了，这就算很客气了。我认识一个昆明来的女孩，她才叫冤呢。她给一家公司打扫卫生，累死累活干了一个月后去领工钱，结果只领到一半。她去找老板理论，老板跟她说，因为她几乎每天都迟到几分钟，所以，根据公司的规定，即使只迟到个几分钟，一样要扣掉半小时的工钱。按照老板的要求，要提早十分钟上岗，可他平时又不吭声，你说缺德不缺德？"

"够了，小红，我今天就不干了，我可不想受那份罪。"

"那你接下来打算怎么办啊？"陈红点上了一根烟。

"我想请你帮我找份工，就在你那个酒吧里。"

"你是说亚洲酒吧吗？"陈红深深地吸了一口烟，又缓缓地吐出，然后说，"这个，应该不成问题。只是母亲桑也会希望你早点上工，这一点，这里的老板都一样。"

珮吟点点头，说："没关系，至少，那儿挣的钱多多了。"

"那你母亲那边怎么办？你把餐馆的工作辞了，她会不会生气啊？"

"我不说，她又不知道。"

"OK，那我今晚就和母亲桑说一声。"说着，陈红站了身，走进了卧室。出来的时候，她已经换上了牛仔裤和T恤衫："其实，我也不太理解。既然你母亲和你妹妹都在日本好几年了，那为什么她们还急着叫你出去打工啊？她们为什么不能资助你，直到你从语言学校毕业呢？"

"就是，连你都会这样想吧，可她们却偏偏不这样想，跟她们简直没法说。"珮吟摇了摇头，很无奈地说，"有时候，我觉得自己和她们根本不是一家人。"

陈红抬头看着她，问："这话怎么讲？"

"我都不好意思说。"

"说吧，你说给我听没关系，我们不是好朋友吗？"

珮吟低头看着地板，双手局促地在膝盖上摩挲着，回想以往总是很不堪。"你记得吗？我以前跟你说过，在我八岁的时候，我的家人去了香港，把我一人扔在内地。"

"是的，我记得。"陈红同情地点了点头。

"有时候，我觉得自己在她们眼里就是个穷亲戚，跑到这儿来是跟她们要饭。她们很担心我跟她们要钱，总是跟我说，这儿什么都贵，一定要省着用。其实，她们想省的，就是她们自己的钱吧。"

接着，珮吟跟陈红说起了前两天美吟给她两大袋旧衣服的事儿。"你说说看，如果我妹妹真的关心我，那她干吗不把我带到百货店，给我买新衣服啊？把穿了不要的旧衣服扔给我，这不是打发叫花子么？"她有意无意地隐瞒了美吟送了她十万日币的事儿，更显得美吟很小气。

陈红点了点头，问道："那你妹妹是做啥的？"

"她是个翻译，差不多就是这一类的工作吧。"

"翻译！那她能挣不少钱啊。"

"她应该不是全职的翻译，同时有几份兼职吧。"

"那也不错啊，她离开中国有一阵子了吗？"

"是啊，她五岁就离开了中国。"

"五岁？她怎么能比你早那么多年出国啊？"

"我运气不好呗。"珮吟长长地叹了一口气，然后告诉了陈红当年移民香港的那些规定。

"那是你妈逼着你留在大陆的咯？"

"那倒也不完全是，"珮吟别过头，看着窗外，"她让我和妹妹玩个抓阄的游戏，然后，我输了。"

"你妈后来回国找过你吗？"

"两年后她打算回国的，想把我弄出去，但那是'文革'前夕，罗湖边境一下子堵死了，没办法，她又回去了。"

珮吟站起身，慢慢走向飘窗。"我想，这就是我的命吧。"她轻声说道，背对着陈红，不想让她看到在眼眶里打转的泪水。等她转过身时，泪水已经干了，她笑笑说："同人不同命，同遮不同柄，这个谚语就是我的命运的写照啊。"

"我听说过的。"陈红同情地看着她，说，"让我们看看，你是不是会时来运转。"

第八章

周一，纪子的休息日，美吟通常都会和辉子一起，到公司附近一家时尚的西餐馆吃中饭。进天野没多久，美吟就发现，辉子和一般的日本人不一样，她不会那么端着，相反，她身上散发着一种特殊的亲和力，很让人放松，美吟很喜欢她，没多久她俩就成了饭搭子。

"你猜猜看，昨晚我去金象餐馆吃饭，看见谁了？"一坐下来，辉子就迫不及待地开口了，眼睛里透着兴奋和狡黠。

"谁啊？"美吟一头雾水，端起茶杯，喝了一口煎茶。

"派翠西亚和松永。"辉子凑近了说。

"松永？我们的松永？那个胖胖的艺术总监？"

"对！"辉子显得很得意。

"嘿，我们别过早下结论好吗？也许，他们俩就是偶尔在路上碰到了，凑在一起吃个饭，那有什么好大惊小怪的。"

"是，是有这个可能。"辉子说着，又凑了过来，压低声音说："可是，那他们俩为什么并肩坐着，松永还握着派翠西亚的手呢？"

"他们握着手？"美吟瞪大了眼睛，"嗯，那就有意思了。等下，松永多大了……都快六十了吧？"

"还没，差不多五十五岁左右吧。"

"可他结婚了，对吧？"

"对，还有两个女儿，都长大了，很漂亮。"辉子拿起一张餐巾纸，小心翼翼地擦拭了一下嘴唇，"不过，我听说他已经不回家了，和他老婆分居了有一阵子了。"

"好吧，我可以想象，派翠西亚年轻而充满活力，对他当然有吸引力，可是，他拿什么吸引派翠西亚呢？我的意思是，她怎么会看中一个结了婚的男人，还那么老，都可以做她爹了。这可真不可思议，外面又不是没有年轻的单身男人。"

"天晓得呢，也许她就是空虚了吧。不过我知道松永常常光顾蓝光酒吧，对，就是她驻唱的那家。也许一来二去的，他们就好上了，这种事，谁能说得清楚。"

"哇，你说得好像自己是个老手哎。告诉我，你以前有没有和有妇之夫交往过？"辉子长得很可爱，娃娃脸，大眼睛，长睫毛，这样的女孩子，对男人很有杀伤力。

"我也想啊。"辉子做了一个鬼脸，"可我妈把我管得死死的，我跟谁约会去啊？你想想看，我妈规定，我半夜十二点之前必须回家，晚一分钟，一个星期都不许出门了。"辉子说完，气恼地嘟起了嘴。

"是，你妈可真够严厉的。不过，你还是有空子可以钻的呀。你肯定听说过爱情旅店，对吧？"美吟说着，眨眨眼，意味深长地看着辉子。

"嗯，其实我还真不太了解。你想吧，我还从来没跟哪个男孩子好过呢。"辉子羞涩地说道，小脸都红了。

"什么？你的意思是说，你还是个……？"美吟觉得好吃惊，她知道辉子都二十七岁了。

辉子对美吟说，她是独生女，父母对她爱护过了头，生怕她在外面吃亏："有时候，我都觉得自己一辈子就孤独下去了。"

"那你也想想办法呀。"

"你说我该怎么办啊?"

"你可以去相亲啊,以前有人给你介绍过对象吗?"

"相亲?不不不,我才不愿意呢。那种场面我经历过太多次了,我妈和我姨老是想帮我撮合,但她们介绍的男孩子我一个都不喜欢。我觉得相亲这种形式太不自然了,太不浪漫了!"

"如果你是这样想的话,那你就该多去去派对和酒吧。对了,这个周末我一个朋友刚好要举办一个莎莎舞会,你要不要和我一起去?"

"其实呢,"辉子欲言又止地开了口,"有一个男人,我还挺想认识的,不知道你能不能帮我……"

"真的?谁呀?"

"你认识的,沃茨桑啊,就那个在旅游部工作的帅高个啊,一头金发的。"

"啊,你是说布莱恩·沃茨?"

"对,就是他。"辉子含笑点头,她从包里找出了一张卡片,递给美吟说,"你看,下周二就是情人节了。我听说在美国,情人节流行互送卡片,所以我就去买了这张卡片,想写点什么又轻松俏皮又能打动人的话,留在他的办公桌上。可问题是,我不知道该写啥好,你能不能给我出出主意?"

"没问题。"美吟接过卡片,仔仔细细地看了看,这是一张淡粉色的卡片,一颗鲜红的心印在卡片的一角,"这个主意太棒了啊,辉酱。我听说布莱恩在日本有一段时间了,所以,我敢肯定,他很习惯于接受巧克力。而你送他卡片,一下子就把自己和别的女孩区分开了,好聪明啊!那么,你想写啥呢?"

"我还不知道呢,这种情形下,一般都会些什么呢?"

"要不,就直接说,我想什么时候和你一起吃中饭,你觉得怎么样？"

"这样会不会有点显得太主动了？"

"辉酱，你要知道，给男孩子送卡片这件事本身就已经很主动了。所以啊，还不如把话挑明了说呢。"

"那你觉得我会不会把他吓跑呢？"

"不可能，根本不会！我倒是觉得他会有受宠若惊的感觉呢，尤其是因为这个邀请来自于像你这样一个有魅力的女孩子啊。"

"你真的这样认为吗？"辉子害羞地低下了头，脸上飞起了红晕。

"当然啦！"

午饭后，辉子还要去办点杂事，美吟独自一人先回公司。一进办公室，美吟就注意到了派翠西亚桌子上有一大捧玫瑰花。这会儿，派翠西亚正背对着办公室入口，没看到美吟正走进来。

"哇，这束花可真够大的。谁送给你的？是新的爱慕者吗？"

"你说什么？哦，是一位新朋友。"派翠西亚头也没抬，埋头认真对付她的指甲，一丝不苟地给指甲上色。

"哈，这位新朋友是谁啊？"

"一位叫信治的先生啊，他是蓝光酒吧的经理。猜猜看，下周二晚上他要带我去哪里？"派翠西亚终于抬起了头，右手上还拿着涂指甲油的小刷子。可是还没等美吟开口呢，她自己已经憋不住了："涩谷的Chez Matsuo，这个情人节的约会怎么样啊？"派翠西亚一点也没想要掩饰自己的得意。

"哇塞，他这是要表白吗？看来，他是坠入爱河了，那你呢？你喜欢他吗？"

派翠西亚想了想，说："嗯，要我说，他长得还挺可爱的。从去年十二月开始，他就一直想约我出去，现在我终于答应他了。当然咯，我也希望这次不再失败，会有结果啊。"派翠西亚终于涂好了指甲，她盖上指甲油，张开十指，指甲上闪动着带着珠光的银色。

"为什么这么说？你最近运气不佳吗？"

"这么说也没错啊，"派翠西亚轻轻地吹了一口指甲，"我和那位离了婚的总监都谈了一年了，一开始他挺好的，很殷勤，很周到，可最近，他工作得越来越晚……"

"这位总监，他有两个女儿吗？"美吟想起了松永，她认定派翠西亚嘴里的总监就是松永了。

"什么？你在说啥呢？"

"哦，没什么。"

"反正，我们的约会时间推得越来越晚，很多时候，等我们吃完晚饭，都已经半夜了。到了那种时候，就没时间了，除了睡觉，还能干什么呢，所以，过了一阵，就觉得太无聊了。"

"没时间了？你想干啥？"

"嗨，你个家伙，别给我假正经了。你当然知道，我是说做爱啊。半夜三更的，我总不会叫他帮我修马桶吧？"派翠西亚给了美吟一个嗔怒的眼神，"有时候，我也在想，也许这和年龄有关吧。我遇到他的时候，他都已经五十五岁了。"派翠西亚伸了个懒腰，缓缓地说："当男人到了这个年龄，性就不是自然的需要啦。"

"再说一遍，什么已经不是自然的需要啦？"在这当口，贝奇走了进来，手里捧着一叠教科书，她在另一个部门刚上完课，"你们刚才在谈什么啊？"

"和老男人做爱。"美吟冲口而出，她心里想说的是"和那个背着老婆偷情的老混蛋松永轧姘头"。

"然后呢？"贝奇把教科书放到了办公桌上。

"和老男人做爱好无聊。"美吟吃吃地笑着。

"是吗？那为什么不找个小伙子试试看呢？我的大介才二十八岁，包你满意。"贝奇说这话时，脸上都是得意。

"大介，是你的男朋友吗？他才二十八？你开玩笑吧。"派翠西亚看着贝奇，惊得下巴都要掉下来了。

"她可没在开玩笑！"美吟插进来说，"我告诉你吧，那个小伙子还很帅呢。"

"贝奇啊，搞了半天，原来你是老牛吃嫩草啊！这么说，他起码比你小十五岁，对不对？告诉我，你在哪儿找到他的？"

"他是我的学生。"

"哈，典型的师生恋啊！他是在商社里上班的吗？"

"不是，他是一个纺织品设计师。以前住在京都，给一家制造商设计和服。一次出公差到旧金山，喜欢上了那里，想在那里住下。所以，他回国后就到了东京，在我的学校里进修强化英语。"

"就是这个时候成了你的猎物。快说吧，小帅哥在床上怎么样？"派翠西亚单刀直入地问道。

"噢，火爆极啦。可你干吗要问我啊？派翠西亚，你才是社交达人，你心里更清楚啊。哦，对了，我知道了，你只对老男人有感觉。"

"才不是呢，只是刚好我前面的两个男朋友都有点上了年纪而已。不过，我承认，我是喜欢男人有一定的社会地位，起码他得有足够的钱可以花在我身上。就这一条，就已经把很多年轻的日本男人排除在外了。"

"日本男人？你的意思是，你只和日本男人谈恋爱吗？"美吟转向派翠西亚，惊奇地瞪大了眼睛。

"不不，我并没有特别青睐日本男人，但是我驻唱的那家酒吧，来来往往的多半是中年日本男人。你懂的，那家酒吧在赤坂见附，而不是六本木那种都是洋人聚集的地方。"派翠西亚说这话时，带了点为自己解释的意思，她又笑笑说，"不过呢，现在我在日本待了一段时间后，倒是挺喜欢和日本男人在一起。"

"真的吗？那为什么都说日本男人不是好情人，他们又不浪漫，还大男子主义。"美吟对派翠西亚的看法很有兴趣。

派翠西亚撇了撇嘴，摇摇头说："我从来没这么觉得。"

"我同意，大男子主义也不能一概而论。"贝奇也插了进来，"其实吧，我遇见的日本男人和传说中的形象完全不同，至少，南方人就不是那样的。比如说大介吧，他说话很温柔。他爸爸也很随和，家里的事情都由他母亲说了算，他爸爸的老家在九州。"

"对呀，我观察下来也是这样，还有，关于浪漫这件事，也要看你是怎么想的。"派翠西亚从椅子上欠了欠身，把紧身裙的下摆整整好，又坐了下去说，"举个例子吧，一年前，我在一个派对上认识了一个美国人，我们的约会简直是灾难，他提议我们去六本木的一家有名的意大利餐馆吃晚餐，他说那儿有最好的秘制海鲜意面和提拉米苏。结果你猜怎么样，等我们到了那里，却发现那家店那天晚上关门。那我们该怎么办呢？只好满大街找吃的，找了半天，结果还是在丹尼斯快餐店草草吃了点，你说浪漫不浪漫？"

"更让我不愉快的是，他根本谈不出什么有趣的话题。他对欧洲一点都不了解，只会盯着我问一些特别愚蠢的问题，问我是不是整天吃酸菜和香肠，还问我怎么看待德国人对犹太人犯下的罪，等等。到了付钱的时候，他说，'总共吃了4328元，一人2164元。'就这样，你能相信吗？"

美吟倒抽了一口冷气："天，这可真糟糕。"

"相反，如果日本男人想约你出去，他会订一辆出租车到你家门口来接你，"派翠西亚接着说，"晚餐自然就不必说了，肯定是他付，分手回家时，他会帮你叫辆车，费用先付掉。这才叫风度啊。"派翠西亚说着，叹了一口气。

"对的，我同意派翠西亚，"贝奇说，"我觉得，大多数在日本的外国男人，要么没头脑，要么就是被宠坏了。他们都不知道如何对待女性，他们心里想到的头号大事就是性。你知道我花了多少时间才说服大介和我上床吗？两个月！"她伸出了两根手指，"和老家的男人相比，这是多么不同啊。"

"你们两人把日本男人说得好像是世界上最好的恋人呢，非抢到手不可啊。我想啊，要么就是你们很幸运，要么就是你们在日本待太久了。"

"你不需要听我们的呀，你自己去找个日本男人谈个恋爱，你就知道我们在说啥了。"派翠西亚说着咯咯地笑了起来。

"我想这个不可能的，以前我和一个我觉得还挺可爱的日本男生谈过，问题是，他不停地谈论着他的英国前女友。我的意思是，他显然还是喜欢我的，可他又告诉我，他只有兴趣和西方女人谈恋爱，那就拜拜了呗。"美吟说着耸了耸肩。

"那可真惨，你知道，这里的白人男子都是猪，他们不懂得欣赏女性。在日本，只要你是个白人，再丑都有人要，连没有文凭的瘪三都能找到教英语的工作，甚至还能装成PR专家，招摇过市，很多女孩子都会中招。对这样的男人，我只会敬而远之，躲得远远的。"说完，派翠西亚站起身，拎起包包说，"好啦，不再说这些丑陋的白人了，我得下去买几张CD，为晚上的演出找找灵感，你们有什么要带的吗？"每到周一，派翠西亚经常趁着纪子不在，溜出去干私活。

"没有，尊敬的女士，你管自己去吧。"美吟挥挥手。

这就是派翠西亚，她对任何东西都是自己的看法。美吟说不上喜不喜欢她，她总是那么傲气，自以为是。其实，和那些被她数落的白人男子一样，她自己又何尝不是活在一个幻影的世界里呢？享受着日本人对白种人莫名的崇拜，从中得到在她自己国家得不到的充实感。

想到这里，美吟不无痛心地意识到，她自己也在同样地扭曲自己。如果说派翠西亚是利用了她种族的优势，把日本变成了她的迪斯尼乐园，那么，她自己也是占了天野对中国愧疚的便宜，在这个公司谋得一席之地。严格来说，她们都是同样的投机者，在异国他乡，清晰地意识到，身为一个外国人，要想融入这个社会的主流，唯一的出路就是重塑自我形象。

一周后的那天傍晚，情人节的前夜，美吟还在公司里磨磨蹭蹭着，和往常不同，她一点都不想早回家。早些时候，贝奇和派翠西亚在办公室热烈地讨论着第二天上哪儿过节，她们的对话搞得美吟心烦意乱。似乎每个人都有人可以共度良宵，只有她落了单。一想起又要孤零零地度过又一个情人节，美吟心里又落寞又烦躁。这样下去，你会变成一个没人要的老姑娘！美吟耳边又响起了母亲的声音。并不是她想要单身，在她的理想国里，她会和心爱的人结婚，给他生孩子。可是，现实并不如她所愿，到了今天的这一步，她自己都有点怀疑，可能真的要永远孤单下去了。

直到六点半，美吟才在涩谷站挤上了一班地铁，她都不知道自己想去哪里。到了银座，随着人流就下来了，在马路上漫无目的地闲逛，看到三越百货就转了进去。一进店，美吟就被暖烘烘的气氛包裹了，四下流光溢彩，到处都是人，美吟一下子就淹没在人流里。很好，在熙熙攘攘的人群中，总比独自一人回到冷清阴暗的公寓好。

回到日本后，美吟也谈过两次恋爱，但最终都不了了之。之后，她有点疑惑是不是自己已经失去了女性的魅力。三十四岁，她并不觉得自己老，尤其是在东京这样的大都市，女孩子单身或者晚婚的现象很普遍。不过，如果和比她小十岁的女孩走在一起，立即能觉出自己的暮气了。

穿行在三越的柜台间，美吟回想着以前在纽约，和皮特出入于大都会的亚洲艺术展。从艺术展出来，他们时常会找一家小电影院，看一部中国老电影。然后，找个中餐馆吃一顿晚餐，最后的节目才是回到他的公寓，温存一番。但那都是三年前的事儿了，自从他们分手后，美吟不再去艺术馆，对电影也没有兴趣了。

六点三刻了，三越里面依然人头攒动，美吟在一楼的珠宝柜台间穿行，那些项链、耳环和手镯都对着她闪闪发亮。美吟挑了一副耳环，凑近放在耳垂边，照了照镜子。镜子中那张毫无生气的脸把她自己都吓了一跳，戴什么耳环啊，给谁看啊！在日本，女人一过三十，就走下坡路了，美吟轻轻地叹了一口气，放下了耳环，还是回家吃饭吧。

可家里也没吃的，干脆到地下一楼的美食街买点现成的，回去就不用自己做了。下楼梯的时候，美吟险些撞上了一位正在上楼的外国人，"啊，对不起。"美吟抚了抚眼镜，有点慌乱地看看眼前的这个人。

"薇薇安，是你吗？"眼前的这个年轻人瞪大了眼睛惊喜地看着她，他说话带着点英国口音，一头金发略显稀疏，下巴长而方正，笑起来的时候，露出了一排整洁的牙齿。这个人看上去有点面熟，可一时间，美吟又想不起来在哪里见过他。

"我是杰克，皮特·皮尔森的朋友，你还记得我吗？我们在东村的Lucky Cheng's见过面。"

"哦对了，我想起来了——那天你和娜塔莉在那儿开派对！"美吟的眼睛一下子亮了，在这里遇见纽约的老朋友还真不容易。杰克是皮特很喜欢交往的艺术家朋友，作为艺术史教授，皮特几乎每周都会受邀去参观数家艺术展。"我记得那天的派对很开心，我和皮特都很享受。对了，你怎么会在东京？"

"我在这里参与一个艺术家交流项目，有六个月的时间，现在正忙于创作一个油画系列。我希望能够举办一个个展，最好是在银座。"

"哇，能在银座办个展那就太棒了！开幕式你一定要叫我啊！"美吟开心地欢呼着，一脸的笑容，"娜塔莉怎么样？她也跟着你来了吗？"

"呃，其实，我们已经不在一起了，"杰克说着，低垂了眼皮，"八个月前，我们离了婚。"

"哦，真抱歉，我并不是……"

"没关系，你不必介意。实话对你说，她跟别人走了，也许，那样更好吧。"

"你一定很难过，听着，杰克，如果你需要有人陪伴，或者想跟谁说说话，就给我打电话吧。"美吟从钱包里找出了一张自己的名片，上面有她的电话号码。

"当然。"杰克看了一眼名片，又抬头看看美吟，说，"不知道你吃过没有，也许我们能一起吃个晚饭？"

"你是说现在吗？"美吟有点犹豫，想了一想，其实回家也没啥事，在外面吃也不错，"好啊，这个主意不错。"

"太棒了，我认得附近的一些意大利小餐馆，走几分钟就到了。"

这家隐藏在银座小巷里的餐馆，窗户上装饰着红色和粉色的心形剪纸，这是为明天做准备的，情人节是商家都要摩拳擦掌的一个大节日。杰克把美吟带到了一个靠近角落的安静座位上，面对面一坐下，两人都有一丝的尴尬。

"告诉我，你今天一整天都干了什么？"美吟打破了短暂的沉默，开口问道，一只手轻轻地抚弄着衣领。

"我去了好几家美术用品商店，对了，我在京桥找到一家店，叫什么Ito的，简直叫人不可相信，那么大，有那么多的办公用品，还有各种各样的日本米纸，你去过吗？"

"当然，都去过十几次了，那儿还有海量的圣诞贺卡可以挑选。"

"你是说，这儿也过圣诞节？"

美吟点点头，说："还很隆重呢，不过，在这里，圣诞节和家庭团聚无关，更多的是给年轻人一个借此机会开派对的理由。对了，你去年的圣诞节过得怎样？"

"我基本上就一个人过，"杰克的脸上闪过一丝阴郁，不过马上又笑了笑说，"不过，皮特很客气，那天邀请我去他家，我们相聚得很愉快，我也很高兴见到他。"

"那么……他怎样？"听到这个名字，美吟的心微微一颤，虽然她不想知道答案，但忍不住还是要问。

"你知道他的，还是很悠闲，很平常一样。"

"那……他还是和那个叫菲菲的女人在一起吗？"菲菲是个二十四岁的台湾姑娘，就是因为她，美吟才和皮特分了手。一开始，他说自己开了很多新课，很忙，她也都相信了，直到后来，一次她亲眼看到他们俩在唐人街的龙珠餐馆吃饭。那时美吟简直崩溃了，她和皮特交往了很久，却轻易地被一个年轻女孩取代了，这个女孩连一句完整的英语都讲不好。美吟感到了悲哀，皮特也不过如此，从那时起，她就没再见过皮特。

"是的。"杰克有点不自然地笑了笑，说，"他们很亲密，她最近已经和他住到一块了。"

住到一块了？这个消息简直像一桶冰水兜头浇下，美吟瞬间感觉手脚冰凉。在他们交往的几年里，皮特始终不能接受两人同居的建议，即使她表示了很想和他住在一起。

"你知道，我始终很难理解，皮特到底看中那个女人什么了，谁都看得出，她在智力上和他完全不对等。"她轻轻地说道，尽量让自己的声音听上去很平静。

"但她很快活，对很多事物也很敏锐，而且，她还很有幽默感。"

"你怎么不说她很年轻呢？年轻得都可以做皮特的女儿了。"说这话时，美吟的眼前却闪过了母亲的脸，那张淌满泪水的脸。发现爸爸外面有了女人，母亲蜷缩在床上，哭了好几天。她几乎可以肯定，爸爸的情人一定也是个年轻女人。男人啊，都一样！

"皮特还不至于那么浅薄，"杰克温和地说，"他不仅仅是因为看上了她的年轻。再说了，也不是所有的男人都喜欢年轻女孩，比如说，娜塔莉，她就比我大两岁。我喜欢她是因为她很有主见，很有抱负。不过，现在回想起来，她对我来说，是不是太有主见了。"

他们两人一边吃着色拉和通心粉，一边说着话，杰克慢慢地讲起了和娜塔莉分手的缘由。娜塔莉工作的那家银行，来了一位俊朗的上司，新上司一来，就勾走了娜塔莉的心。她爱上了新上司，搬出去之前，她拿走了所有属于她的物件，只给他留下了一张便条。杰克说他之所以申请这个交流项目，也是为了离开他们共同生活过的那间公寓，里面有太多关于她的回忆。

"我们结婚了三年，三年啊，我一直认为我们在一起很幸福。"

"杰克，我知道你很受伤，但是，请你相信我，慢慢会好起来的，时间会治愈一切。我和皮特分手，也是这样熬过来的。"

"我们不一样，你们俩没结婚，而且，你们都没有在一起生活过。"

"是啊，你说的也是。"美吟应道，心里仿佛被扎了一刀。她心里有点恨，因为杰克的出现，勾起了她不愿回首的一段，最令她伤心的往事。她端起酒杯，喝了一口白葡萄酒，迅速地切换了话题。她跟杰克说，在离开日本之前，一定要去去京都和奈良。说着说着，服务生端上了甜点，美吟暗暗松了口气，心里还挺高兴。

饭后，杰克请美吟到他的公寓去坐坐，看看他最近的画作。公寓离这里很近，走几步就到了，他加了一句。美吟又有点犹豫了，两个孤独的灵魂，在情人节的前夜游荡，杰克是对她有意思吗？这个念头一出现，美吟的脑海里闪过一幅画面，她裸身睡在床上，杰克就躺在她的身边。她一直都觉得杰克还蛮有吸引力的，今晚的经历会有什么结果吗？

"这个主意不错。"她听见自己这样说。

杰克的公寓比她想象中的要小，这间六个榻榻米大的房间里除了一张咖啡桌，就只有一张床了。杰克示意美吟在床沿坐下，转身就进了厨房，几分钟后，他端着两杯伯爵茶出来，还有一小碟曲奇饼。他递了一杯茶给美吟。

"你先看看小幅的画吧。"杰克说着，打开一个柜子门，从里面取出五六幅画，它们都未经装裱，大开本杂志大小。其中有几张静物画，也有风景和花朵。

美吟小心翼翼地一幅一幅看过来，看完一幅就递给杰克收起来："非常好，杰克，我很喜欢这些画中你采用的柔和色彩。"

把这些油画都放回橱柜里后，杰克又递给美吟两本影集，

"这里是我一些新作的照片，在最近一次佛罗伦萨的画展中拍的。"

美吟翻看着影集，里面都是一些大号或中号油画作品的照片，这些画的风格和前面的不同，色彩浓郁，其中很多幅的内容是橘红色或者紫色的背景下，一些老式的锡制玩具，比如自行车等等。

"很有想象力，有意思！画展是什么时候啊？"美吟找话和杰克说，其实，她心里觉得这些话很空洞，很无趣。

"大约一年半之前吧。"杰克说着笑了笑，脸上有藏不住的骄傲。

"这么艳丽的色彩，佛罗伦萨一定为之轰动。"美吟问道，"那你在那儿待了多久？"

"三个月——太长了，长到娜塔莉都离开了我。"杰克说着又递过来一本影集，"这儿还有，是我最近四个月里创作的。"

美吟打开影集，发现里面全是娜塔莉画像的照片，一页又一页，有各个不同的角度，不同的神情，但同样都是在阴郁的背景下，用炭笔、水粉、油墨和水彩画出娜塔莉的形象。

"一本关于娜塔莉的影集？"美吟不解地抬头看着杰克。

"对！好几个月以来，她是我唯一的创作欲望。你说，这是不是很疯狂？"

"这些画，是根据照片画的吗？"

"不是，大多数都是我对她的回忆，有时候，我会拿出我们俩的合影，看啊看，我画她，是出于内心强烈的需要。我自己也不知道这是为什么，但是，每次画好之后，我就会平静很多。其实我也知道，我应该让她走出我的世界了。"

"很显然，你到现在心里还都是她，从你的画里，就可以看出来。"美吟指着一张娜塔莉的水彩画，画中，娜塔莉身穿一件薄如蝉翼的纱裙，上面是大朵大朵的花，娜塔莉的金发松松地盘在脑后，几缕卷曲的发丝不经意地垂下，高贵而悠闲，看上去像个女神。

杰克耸了耸肩。

"我能用一下你的卫生间吗?"美吟突然觉得再也看不下去了,她一点也不想再看到娜塔莉,也不想看到杰克的任何一幅画。

"当然可以,从厨房穿过去就是。"

卫生间很小,里面也就是规规矩矩的配置。美吟坐在抽水马桶上,一松劲,脸埋在了手掌心里。今晚真是个灾难,到底是怎么想的,怎么会在这个时辰跟着杰克回到了他家里。美吟看了看手表,十点一刻,是不是应该告辞了?

"有点晚了,我该回家了。"美吟回到客厅后,对杰克说道。

"这么快就要走?为什么不能多待一会儿?我去给你热茶。"

"呃,我真的该走了。明天一大早,还有一个重要的会要开。"

"真的?好遗憾。"

杰克从衣柜里取出美吟的大衣,帮她穿上。"薇薇安,谢谢你来,真的。今晚,我很开心。"说着,他在美吟的前额轻轻地吻了一下。

"我也是啊,杰克,晚安!"

走出杰克的公寓楼,美吟深深地叹了一口气。她感觉自己被利用了,今晚,她做了一晚上的耳朵,听着杰克诉说他的娜塔莉。可是,怨谁呢?美吟知道自己今晚无论如何都会接受杰克的邀请上他家里的,因为她想听到更多有关皮特的事,不管她自己是否承认。

她抬起头,望向天空,深紫色的夜空里,有几颗稀疏的星星在闪亮。她和皮特,就是两颗疏离的星星,各自运转在自己的轨道上,就像杰克和娜塔莉。那么,今天晚上,是什么力量将杰克和她吸引到一起了呢?

她的心里，无比渴望拥有一个亲近的人。上一次和男人共度良宵，几乎已经是一年前了，现在，她很怀念那种亲密的感觉。可是，杰克不停地说着娜塔莉让她很倒胃口，去做别人的替补，那是她绝对不可容忍的，她现在的烦心事已经够多的了，可不想招惹更多的麻烦。

　　街上很安静，偶尔，远处驶过的火车打破了寂静。走进夜色，她的脸颊首先感到了寒冷，那种寒冷，就像是有无数根针，扎在她的皮肤上。她把围在脖子上的围巾紧了紧，朝着地铁站走去。

　　越来越近的地铁声让她加快了脚步，她匆匆地冲向售票机，买好地铁票，飞一般冲下楼梯，正好赶上一班地铁。

第九章

上野地铁站后面的一个小店里，珮吟正在紧张地寻找今天要穿的衣服。她从一排排的套装前面走过，希望能发现一套适合今晚的面试。昨天晚上，陈红给她打来电话，临时通知她今晚的面试。今天白天她都在上课，一下课就急匆匆地跑来了，今晚的面试，对她来说很重要。这已经是她看过的第三家店了，可还是没找到心仪的衣服，时间正在一点点流逝。陈红叫她五点半准时到她家会合，现在时间都快到了，可衣服还没着落，珮吟心里焦躁起来。这家店里大多数的衣服看上去都不错，但是太贵了，一套起码要一万日币。在小店的后方，珮吟发现了一个减价区，这里的衣服都打折，"对不起，请问一下，这套衣服打完折是六千元吗？"珮吟手里拿着一套紫色的套装，一枚绿叶状的吊牌在晃荡。

年轻的店员从收银台那边走了过来，说："是的，这套衣服现在买可真是太合算了。"

"我能试一下吗？"

"不行，减价的衣服不能试穿。"

"为什么啊？不试穿一下怎么知道这件衣服合不合适呢？"珮吟叫了起来。

"很抱歉，可这是本店的规则。"

规则，又是规则，这个国家哪来的这么多规则！为什么日本人就不能学着放松一些！珮吟拿起套装，走向一面落地镜，她把上衣肩部拉直，在自己身上比画着，身体转来转去的，想象着这件衣服上了身会是什么效果。套装浓郁的紫色把她的肤色映衬得很白皙，穿去面试大概会不错，可是这条裤子不穿一下的话，还真不知腰身服帖不。

"你看，我还是需要试一下这条裤子，不知道腰身合不合适，"她说着，拿着裤子往后面的试衣间走，"这会儿店里没别人，我就穿一下也没人会知道。"

就在她将要跨进试衣间的那一刻，店员抢先一步拦在了她面前，很严肃地说："不行，我们有店规，不可以违反的。"

珮吟心里的火腾地上来了，忍不住叫了起来："谁定出来的愚蠢规则。"一生气，嗓门比她自己想象的高了许多。

珮吟抬头看了一眼墙上挂着的钟，快要五点了。她心里明白，必须在这家店买上一套，不然就要穿着牛仔裤去面试了。她用手估了估这件裤子的腰身，感觉自己能穿。她拿起这套衣服，连同衣架什么的，一起咚地扔在玻璃柜台上，说："行了，你把这衣服给我包起来。"

店员急匆匆地把衣服折好，放进了一个橘红色的购物袋里。"一共六千元。对了，按照我们公司的规则，打折衣服不能退。"

珮吟感觉有把火在心里烧，都已经忍不住了。"操蛋的规则，滚一边去吧。"她狠狠地说着，把六千元啪地扔在柜台上。在日本，她被人命令来命令去，这个不行，那个不行，她已经受够了。"对不起，可是你不可以在这儿这样大呼小叫，扰乱治安，妨碍他人。"店员说道，声音轻轻，但眼神里流露出深深的不屑。"我一点都不在乎你是不是我们的客人，现在请你拿上你的钱，离开这里。"她拿起购物袋，作势就要收回去。

"你算什么东西，来告诉我什么可以什么不可以！"珮吟高声叫道，一把抓住那个店员的手，把购物袋抢下来，"我已经付过钱了，这件衣服就是我的。"

店员没想到珮吟会出手，倒抽了一口冷气，"你现在就给我走，"她狠狠地说道，"再也不要让我在这里看到你，我们不欢迎野蛮的外国人。"

"开什么玩笑，你就是求我，我也不会再来了。"珮吟说着，拎着袋子冲出了店门。走出两条街，她的气还是没消。但她心里还是挺高兴的，总算冲着个日本人出了一口恶气。

来到陈红家的时候，陈红正在涂她的脚指甲。

"你买了什么？"她指着珮吟手里的纸袋子问道。

可是，陈红只看了一眼衣服就叫了起来："颜色不对，款式不对！谁叫你把自己穿成一只粽子？你难道不懂吗？酒吧的生意就是调情，你得露点肉出来，才能吸引男人啊。"她上下打量着珮吟，然后说："来吧。"珮吟跟着陈红走进了她的卧室，陈红在她挂满衣服的柜子里翻找，取下了一件低领洋红紧身裙，递给珮吟说："我们两人个子差不多，这件你应该能穿。"

珮吟把连衣裙贴在胸前，站到陈红的穿衣镜前张望着："这件很好看，可是对于我来说有点太过分了，我的身材不适合穿这样暴露的。"她把衣服递还给陈红，面有难色。

"那这件呢？"陈红又抓出了另一件裙子，这件暗红色的连身裙比前一件要含蓄，领口不低，胸前点缀着精巧的金色的珠子。

"你不觉得这件我穿上太短吗？穿太短的裙子我会很不舒服。"珮吟两手抓着裙摆，使劲地拉着。

"你的腿长得漂亮，你应该多露露。来吧，到卫生间里穿上试试看。"

珮吟穿好从卫生间走出来的时候，陈红向她竖起了大拇指，"你穿这件看上去很优雅，母亲桑一定会爱死你。"

珮吟审视着镜子中的自己，左右扭着屁股，转来转去看了半天，倒真的挺好看，她满意地点了点头。

"现在我们该为你的头发想想办法了。"陈红对着珮吟的头左看右看，然后指着梳妆椅叫她坐下。

珮吟听话地坐在了梳妆镜前面，她看着陈红挤了一坨发胶在手心里，揉了揉之后，均匀地抹在她的头发上。然后，陈红耐心地将珮吟的头发束成了一个发髻。看着陈红的这一连串动作，珮吟的泪水涌上了眼眶。

"怎么了？"陈红看着镜子里的珮吟，吃惊地问道。

珮吟抬起手，低下头，一根食指抵住了眉心。"我这一辈子，都没有人像你这样对我。"她哽咽着说道，过了一会儿，才抬起了头，眼睛里依然泪光闪闪。

陈红递了一张纸巾给珮吟，珮吟接过来擤了擤鼻涕。

"最后这样给我梳头的人，是我的舅妈，那时候我才八九岁，住在大连舅舅家。"珮吟低声说着，好像是在说给自己听。

"在那个家里，舅妈是唯一一个对我好的人。如果我被罚了，不能吃饭，舅妈就会偷偷地塞给我一个包子或者窝头什么的。可是她死得太早了，出车祸死了。那以后，舅舅的脾气就更坏了，动不动就发火。在他家里，不管我做了什么，他总是不满意。我在他家里做饭，打扫卫生，做了很多家务事，而他和他那两个儿子什么都不用干。

"他常常对姥姥说我有多固执，对他一点都不尊重。如果他生了我的气，就会拿起扫把追着我打。他惩罚我的方式，经常就是把我赶到外面的一个棚子里过夜，大冬天，棚子里冻得要命，可是，他越是这样待我，我越是固执，越恨他。"

"那你为什么不给你母亲写信，告诉她这些呢？"陈红看着镜子里的珮吟，两人的眼光在镜子里交会。

"我不知道该怎么做，再说，我妈也从来没给我写过信。不对，我收到过一封她的信，那是他们离开后的一年多吧，当时我好兴奋啊，想到他们终于想起我了，要来接我了。我迫不及待地等着舅妈把信念给我听，结果才知道，我妈说那个夏天弟弟生了很严重的病，她没法来接我走。

"那天我伤心透了，一天都没去上学，在外面荡了一整天。骗子，骗子，我一直在心里骂我母亲。直到天都黑了我才回到家，不出所料，舅舅又给了我一顿揍，好几次我都想逃出舅舅家，可是我还是熬了过来，因为我妈在信里还说了，第二年她还是会回来接我的。从那以后，我每天放学都会去开信箱，那是我生活里唯一的盼头，可是，那封信从来就没来过。"

"难道你妈妈就从来没想过接你出去吗？从来没想过？"

"不，有过这想法的，那是在一九六五年，可是，一切都太晚了，那时候，我妈已经拿到了香港居住证，她的朋友们就警告她，如果她冒险回中国的话，很可能就回不去香港了。

"我妈走后，我的生活就寄托在那些星星点点的梦想上，希望那些梦最终能实现。然后，'文化大革命'就开始了，人们都说，这场运动两三年就会结束了，和以往的运动一样，可是，谁曾想这场运动持续了整整十年。十年啊，对于一个八岁的孩子来说，十年就是一辈子。直到1978年，中国的大门重新打开，我才发现，我的家庭早已经从香港搬到了日本。"

珮吟又拿起纸巾，拭擦着眼睛。"当我发现他们搬到了日本后，我彻底绝望了，我如此孤独，这个世界上没有一个人关心我。我就像货车上的一袋土豆，被遗忘在角落里。就是因为这个原因，我匆匆地结了婚，因为我再也承受不了那种孤独，我渴望有个家，一个属于自己的家，一个能让我找到归属的家。"

珮吟抬头看见镜子里的陈红脸上一副吃惊的表情，她知道，这是她第一次和陈红说起自己的婚姻，自己的老公。

"你爱你的老公吗?"陈红问道。

珮吟耸了耸肩，"我们是很不一样的人，年龄也差了很多。他比我大十岁。但是，如果不是因为后来和我妈妈以及妹妹在北京见了面，我很可能为了两个孩子，还是会把这段婚姻维持下去，保持家庭的完整。"

珮吟还能清晰地回忆起见到美吟的情景，那是在北京饭店，分别三十年后，两姐妹又聚到了一起。美吟比珮吟想象的要矮一些，大概比珮吟矮了半个头吧。那天，在北京饭店的大堂里，美吟站在母亲的身边，穿着牛仔裤和T恤衫，一头短发乱乱的，显得很男孩子气。但她身上又带了点书卷气，是因为戴着那副大大的眼镜吧。她过来跟珮吟打招呼的时候，显得有点生硬，好像已经忘记了怎么说普通话了。

正当她们母女三人准备离开酒店时，一个外国人上来问她们怎么去故宫。美吟不假思索地就用流利的英语跟他讲解起来，她的口音非常美语化，听起来就像个外国人。直到这个时候，珮吟才知道，美吟不仅仅在香港和东京住过，而且还在纽约上过学。所有这一切机会，都有可能是珮吟的，可是，又是那么无可奈何地统统失去了。

"和美吟的见面，勾起了我所有的嫉妒和愤怒，因为那些失去的机会。我没有办法停止想象，如果当年是我跟着家里走出大陆，而不是她，那我的生命会是什么样子。见了面之后，我更加不能抹去这样的疑问：为什么我会是那个唯一被留下的人？谁有这个权力将我放逐，而其他人都生活在富足和安逸之中？"

"不要说了，亲爱的，你越说越远了，"陈红说着，轻轻地拍了一下她的肩膀，"再说了，这些都是往事。今晚，一个新的机会将会向你走来，它一定会让你的生活变得更好的。好了，开心起来吧，不要再沉湎于往事，弄糟了你的心情。嘿，你看看，你的头发从来没有这样好看过吧？"她把梳妆椅转了个圈，拿了一枚小小的镜子给她，让她自己看高雅的盘发。

珮吟抬头看看陈红，擦了擦鼻子，笑了。是的，陈红说得对，一个机会在等待着她，她不能让它从指间溜走。

亚洲酒吧离新宿歌舞伎町一番街不远，从一条小路进去，在一栋五层的大楼地下室。走在地下室的通道上，色彩斑斓的霓虹灯闪烁着诱惑的光，珮吟跟在陈红身后，有点紧张。她们经过了一间居酒屋，一个按摩院，还有一家看上去有点让人想入非非的咖啡馆，最后，陈红停在了一扇黑色的铁门前，门上方，紫色的店招闪亮着：亚洲酒吧。陈红示意珮吟按门铃，珮吟怯怯地伸手按了一下。

"啊，是小红啊，进来吧。"一位个子高挑的中年女性过来给她们开了门，她说话带有浓重的台湾腔。珮吟立刻猜出她就是妈妈桑哈娜。"母亲，母亲……"有人在后面叫唤着。"来了来了！"哈娜都没来得及和珮吟打个招呼，一转身就不见了。

这家所谓的酒吧看起来就只有一个储藏间那么大，昏暗的灯光，隐隐约约地照出房间尽头一只转角紫色沙发，沙发前摆着两只圆形玻璃茶几。房间的另一头有五张黑色天鹅绒面圈椅，围住了一张木制咖啡桌。圈椅旁边，是一个小小的卡拉OK空间，摆放着一套音响设备。房间正中有个吧台，靠墙的玻璃柜里放满了威士忌以及各种烈酒。吧台下面，还藏着一台迷你冰箱，一个便携式电炉，一个小烤箱，有了这些小电器，哈娜就能给客人加热一块比萨饼，或者煮一碗泡面了。这样的酒吧，珮吟心里估摸着，能容得下十五位客人就算不错了。

哈娜希望她的女孩子们在客人面前保持新鲜感，所以女孩子们都是轮班的，没有人连续上班两天以上。这会儿陈红和哈娜都去打点客人了，珮吟独自坐在吧台边等着，她的眼睛慢慢适应了幽暗的灯光。她看见一位身穿豹纹紧身上衣的小姐正给身边的一个男人喂吃的，这位小姐看上去就像刚出校门，长长的深棕色头发上，挑染了几缕浅灰色。还有一位女子，身穿淡绿色的旗袍，正在倒酒。"妈妈，再来一盆泰式沙拉。"旗袍女子一开口是纯正的普通话，她的头发齐肩，面容姣好，一双丹凤眼让珮吟联想起古画中的女子，这样的打扮，在大陆已经很少见了，珮吟心里好奇。隐隐约约觉得那个女子很面熟，但又想不起来哪里见过。

"来了来了。"哈娜一迭声应道，闪进吧台后面忙碌起来。

等哈娜和陈红都空下来歇口气的时候，她们终于回到了珮吟这儿。哈娜手里端了一壶茶，两个玻璃杯，她倒了一杯乌龙，轻轻地放在珮吟和陈红面前，笑吟吟地说："好了，小红，告诉我，今天来的是谁？"说着，亲热地坐上了珮吟旁边的那张吧台高凳。

"啊，妈妈，这位是张珮吟，我以前跟你说过的。她又聪明又好学，在学校里是优等生，我相信这个工作她一定干得好。"陈红欢快地回答道。

"我还是一个好歌手呢，这个不是我吹牛，我在大连的卡拉OK大赛中得过奖。"珮吟笑着说。在一个陌生的国家有一点好，你可以按照自己的愿望重新塑造自己，没有人会追究你的底细。这话是陈红在她们来酒吧的路上说的，珮吟可是记住了。

　　"啊，原来是一位才女啊！"

　　现在，哈娜就坐在身边，珮吟终于有机会细细地打量她了。哈娜梳着一根马尾辫，头发染成了红棕色。她身穿一件黑色的透视装，紧紧地裹住了她的身体，里面的淡紫色胸罩隐约可见。每当她放声大笑的时候，被胸罩勒出来的那一圈肚皮就会一阵乱抖。

　　第一眼看见哈娜，珮吟估摸她可能四十来岁，可是凑近了看，眼角的皱纹和脖子上松弛的皮肤暴露了更多细节，应该差不多有五十岁了。一个老女人，这样做还真有点太拼命了，不过，哈娜身上有一种迷人的东西，让人想亲近她。

　　哈娜也在打量着珮吟，继而转身对陈红笑着说："小红啊，你的直觉很好。张小姐气质不错，不过，她的手指甲必须处理一下。"珮吟这才注意到哈娜的指甲，修长，精巧，泛着银光。珮吟看了一眼自己毫无修饰的指甲，自惭形秽地抽回手，藏到了吧台下。

　　"请问，张小姐，你的年龄？"

　　"两个月前，我刚满三十二。"珮吟说着，不觉红了脸，她意识到自己说谎实在不行。

　　"我看你至少有三十六岁了，不过没关系，大多数日本男人都没这个眼力，尤其是在暗暗的灯光下。如果你决定在这里上班，你得告诉你的客人，你才二十八岁，明白了吗？"

　　"是，妈妈。"珮吟连连点头。

　　"还有，我不知道你结了婚没有，有没有孩子。我们这儿的规矩是，在这儿上班的小姐都是单身没有孩子的。你懂我的意思吗？"

"懂，当然懂。"珮吟心一横，应了下来。

这时，门铃又响起，进来了两个日本男人，面试就这样匆匆地结束了。哈娜和陈红都急急地迎上去，给他们脱下大衣，哈娜把他们带到咖啡桌边坐下，让陈红和珮吟陪着他们，自己转身去准备擦手的热毛巾去了。

两位男士都是三十不到的光景，个子一高一矮。陈红看上去和高个子很熟，一坐下几乎黏在了他身上。"铃木先生，这两个礼拜你上哪儿去了呀？我好好好好想你哦。"陈红用嗲嗲的声音说着，让珮吟吃惊的是，她的日语竟然出乎意料的流利，陈红课上得少，珮吟还是第一次听陈红说日语。

"最近工作非常忙，"高个子松了松领带，说，"对了，这位是佐藤先生，我的大学同学。他今天刚刚从大阪过来。"

"欢迎欢迎，佐藤先生。我姓陈，和香港歌星安妮丝·陈一个姓。不过你可以叫我茉茉。"陈红甜甜地说道，眉眼间都是笑意，"对了，这是我的朋友秋桑，今晚是她在这儿的第一班，请多关照！"

珮吟从她的座位上浅浅地鞠了一躬，她只觉得脸发烫，没想到陈红就这么把她推出去了。看来，陈红是个很好的演员，珮吟心想。幸好，佐藤先生也有点羞涩，红了脸，深深地向她们鞠了一躬。

"那么，铃木先生，你要来一瓶新的三得利，还是换个别的牌子的威士忌啊？"这时候，哈娜刚好拿着热毛巾过来了，她不失时机地插了一句说，"是啊，你上次来的时候，把留在这里的那瓶喝完啦。"

"啊，对啊。让我想想，来一瓶黑方吧。"铃木说道。

"好品味！马上就来四杯黑方加冰块。两杯给这两位小姐，可以吗？"哈娜用下巴点点陈红和珮吟。

"是的，当然。"铃木一点头，随即顺着卡拉OK机里放出的音乐声手舞足蹈起来。

珮吟也听人说过，在这类酒吧里开一瓶威士忌很容易就花去上万元，开了瓶的酒虽然是留在酒吧里，下次来花点服务费就可以喝了，不过哈娜和陈红她们会帮着铃木们快快地把酒喝完的，然后就可以再卖一瓶。等到铃木将今晚的人头费、食物和酒水都付好后，珮吟估摸了一下，恐怕三万日元都打不住。这种酒吧，这一块的利润很厚，人称"快吧"。

看得出，哈娜是个精明强干的妈妈桑，才一会儿工夫，她就变出了四杯威士忌和两盘菜肴，一盘是豆腐色拉，一盘是烤多春鱼。这种鱼是铃木最爱吃的，陈红在一旁轻轻地告诉珮吟，记住每个客人爱吃什么，不爱吃什么，是小姐的工作之一。

不过，今晚铃木的心思不在多春鱼上面，随着又一首歌的响起，他嚷嚷道："《爱能征服一切》，我的最爱，茉茉桑，过来，陪我唱。"说着，他将陈红拉到舞台中，和他一起唱了起来。剩下珮吟和佐藤两人，干坐在那里，陷入了难堪的沉默。

"呃，小姐，抱歉，再说一遍你的名字。"还是佐藤打破了沉默。

"我姓张，哦不对，我姓秋。"一出口，珮吟马上意识到要用日语发音。

"秋，这是一个很常见的中国姓氏吧？"

珮吟点了点头。

"你家乡在中国的哪里？"

"大连，在中国的北方。我小时候住在北京。"

"大连？哦，就是日语里面读作Dairen的啊，这个城市我知道，我们公司和这个城市有点商业上的往来。你来这里有一阵了吗？"

"四个月了。"

"才四个月？"佐藤瞪大了小眼睛，细细地看着珮吟，他的方脸庞现在已经是通红了，"你的日语说得很好，很好很好。嗯，秋桑，你多大了？"

"二十八，你呢？"哈娜端了一桶冰过来，这让珮吟倍感压力。

"二十八呀，真看不出来。"佐藤端起酒杯又喝了一口酒，说，"你比我大了三岁，我二十五，单身，你结婚了吗？"

"当然没有，我的姑娘们都没有结婚。"还没等珮吟答话，哈娜已经插了进来，看样子她还不太放心珮吟，怕她忘了关照过的话。哈娜从冰桶里又夹了两块冰放在佐藤的酒杯里，顺势再添了一点琥珀色的酒。

"啊，那……那么，男朋友呢？你一定有很……很多男朋友。"佐藤已经有点口齿不清了。

"也没有，她想找一个男朋友呢。这是不是个好机会呀，佐藤桑？"哈娜说着，轻轻地拍了拍佐藤的肩膀，微微一笑，准备转身离开。

酒吧里突然变得又热又闷，珮吟频频往舞台那边看，希望陈红能快点回来解她的困，从道理上说，她今晚还算是在面试中。可是这会儿陈红和铃木紧紧地黏在一起，举着麦克风，荒腔走调地唱着，虽然从大屏幕上珮吟能看到歌词，但她根本听不出这两人在唱什么。一首歌终了，他们还是在屏幕前搂搂抱抱，丝毫没有要回到座位上来的意思。

"对不起，请问，洗手间在哪里？"佐藤突然站了起来，对着哈娜粗声粗气地问道。

"就在你刚才进来的入口处，左手边。"哈娜笑着说，她的脸上总是挂着笑。

佐藤摇摇晃晃的身影一离开视线，哈娜马上把空的冰桶伸了过来，对珮吟说："快，把酒都倒进来。"她的背挡住了其他客人的眼光，轻声而不容置疑地指挥着珮吟："听着，小姐的任务就是尽快地让客人把酒喝掉。当然，也要尽快喝掉你自己杯里的酒。"她又加了一句，朝珮吟眨眨眼。

珮吟木然地点点头，看着哈娜把四个杯子里的酒都倒在冰桶里，然后重新倒满。哈娜又去取了一些冰块，添在酒里。

当佐藤回来的时候，珮吟装作没注意，她把椅子转过去，背对着咖啡桌。一个公司职员模样的中年男人头枕在那个豹纹女郎的大腿上，整个人则四脚朝天地瘫在沙发上，显然这个人已经醉翻了。另一个男人贴着豹纹女郎坐在她的身后，一只手环住她的肩，另一只手急促地摸着她的胸，豹纹女郎咯咯地笑着挣扎着。另一个男人不知道上哪儿去了，连同那个穿旗袍的丹凤眼。

珮吟浑身禁不住起了鸡皮疙瘩，虽然陈红告诉过她，在酒吧里，男人会对女人做什么，但是眼前的景象到底超出了她的预料。

"亲，亲我……"卡拉OK屏幕上，一个歌星在声嘶力竭地喊着，珮吟在这个声音里分辨出了佐藤的声音，她以为他在跟着唱。突然，她觉得耳边有刺刺的感觉，一回头，看见佐藤噘着嘴唇凑过来，正要亲她。这个年轻男人的眼睛半开半闭，脖子通红。珮吟一惊，从椅子上跳下来躲开了，佐藤扑了个空，脚下一趔趄，头咚地撞在了墙上。"好……痛！"他发出了一声哀号，一只手捂住了额头，哈娜急急忙忙地赶过来。

"佐藤桑，你还好吗？秋桑今晚是这里的客人，你不要介意哦。你想亲亲，你就亲我吧，随便亲，好不好？来吧来吧。"哈娜嘟起了她那抹了紫色唇膏的嘴唇。可是，佐藤已经醉得不行了，根本听不到哈娜在说啥，他挣扎着扶着墙稍稍站直了一点，手还是捂着额头。

珮吟只觉得脸上火辣辣的，她说不出是啥感觉，是羞愧？还是羞辱？正当她拿不定主意下一步该怎么办的时候，看见另一个涨红了脸的日本男人气冲冲地朝着哈娜过来了。

"妈妈桑，妈妈……"原来正是那个和丹凤眼在一起的男人，不知道从哪里又冒出来了。这会儿，他恶狠狠地拽着那位穿旗袍的漂亮女子的手腕，朝着哈娜走来。

"啊，长谷川桑，需要我为你做什么吗？"哈娜若无其事地问道，脸上是一如既往优雅的浅笑。

"妈妈，你这儿用的是什么婊子啊？你的这个李桑，她居然不肯出台陪我。"那个叫长谷川的客人把女人使劲地往前推，嘴里大声地叫嚷着，"我骂她是个假正经的小婊子，她居然扇了我一耳光。你调教你的小姐，就是这样对待客人的吗？"

"长谷川桑，如果我的姑娘没有伺候好你，我向你道歉。不过，你能不能把事情讲清楚，我才能……"

李桑扭来扭去地试图挣脱长谷川的手，"妈妈，别听他的，"她上气不接下气地用中文说道，"他想逼我和他一起去爱情酒店开房，我不肯，他就来抓我的胸……"

这时，珮吟才猛然记起这个女孩就是李娟娟，米田语言学校B2班的。在学校里的时候，她总是很安静，穿着很简单，T恤牛仔裤，完全就是女学生的样子，难怪珮吟刚才看到她，想不起来她是谁。

"你这个婊子，你在用你的鬼话在说些什么？"长谷川冲着她高声叫着，"别忘了，你什么也不是，就是一个婊子，一个支那人。你在我面前搭什么架子，装什么啊？"他粗鲁地拽着她，丝毫不松劲。

"你敢叫我支那人？中国不是日本的殖民地，你这个变态狂，你说话给我把嘴巴放干净点！"李娟娟怒不可遏地用日语顶回去，她使劲地晃动手臂，终于挣脱了长谷川。

"你这个臭婊子，我要……"长谷川举起了手，就要朝李娟娟的脸上打过去。

"哎呀，长谷川桑，消消气，消消气，我们到外面好好说话吧。"哈娜笑吟吟地迎上去，顺势挽住了长谷川落下的手，拖着他推门出去了，顺带着示意李娟娟也跟着。

"怎么回事？吵吵闹闹的。"铃木和陈红刚回到座位，就看到了这一幕。

陈红耸耸肩，不以为然地说："没什么大事，还不是那个傲气的李桑，我就不喜欢她……她老是惹麻烦，只顾她自己。来，别理她了，小甜心，再喝一点。"陈红举起她的酒杯，和铃木的碰了一下。

"当然啦。"铃木仰头喝了一大口。

就在这个时候，坐在一边的佐藤发出一阵抽搐，接着，哇的一声，吐了出来，霎时，呕吐物淋了一身，还吐到前面的咖啡桌和地毯上。

陈红朝珮吟翻了个白眼，用中文骂了声他妈的。

"啊，对不起，这位佐藤君，他可能喝多了。"铃木站起了身，拿起进门时哈娜送上来的擦手巾，就要给佐藤擦衣裤上的脏东西："这个倒霉蛋，刚刚和女朋友分手，所以心里郁闷，刚才来之前，已经喝了几瓶啤酒了。"

"别，你别管，我们会处理的。"陈红一转身到吧台后取出了一大卷纸巾，又拿了几块热毛巾。她把热毛巾递给铃木，示意他把佐藤扶到另一张干净的椅子上。然后，她撕下了一长条纸巾，把剩下的卷筒扔给了珮吟。陈红一手捂着嘴巴和鼻子，另一只手迅速地将纸巾覆盖在桌上和地毯上。

珮吟愣怔了一会儿，才回过神来，明白陈红这是叫她去清理呕吐物呢。她不情不愿地撕下几张纸巾，擦了起来。今晚她是来面试的，她并没有思想准备来做清洁工。当她低下头面对那堆恶臭的呕吐物时，她问自己，就算比干餐馆多挣三倍的钱，这份工她能做得下去吗？可是，她又问自己，除了这里，又上哪儿找快钱呢？来日本之前，她还梦想着在这里卖101生发水，等她真的要向据说在加拿大做得很好的小姐妹讨教时，人家就再也没有回音了，现在想起来，小姐妹可能也是吹牛吧。身在国外，珮吟才意识到，挣钱是多么难的一件事。

过了一会儿，李娟娟低着头进来了，她悄没声地躲到吧台后面的更衣室里去了。接着，长谷川和哈娜一前一后也进来了。陈红立刻就向哈娜汇报了刚才的小插曲。哈娜翻了翻眼睛，什么也没说，但她走进吧台，爽利地拿出一瓶新的三得利，倒了两杯，端上就往长谷川那边走去，脸上依然是笑吟吟的。

"妈妈桑，我们要走了，"铃木对哈娜说道，"我得送佐藤君回家。"铃木伸手去搀扶佐藤，佐藤整个人都瘫软在椅子上。

"可是现在还早啊，"哈娜叫了起来，"铃木桑，再坐一会儿吧，是邻座的小吵闹让你不高兴了吗？你这样走了，我会很内疚啊。"

"不，妈妈，是我们真的要走了啊。再说，我明天很早有个会啊。"铃木掏出了钱包。

"那好吧，既然我留不住你，那就只好让你走了。可是，你和佐藤桑要记得经常来看我们哦。"

"当然，妈妈。"铃木说着，从钱包里抽出三张万元钞票，放在了咖啡桌上。

把这两个男人送出门，哈娜迅速地回到了长谷川那里，她已经彻底地把珮吟给忘记了。

几分钟后，换好牛仔裤套头衫的李娟娟从更衣室里出来，一件长外套搭在胳膊上。她低着头经过哈娜的桌前，没跟她打个招呼，就静悄悄地离开了，像个幽灵一般。

"她会怎么样啊?"珮吟悄悄地问陈红。

"她大概再也不会回来了,"陈红叹了一口气,摇摇头说道,"妈妈是不会容忍任何一个对客人不敬的小姐的,李桑她这人总是有点高傲,一副不可冒犯的样子。我觉得她不适合干这行,当初我没有介绍她来这里就好了。"

"是因为你,她才来的吗?"

"呃,也不完全是。不过妈妈是看中了她是我同学这一点,加上她的另一位朋友刚好也认识妈妈,所以就把她介绍过来了。"

"可是,刚才发生的一切,责任并不在于李桑啊,支那人这种称呼,难道还不够侮辱中国人吗?"珮吟不解地问道。上个星期在课堂上,她刚刚听到了有关话题的讨论,缘由是有同学在当地的华文报纸上居然看到了这种称呼。支那人这种提法,在中日战争时期很普遍,带有深深的种族歧视意味。

"是的,可你不能对这类小事太较真,毕竟,说这话的是一个醉鬼。如果你想要在这一行当里干下去,就要脸皮厚,而且,你只能关注一件事,只有一件事,那就是多挣钱。要不然,你来这里干吗?你好好想想,你到底行不行?"

珮吟低下头,眼前却出现了一座庄重气派的学院大楼。她自己从来没有机会进入西方大学深造,或者说,她根本没进过任何一所像样的大学,在中国,她也只上过夜大而已。她发誓,她一定要凭着自己的努力,让两个儿子进入美国的大学,去抓住本来应该属于她的机会。可是,这一切的基础是钱,而且是要很多很多钱。"我当然愿意赚很多很多钱,如果妈妈桑肯让我赚的话,你觉得她会收我吗?"她抬头,看着陈红。

"那就要走着瞧咯。"说着,陈红站起身,走到妈妈桑身边,附在她耳朵边说了几句话,哈娜看了一眼陈红后,又在她耳边回了几句，然后，又回头关照她的客人去了。

"妈妈说，她现在很忙，没时间过来跟你告别，"陈红回来对珮吟说到，继而脸上露出了笑，低声对珮吟说，"她说了，你可以来上几周班，试用期，就从下周一开始，你愿意吗？"

珮吟的眼睛亮了，"太好了，可是，她没说工钱怎么付啊。"

"哦，工钱！头两个月，她会付你1500元一小时，从晚上七点半上到十二点半。如果你能通过试用期，她会把你的工钱提高到一小时2000元。照我说，这还真不错。"

"是很不错，代我谢谢妈妈。"

"我得开始做点事儿了，我送你到门口吧。"

走在夜色中的珮吟不得不努力让自己平静下来，今天一个晚上所见，已经超过了过去三十八年的总和。在亚洲酒吧上班这个想法，让她兴奋，也让她担忧，尤其是见到了李娟娟的插曲之后。

"你一定要脸皮厚！"穿行在安静的小巷，陈红的话在她的耳边响起。我的脸皮够厚吗？我能挡得开那些摸索的脏手吗？珮吟心里十分忐忑。

然而，那些灰绿色的万元大票顽强地占据了她的脑海，两千元一小时，几乎是在蜻蜓打工的三倍。还能在哪儿找到这样的工作，能够快快地铺平儿子上大学的道路呢？想到这里，已经有了答案，她当然能够胜任这份工作，事实上，她必须胜任。这样的机会，她是不会让它错过的。

第十章

"你在看什么?"

贝奇走进美吟的格子间,好奇地问美吟时,美吟正埋头在看报纸呢,她一点也没注意到贝奇就在她身后。

"招聘栏目?怎么啦?你姐姐又要找工作了?"贝奇问道,肩上的包包都还没放下。

美吟伸一根指头挡在唇前,确定没有人在旁边,才轻声对贝奇说:"这回是为我自己。"

"什么?你自己?你要离开我们了?"贝奇吃惊不小。

"这样坐在这里,整天什么活也没有,我受不了了。"美吟说,"像你,至少还能出去上一两节课。可是,自从理事长插手这个艺术项目后,我就翻译了一份展览手册,之后就一直闲着。"

"可是你上哪里找这么高的工资呢?现在经济不行,什么都在走下坡路,没有人在招聘。"

"可我还是要做点什么,我担心,如果我现在什么都不做的话,知识都老化了,以后就再也不会找到一份真正的工作了。"美吟最怕的就是成为妈妈那样的女人,一辈子没有目标,从来没有接受过真正的训练,结果到老了还不得不做一些低等的活计。

"你当然能啊,你是有才华的人。"贝奇回到自己的格子间,收拾起桌上散落的一摞摞资料,准备上课去了。"回头见。"她笑着和美吟告别。

美吟也朝贝奇挥挥手，又埋头看报纸。她看到大量在招聘的工作需要的是日本男性，年龄在二十到三十之间，大多数从事银行、广告、销售和贸易等行当。而留给女性的工作，尤其是外国女性的工作，简直少得可怜。"日本是典型的老男人俱乐部。如果你是女的，已经是不幸；如果你是女的又是外国人，那就是双重的不幸；如果你是女的，又是外国人，还是亚洲人，那问题就严重了。"美吟想起以前在大学时遇到的一个印度女生对她讲的话。

美吟花了很多时间，一条条招聘启事看过来，终于看到了一条合意的，貌似条件还不错。这条启事说明了要招一位企业内部翻译，对性别无特别要求。这是一家小型的出版公司，以出版人力资源类资料为主，需要一位精通日语和英语的翻译，至少两年以上的翻译经验。薪水水平比美吟目前在天野企业的收入高出百分之十。这倒挺不错，她心想。

那天，她找了个空当，等纪子和辉子都不在办公室的时候，拿起电话拨通了报纸上登的那个联系电话。

"你好，我在报纸上看到你们的招聘启事，你们是否还在招聘英语翻译？"美吟用英语开了口，她觉得既然是招英语翻译，强调一下自己的英语水平或许能有更大的胜算。

"是的，请问小姐你的国籍。"电话里，是个男人的声音。

"中国，不过，我在美国住了五年多，在那里工作和留学过，有高等学历。"

"那就有点问题了，我们要找的是日本人，或者是本土人。"

美吟知道，日本人口中的本土人并不是本地土著的意思，好比在北海道土生土长的阿依努人，他们所谓的本土人就是以英语为母语的人。"先生，我虽然不是本土人，但是我在日语和英语之间可以自如翻译转换。而且，我有很多的工作经验……"

"小姐，抱歉，这是不够的。按照我们的招聘条件，你必须是日本人，或者欧美人士。"

美吟叹了一口，道："好吧，明白了。对不起，浪费你的时间了。"

本土人！美吟已经有一阵子没找工作了，她已经有点忘记了日本人对西洋人盲目的崇拜，尤其表现在一些白领工作的聘用上，一张西洋的面孔简直能够所向无敌。三年前，当她刚从美国回来时，通过熟人的引荐，找一份翻译的工作并不难，当时的老板看在她刚从美国留学归来的分上，并没有因为她的肤色而难为她。当时，她递交了一份翻译样本，老板就雇用了她。可是，老上司不久就退休了，她明显发现，从此她在公司里就不受待见了，因为她属于"下野党"的人，于是她决定重新找工作。

一年前，美吟第一次出现在天野企业参加面试，天野先生当场就表示愿意留下她，并且将工作签证及福利保险等等都给解决了。他一点没有在她是不是英语母语这一点上纠缠，所以没有给美吟很多机会去意识到她的劣势。如今看来，想要离开天野并不像她想象的那么容易。

有些招聘启事中的确注明了欢迎任何国籍的人士，而且也承诺对合格的员工提供工作签证上的便利。但是，这些工作多半是电话销售或者卖保险。几年前，美吟尝试过一家日美联合公司，推销他们的自我提升课程。仅仅两个月后，她就辞职了，因为她实在不知道如何向亲友启口，推销公司的产品，她觉得那样很丢脸。

美吟的目光在报纸上漫无目的地扫视，突然，脑子里灵光一现。虽然她的母语不是日语和英语，但她也是有本土语言的，那就是中文啊。她完全可以在日本教中文，那么劣势不就转为优势了吗？

想到这里，她马上翻到了语言学校那一版，认真地看了起来。很快，她就看到有两条启事都蛮符合她的要求，但是再仔细一看，其中的一所语言学校很远，路上起码要花两个小时。于是她就集中注意力研究另一所，这所语言学校规模不小，分校遍布东京。她发现，其中有一个分校设在新大久保站，从她的公寓出来，坐二十分钟的地铁就能到了。她拿起电话，拨了过去。

"你的母语是中文吗？"接电话的女人问道，她说话带有日语口音。

"是的，我出生在中国。"美吟尽量让自己把中文讲得字正腔圆。有时候，她会疑惑到底怎样才算得上够本土，像她这样，在自己的国家只待了五年，不及待在日本和美国的时间长，反而更加本土吗？

"还有，你什么时候可以开始工作呢？"

"一两周之内吧。"

"你今天或明天能来面试一下吗？"

"明天更好，请问这个工作是全职的吗？"

"不是的，我们这次要招聘的中文老师，一周上三个晚上的课，一次两个小时。"

"你是说，一周就上六个小时的班？"

"没错。"

"那一个小时多少钱？"

"这个要看你的资格和经验而定。"

"这也公平，那这么说吧，你们最好的老师挣多少钱？"

"大约1500元一个小时吧，不过，头三个月，所有人都是1100元一小时。"

"才这么点？你一定知道，大多数英语学校的老师一小时至少能挣到3500元。"

"是的，可我们现在谈的是中文老师。在这里，中文不及英语吃香。再说了，在大学里，中文也不是必修课。"

"可是，我有两个学位，还在美国的大学里教过书。"美吟还想争取一下，她说的是当年在纽约大学做助教的经历。有两年时间，她在大学里做第一年和第二年中文课的助教，这是美吟在上研究生期间最好的一份临时工作，她靠着这份工作，挣出了自己的学费。

"我们不管这些，我们学校开的工资已经是业内最高的了，大多数学校一小时只能付到1000元。"

"我估计备课时间也不算在内吧？"

"对，仅仅算上课的时间。怎么样？你来面试吗？"

"呃，让我再想想。"

"随你的便，外面有的是中国人，拼了命地想来上班呢，我们每天都会收到十几份工作申请。"

"那是因为他们不了解情况。"美吟气愤地冲着话筒喊道，然后才意识到对方已经挂机了，她一下子泄了气，手一松，话筒掉了下去，悬在电话线上，晃荡着。

一下班，美吟就去了一家茶室，靠近有乐町站，她约了珮吟。起先，珮吟提议在咖啡馆见面，但是美吟更想去茶室。对于美吟来说，看着干缩的茶叶慢慢地在精致的茶杯中舒展翻卷，散发出令人心醉的清香，是一种特别享受的过程。连她自己也没有想到，现在是她更迷恋中国，她热爱一切和中国文化有关的东西，仿佛那是她心中一个巨大的洞，只有慢慢地去填满它，她才能成为一个完整的人。又是她先到，美吟点了冻顶乌龙，定定心，坐下来慢慢等待。

两天前的晚上，珮吟给美吟打电话，约她出来见面。电话中，珮吟期期艾艾地说起有朋友很想去美国留学，想跟美吟讨教。这个借口在美吟听来很牵强。珮吟在日本有六个月了，这么长的时间里，她从来没有主动给美吟打过一次电话，每次她们两人见面，都是美吟打电话去约，或者是妈妈牵头。这一次，珮吟难道会为了一个朋友，屈尊给美吟打电话？

至于有朋友想去美国，这事儿听起来倒有几分耳熟，美吟知道，珮吟最向往的就是去美国，莫非借口是朋友，其实就是珮吟自己想去美国？

美吟打算等下就实话实说，毕竟，去了美国，在纽约这样快节奏的大城市里混，对于珮吟来说太不容易了。在日本，至少她还有家人可以依靠，但是到了举目无亲的美国，什么都要靠自己了，她行吗？如果珮吟才二十多岁，甚至是三十刚出头，美吟就会更加鼓励支持她，年轻人适应能力强，很快就会在新的环境中站稳脚跟。而且，可以通过上大学，获得学位，从头开始生活，可是，现在珮吟都快四十岁了，英语又远远称不上流利。如果到了曼哈顿，珮吟最好的去处也就是到唐人街的超市里打工，挣一份低得可怜的工钱。

想到纽约，美吟不禁回想起在纽约大学的日子。那时候，做学生的她喜欢戴一支干干净净的玉手镯，手镯泛出的西瓜绿让她很喜欢。那是她花了五十美金在唐人街买的，这个价钱，几乎可以肯定不是什么好的玉石，但她依然喜欢，一看见就毫不犹豫地买下了。置身于来自各个国家的留学生之中，她常常有种找不到自己的感觉，她不知道自己算是哪里人。这枚镯子让她感觉自己和中国有了联系，让她的心稍稍有了着落。

一直以来，美吟都觉得，自己人生中最大的悲剧，就是没有真正在祖先的土地上生活过。离开中国的时候，她还在上幼儿园，后来的三十年，生活在异邦，她对日本和美国的了解，竟然多过了她对中国的了解。这是她藏在心底的缺憾。

这种缺憾，在大学时代尤其折磨她。在同学们眼里，她就是个中国人，和中国有关的问题，自然会来问她，比如说问她会不会看风水啊，能不能教着搓麻将啊，甚至还有向她请教老子的哲学思想的，一碰到这种时候，美吟都恨不得挖个地洞钻进去。她虽然长了一张中国脸，但其实，对中国的了解并不比任何一个走在曼哈顿马路上的人更多。自此，她对任何和中国相关的事物都产生了探究的欲望，这种欲望不是简单的兴趣，是来自于身体里面的需要。这种需要如此强烈，以至于她在一个学期的当中，断然地将自己的专业从西方艺术史转为东亚艺术史。但是，即使这样，在欲望之下，却埋藏深深的羞耻，她知道，光是改了专业并不能说明什么问题，在本质上，她依然是个假中国人。她一直梦想着有一天能回老家看看，不知为什么，她总觉得，只有在中国生活上一段时间，她才能成为一个完整的中国人，从这个意义上说，珮吟比她幸运多了，她已经在中国住了半辈子，从来没有自我身份认定上的困扰。从美国回到日本后，美吟一直梦想着回中国，而东京离北京又是那么近。

然而，回中国这个念头，在诱惑着她的同时，又让她害怕。现在，中国对于她来说是个陌生的国家，如果回去住在陌生人中间，会让她不安。可是，如果珮吟还在中国的话，那就不一样了，美吟就有了投靠的去处，一个或许可称之为家的地方。珮吟可以成为她的私人教练，陪伴她排除一个个可能遇到的文化地雷，否则的话，她是一定会踩雷的。这个下午，无论珮吟是想来跟她谈什么，美吟已经想好了，她一定会说服珮吟什么时候和她一起回中国。

美吟坐了没一会儿，才喝了几口茶，珮吟就进来了，这次珮吟明显守时多了。轻快地走进茶室的珮吟，身上带了一股让美吟觉得陌生的气息，她的气色很好，脸色红润，看起来比之前更年轻更漂亮了。她的头发刚刚做过，挑染了几缕红棕色，夹在黑发中，显得很有层次。一条麂皮迷你裙裹住了她的臀部，显得又时髦又性感，上身是一件小小的绿色衬衫，领口微微敞开，露出了一小段乳沟。美吟从来不记得什么时候见她的姐姐穿过这么低领的衣服，心里微微惊异，心想她背后一定是有什么时髦的朋友指点过她了。

"来点乌龙茶？"珮吟一坐下，美吟就问她要不要先喝点她的茶，作势就要往她的空杯子里倒。

珮吟一抬手回绝了："我不喜欢任何发酵茶，闻起来一股霉味。我就喜欢茉莉花茶。"她叫住了一位正从她们身边走过的招待员，点了一壶茉莉花茶，然后回头对美吟说："告诉我吧，在美国读书是什么感觉？"椅子还没坐热，她就单刀直入地问起了最关心的问题。

"等一等，不是你的朋友想跟我了解去美国留学的事儿吗？她人呢？"

"她有事来不了，我会记下来转告她的。"

美吟心里冷冷一笑，但也不去说破，省得尴尬。

"这个么，要看情况了。"她抿了一口茶，慢慢地说道，"如果有足够的钱，到一个大城市上一个好大学，那么这种感觉是很好的，我在纽约的时候，就非常快乐。"接着美吟说起了她在

NYU读书时做过的一些事，比如去Village或者Soho看展览，在华盛顿广场的咖啡店里度过慵懒的午后。

"那么，申请美国大学难吗？"

"这个么，也要看情况，比如说要去哪个州，申请的学校是否有名，等等。当然咯，那些很一般的大学很好申请，因为这也是它们的生财之道啊。外面的无良留学中介太多了，都恨不得从你的钱包里挖钱，所以，我得告诫你的朋友，千万要当心。"

"如果我有办法的话，我一定要想办法进纽约的大学。"珮吟脱口而出，她终于忍不住吐露了自己的心声，也暴露了自己约见美吟的目的，"他们说，如果有一张美国大学的文凭，就可以多挣很多钱。"

美吟一听，不禁笑了："可你怎么进得去呢？纽约一所好的大学，对托福成绩的最低要求是580分。就算把成绩放一边，学费又怎么办？无论在美国哪个州，私立大学一年的学费至少要两万美金。而且，想要进美国，前提条件是你要有一个担保人。"

珮吟咬住了下唇，想了想说："那你有没有什么朋友，在美国的，可以帮帮我……我朋友呢？"

"姐，你不是在开玩笑吧？美国人和中国人可不一样，他们轻易不会把钱借给别人的。"

"我不是在说借钱，这个事儿以后再说。我是说，帮助找一个担保人。"

美吟想了一会儿，说："我倒是有个很亲密的美国朋友，他是我的前男友。但是，你知道的，去找前男友帮忙，这种感觉该有多别扭。"

珮吟手里把玩着一个小小的火柴盒，一下一下地推开那个黑色的盒子，她的手有点微微发颤，突然，她抬头看着美吟，生气地说："你为什么离开美国？那么多人一辈子的梦想就是去美国，可你！你怎么会想起来放弃这一切而回到日本呢?"

美吟这会儿没有心情和珮吟谈论皮特，他当然是她离开纽约的原因之一，她要逃离的是一段往事，一段失败的恋情。但是她的确想和姐姐谈谈另一个现实，那是一般的中国人不会想象到的现实。"请你不要这样跟我说话，因为你根本不知道我经历了什么。是的，美国很伟大，但是，在那里，有些东西你是得不到的。"她顿了顿，想找到合适的字眼，"你一直生活在中国，也许你会很难想象，但是我在纽约，我有亲身体验。我遇见过这样的人，他们和你说话的时候，根本不看你的眼睛，就那样视而不见，当你根本不存在。"

"为什么?"珮吟看着美吟，一脸的疑惑。

"因为，我不是白人！作为有色人种，在美国自然而然就处于劣势。当然，从法律角度来说，美国是不允许种族歧视的，但是这并不意味着没有偏见。即使是在美国出生长大的华裔，依然会受到这个问题的困扰。

"还有一件事，在美国，人们往往分不清中国人、日本人和韩国人，于是，我们就统统都被归入东方人，听上去很有异域情调吧，但我知道，他们说这个词的时候，脑子里就会出现黄皮肤小眼睛的形象。我一直对自己的身份很困惑，为此我还买了一只廉价的玉镯戴着，只是为了提醒自己是谁。这个手镯，直到回到东京，我才脱下来。"

"可是日本也是外国呀。"

"是的，可是，在这里，至少我可以假装我是他们中的一员。再说了，这里离中国近多了。"说着，美吟轻轻叹了口气，说，"有时候，我都烦透了做一个外国人，到哪里都是局外人。从我记事开始，我就是一个局外人，住在别人的屋檐下。即使在香港，我也总是被叫作大陆妹。总有一天，我要回到自己的家乡，那里才是我真正的家，我要体会一下在自己的祖先生活的土地上的那种舒坦的感觉，而不需要向任何人道歉。你知道我是多么希望你还生活在中国，也许，会有那么一天，如果你准备回去，你能带我到处走走看看吗？"美吟滔滔不绝地说着，说得都有点动情了，忽略了珮吟的表情。

珮吟皱起了眉头，流露出明显的不耐烦，但是，她只是摇了摇头，说："我想，我不会再回去了，除非我有出人头地的那一天。"

"我明白了。"美吟说道，点点头，对话一时中断了，两人陷入了沉默。美吟感觉很不舒服，她打破沉默问起了姐姐在蜻蜓餐馆干得怎么样，珮吟含糊其辞地回应她。美吟见珮吟不想多说，也就讪讪地闭上了嘴。她发现，除了谈论去美国留学或者是下一个挣钱的机会，她姐姐几乎没兴趣和她谈论任何话题，坐在一起的两姐妹，就像来自于两个不同星球的人。

当她们起身准备离开茶室时，已经是六点半了。美吟出于礼貌，邀珮吟一起吃晚饭，车站附近有她最喜欢的一家拉面馆，可是，珮吟说她要去新宿的一位朋友家开派对。然后，她蹬着高跟鞋，急匆匆地消失在人群里。

第十一章

　　周二的下午，珮吟在四点三刻就搭地铁到了惠比寿站，赶到了陈红家门口。时间还早，离酒吧上班时间还有两个半小时，珮吟的心被紧张和兴奋绞扭着，在珮吟的人生中，今晚注定是特殊的，她都有点按捺不住了。见习了三周，今天哈娜打电话给她，通知她被酒吧正式雇用了。哈娜还加了一句，今晚的正式亮相，她应该尽可能地打扮得漂亮一些。

　　过去的两周里，珮吟已经习惯于到陈红这里换衣服，她通常会在六点左右到。陈红有数不清的化妆品和衣服，有些衣服她自己已经穿得厌倦了，很乐于让珮吟穿。所以，到陈红家穿衣打扮太方便了，两人还可以一起去上班，亲热得好比两姐妹。

　　今天来得是太早了点，珮吟想着时间够的话，先叫上陈红一起去吃点东西，再回来换衣打扮，或许还能小酌一杯，庆祝一下今天这个日子。毕竟，这一切都因为陈红而起，她最想的就是把这个好消息和最好的朋友分享。

　　可是，等了二十多秒还没有人来开门，珮吟就又按了一下，还是没人回应。珮吟一下子想起来，虽然陈红上班的日子和她的基本重合，但是周二陈红的确是不上班，她太激动，把这事给忘了。哎呀，如果她趁休息日出去了怎么办？珮吟还想跟她借那件银色长礼服呢。如果陈红不在家，今晚的衣服就没着落了，心里一急，珮吟握起拳头，砰砰砰地在门上敲起来了。

门猛地一下打开了，穿着一件粉红色小睡衣的陈红探出头来，她的头发还乱蓬蓬的。"你到底想干什么？"陈红咬紧牙关低声地喝道。

"我……我担心你不在家。妈妈桑刚才给我打电话，叫我从今晚开始正式上班，我没有合适的衣服，想……"陈红的样子吓到了她，珮吟像做错了事一样嗫嚅道。

"你把我这里当成什么了？你的私人更衣室吗？你他妈的难道不知道今晚我休息吗？"

珮吟的脸一下子通红，陈红从来没有在她面前爆粗口，这会儿，陈红看上去就像变了一个人。

"是谁啊？"从陈红的卧室那边，传来了一个不耐烦的男声，听上去是个日本人。

"哦，没事，是邻居。"陈红回头甜甜地回了一句。

原来陈红家有客人，珮吟吃不准那人是不是陈红的日本男友，不管是不是，她来得太不是时候了。

"太抱歉了，小红，我应该先给你打个电话的。"

"混蛋！你还给老子过来不？我付了一个小时的钱，你给我做足一小时！该死的东西！"那个男人的声音低沉而粗暴。

"来了，来了。"

听上去，肯定不是陈红的男友了，珮吟听到过一些传言，说陈红在酒吧做陪酒小姐之外，还会做些皮肉生意。但是她从来都没有想到，她的朋友会在这个时间接客。

"你可真会挑时间啊！"陈红涨红了脸，恨恨地冲她下命令，"你等着。"她一转身进去了，门就留了一条缝，过了一小会儿，她抓着一只装满了衣裙的纸袋子回来了。

"拿着吧，我早就想把这些都送给你了，算是我送给你的礼物吧。但是，拜托了，以后别再到我这里来了，好吗？你真是条可怜虫，走吧！"她把纸袋子往外一扔，顺手推了珮吟一把。

珮吟一个趔趄，后退了几步，她一时脑子还转不过弯来："等……等一等，这个时候，我上哪儿换衣服去啊？"

"关我屁事！你就在马路上换，我也不在乎。"话音刚落，陈红就把门甩上了。

珮吟整个人愣在了那里，简直不能相信刚才发生的一切。怔怔地站了好一会儿，她才木然地转身离开了。她感觉脑袋发沉，晕乎乎地不知道去哪里好，直到在路边看到了一个电话亭，她走了进去，关上门，身子一软，蹲了下来，泪水哗地就淌了下来。在她过去三十八年的人生中，她总是那个可怜巴巴地羡慕着别人的人，没有人真正懂她，理解她，关心她。她的舅舅讨厌她，视她为包袱。姥姥年纪大了，保护不了她。她的妈妈，三十年后重新生活在一起，已经不想听她的了。她的弟弟，是个典型的日本职员，一天工作十四个小时，经常出差，其实对她没有什么帮助。她早就认定，自己的妹妹是靠不上的，她们两人从来谈不到一起。

有好一阵子，珮吟都认为至少陈红是她可以信赖的人，毕竟，她们都是游荡在异国他乡的孤魂，萍水相逢，惺惺相惜。可是，今天却一转眼变成了这样！珮吟在伤心欲绝中，一时理不清自己的心痛来自于友谊的破裂，还是因为被陈红如此羞辱。她还从来没有被叫作是可怜虫，但无论怎么说，她失去了在这个世界上她唯一可称为朋友的人，现在，她又回到了从前，被抛弃，孤零零。

伤心过后，珮吟想着下一步该怎么办，回家是不可能的，妈妈会把她唠叨死。她兴冲冲地来，却被浇了一头冷水，很想找个人诉说。想了一圈，她想起了水户实。过去的两个多星期里，她也慢慢地结交了一些客人，水户实就是其中的一位，他带她出过几次酒吧，对她蛮好。水户实虽然五十六岁了，头发稀疏，腆着大肚子，长相怎么都称不上吸引人，可是，珮吟对他却很有好感，因为他能说点中文。后来才知道，这位先生七岁前住在山海关，离北京不远。

珮吟起身整理了一下衣衫，感觉有点晕眩，哭了那么久，泪水滑过的脸庞，现在紧绷绷的。她依稀记得水户先生跟她讲过，他有一家房地产公司，离涩谷站不远，和陈红家也就两站路的距离。她拿起电话黄页翻找起来，找到水户的公司号码后，她没有犹豫就拨通了，她甚至都不知道要跟他说什么，可她就是很想打这个电话。

"很高兴接到你的电话！"水户的声音听上去又惊又喜，不出意料，他热情地邀请她去他的办公室。坐到涩谷站，他已经在地铁站口等着她了。

"你来得挺快的，珮酱。"一见面，水户就笑眯眯地跟她打招呼。自从他们开始在酒吧外面约会之后，水户就开始喊她珮酱，这是在朋友和亲戚之间才有的亲密称呼。"你都好吗？咦，怎么看上去像刚哭过？"他说着拉起了她的手，说，"来，我们去找个地方坐下，你跟我慢慢说。"

水户抬手叫了一辆出租车，告诉司机开往乃木坂，离涩谷差不多两站路。

珮吟不解地问他："我们不去你的办公室吗？"

水户说："今天公司里人有点多，不方便谈私事。""哦，那我们去哪里？"珮吟的手里还攥着陈红给她的那一袋子衣服。

"去我朋友那儿，他开了一家咖啡馆，离这儿不远。"

进了咖啡馆，刚在一个僻静的角落处坐下，水户就拉过珮吟的手，放进自己的手心："好了，告诉我吧，什么事让你烦恼了？"还没开腔，珮吟心里一酸，眼眶里泪水就打转了。水户厚厚的手掌轻轻地摩挲着珮吟，说："听着，如果有什么事，不管什么事，尽管告诉我，只要我能帮得上。就把我当作你最好的朋友吧。"

　　珮吟感激地点点头，用纸巾擦干了眼泪，"谢谢你这么说，你太好了。"她轻声说道，心里充满感激。她抬头看着水户，突然想起上班时间其实也快到了，现在，她也只好向水户求助："其实，我这会儿还真的需要你帮我一个忙。你知道哪里我可以换一下衣服吗？今晚我正式在酒吧上班了，我终于被正式录用了，我想用最好的样子出现在今晚。"珮吟有点语无伦次地说着，想起今晚，她还是有点紧张。她又说了亚洲酒吧的更衣室实在太小，连一面穿衣镜也没有，没法在那儿化妆。

　　"哦？这样啊，"水户看了一眼珮吟的纸袋子，说，"我有办法了，上我朋友开的酒店里换怎么样？就在前面不远处。"

　　几分钟后，他们就到了这家酒店前面。这是一栋外表看起来毫无特征，甚至有点破旧的三层建筑，藏在一条小巷子里。不过，珮吟觉得这栋楼有点奇怪，一楼和二楼都没有窗户，只有三楼有窗户，但是很小。酒店的入口并不正对小巷，一栋灰色的高层建筑挡在它前面，在它一侧的墙壁上，有个小小的霓虹店招，就一个字，紫。

　　他们一进去，水户就走向了不远处的前台，他轻声和一位中年妇女嘀咕了一句后，那女人就点点头，从一个抽屉里取出一串钥匙。然后她从柜台后走了出来，带他们上了楼，打开了走廊尽头一个小小的房间，然后退了出去。过了一会儿，这个女人又回来了，递上两块擦手的湿毛巾和茶包，鞠了一躬，退了出去，顺手还带上了门。

珮吟环视了一下房间，一张双人床，上面铺着粉红的床罩。床边，是一张咖啡桌和两只红色的圈椅。床脚那头，是一间小小的盥洗室。"他们让我们用这个房间？"珮吟问道。

水户点点头，笑着说："珮酱，你要不要先换衣服啊？现在已经六点十分了。如果你动作够快的话，也许我们还能在你上班前吃点东西。"水户坐在床边，看着她，慢悠悠地说道。

珮吟犹豫地看着他，手里还抓住那个纸袋子。

"怎么了，你担心我？"水户问道，他站起身走向珮吟，在她肩膀上轻轻地拍了两下，"你不要担心，只要不愿意，我不会对你做任何事的。"说着，他的大手轻轻地抚摸着珮吟的手臂，发现她并没有拒绝，他在她的脖子上轻轻地吻了起来。

"不……不，我不能……"珮吟想要推开他，可他的手牢牢地环住了她。

"珮酱，我真的很喜欢你，让我们做朋友吧。"水户说着，厚厚的嘴唇压住了珮吟的嘴，"我们可以做特殊的朋友。"水户在亲吻中上气不接下气地说着，一只手摸索着伸到了她的衬衫下面。

一使劲，他一把把她抱起来，放倒在床上，双手笨拙地解她的衬衫扣子。"不要，等一等……"珮吟想要阻止他，可是不知怎么的，扭来扭去中，扣子都开了。本来，珮吟连自己都不知道为什么要给水户打电话，现在明白了，在她内心深处，其实就想让这一切发生吧。她那么想要一个朋友，她需要一个朋友，一个她可以对之倾吐心声，在她困难之时扶她一把，在关键时刻不会扔下她不管的朋友。

水户开始在她的肩头亲着，然后她的胸，珮吟感觉到一股电流顺着脊柱淌了下去，直到她的脚指头。他用他有力的手掌抚摸着她的肩膀，她的胸部，她的肚子，然后继续滑下去。她感觉到自己的内裤被褪了下去，她闭上了眼睛，心已经麻木。

当水户整个人压到她身上时，她感到了一阵尖利的疼痛。随着，她发出了一声呻吟，双手不禁握成了拳。闭上眼睛，黑暗中，她感觉自己是沙滩上一只小小的海星，被海浪一下一下地冲击着。她晕眩着，浑身瘫软，一会儿像是泡在滚水中，一会儿又浑身冰凉，她不知道自己在哪里，身体一直在往下沉，旋转着，下沉，一直沉到了大洋的底部。过了一会儿，她听到水户发出打雷般轰鸣的声音，这声音，好像从遥远地方传到她的耳边，听起来如此陌生。

她几乎两年没碰男人了，在她和郭敏离婚之前的十八个月起，他们就分床而眠。其实，她从来就不喜欢和郭敏肌肤相亲，与其说是和郭敏做爱，还不如说是尽一个妻子的义务，或者，仅仅是她付出的一点代价，为了换回一个可以称之为她自己的家的地方。

想到这里，她突然意识到，她再一次陷入了怪圈，用自己的身体，换回一种和别人一起拥有一个家的感觉，即使这个人是一个完全的陌生人。不，水户实不是陌生人，他们已经认识了两个星期了，珮吟努力驱散那个令她不快的念头。他那么明显地喜欢她，想要得到她，而她，也是那么渴望着被得到。那么，现在他们躺在了一起，不是最自然的事么？珮吟努力说服着自己。她微微睁开眼睛，看见水户的脸上挂着一丝微笑，他的一只胳膊搂着珮吟的肩膀，他的气息现在平稳了。珮吟朝水户又贴紧了一些，然后轻轻地合上了眼睛。

他们那样躺着，一动不动，不知道过了多久，珮吟悄悄地坐了起来，她要去上班了。下了床，她去冲了一个澡，然后从袋子里挑了一件礼服穿上。打扮停当后，她轻轻地走到床前，希望水户这个时候会醒来，然后带她去上班，可是他一动不动，看来完全是熟睡了。她看见在他的太阳穴那里，还有几粒汗珠，她轻轻地用床单的一角将汗珠擦去。

看看手表，七点了，再不走，今晚这个重要的时刻，她就要迟到了。她走到门口，关上灯，按下了门把手。

"下班后回到这里，我等着你。"水户含糊不清地说了一声，整张脸依然埋在枕头堆里。

珮吟觉得心跳停了一下，"好的，过会儿见。"她说着，带上了门。

她心里明白，这不是爱。但很奇怪的是，她的心轻松了，好像一个巨大的包袱从她的肩头卸下了。今晚，是她在亚洲俱乐部正式上班的第一天，今晚也是她意外地和一个新的男人在一起的开始。不知道这些将会把她带向何方，她完全不知道，但是今晚让她很高兴，至少，她有了可以期盼的未来。她微笑着，走出了酒店，将陈红带给她的不快丢在了脑后。

第十二章

　　两个月后，一个周日的下午，美吟回到了妈妈家。这天是大卫的生日，他三十四岁了。这是张家的传统，家庭成员庆生，大家就聚在一起包饺子吃。

　　如今，超市里有的是现成的水饺皮，这是现代生活的便利。可是，陈燕看不上机器压出来的水饺皮，没嚼头，她坚持要自己揉面擀皮。所以，准备一顿饺子宴，要花去很多时间，通常，都是陈燕和美吟母女合作完成的。

　　当然，揉面和拌馅这些高难度的技术活，都是陈燕的事儿，美吟也就帮着打打下手。她包饺子不够快，所以负责擀饺子皮，妈妈负责包饺子。

　　陈燕用白菜、肉糜和虾仁粒拌成饺子馅，她会在事先算好需要多少用量。通常，三个人的一顿饺子宴，做上大约百来只饺子就够了，除非偶尔孩子他爸也来凑个热闹，陈燕就会再多准备一些馅儿。不过，如今家里多了个珮吟，而且，陈燕不想让珮吟觉得这个家太计较，于是用了比平时多一倍的量。

　　这天下午，美吟到达妈妈家的时候，有点晚了。一进门，她立马发现珮吟已经在小暖桌上擀起饺皮子了，桌上铺了一张蜡纸，上面已经堆了很多大小均匀的皮子。显然，干这活姐姐比她拿手多了，不仅比她手势好动作快，而且皮子质量也更好。她心里很不爽快，走了过来。

"姐，你歇会儿吧，我来。"美吟说着，系上了围裙，在暖桌边跪下，等着姐姐放下擀面杖。

"不用了，我习惯干家务活的。"珮吟头也没抬，回了一句。

"行，既然你把活儿都包了，那我就去看电视了。"美吟嘟着嘴说道，起身解下围裙，坐到电视前，拿起遥控器打开了电视，她把音量调到最大，一时间，小小的房间里喧闹无比。

"哎呀，这是干什么呀！"正在大力揉一团新面的陈燕听到声响，从厨房里探出头来，说："薇薇安啊，你还是过来包饺子吧，大卫再过半小时就要到啦。"

"好吧。"美吟不情不愿地关上电视，起身回到了桌边，拿起一双筷子，夹起了一坨馅料。她把馅料包进一块皮子，双手把皮子对折成半月状，然后一点点将皮子边折起来，形成一只圆鼓鼓的饺子。

"老天爷，你这是在干什么呀？你以为这是在绣花吗？"珮吟看了一眼美吟的作品，皱着眉头叫起来，"你要是这样包的话，一晚上都包不完。来吧，让我来给你看看应该怎么包。"珮吟抄起一张皮子，放上一坨馅料后，手指一转一捏，一眨眼工夫一只饺子就包好了。"看看这有多快吧，这样做，还能保证边都封住了，等下下水煮的时候，汁水不会流出来。"

"既然这样，那你就全包了吧。"美吟气鼓鼓地把筷子往馅料上一插，又坐回到电视前了。为什么有些人总觉得自己的方法才是最好的？她心里恨恨地想。为掩饰自己的愤怒，她打开电视看起来，电视里这会儿正在放一档相亲节目。

"薇薇安，你今天是怎么回事啊？怎么又坐下啦？"妈妈在厨房里又叫了起来。

"大姐觉得她包得更好，那就都让她一个人干呗。她动作那么快，这点活儿不就一会儿的工夫吗？"美吟的声音，盖过了电视里的吵闹。

"美吟，哦，薇薇安，你不要挖苦我。"珮吟放下了手里的活，看着美吟说，"你在纽约读过书，你的英语讲得好，可是，做饺子这件事，你比不过我。我住在舅舅家的时候，逢年过节时，经常一个人要做三四百只饺子，足够十来个人吃。所以，我本来就应该做得比你更快更好，这没有什么好嫉妒的。"

"嫉妒？你也太抬举自己了吧？别忘了，我们来这里是为了团聚，而不是为了比赛。"

"不管是不是比赛，你最好还是要明白，你不可能什么事都做得最好。其实，在很多事上，你永远也不可能比我好。"

"哦？是吗？说来听听啊。"美吟已经管不住自己的嘴了。

"比如，说中文！你应该知道，你的中文讲得很奇怪，听上去就像个外国人在讲中文。你的音调和用词都很古怪。"

"是吗？好吧，那我说给你听，姐，你的中文也不是标准的普通话啊，你说中文带着一股浓重的东北腔，听上去就像个乡巴佬。"

珮吟眯缝起了眼睛，说："至少，我的中文没有日本腔啊，只有那些在国外长大的人说中文才会那么生硬。"

美吟心头腾地燃起了一把火，珮吟的话，正好戳中她的心病："我怎么生硬了？"

"够了够了，你们两个，都给我闭嘴！"陈燕站在厨房和客厅之间的过道中，生气地喝住了两姐妹，"珮吟，你就省点力气吧，你妹妹今天来这儿不是来听你的中文讲座的。"她又扭头对美吟说："还有你，薇薇安，你怎么就不能来安安心心地擀皮，让大姐包呢！好了，都干活吧。"

又是这样！又是护着姐姐！美吟气咻咻地回到桌边，拿起了擀面杖。在珮吟的眼皮底下干活，她觉得很不自在，擀起来很不顺手。还不如再吵一架呢，她心里暗暗希望，可是珮吟真的闭上嘴，不说话了。

过了很久，珮吟打破了尴尬的沉默："妈，今晚我不能和大家一起吃饺子了，我五点半就要出去。"

"什么？那不就十分钟了吗？我不是关照过你，跟老板打个招呼的吗？今天是你弟弟生日啊。"

"我说了，可是最近店里很忙，老板不答应。"珮吟说着，躲闪着陈燕的目光。

"很忙？我记得每周日蜻蜓是关门的啊。"美吟插了一句。

"我已经不在蜻蜓做了。"

"什么？为啥呀？"美吟抬起头，皱起了眉头。

"因为我不想干了，怎么样？"珮吟没好气地回了一句。

"别忘了，这个工作还是我帮你找来的，你不想干，起码得给我一个解释吧。"

"我不喜欢小川，他总是对我挑鼻子挑眼的，这就是为什么。"

"挑剔你？挑什么呢？"

于是，珮吟讲起了三个月前的那一幕，这还是她第一次跟家人说，虽然过去有一阵子了，回想起来珮吟心里还是很气愤。

"老天爷，我不是跟你说过吗？你去上班的时候，就应该提前五到十分钟到达啊。这是最基本的规则，也是对别人的礼貌，迟到了就是给同事和老板添麻烦，应该感到抱歉。"

"你听听，你听听，你已经完全日化了。什么抱歉，胆子这么小，跟小日本一个样。好吧，我知道了，你就是他们当中那只乖乖的小绵羊。"

"哼，"美吟把擀面杖往桌子上一顿，说，"不管是不是小绵羊，我在这儿的时间比你长多了，我自然比你知道的多一些。如果你想在这里获得成功的话，我劝你还是闭上嘴，好好地听一听。"

"成功？你是在告诉我，你在这里算成功了？哈哈，小妹妹，你让我笑掉大牙了。你在这里都多少年了，你倒是拿点成功的业绩出来给我瞅瞅呀，啊？"

"珮吟，你就少说几句吧！你们俩今天都中了什么邪了？"她们的妈妈冲了过来，两手扎煞着，沾满了面粉。

"我还没说完呢，"珮吟一扭头，直直地盯着陈燕说，"你也一样，看看你们两个人吧。你们离开大陆都三十年了，可你们都做到了什么？妈，你的电视机这么小，你的公寓也小得跟鞋盒子似的，这儿没一样家具是值点钱的。大多数的人到了你这岁数，都开始享受生活了，可你，还在那儿刷马桶擦地板，过着低三下四的日子。老实说，我刚到这儿的时候，简直不能相信自己的眼睛，我都为你感到惭愧。我的上海朋友陈红，到这儿才两年，她的公寓比你这儿强十倍。"

珮吟越说越来劲，又回头对着美吟说："你就更惨了！你都是上过大学的人，还去美国留过学，你抢走了我做梦都想要的机会，可到头来呢，还不是都被你浪费了！你看看你，都三十五岁了，还单身，连个像样的工作都没有，你是条可怜虫！不是我吹牛，如果你的这些机会给了我，我现在早就出人头地了。"

美吟的目光，在她妈妈和她姐姐之间逡巡，珮吟的话，惊得她连嘴都合不上。真见鬼！珮吟怎么敢这样对妈妈说话！她怎么敢叫我可怜虫！美吟早就知道，珮吟绝不是个性情温和的人，但是怎么也想不到她居然会这么口无遮拦，这么彻底地蔑视她们的家庭。她的姐姐没有一丝一毫的概念在国外生活有多难，不知道像他们这样一穷二白的家庭在日本这样的国家立住脚是多么不容易。她自己倒好，一来就吃现成的，有家里人给她托着，连学费都不用自己付。这个家走到今天，已经是历经千辛万苦，虽然在她的眼里一钱不值。

"这就是你对我们的看法？"美吟冷冷一笑，说，"好吧，既然我们都是失败者，那就让我们看看你吧。抓住这个机会，给张家光宗耀祖的任务，就落在你肩膀上了。"

"行，你等着瞧吧，我可用不了三十年。"

房门突然打开了，"妈，我来了。"大卫冲了进来，他立马感觉到气氛有点不对，"嘿，怎么一个个都拉长了脸啊？"

趁着这个空当，珮吟扔下围裙，连个招呼都没打，就冲出去了。

"她怎么了？这会儿，她要上哪儿啊？"大卫完全搞不清状况，站在门边好一会儿才开始脱鞋。

"哦，她是生我们的气了，她嫌妈妈的公寓太小，装不下她。"美吟做了个鬼脸，说，"她还生我的气，因为我太像日本人了。我猜啊，在这儿待上八个月，她一定觉得不靠我们她自己能活得更好吧。"

"薇薇安在说什么呀，妈？"大卫摸不着头脑，他把公文包一放，在电视机前坐了下来。

"她在冷嘲热讽呢，我们刚才和你大姐吵了一架。"

"就是这么回事，大卫。"美吟接过话，"大姐说我们给她丢脸了，她觉得我们全是窝囊废。妈，我说的对吧？"

"她真的这样说了？"大卫不相信地看着妈妈。

这会儿正在收拾暖桌的妈妈，只是摇着头。

"哼，这就是我说的忘恩负义，她今天的表现太奇怪了。妈，我进来之前，你们吵架了吗？"美吟看着妈妈拭擦着暖桌上的面粉，问道。

"没有啊，她今天放学回家，就比你早一个小时到。什么都好好的呀，当然，你一来，就不对劲了。"

"我在想……你会不会觉得，大姐这是想搬出去住呢？要不然的话，她怎么会对你们这么粗鲁无礼。"大卫沉吟着说。

美吟点点头，"你说的有道理，大卫。不过，我没法想象的是，她自己怎么可能负担得起呢，除非，她要搬出去和她那个上海朋友合住。"

"或者，和那个日本男人！"妈妈冷不丁冒出一句，好像突然想到了什么。

大卫一愣，关了电视，说："哪个日本男人？"

"就是那个每天晚上给你姐打电话的男人，通常在一两点钟打过来，这个举动很不寻常。说实话，你姐最近变化很大。"妈妈又说了珮吟最近回家都很晚，脸上还化了很浓的妆，"她跟我说的是有朋友给她介绍了一家新的餐馆，这家的工钱多很多，她还说这家餐馆还有卡拉OK，她在家时就经常练唱。说实在的，如果你们在马路上遇到她，可能都认不出来。"

"你这么一说，我想起来了，三个月前我们有一次约在茶室，她打扮得很暴露。"美吟回想起那天的情景，说，"不过，她告诉我，她要去新宿参加一个朋友开的派对。"

"还有，"妈妈接着说，"最近还有好几次她都没回家睡觉，她跟我说下班太晚了，错过了末班地铁，就去了同事家借宿。"

"这就说明了一切，大姐一定是想搬出去和那个男人住了，"大卫想了想，又说，"那你们觉得她是在哪里认识这个男人的呢？"

"肯定就是在那家新的餐馆咯。"美吟说。

"你是不是想说，大姐现在是在卡拉OK吧上班？"大卫问道，转而看着他妈说，"在新宿，这种店满街都是。"

"我不确定，不过，我发现了这个，是在她的大衣口袋里发现的。"陈燕说着，在围裙上擦了擦手，转身去厨房拿了一盒火柴过来。大卫接过去一看，这是一个黑色的火柴盒，上面有烫银的英文字样。

"Club Asia?这是一家妈妈桑开的酒吧啊！"大卫说着，眼睛盯着火柴盒看着。

"呵，这么看来，她是去当陪酒小姐了，"美吟不屑地说，"什么在餐馆里工作，说得跟真的一样，骗人！"

"那我该怎么做？拦着不让她去吗？"妈妈皱着眉头，满心忧愁。

"妈，你能做什么呢？她又不是个孩子，应该为自己的选择负责。再说，你也拦不住她啊。"美吟嘴里这么说着，心里却奇怪妈妈在这件事上的反应。珮吟已经是成年人了，妈妈还把她当成孩子，好像要补回她不在珮吟身边的那些年，要知道，那些年再也回不来了。

"拦着她不让她出门不行，可是把她从这里赶出去总是可以吧？"

大卫耸耸肩，说："那又怎样？这样做没有什么用，根本不能改变她。"

"大卫说得对，妈，她现在有男朋友了，你赶她出去，刚好合了她的意，她就可以名正言顺地搬出去和男友合住了。反正，不管她对未来的计划是什么，我现在就宣布，我对她不负任何责任，以后别指望我会帮她一个手指头。她以为自己是谁，居然称我们为废物，她觉得凭她自己的力量能做得更好？那好，我们就成全她，看看她自己能折腾出什么名堂吧。"

"也许她还能撑一阵子，我刚给她转了二十万。"大卫说。

"什么？你是干吗啊？"美吟瞪大了眼睛问道。

"因为她跟我说，她的钱总是不够花。"大卫说起大约一个半月前，珮吟给他打电话，让他为她提供一些延期签证的文件。在他们的交谈过程中，珮吟说起她的学校要组织一次外出，需要交纳七万元费用，这样一来，她基本就没有存款了。于是，大卫就自己提出来可以给她转二十万过去。

"你什么时候给她转过去的？"陈燕问道。

"大约三周前吧，最近一忙，我差点把这事儿给耽搁了，她好像很急。"大卫说珮吟好几次把电话打到了他的办公室，催问到底钱转了没有。

"她也太贪了！"美吟叫了起来，"她有没有好好感谢你的慷慨大方呢？你知道吗，真正让我生气的不是因为钱，而是因为她这个人完全没有感恩之心，好像我们都欠她似的。她心里想的、在乎的，只有她自己。"

"也许，她觉得作为一个大姐，说谢谢是跌份的事儿，会把她自己的地位降低了吧。"大卫说道，"再说，她可能是觉得，我们拥有的一切，也都有她的份吧。"

美吟点点头："你说得很对，我还听说在他们那边，没有谢谢一说，给你的东西，就是你应得的东西。"对呀，美吟心想，我怎么没有早点想到这一层呢？这可能不是珮吟个人的问题。

就在这时候，厨房那边传来啪啪啪的声响，水开了，锅盖在跳。"哎呀，我把饺子都给忘了。"陈燕叫了起来，冲进厨房。她在里面忙乎了一阵后，端出了一大盆冒着热气的水饺。她把盆子往暖桌上一放，说："行了，不说珮吟了，我们坐下来吃饺子吧。"

美吟搬过来三个坐垫，摆放在暖桌边，然后坐了上去。"妈，说真心话，刚才我说的话是算数的，我从来没有受过这样的羞辱，我不想和大姐再有什么关系了。"美吟还是气鼓鼓的。

大卫咬了一口饺子，慢慢地咀嚼着，过了一会儿才说：

"我想，大姐说出那些刻薄的话，说明了她还很天真。很可能她真心对日本和外面的世界有特别浪漫的想法吧。"大卫接着很肯定地说，"在她的心里，外国就是一座大金矿，等着人来开采。所以，她就认为到了国外还没有发达的人不是懒就是笨。要我说，就先不要管她，等她出去吃够了苦头以后，她就能面对现实了。"

"说得好，弟弟啊，以后就靠你多盯着大姐一点儿了，你得帮帮妈妈。"美吟拍了拍弟弟的肩膀。

"可我不行啊，我马上要离开东京了。"

"离开东京？是出差吗？"陈燕给大卫递了一小碟子醋。

大卫摇摇头，说："我要去台湾，那里有我们的分部，我去协助管理，大约会在那里待上一两年。"

"什么？这么大的事，你这才告诉我？"

"妈，我也刚接到通知，昨天才知道这事的，是很突然。据说，总部是在最后一分钟决定的。"

"这算是提拔吗？"美吟问道。

"算吧，海外分部的主管中，我是第一个外国人。"

"真的啊？"陈燕的眼睛都亮了。

"太棒了，弟弟，加油！"美吟说着，大力地在大卫的背后拍了一下。美吟觉得，张家人里，弟弟算是最出色了，在日本这么排外的国家里谋生，能达到这样的成就已经很不容易。她歪着头，眯着眼睛打量这个从小和她一起玩耍的弟弟，心里却在想，再怎么说，他要是个女的，这么好的机会恐怕就轮不上了。想了想，美吟问大卫："那你什么时候出发？"

"两周以内吧。"

"这么说，我们是不是今年就见不到你了？"陈燕说道，声音里有一丝忧虑。

"不会的，妈，公司的总部还在东京呢。我还是会经常回来，参加一些重要的会议，或者见一些重要的客户。再说，台湾离这儿飞机只要两小时，我可以经常回来的，只要你需要。不要担心。"

"太好了！"

"来吧，妈妈，这是件大好事。别乱担心了，破坏了好气氛。"美吟扯了扯妈妈的袖口，说，"看来今天还不光光是个生日聚会呢，我们喝点啤酒，好好庆祝一下。"

"好主意！这样的好事，绝对应该喝一杯，为了你弟弟的事业成功！"陈燕说着，起身进了厨房。出来的时候，手上多了两瓶啤酒，三只玻璃杯："来，让我们喝一杯！"

"大卫，祝你生日快乐，事业有成！"美吟端起了酒杯。

"对，这一杯敬你，我的孩子！"

"谢谢，谢谢你们。"大卫从来就是家里最小的那一个，现在成了家里的栋梁了，他也好高兴和家人分享这样的快乐，不过他没有端起酒杯，因为妈妈给他倒得都满出来了，他低下头，凑上嘴大大地吸了一口，开心地笑了。

第十三章

"周静，你说，如果你回老家的话，会带什么东西回去送人呢？"

亚洲俱乐部，珮吟和这位从四川来的小姐坐在一起，一边往纸巾包里塞俱乐部的名片，一边喝着冰奶茶闲聊。快九点了，可还是一个客人都没有。自从四个月前珮吟到这里上班后不久，这里的生意就开始不好了，一直都没有起色。前些日子，有时候一整夜就只有两三个客人。所以，最近以来，哈娜都是到了九点以后才到店里来。在这些漫长而无聊的夜晚里，珮吟居然慢慢地和周静交上了朋友，这位丰满的年轻女人，其实和珮吟没有一丝共同点，就是两个人在一起打发寂寞吧。

"你问错人了，我都两年多没回家了，我告诉过你的。"周静说着，舔了一下她那涂得鲜红的嘴唇。红唇是她的标志，每天上班前，她都会花很多时间细细地描，把唇线画到外面，显得嘴唇又厚又性感。

在亚洲俱乐部，周静是公认的那个穿着最暴露的女孩，珮吟第一天来面试的时候就见过她，那天她穿了一件豹纹上衣。周静有很多夺人眼球的衣服，今天，她穿的是一件曲线毕露的红色紧身衣，胸前挖出了一个大大的心形的洞，露出里面深深的乳沟。

"不过，二月初的时候，我表妹回家过年了，"周静接着说，"我托她带了两盒香菇干回去，我妈最喜欢日本的香菇了，又厚又香。"

"那亲戚和朋友呢？你会送他们什么？"

"亲戚？嗯，如果是男的，我就送香烟。你知道的，中国男人，一个个都跟烟鬼似的。"

"女人呢？"

周静停下了手中的活，盯着珮吟，有点奇怪地问："你怎么突然问东问西的呢？难道最近要回国？"

珮吟抬起头，目光却越过周静，看向虚空："我前晚又梦到我的两个男孩了，最近老是梦到他们。"珮吟叹了一口气。

"两个都是男孩？你是怎么躲过去的呢？被罚款了吗？"

珮吟摇摇头，说："他们是双胞胎。"

"哇，你太幸运了！"

"我都已经一年没见到他们了。"珮吟郁郁地回答道，她想起了离开他们的那个早上，在大连，没说一声再见。从此以后，她就没再听到过他们的声音，寄去的信也如泥牛入海，没有回音。打电话到郭敏家，郭敏也不让她和孩子们说话。现在想起来，她的心里充满了后悔，早知道现在这样的万般牵挂，当初在出国之前，她应该无论如何都见上孩子们一面的。她恨自己没有尽力，愧疚极了，在这一点上，她一点都不比自己的母亲强。

"他们几岁了？"

"再过两个礼拜，他们就十一岁了。我很想见到他们，赶回去给他们过生日。去年的这时候，我被日本签证的事儿搅得晕头转向，稀里糊涂地错过了他们的十岁生日，现在好后悔。"

"这么说起来，你是得回去一趟。你还犹豫什么呢？"

周静现在是非法移民，这个二十三岁的幼儿园老师当初拿着旅游签证，来日本看望嫁给了日本人的表妹。来了以后，她喜欢上了日本，就赖着不走了。现在白天在一家超市打工，晚上在俱乐部，日子过得也不差。起先珮吟很看不上她，觉得她乍乍呼呼挺粗野的，可是相处的时间一长，她发现周静身上的热情和活力很可爱。再说她也可以从周静那里学到不少经验，毕竟她在这里上了快一年的班了，有很多客人专门喜欢找她。最重要的是，珮吟很喜欢她的坦率和诚实，周静是个直性子，心直口快，这点不像陈红，珮吟发现陈红对她挺敷衍的，不真心。

自打发生了在陈红家门口的那一幕之后，珮吟就感觉到了陈红有意回避她。她甚至把自己的班次都换了，和珮吟的班次全部错开，珮吟几乎见不到她了。就因为这样，珮吟才慢慢开始和周静走近了。

珮吟无意识地把玩着手里的纸巾包，"还不是因为钱，"她慢悠悠地说道，"是觉得钱还是不够，这是我第一次回国，我必须给亲戚和老同事带礼物的。你知道老家人的，他们总是指望你会给他们一大堆礼物，不管是水笔也好，口红也好，反正，什么都要一打一打地送，他们才觉得你大方。可是，即使是最小的礼物，买这么多还是很花钱啊。"

"别去管数量，重要的是质量。或者，至少要买那些一眼看上去是很贵的那种东西。"

"比如说呢？"

周静想了一会儿，说："买点假货怎么样？比如说包包啊，手表啊，香水啊，皮夹子啊什么的。我建议你去上野，那里有时候也能淘到真货，而且都不贵，大约一两千吧。"

"嗯，这倒也是个办法。"

"到时候，别忘了对亲戚和朋友说，这些都是国际大品牌，很贵的。"

"其实，也真的不便宜。我至少要买十来件礼物呢，就算两千元一件，加起来也要两万多了。"

"可我觉得你找不到比那儿更便宜的了，你回国探亲，大家都把你当成财神爷。谁都指望着你大大方方地挥洒礼物，如果你给的不够档次，他们背后有的好说。"

"这个我知道，所以，接下来几天我要想办法多弄点钱。可是，最近这里的生意这么差，我有什么办法呢？"

"你需要多少钱啊？"

"一共吗？至少得有二十万吧。"

"可你肯定有积蓄的呀。"

"我是有点积蓄，可那是为我儿子准备的，以后供他们上大学用的，现在我绝对不能碰。反正我需要钱，很多很多钱。"

周静又想了一会儿，说："你干吗不跟妈妈打借条啊？我猜她至少可以借你五万的。"

"那剩下的呢？"

"你可以找水户先生帮忙啊。"

"你觉得找他合适吗？"

"有什么不合适的？他现在是你的男朋友啊。如果这个男朋友帮不到你，你还要他干吗呢？再说了，十来二十万元有什么啊，我知道小红以前让他花的钱可比这个数多多了。"

"小红？你是说，他们俩以前好过？"珮吟一惊。

"哦？你不知道？"

珮吟摇了摇头。

"这么说吧，七个月以前他们还好着呢，后来，小红有了现在这个男朋友，就把水户给甩了。显然，现在这个有钱多了，小红可精着呢。你真该看看当时小红是怎么对待水户的，晚上他到酒吧里来，小红都不肯坐他身边，闹得挺大的。”

珮吟听得傻了，这事儿陈红居然对她只字不提，可她还傻傻地把陈红当作自己最好的朋友。“怪不得我和水户在一起的时候，她看上去怪怪的。你知道，我和陈红以前很亲密的，可现在连招呼都不打了。”

“我看得出来，告诉你吧，我们这儿谁都不喜欢小红。”

“我注意到了，可这是为什么呀？”

“你知道她的，见到男人，她就像蜜蜂一样飞过去了。只要被她看上的男人，她就会一直盯着不放，直到得手。”

“你的意思是她抢别人的男朋友？”

周静点点头，“小红现在的男朋友……呃，叫什么来着？山田？反正就她的现任吧，一开始是喜欢李桑的。李桑总是那么孤傲，就让山田追着，一点儿也不主动。后来，不知道怎么的小红打听到山田生意做得很大，于是她马上转移目标，开始向山田发动进攻。当然，每个走进俱乐部的男人，最终会落到哪个姑娘手里，就看每个人的造化了。可是，她做得那么露骨，而且，事后还在背后说李桑的坏话，在妈妈和客人面前让李桑难堪。那一阵，她真是做得很过分，闹得很不愉快。从此以后，大家都知道了，有了特别的客人都要防着她。”

“原来如此，怪不得她这么恨李桑。说起来不可思议啊，李桑不就是陈红介绍过来的吗？”

“你知道她为什么要介绍李桑，还有你，到俱乐部来吗？”

“因为我们都是同一所语言学校的学生，对吧？”

周静摇摇头，说：“是因为钱。你知道吗？每介绍一个新人过来，陈红都可以从她的工钱里抽成百分之十五。”

"你是在开玩笑吧！"珮吟惊呆了，叫了起来，"你是说，我本来还可以挣更多？等一等，告诉我，这里别人到底挣多少？"

"妈妈给每一个姑娘的初始工资都是一千七一小时，我猜你肯定不到吧？"

"对呀，我一开始才挣一千五一小时，你是说，剩下的钱都被陈红拿走了？"

周静又点了点头。

"这条毒蛇蝎，她怎么可以这样对我！这么说，每天晚上她都从我这里搜刮了一千元。怪不得，每次发工资的时候，都是她代我领的。"珮吟越想越生气。

"她把这叫作介绍费，每个她带进来的姑娘都被她抽成的。"

"那妈妈怎么说？"

"哈，她才不管呢。妈妈唯一操心的就是怎么把客人哄进店里，而这可是小红的拿手好戏，所以她现在是妈妈面前的大红人，最讨妈妈喜欢了，没人能碰她。"

珮吟看着周静，眯起了眼睛说："我觉得你可以，只要你愿意。你比她年轻，又聪明，你一定能用她的办法对付她的。"

周静翻了翻眼睛，说："说起来容易做起来难啊，我比她年轻一点，可是陈红对付男人的那一套，简直匪夷所思啊，没有哪个日本男人过得了她那关的，她一定会施展美人蛇的魔力吧。他们说，日本男人最喜欢上海女人，因为她们又聪明又解风情，我觉得吧，最主要的是她们知道如何调动男人的虚荣心。如果你能够让男人觉得自己是个人物，让他们自我感觉良好，他们就会爱死你。我可没这本事，我太直率了，不会哄人。我都不相信自己在这行都干了一年半了，在亚洲酒吧也有一年了。有时候我真的不知道自己在这里干什么。"

"听上去好像你要洗手不干了似的。"

周静怪怪地一笑，"居然被你说中了。"顿了顿，她接着说，"其实，我一直在想着离开这里，做点自己想做的事。天天要假装开心，笑个不停，已经让我疲惫不堪了。不骗你，有时候回到家，腮帮子都疼了，因为一晚上一直在笑啊笑。我也厌恶透了那些假话，那些虚情假意。在他们臭烘烘的嘴巴对着我，肮脏的手在我身上乱摸的时候，我还要告诉男人我有多想他们，这一切都让我烦透了。在这里工作的时间越长，我越看不起自己。我以前觉得自己还挺与众不同，值得尊重的，可是，现在我就觉得自己好下贱。"

珮吟低头不语，心里回味着周静的话，好一会儿，她才抬起头来问道："如果你不干了，那你想做什么呢？"

"开一家精品服装店吧，也许。"

"服装店，那需要很多投入啊。"

"所以我还在这里啊。我得想想清楚再做打算，毕竟，我还年轻嘛，现在还不用那么急。最省力的办法，还是找个有钱的主，有人帮忙，那就不是问题咯，就像妈妈那样。"

"你有人选了吗？"

"你是说在俱乐部里？你不是开玩笑吧，来这儿的男人都是来买欢的，他们看中了哪个姑娘，就在那个姑娘身上花钱，一旦得了手，把这个姑娘睡了，或者有了新的目标，他们就立马消失了。"

珮吟若有所思地点点头，心里思忖着水户是否也是这样想的。自从他们有了第一次之后，水户就在那家叫紫的旅馆租下了一个房间。现在珮吟已经很习惯到那里去和他会面，他们把这个小小的房间当成了爱巢，对于珮吟来说，有这么一个房间也很便利，通常她在这里换好衣服去上班。但是，现在听了周静的话之后，她心里有了疙瘩，不知道水户对她的兴趣能维持多久。

那天晚上，珮吟很早就下班了，生意不好做，十点半哈娜就让她回去了，比平常早了两个小时。

在回家的路上，珮吟一直在回想着和周静的对话，走着，想着，不由得重重地叹了一口气，要是像周静这么年轻就好了。她也没有贪心到想回到二十三岁，能减掉个十岁八岁她就心满意足了，如果那样，生活就容易多了。年龄相差十五岁，她都能当周静的妈了，这么一想，她更是觉得自己又老又丑，没有一点吸引力。奇怪的是，在中国的时候，她从来不曾因为年龄的原因觉得自己不如别人，可现在，这种感觉简直要了她的命。如果说，周静还能慢慢地思考规划自己的人生，因为她还会有很多机会和选择，那么自己呢？在这个人生阶段，她还有什么选择呢？

不知不觉中，珮吟已经快到地铁站，在路边她看到了一个公用电话亭。几乎没有犹豫，她抓起电话，拨打了水户家里的电话号码。水户曾经提醒过她，没有要紧的事，不要往他家里打电话。可是过去一个多礼拜里，水户既没有来俱乐部，也没有在紫旅馆露面，而且根本没有跟珮吟打过招呼，这不是他一贯的做派。之前，他是她忠实的客人，每周两次来酒吧捧她的场，所以她心里有点不安，不知道水户出了什么事。

"莫西、莫西。"是水户的声音。

珮吟松了一口气，开口道："嗨，是我呀，水户桑。抱歉打到你家里了，你好久没来俱乐部了，我很担心你。"现在他们已经是情人了，但珮吟还是不习惯对他直呼其名，也许是因为他们之间有十八岁的年龄差距吧，也因为珮吟总把水户当成老师，每次见面，水户总会教她一点有关日本的知识，跟她讲讲日本的风土人情，传闻逸事，珮吟蛮爱听的。

"等一等，给我两分钟，你再打来好吗？"

珮吟挂掉了电话，等了一会儿，又打了过去。

"嗨，刚才我太太也在客厅里，说话不方便。现在我到书房里了。"水户的声音低沉，听上去满是歉意。

"你太太什么也不知道？"

"应该不知道吧，我也不是很清楚。我们现在都不太说话，除了讨论一下账单，或者关于孩子和他们学校里的事儿。老实说，我觉得她也不在乎，只要我一直把钱打到她的账户上，什么都OK了。我跟你说过，她已经三年没给我烧过饭了，这些日子，我都睡在书房。在厨房里，我们各自有自己的电饭煲，各人吃各人的，互不干涉。像这样子，跟离婚也差不多。好了不说了，小宝贝，你怎么想到给我打电话的？"

"我好久没看到你了，很想你。"

"啊，我去京都出差了，昨晚上刚回家。"

"还有一件事，水户桑，我要回中国一趟，很快就回来，大约待一个星期吧。我非常需要钱买飞机票，不知道……"

对方一阵沉默，然后说："你需要多少？"

"大约二十五万元吧，机票加上酒店，都很贵。"珮吟说，她把金额夸大了一点。这也是周静教她的，对男人，就不能客气，一定要让他们尽可能多掏点钱。

对方又是一阵沉默，"好吧，这个月资金有点吃紧，不过，我还是能匀给你二十万的。明天下午到紫旅馆来怎么样？已经很久没去了。"

"好的。是啊，有好一阵子了。"珮吟说着，嘴角扬起了一个灿烂的笑容。

第十四章

陈燕皱着眉头，站在厨房的小水槽前，水槽里放了一只蓝色塑料桶，接住了哗哗的自来水。这只塑料桶是陈燕刚刚从超市买来的，就为了对付那一堆洗了一半的衣服，现在这些衣服全摊在厨房的台面上。

通常，陈燕是懒得手洗衣物的，更何况她今天已经在大手町的办公楼里打扫了一上午了。这会儿，她最想做的就是躺下来眯一会儿，看看报纸。可今天没有这么幸运，那只为她服务了十年的洗衣机突然罢工了，而离家最近的洗衣房走过去也要十五分钟。

如果是她自己的那些工作制服，那还能等得起，可是珮吟昨晚上被雨淋湿的牛仔裤就等不起了。早些时候，珮吟跟她说了要回去一趟，看看两个儿子，用她自己的话来说，是要"弥补一下自己出国前的缺憾"。过两天珮吟就要回国了，陈燕知道，那些她想带回去穿的衣服都得洗干净晾干。珮吟总是说自己没衣服穿，这些衣服再不洗出来，她更要抱怨个没完了。

陈燕弯下腰，搓洗着珮吟的牛仔裤，下水后的牛仔裤很硬，水又冷，陈燕只觉得寒意往她的皮肤里钻，两只手一会儿就僵了。

"我很快就会回家的。"

那是隔壁家的女儿美香的声音，从厨房窄窄的窗户看出去，陈燕能看到女孩子的马尾辫在中午的阳光中跳跃着。美香一蹦一跳地找小朋友玩去了，那甜甜的笑，让陈燕的思绪回到了很久很久以前。那是在北京，"妈，我要上楼找姗姗玩，一会儿就下来……"珮吟在那个楼梯口向她挥着手，脸上也是甜甜的笑。那会儿，她离八周岁只有一个星期了，也许比现在的美香大几个月吧。但是她们都有同样乌黑的亮闪闪的眼睛，连那马尾辫都很像，一样长，一样光滑，完美得就像玩具娃娃的小辫辫。

水桶里的水快要溢出来了，陈燕关上龙头。珮吟的牛仔裤比她想象的要厚得多，陈燕费了好大劲，才把水拧干。陈燕心里明白，她做的所有这一切都是吃力不讨好，珮吟几乎不可能给她一个谢谢，更有可能的倒是冷冷的沉默。这些日子里，陈燕从她女儿那儿得到的都是这种沉默，离上次在金凤凰吃饭已经过去九个月了，陈燕都不记得在这九个月里，什么时候看到珮吟笑过。好像她身体里的快乐已经被拧干了，就像这条皱巴巴的牛仔裤，剩下的只有愁容和皱眉。

这些日子，只要珮吟在家里，大多数时间就沉默寡言地躲在她自己的小房间里，现在母女俩几乎不聊天。珮吟也几乎不在家里吃晚饭了，她每天大约在傍晚五点半的时候出门。虽然她还是说自己去餐馆打工，但是陈燕越来越确信她去的是那些色情酒吧。每个星期里，有那么三四个晚上，她回家都快一点了，到家也不马上睡觉，打电话打到两点才上床。陈燕不知道她是怎么对付语言学校的功课的，但是也不敢问。

"你真的是在餐馆打工吗？该不是在什么酒吧上班吧？"几个星期后的一天，因为什么事，母女俩争执了起来。情急之下，陈燕拿出那盒火柴，她直直地盯着珮吟的眼睛，想看到她其实已经知道的答案。

"我就是在餐馆打工。"珮吟一口咬定，丝毫没有要承认的余地。

"那么，为什么这些天，你一回家就捧着个录音机，练习唱歌呢？哪有什么餐馆需要你唱歌的？"既然鼓起勇气，把憋了很久的问题抛了出来，陈燕也不想轻易放弃。

"妈，你整天就窝在办公楼里打扫卫生，你知道个啥呀？跟你说吧，有些日本餐馆里就是有卡拉OK的。"珮吟用不容置疑的语气顶了回去，"再说了，你在乎过我干什么吗？我就算是被扔在大连三十年，你不照样心安理得吗？我就是死在那里，你也不会知道的。现在装出一副好妈妈的样子给谁看呢？太晚了！"

陈燕被抢白得哑口无言，这就是欠的债啊！自从珮吟到了东京之后，这个死丫头就对妈妈没好气，一有机会就挑妈妈的刺。陈燕心里也知道，珮吟这样做，是为了宣泄积郁了多年的愁苦，是为了让她知道，当年把她一个人留在大陆，受了多少委屈，忍了多少孤寂。是的，的确太孤寂了。

陈燕完全能理解珮吟的心情，是的，她对不起珮吟。但是，能怪她吗？没有带上珮吟一起走，完全是无奈之举，绝对不是她和逸文当时的想法。可是，谁又能抗拒得了移民局的新规呢？那时候，"大跃进"之后的饥荒，使得大量的内地居民像潮水一般涌向香港，那是一条求生的路啊，可是，已经接收了几百万难民的香港难以承受这股压力，采取紧急措施限制入境人数。1962年，当陈燕带着两个小孩子坐上开往香港的船时，她的心里没有一丝怀疑，自己会在一两年之内就回去接珮吟的，那是她最疼爱的大女儿啊。现在，就算把这些说给珮吟听，又有什么意义呢？一切都成定局，什么也改变不了了。

自从珮吟来了以后，陈燕已经度过了无数个不眠之夜，看着珮吟郁郁寡欢的样子，陈燕在夜里辗转反侧，不停地问自己，如果一切可以重来，为了珮吟，她又会怎么做。她多么希望时光可以倒流。

陈燕拔出水槽的塞子，浑浊的肥皂水打着转流出去后，继续放水冲洗。洗干净后，陈燕把一件件衣服拧干，拿到小阳台上，摊开晾在一只小小的晒衣架上。珮吟的牛仔裤一挂上去就开始泪汪汪滴水，这布料太硬了，陈燕没力气拧得更干，她重重地叹了一口气。

陈燕知道，正常情况下，珮吟一定是一家的骄傲，因为她是三个孩子中最聪明又最能干的。可是，世事无常，造化弄人。

突然响起的电话铃声打断了陈燕的思路，她跑进客厅，接起了电话。

"喂。"

"最近珮吟怎么样？"是逸文的电话。在过去的九个月里，他差不多每个月打一次电话来，每次就是问问珮吟。

陈燕坐了下来，一只手肘支在暖桌上，眉头紧皱。每次听到逸文的声音，她就不由自主地皱眉头，也不知道为什么。

"不怎么样。"

"怎么了？"

"她总是怨这怨那的，没有一件事能让她开心。"

"为什么呀？我已经帮她付了学费了，她在这里有人照应，她还有什么不满足的？"

陈燕一听，气不打一处来："就你是这么想的，难道你还没看出来吗？她是在生我们的气，怨我们抛下她不管。"

电话那头沉默了一会儿，接着又响起了逸文的声音："跟她说，我已经把剩下的学费都付清了。她应该高兴才是，不是每个中国留学生都有她这么幸运，不愁吃，不愁穿……"

"哎……"陈燕无可奈何地叹了一口气，"跟你说话真累，我怎么觉得就像是对牛弹琴呢？算了算了，这个月，你还欠我钱呢。"

"什么？"逸文嗓门一下子大了起来，"我上星期不才刚刚给你打了三万吗？"

"那些钱，我早就花光了，都给珮吟买床上用品了。这年头，三万顶啥事儿啊……她的床罩就花了我两万。我还要再给她付学校里的费用，还有，这个月的房租还没付呢。"

"学校里还有什么费用啊？"

"一年两次的出游啊，她接下来要去北海道，五天时间，这些出游的费用都不包括在学费里面的，这谁都知道啊。"

电话那头又陷入了沉默，一会儿，只听得逸文咬牙切齿地说："这些讨债鬼，尽想着揩油。"

"好了好了，我没时间听你啰唆。你就再给我打十万过来，行不？"

"十万？你开什么玩笑？"

"老头子，我不想跟你多费口舌，可你得明白，家里添了一张口就要多花钱的。珮吟要吃要喝的，你不给钱，你让她喝西北风去啊？"

"听着，我只能给你五万，剩下的钱你自己想办法，你不是还有工资吗？"

"每次跟你提钱，你就跟我讨价还价。你放明白点，我们这在讨论家事，不是在卖西瓜。"

"行，那就六万，一分钱也不能多了！我明天就打给你，我还有事，就这样了。"电话挂断了。

陈燕把话筒狠狠地往桌上一扔，每次都是逸文先挂电话，这已经是他的习惯了，从来不跟陈燕说再见，就率先挂了电话。陈燕感觉血一下子冲上了脸，紧跟着一阵剧烈的头痛。她缓缓神大口地呼吸着，手脚都没有力气了。她知道血压肯定又升高了，她得躺会儿，才能缓过气来。

"我就算是过了三十年没有家人的生活，你不照样心安理得吗？我就是死了，你也不会知道的。现在装出一副好妈妈的样子给谁看呢？"

躺在黑暗中，她又听到了珮吟的声音。珮吟是对的，对于大女儿来说，她不是一个合格的妈妈，她辜负了珮吟。是的，那些年，她应该更加不惜一切代价地去努力，把大女儿从大陆接出来。就是因为这么久以来，她总是不够强硬，使得大女儿在年近四十的熟年，还要如此艰辛地去为自己打开一条新路。

1978年，中国重新打开了大门，那时珮吟结婚才一年，两个儿子还没生出来，如果那时候珮吟和她老公一起出国，时间上就完美了。那时候珮吟才二十四岁，出来后一切都可以从头开始。理论上，陈燕是完全有可能在那一年把珮吟接出来的。

可是，那封信！还有逸文那张毫无表情的脸！还有那无尽的黑暗隧道！1976年，是这个家庭的灾难之年，所有的一切都颠倒过来了，从那时起，一切都改变了。直到现在，陈燕一闭上眼睛，还能看见那张皱皱的信纸上那些秀气的字迹，她在逸文的外衣口袋里发现了那封信。

"最亲爱的逸文，这些年，我一直在等你。我简直不敢相信，居然会在九州与你重逢。我的心要飞起来了，我渴望你温暖的拥抱。永远是你的，曼咏。"

陈燕至今还能回忆起刚读到这封信时的惊慌失措，以及紧接而来的震惊和痛苦，像浪涛一般淹没了她。在陈燕和逸文的婚姻生活中，经历了好几段分离的日子，生性不羁的逸文曾经让她伤透了心，可是，自从珮吟出生以后，逸文似乎收心了。后来到了日本，一家人也算是相依为命。陈燕早就听说了逸文在外头有年轻的女人，那还是在北京的时候，逸文在一家新闻机构工作，可那些都是以前的事儿了。陈燕没想到的是，直到今日，居然还有一个女人会横插在她和逸文之间，这个女人会不会就是当年那个呢？

陈燕回想着那些等待逸文的日子，先是在大连，后来在北京，最后在东京，多少个夜晚，她独自守在家里，他怎么忍心这样背叛她？怎么可以这样对待她？她还记得当时她像发了疯似的尖叫起来，然后把那封信撕了个粉碎。经历了那么多风风雨雨，他们理应和和睦睦地过下去，为孩子们创造更好的未来。

信上的字迹告诉陈燕，这些字出自一个受过良好教育的女人，而信中流露出来的口吻表明她已经认识逸文很久了。陈燕的心里无比嫉妒，想象着那个写信的人拥有的所有美好的一切，而她都没有，难道，这就是为什么逸文被那个女人吸引吗？

陈燕苦思冥想了好几天，该如何做。等她终于鼓足了勇气，直面逸文的时候，逸文的冷静几乎使她崩溃："我在外面有女人又怎么样？她有文化，有涵养，至少我可以和她说说话。可你呢？你连报纸都不看，我都不记得我们上一次的交谈是在什么时候！"

"你……你怎么敢这样羞辱我！我……我是没文化，可……可我是你三个孩子的妈，你这个混蛋……狼心狗肺的东西！"

陈燕记得自己语无伦次地骂着，但不记得自己都骂了些什么，那些话从她的嘴里出来，都没有经过她的大脑。可是，她的话还没说完，逸文已经摔门走了。那天后来陈燕一直躺在床上，又虚弱，又晕眩，似乎体内的血液都流光了，就从那时候起，她的心脏就出了毛病。

直到一周之后，逸文才回了家。从那以后，他就变了一个人，冷漠，寡言，实在不得已才会对陈燕说话，说话时，眼睛也不看陈燕。他的所作所为，非但不像是有一丝愧疚，倒反而像是惩罚陈燕，因为她居然胆敢揭露他的秘密。后来，他回家的次数越来越少，行踪也很不确定，有时候好久都不现身，有时候不打招呼就回来了，待上一两天，然后又失踪了。每当陈燕向他发火的时候，他就会说："你看看，你上有屋顶，下有一日三餐，你还想要我怎么样？"

等到美吟和大卫都上了高中时，陈燕和逸文已经形同陌路了。也有朋友劝她干脆离婚，还能重新开始。可她完全没有这样的念头，两个孩子还没成年，还需要继续读书。而且，她是靠着逸文的签证留在日本的，在日本这么多年，她一直在家做家庭主妇，怎么可能一个人抚养两个孩子长大成人呢？对此，她没有一点信心。

她安于现状，因为日子还要过下去。那么多年来，逸文一点点削减给陈燕的家庭费用。当大卫和美吟到了上大学的年龄时，付了学费，她连房租都供不起了，不得已，她终于走出了家门，经朋友介绍给办公楼打扫卫生，为的是能多点家用。把珮吟接出来，是她一直的心结，可是她其实并没有多少可以给珮吟的。这些情况，在她几次回国探亲时也都跟珮吟讲过，最后一次是在一九九〇年，带着美吟一起回去，她和珮吟好好地谈了家里的情况，可是，珮吟根本听不进去，她已经完全没有耐心了，一心就想早点离开中国。

是的，她对不起女儿。可是，在残酷的现实面前，她无能为力。现在能给她带来希望的是，中国已经不是以前的中国了，也许，珮吟和她的孩子们会因此有更好的前程。就像珮吟自己说的那样，她会弥补自己的缺憾，如果真的能弥补的话，那么这个家庭中妈妈抛下孩子的魔咒就能被打破了，这是陈燕的心愿，也是她现在唯一的心愿。

Part 2

大连

第十五章

十天后，珮吟已经回到了大连，这会儿，她正在表哥陈健家的客厅里不安地走来走去。她的外甥女甜甜，正在煲电话粥，小姑娘已经打了半个多小时的电话了。她仰躺在沙发上，两条腿挂在沙发扶手外面，晃啊晃，看样子，这个电话一时半会儿还结束不了。

珮吟走到甜甜面前，希望小姑娘会意识到她需要打电话。然而，小姑娘咯咯地笑得越来越响了。她只得在旁边的一张椅子上坐下，手指不安地敲击着桌子。这会儿，她实在是需要和陈健联系一下，可甜甜霸占着电话，她恨不得上前一把把电话抢过来，可她不能这么做。她实在忍不住了，站起身，转身打开窗子，透透新鲜空气。珮吟很想狠狠地告诉甜甜，她的行为就像个没教养的野丫头。可是，这话得忍着不能说出来，这里毕竟是甜甜的家，而珮吟，只是这里的客人。

一周前，当珮吟刚到大连的时候，她最初是想住在外面酒店里的。可是，当表哥提出让她到他家住的时候，她也没有拒绝。毕竟，珮吟和陈健是一起长大的，小时候，她和表哥也是打打闹闹的，后来长大了，关系倒是更加亲近了。尤其是当他们各自都结了婚之后，珮吟更是把表哥看成了娘家人。在珮吟离开中国之前，陈健还经常邀请她和郭敏一起到他家玩，一起做饭吃。不过这次来了以后，她在他家里成了客人，反倒有些生疏了，好像他们之间的关系有了一些微妙的变化。陈健在珮吟面前显得有点冷淡，话也不多了，不像以前无话不说。

当珮吟把她从日本带来的礼物送给陈健时，他连一声谢谢都没说。送给他的是两条万宝路香烟，还有一套资生堂唇膏是要送给表嫂魏玲的。"就放在桌子上吧。"他就这么淡淡地说了一句，是不是嫌这礼物太轻了？珮吟心里很是忐忑。

那天，陈健把晚餐安排在家里进行，这样珮吟就可以和两个孩子在更加家常的环境里吃吃饭，说说话了。一开始，郭敏还不同意，他不想让两个孩子单独去见珮吟。不过经过陈健的劝说，他最终还是同意了，他和陈健挺要好，挺给陈健面子的。

为了减少不必要的麻烦，陈健主动提出去车站接两个孩子，让珮吟在家专心做菜。对于这样的安排，珮吟当然是感激的，这样就免去了她和郭敏面对面交接孩子的尴尬了。只是，郭敏还是不同意在孩子们生日那天和珮吟见面，那天他要在自己家给孩子庆生，和他新交的女友一起。虽然有点遗憾，珮吟也无计可施，只是提出在生日前两天见见孩子。前一天晚上，在陈健的周旋之下，珮吟终于和两兄弟通了一个简短的电话，约好了第二天过来吃饭。放下电话后，珮吟就手足无措起来了，一夜都没睡安稳。

第二天一大早，珮吟就和魏玲一起去了趟市场，两人手里都拎了一袋又一袋的海鲜和果蔬。一回到家，珮吟就开始准备做海鲜饺子，那是孩子们最喜欢的。魏玲也帮着她一起做，除了饺子，她们还做了八个菜。对于三个大人和三个孩子来说，这顿饭称得上是盛宴了。

可是，珮吟还是不能放松，她总觉得还缺了点什么，生怕孩子不够吃。做好菜之后，趁着他们还没来，她又跑到街上，在食品店里买了一些坚果和糖回来。吃的东西准备好之后，她又打开行李箱，检查了一遍带给孩子们的礼物。他们会喜欢那把恐龙战队的激光枪吗？那可是她花了好多心思帮他们挑的。如果不喜欢的话，那只电子表他们一定会喜欢吧，那可是时下流行的最新款。检查无误后，她才安心地坐下来，喝一口已经温暾的茉莉花茶。

到了五点钟，珮吟怎么也坐不住了，她走到窗前往下看，盯着楼下入口处进进出出的人。陈健应该在半小时之前就把孩子们接来了，他们怎么还没到呢？珮吟很想给陈健的呼机留个话，可是甜甜丝毫没有要放下电话的意思，珮吟只好摇摇头，回到厨房，把几个冷掉的菜重新热起来。

终于，当最后一束阳光也黯淡下来，对面的居民楼一家接一家的灯光亮起时，陈健带着孩子回来了。两个男孩看上去高多了，他们的头发很长，都要盖住眼睛了。这个郭敏，怎么都不知道带孩子去理个发！

"哇，你们两个都长得这么高了！让我好好看看你们！"珮吟兴奋地叫着，冲过去拥抱两个孩子。可是两个孩子都有点拘谨，木然地站着，只是用疑惑的眼光打量着她。

"妈，你的头发怎么了？"大山指着珮吟的齐肩发问道。

对呀，孩子们从来没见过珮吟染头发呢。自从在亚洲俱乐部上班后，哈娜让她去把头发挑染一下，显得更摩登一些。于是，她把头发染成了红棕色。对于这种变化，一般人都不会注意到，可是大山一眼就看出来了，对于他来说，这种红色大概太耀眼了吧，珮吟意识到自己已经忘记大山的观察力有多强了。

"哦，这是我在美容院尝试的一种新颜色，在东京，把头发染成不同的颜色，是很流行的。"珮吟说着，快速地用手指往后理了理头发，她可不想在头发上面纠缠太久，"来，来，你们俩。来看看我给你们带了什么生日礼物！"

珮吟从行李箱里拿出了精心为他们挑选的礼物，塞到了他们的怀里。正当大海准备撕开包装纸的时候，大山制止了他，说："别拆！你记得吗？爸爸说，无论我们今天收到什么礼物，都要等到后天才能拆。"

"什么？简直是胡扯！你爸不会这么说吧，大海？"

可大海怯生生地点了点头。

"这也太可笑了，这里又不是他的家，在这里，你们可以做任何你们想做的事。"珮吟鼓励孩子说，"来吧，别管他，我想看你们拆礼物。"

但是两个孩子都不动手，他们互相看看对方，脸上写着疑惑和紧张。

"不要怕，今天是属于我们的特别的日子，我从很远的地方飞过来，就是要来看看你们，所以，今天你们想干什么都可以的。我可以保证，爸爸不会生你们的气的。"

"可是他会的，还有阿姨。如果我们不听话的话，她会非常生气的。"大山小声地说。

这还是第一次珮吟听到两个孩子说到郭敏的女朋友，显然，那个女人对孩子们的影响已经超过了珮吟的想象。"如果她生气的话，会怎么样呢？"珮吟问道。

大海说："她会扇我们，还会……"

"她会什么？她以前扇过你们吗？"

两个孩子都点点头。

"什么时候？"

"上次过年的时候，我们从奶奶家回来。"大山说道。

"为什么呢？"

"因为……因为……"大海还是那样，一紧张就会结巴。

"因为我们在到家之前就打开了红包。"大山抢先说出了答案。

"这个巫婆，她怎么敢这样！你们今天就把礼物打开又怎么样，我倒是要看看她会怎么样？你们是我的孩子，而且……"

"算了吧，"陈健插了进来，"就让他们晚两天拆礼物好了，这是他们定好的规矩嘛。干吗要把事情弄得复杂呢，对他们也没有好处，你过几天就要回去了，可是他们还要在这里过下去啊。"

被陈健这一打岔，珮吟一下子说不出话来，本来，她已经对郭敏没有道理的规定很生气了，现在听到孩子还被他的女朋友虐待，更是光火。可是，陈健的几句话，猝不及防地扎中了她的软肋。他怎么可以在孩子们面前让她威风扫地？难道他看不见那个巫婆想对她的孩子做什么吗？珮吟强忍着，握紧了拳头，转身冲进厨房，泪水哗地一下流了下来。

"哎，你看看，你真的把她惹恼了。"

在厨房里，珮吟听到魏玲在指责陈健。过了一会儿，魏玲也走进厨房，对她说："珮吟，别在意陈健的话，他没有什么恶意，他是个直性子，说话老是不经过大脑。再说了，你这么大老远的来看两个孩子，别把这样的机会给毁了。时间太珍贵了，赶紧回去陪着两个孩子多吃点，你为他们准备了这么多好吃的。快去吧。"

珮吟点点头，用手背擦去泪水，走出了厨房。大山和大海看着妈妈红红的眼睛，脸上满是困惑，魏玲给了他们一些糖果，他们就开开心心地跟着甜甜去玩电子游戏去了。

他们玩到快要八点了才出来吃饭，吃的时候又吵着要看电视，珮吟看他们入神地看电视的模样，知道他们其实都不知道吃到嘴里的是什么。一顿精心准备的晚宴，被吃成了这样，简直是太辜负了自己的一片心了。既然这样，珮吟大老远地飞过来到底有什么意义？她的儿子都不知道要跟她说什么，而她呢，连看着他们拆开礼物的那种喜悦都不能拥有。她很想告诉他们，她为什么会离开中国，他们的爸爸是如何阻挠她和他们见面的，她又是多么努力地积累他们将来的教育费用。可是，面对两个直勾勾地看着电视的男孩，她什么也说不出。再说，她也不想在陈健他们一家面前和孩子们说这些话。

后来，珮吟在离开中国之前又见了孩子一面，那也是珮吟苦苦要求得来的。她把他们带到了大连市中心的友谊商店里，给他们买衣服。两个孩子都很听话，可是在热闹的商场里，也没法多说什么。到了临别的时候，她往两个孩子的口袋里各塞了一百元，说："这是给你们的零花钱，你们不需要跟爸爸说的。你们自己留着，如果想买点玩具什么的，可以拿出来用，知道了吗？"两个孩子互相看看，笑着点点头。母子短暂的见面就这样又结束了。

送别儿子之后，珮吟打了个车去姗姗家，她已经快一年没见到这位发小了，比她大了一岁的姗姗现在在机关里工作。从小到大，她和姗姗最亲近。姗姗打开门的那一刹那，珮吟的泪水哗哗地流了出来，几天来的憋屈终于有了一个出口。姗姗泡了一热水瓶的大麦茶等着她，她们一边喝着，一边说着贴心话。珮吟说出了现在让她觉得最郁闷的事，她已经不是两个儿子生活中最重要的人了，这让她心都痛得粉碎了。

"珮吟，不要和自己过不去，这是个自然的过程。"姗姗搂了一下抽泣着的珮吟，宽慰她道，"孩子小的时候，当然是黏着妈妈，长大成少年，就会把爸爸当成偶像。再说，你别忘了，你都一年多没见到他们了，离开时又没有好好和他们告别，在他们的心中，当然会留下痕迹的。不过，这也不是不可补救，你为什么不能告诉他们，以后你会好好地关照他们，每年都会回来看他们，不会离开他们很远……"

"可是，不行啊，我明年回不来。"珮吟摇着头说。

"为什么啊？"姗姗正在喝大麦茶，听了这话，放下了果酱瓶茶杯。

"我也想回来啊，可是我在日本过得也很艰难。我不想对孩子开空头支票，像我妈妈那样。可是谁知道呢，也许会有一阵子我都回不来了，我总是缺钱，我得多存点钱。这次回来的费用，我还是跟人借的。"

"缺钱？你？"姗姗大笑了起来，"得了吧，你可别对我装啊，我可是你的好朋友。啊，对了，我猜你是怕我跟你借钱是吧？放心，我从来就没想过……至少现在还不用跟你借。"

"不，姗姗，我说的是实话。你肯定也听说了日本的经济有多差。很多行业都不景气，公司都倒闭了，我打工的餐馆也削减了我的工时。"珮吟说这话时，脑海里浮现出了亚洲俱乐部，"你知道，很多中国人去日本，是靠着上语言学校才能维持合法的签证的，而上这种学校就很费钱。如果我不打很多工的话，都不知道怎么付得起学费，更不要说购买回国的机票了。"说这话时，珮吟下意识地隐瞒了她家人帮她付学费的事儿，连她自己都不知道为什么要对好朋友撒谎。也许，她就是想在朋友面前突出自己的能干吧。再说，她也确实不想让姗姗误以为她家里很有钱，万一动了心思，想托她帮忙，带她去日本，那就麻烦了。这时候，她猛然意识到，自己在对姗姗灌输日本生活艰难的观念，虽然姗姗很不买账。这一幕，不久之前不是发生在她和美吟之间吗？那时候，美吟对她说的话，哪一句她能听得进呢？生活真是太讽刺了，她自己的角色说变就变了。

姗姗皱了眉头说："珮吟，这样说吧，我不在乎日本的经济好还是不好。我知道的事实是，你现在生活在日本，怎么说你都比我们挣得多多了，那是我们在这里想都不敢想的。所以呢，不管日本的经济好不好，你迟早总会有办法的。振作起来，别忧心忡忡的，你以前可总是充满信心的啊。真的，你不要小看了自己的能力，现在我就得靠你了。"

"靠我？什么事？"

姗姗的眼睛发亮，流露着内心的激动："你走了以后，我想了很多，现在我也想和你一样，离开中国。外面的世界这么大，可我一直待在国内，什么也没看过，那一辈子不是白活了吗？而且，现在我女儿也上大学了，我就更自由了。珮吟，你是我最好的朋友，你激励了我，我要和你一样出去闯荡。你觉得你能为我找到一条出国的途径吗？"

珮吟知道，这一天终究会来到的，可是，姗姗的主动还是让她吃了一惊。她记忆中的姗姗性格温和，还从来没见姗姗这么激动过呢。她们从小在一起玩，性格却很不一样，珮吟执拗一些，后来的生活中波折也多，姗姗却不然，恬静安然的她早早就嫁人生女，日子过得波澜不惊。以前珮吟有事来找姗姗，善解人意的姗姗总能宽慰她，让她重新振作起来。可是，现在是怎么了？难道姗姗看不出她情绪很低落吗？难道姗姗看不出她的生活现在一团糟吗？难道是金钱和外面世界的诱惑，蒙蔽了她的心，让她一夜之间性情大变了？

"姗姗，你没有在听我说话吗？我没有钱。"

姗姗摇了摇头，啧啧两声说："你看你看，我就知道你是怕我向你借钱。听着，我不是要钱，我是希望你能担保我去日本，我很想去，我要和你一样飞出去。"

珮吟轻轻地叹了口气，肩膀耷拉了下来："你问错人了，合格的担保人，必须是日本公民，或者是在日本的大型企业里有一份稳定的工作。我怎么有资格做担保人呢!"

"好吧，那谁担保你呢?"

"我弟弟。"

"很好，那你叫他也担保我吧。"

"这个我可不好说，姗姗，这可不是小事，他都不认识你呢。"

"可是你认识我呀，拜托了，珮吟，我们从小就是最好的朋友，这个忙都不能帮吗?"

"那你的先生呢?"珮吟问道。

"哦，自从他丢了工作之后，我们的关系就有点紧张。再说了，我已经不再年轻了，马上就要往四十去了。我要出去，真的，我觉得，这是我最后的机会了，现在不出去，那永远也不会再出去了。"

这些话，听上去多么耳熟，以前，珮吟自己对妈妈和美吟不就是这么说的吗？现在，从好朋友的嘴里听到，她还能说什么呢？"我想……我可以试一试吧。不过，我可不能保证我弟弟会答应啊。"珮吟勉强地答应了下来，但是她心里知道，她是绝对不可能对大卫提这件事的。

"当然当然，我只是想，起码要试一试。珮吟，如果你能帮我做成这件事，我一辈子都感激你。"姗姗说着，伸出手紧紧地搂了一下珮吟的肩头。

第二天，珮吟去机场之前，本想在家随便吃一点，可是陈健坚持要出去吃。结果他们去了一家豪华气派的餐馆，陈健点了一桌子海鲜，刀蚬、海胆、鲍鱼等等当地特产应有尽有。而且，陈健显得特别殷勤，不断地往珮吟的酒杯里添酒。

等菜都上齐，陈健的脸也已经红了，他端起酒杯，对珮吟说："对了，珮吟啊，大卫的生意做得怎么样啊？"

"那不是他自己的生意，他只是一个公司员工而已。"

"可他是在一家大型的贸易公司工作，对吧？"

"是的。"珮吟点点头。

"而且，他还是管理人员，对吧？"

"对的。"

"你觉得，他有没有可能劝说他的老板来我们这儿投资？我和几个特要好的哥们准备开一家汽车零件公司，我们需要资金。现在，在中国投资可是好时机啊。"

珮吟抬手揉了两下太阳穴，说："这个，恐怕你要自己问他了。"

"你不是会见到他吗？"

"不太经常见面。再说了，这事牵涉到钱，你最好还是直接问他。"

"那好，你有他的电话号码吗？"

"我妈有，如果你要的话，我跟她要。"

"好！也许，我可以请大卫和姨妈一起来大连玩玩。见到姨妈，请你转告她，多回国看看玩玩，多来祖国投资。如果回来的话，我们全家都热烈欢迎她！"

"好，一定。"珮吟说着，心里一沉。怪不得这么客气地请我，原来就是为了这个。她心想，母亲听到陈健说的这些话，还不知会怎么想呢。

"来，让我们为姨妈的身体健康干杯！"陈健又往珮吟的酒杯里添酒。

"够了，够了。"珮吟已经喝得有点多了，头晕晕的，不过她心里感到一丝轻松，这顿饭终于吃完了，她也可以去机场了。

第十六章

东京，美吟温馨的小公寓，变成了一个凌乱的战场，脏衣服摊了一地。这是一个秋高气爽的日子，连续下了好几天的雨之后，天空终于放晴了。美吟决定今天趁着好天气，把堆成山的脏衣服拿出来分一下类，洗上几大桶。

洗衣机里的那一桶正在脱水，一阵剧烈的抖动后，洗衣机静止了下来。美吟取出刚脱完水的衣服，装进塑料筐，端起来往阳台走。刚一拉开玻璃门，美吟就看到了那个家伙，一只浑身黑亮，瞪着凶狠的眼睛的大乌鸦。这只乌鸦在阳台边跳着走，寻找吃的。被玻璃门的声音惊到，它展开大翅膀，"呀呀"地叫了两声之后，俯身往下飞去，一会儿就消失在下面的灌木丛中。

乌鸦是日本城市的噩梦，把它们称为带翅膀的老鼠也丝毫不为过，只要有垃圾的地方，就有它们黑色的影子。更可恶的是，它们还不光吃垃圾，有时候，在光天化日之下，它们甚至会来抢你的食物。有一次，美吟和朋友在代代木公园野餐，一只大乌鸦冷不丁地飞过来叼走了一袋面包。现在，看到乌鸦她就发抖。

美吟扑到阳台边的栏杆上，探出身子往下看，嘴里发出恐吓的声音，好像那只乌鸦还能听见似的。下午的阳光明媚灿烂，美吟看到楼下的花园，经过房东勤劳的双手，修葺得漂漂亮亮的。园子的正中间，有一棵孤独的柿子树，这会儿，树上的叶子基本都掉光了。但是，熟透了的柿子红彤彤的，沉甸甸的，压弯了细细的树枝。美吟意识到中秋节快到了，双黄月饼，脑子里一闪过这个念头，口水就漫了上来。她心想，一定要打个电话给妈妈，该聚一聚了。

美吟弯下腰，从塑料筐里拿出一件皱巴巴的裤子，用力地一抖，"哐"的一声，什么东西掉在了地上，美吟低头一看，原来是挂在阳台上的陶瓷风铃，刚才被她不小心一撞，掉地上了，碎了一地。

糟糕！美吟蹲了下去，捡起了一个碎片。这只瓷风铃，是手工精巧的日本清水烧风格，还是妈妈那年和朋友一起去京都玩，买来送给她的旅游纪念品，也是她最喜欢的一个小玩意儿。现在，这只风铃再也发不出声音了，以后，躺在床上，外面刮起风的时候，就听不到那清脆的叮当声了。

她蹲在那里，懊恼了好一会儿，才起身找来扫帚和畚箕，把碎片都扫掉了。时间不早了，她没心思再洗衣服，拿出中文课本，放进拎包里，准备出门给静香上中文课。静香是最近刚刚开始跟她学中文的学生，两个星期前，他们在一个工作性质的派对上认识。美吟第一眼就喜欢上了这个在日本出生的华裔女孩，静香和她也很谈得来，她几乎一点中文也不会，想让美吟教她。美吟几乎不假思索地答应了，她很乐意帮助这个女孩子。掌握一些母国的语言，也许会有助于缓解自己的身份困惑吧，美吟太知道身在异国他乡的游子的这种苦恼了。当然，虽然她的中文比起静香已经算得上流利，但是，她依然时时陷入苦闷。

那天晚上，九点过后，美吟才回到家里。她和静香在一起度过了非常愉快的一段时间，交谈得很开心，于是上完课又一起去吃晚饭。回到家刚进屋，就听到了电话铃声，谁会在这个时候给她打电话呢？

"莫西，莫西。"她接起了电话。

"对不起，薇薇安桑在吗？我是桥本，燕桑的邻居。"

"我就是，嗨，桥本桑你好！"

"啊，很高兴，终于找到你了。薇薇安桑，我给你打电话是为了你妈妈的事……"

"我妈妈？什么事？"美吟一惊。

"是这样的，今天下午，她摔倒了。"桥本对她说，她妈妈下午脑梗发作，倒在阳台上，是她叫了救护车把妈妈送进了医院。幸好当时她也在阳台上洗衣服，听到隔壁阳台重重的摔地的声音，她就从阳台隔栏望过去，结果发现美吟妈妈倒在地上。"如果不是我及时打电话叫了救护车，后果真的不敢设想啊，你知道的，你需要时时地照看你妈妈啊，她年纪大了，看来心脏也不好，很需要你呢。"

"哦，我……等一下，我妈妈现在在哪里？"

桥本说了一个新宿医院的名字："要我说，赶紧去医院吧，你妈妈等了你一下午了。"

"当然当然，我现在就去。谢谢你，桥本桑，谢谢你的帮助。我简直不知道该如何表达……"

美吟到达医院的时候，妈妈正躺在病床上输液。一个护士守护在病床前，查看着。

"妈，你怎么样了？"美吟跑进病房，抓住了妈妈的手。

"啊，你终于来了啊！"妈妈看到她，别过脸去看着墙壁，"我还活着，谢谢你还知道问我。"

"妈，对不起了，我下午出了，回家一接到电话一分钟都没耽误就赶来了。"

"你知道我在这儿待了多久了吗？"妈妈瞪着她，一双眼睛红红的。她看上去很疲惫，脸上的肌肉都垮下来了，好像突然老了好几岁。

"妈，我不知道你发生了这么大的事，是桥本桑给我打了电话，我一听马上就赶过来了。"

"亏得有她，不然的话，我都不知道自己现在在哪里啊。"

"对不起……"

"桥本桑一直把我送进了医院，还帮我垫了三万元床位费。下次你还她钱的时候，一定要好好地替我谢谢她。"

"当然，我会的。我明天第一件事就去还她钱，我还会给她送个礼物。"

"你去一下我的公寓，把我的睡衣和收音机拿来。"妈妈关照道。

美吟点点头说："没问题。"

妈妈长长地叹了一口气，说："你这一晚上都上哪儿了？桥本桑大概都给你打了十来次电话了。"

"我给一位朋友上中文课，课后我们去吃晚饭了。"

妈妈又叹了一口气，说："我希望你能安定下来，好好地找一份安定的工作，这样我想找你的时候，就不用和你捉迷藏了。"说着，她挣扎着想坐起来。

站在妈妈床边的美吟，马上伸出手扶住了妈妈。

"我……我今天真是太无助了，好像我是个孤寡老人，身边一个亲人都没有一样。我已经不年轻了，都六十四了，不折不扣的老太婆了。至少，你可以时不时地给我打个电话，问问我。万一我明天突然就死在家里了，那会怎么样呢？有人会发现我吗？"

"妈，别这样，从今天起，我每天都给你打个电话，好不好？"美吟听得急了。

美吟在妈妈床边的一张椅子上坐下，对妈妈说："妈，发生这样的紧急情况，打到珮吟的餐馆也是可以的。"

"我没告诉你吗？她一周前回中国去了呀。"

"去中国？看她的儿子吗？"美吟觉得很奇怪，姐姐怎么突然想起来回国了，她从来没听妈妈说起，她这才想起，自己大约有两周没给妈妈打电话了，自己可真是个不孝的女儿。

妈妈点点头说："她下周一才回来。"

"嗯，每次你需要她的时候，她总是不在身边。好了，不说她了。妈，你到底是怎么回事？医生怎么说啊？"

妈妈说，医生告诉她脑梗了，不过运气还好，属于很轻微的。一开始她都听不太懂医生说的，后来医生把病症用汉字写出来，她才明白过来。现在，她身体的左边感到麻木，有时候全身有刺痛感，好像有千百枚针扎着。

"医生警告我，如果不注意的话，整个半边有可能瘫痪的。他说他能把我治好，但是，我必须要在医院里住上一阵子，进行康复治疗。"

"一阵子是多久？"

"这个他也没有说得很确定，但是这里的护士跟桥本桑说，有可能要住上三个月。"

"三个月？那可太长了。"

"医生说，我很幸运，很快就苏醒过来了，所以损伤不太严重。"妈妈接着说，早上下了班后觉得很疲劳，就回家打了个盹，起来看天气好，就开始洗衣服。晾衣服的时候，她发现晾衣绳不知怎的缠在了一起，她花了点时间理理顺，等她弄好了一抬头，头一下子痛得要裂开一样，然后就什么都不知道了。

"太可怕了，幸好被桥本桑发现了。"美吟想想还是后怕。

"嘘，请你们声音轻一点好吗？现在已经很晚了，有些病人已经睡了。"护士走了进来，拉上了窗帘，转身皱着眉头对美吟说："你该离开了，你妈妈现在需要休息，她还不能太累太激动。"她倒了一杯水，又递了几片药过来。美吟注意到，妈妈只能用右手了，她先把药片塞进嘴里，然后才接过杯子喝了一口。

美吟对着护士点点头说："抱歉了，我马上就走。"护士走后，美吟上前握着妈妈的手，说："好好睡吧，我明天一早就来。"

妈妈朝她眨了眨眼，表示听到了，然后，合上了眼睛。

第十七章

米田语言学校，大桥老师正在讲解日语中的使役动词概念，她写了很多板书来解释动词的及物性，然后，看着下面的学生，问大家都懂了没有。

珮吟皱着眉头，躲闪着大桥老师的眼光，今天老师讲的内容，她怎么也听不进去。在她的脑子里，翻来覆去的都是刚才上课前在大桥老师办公室里发生的一段对话。一星期前，校长给大家发了一个通知，提醒所有即将毕业的学生，无论接下来是想进入公司工作还是继续去大学深造，现在需要提前做好准备了。这些准备工作中，找老师写推荐信也是重要的一环，这是珮吟从同学那里听来的。于是，她走进了大桥老师的办公室。

"坦率地说，以三十九岁的年龄，对于任何一家日本公司来说，已经不适合开始底层的工作了。"大桥老师一听珮吟的来意，便一口回绝了，"我不能想象，什么样的公司会招聘一个像你这样没有经验的员工，而且还要为你解决签证。对于你来说，一份推荐信根本解决不了问题，何必要浪费时间呢？"

珮吟站在那里，只觉得浑身燥热，无地自容。

还有五个月，她就要离开米田，告别作为语言学校学生的身份，在转换成另一种合法的身份之前，她必须做好准备。

最直接的准备显然就是找工作，不光她这么想，同学们也都一样，好多同学都已经开始行动了。当然，另一种保持合法身份的方式是继续上学，可是，从语言学校转入正规大学，珮吟连想都没想过，那昂贵的学费她根本就付不起。

珮吟别无选择，只能碰运气找工作，可是，她不久就发现，大桥老师不是故意为难她，她的确不具备找工作的条件。

拿到校长推荐的公司名单后，珮吟先是去了文具店，买了一刀空白的履历表。可是，填好这张表格对于珮吟来说已经是不小的挑战，虽然以前美吟帮她填过表，自己一个人填写履历表，这还是第一次。

后来，在同学的帮助下，她终于凑出了一份履历表，随后，发了二十来份出去。可是，得到的回应却令人万分沮丧。不用多少回合，珮吟已经明白，自己找到一份白领工作的可能性接近于零。她发现，在找工作这件事上，她有好几个硬伤，最大的硬伤当然就是因为她不是日本人。这就意味着，用人公司一看她的履历表，基本上就可以扔一边了。雇用外国人的公司必须为外国员工申请工作签证，而这个过程，动辄就要好几个月，除非这个外国人有特别吸引人的技能，否则的话，没有公司愿意去耗费那个时间和精力。

当然也有一些公司愿意招聘中国人，因为巨大的中国市场很有诱惑力，有能说中文的员工能占有相当的优势。可是，珮吟知道自己的机会也不多，在东京的马路上，像她这样的中国学生何止千千万万，大多数比她年轻一二十岁。在市场经济中，年轻意味着便宜，她的年龄成了她的劣势。这一点，直到她开始找工作，都没有足够的认识。她的年龄摆在那里，几乎就已经宣布她的失业。现在，找工作成了最急迫但又最艰难的任务。

她想到了大卫，虽然弟弟现在去了台湾，但是他应该还有能力帮她一把吧，起码，一个面试的机会总能弄得到。她跟大卫电话里一说，大卫很积极，马上给她介绍了田中先生。可是，管人事的田中先生却并不是很积极，"这个……在接下来的几个月里，我们不考虑面试二十九岁以上的基层岗位应聘者。"碍着大卫的面子，田中在电话中很客气地对她说，"也许，今后我们有可能会邀请你来参加面试，如果我们有需要招聘中层人员的话。"

"那大概会是在什么时候？"珮吟还拼命想抓住一线希望。

"这个……我现在恐怕不能预料。"

因为担心自己的前途，珮吟有几天急得吃不下睡不着，最后才想到去找大桥老师帮忙。她想的是，至少大桥老师可以给她出具一份推荐信，证明她在米田是一名优秀学生，门门功课都接近满分。既然她在申请白领工作方面没有一点经验，带上一封推荐信，或许能给她一点信心。

可是，结果却变成一个灾难，大桥老师不仅拒绝帮她写推荐信，而且还再一次打击了她的自信心。本来，珮吟觉得自己有一份大连外国语学院的夜大文凭，起码比别的中国留学生强一点，可是，大桥老师对珮吟说，她那份文凭在这里什么都不是，没有公司会对它多看一眼，她说："如果你想在这里找到一份工作，只有更高学历的日本文凭才管用。"大桥老师冷冷地对她说，最后，她给了珮吟一点建议，如果是认真想在日本工作，还是继续上大学，掌握更多的技能吧。

走出大桥老师的办公室，珮吟浑身都在发抖，因为愤怒，也因为羞辱，有那么一瞬间，她甚至都不想去上课了，干脆转身回家。上完一节课后，珮吟才慢慢平静了下来。讲台上这位骄傲的日本老女人，让她恨透了，居然连封推荐信都不肯帮她写，而且，话语中透着不加掩饰的鄙视。可是，奇怪的是，珮吟在愤怒后找到了一丝平静，在绝望中看到了一线希望，那就是大桥老师的建议，继续深造。这个珮吟不曾考虑过的可能性，慢慢地在她的心底蔓延开来，占据了她的全身心。

是啊，她在俱乐部的经历也说明，没有更好的教育背景，只能过着底层的生活，那样的生活，她已经厌倦透了，她渴望找到一条捷径，通往更好的人生，那才是她拼了命想出国的理由。这个上午，大桥老师高冷的拒绝，点拨了珮吟，她突然明白了，只有继续接受教育，才是答案。

想好了要继续深造之后，接下来的几个小时里，珮吟不再气恼，而是一门心思地动起了脑筋，接下来该读个什么专业。珮吟一直是个好学生，不管在哪里，总是班上的佼佼者。她对自己的学习能力很有信心，现在的问题就在于读什么最适合她，最有前途。这个将要带着她重启人生之路的专业，值得认真思考。

她任由自己天马行空地想象着自己的未来，如果去读文理学院的研究生，那以后可以当大学教授。当然，学商业也许更实际一些，也许有一天能成为跨国公司的高管呢。她想了很多可能性，最后还是叹了一口气，读什么都不便宜，超出了她现在的经济能力。

就在这时，突然灵光一现，她想到了服装设计专业，对，找到方向了！到日本后，珮吟对服装的认识打开了一个新天地，尤其在最近进酒吧之后，更是对服装发生了浓厚的兴趣。珮吟身材高挑，是个极好的衣服架子，每次穿上不同的衣服，带给她对自己身体的不同认识，那种感觉令她入迷，给她自信。酒吧生意不好，她和小姐妹们闲坐着的时候，时常翻看时尚杂志，讨论最新潮的衣服款式色彩和搭配。

珮吟最好的年华，淹没在一段黯然失色的时光里，在她成长的过程中，大多数的中国人都穿着松垮的、毫无特色的衣裤，颜色也是同样的灰不溜秋。来到日本，生活在快节奏的大都市东京，一个最大的好处就是打开了她的眼界。她第一次知道，人们可以通过衣着打扮来展示个人的品位，表达自己的个性。从时尚角度来说，中国现在还远远落后于世界上的其他国家，她应该好好利用眼下的机会，观察时尚潮流，学习服装设计，以后，也许能够在中国打造自己的服装品牌。其实，女人的天性总是爱美的，即使在国内，也已经有很多走在时尚前沿的人士，开始追逐海外的潮流。在这个领域里，有巨大的空间伸展身手，如果手持日本时装设计学院的文凭，方向或许能更为明确。她想起周静说过，要在她的家乡四川开一家精品时装店，也许，两人可以合作，她喜欢周静，她们会是很好的合伙人。

读服装设计还有一个好处，这种学院的学费相对来说便宜，差不多是普通大学的一半，这是她从同学那里听来的。一般来说，设计学院的课程为两年，而不是普通大学的四年。用两年的时间，掌握一门新的专业技能，不仅省钱，还省下宝贵的时间，这正是珮吟所需要的。

然而，即使一半的学费，依然不是个小数目，一年的花费至少要一百万，是现在语言学校学费的一倍，上哪里弄这笔钱又成了珮吟的烦恼。她现在的积蓄，可能只够付半年的学费，这还是她从酒吧里赚来的，加上弟弟妹妹和母亲的贴补。可是，这笔钱是不能动的，这是她的全部所有，只有在两种情况下可以动用，一是给孩子付大学学费，二是应付突发的意外。

她想到了父亲，他不是说过，只要他的公司还在，他就会给她付两年的学费吗？如果她三月份离开米田，那么她实际上只花了一年半的时间，多出来的半年学费，他理应给她的。还有，她母亲应该也能帮她一把，这么多年下来，她应该有点积蓄。再说了，珮吟去上另一所学校，也是为了将学生签证延续下去，维持在日本的合法身份啊。

如果她父亲母亲能担负一半的学费，那她只需要操心另一半的五十万元了，想到这里，她的脑海里不由地浮现出了水户。这阵子被签证的阴影笼罩，心绪烦躁，很少想起他，掐指一算，离上一次见面，都快三个星期过去了。这么一转念，她突然怀念起水户来了，很想看看他最近怎么样了，过去，水户常常给她很多的指导和建议，现在，她有了新想法，很想告诉他。

午休时间，珮吟找了一个公用电话，拨通了水户办公室的电话。

"莫西，莫西。"一个男人的声音，一听就是水户。

"嗨，水户桑，我是珮吟。"

"你找水户吗？抱歉啊，他刚刚离开办公室，吃中饭去了。你要留什么话吗？"电话里响起了另一个男人的声音。

"啊……好奇怪。呃……我再打过来吧，谢谢了。"珮吟挂掉了电话，心里充满疑惑。难道她刚才幻听了？明明听到是水户接的电话，可是，如果真是他的话，又为什么要回避她呢？

在去大连之前，珮吟告诉过水户，她在大连就待十二天。那时还是十月中，现在已经过去近一个月了，他都没想到给她打个电话问问近况，更没到酒吧来找她。珮吟还是经常去紫旅馆，在上班前在那里换衣梳妆，但是她从来没有发现水户来过的痕迹。她去大连之前，水户提起过要出差，可现在也该回来了呀，难道他出了什么事吗？

上一次在紫旅馆幽会，做过爱后，两人坐在浴缸里，她温柔地在他的后背上按摩。当她的手顺着他的脊柱慢慢地滑下来的时候，她似乎很随意地提起，什么时候该去租一间公寓了。

水户没有回答，他的后背对着她，一动不动。她在他的肩膀上轻轻一拍，说："你看，我又不是说要和你结婚，那个等到你离了婚后再说，我现在想说的是，我们应该像一对情侣一样生活在一起。"

可他还是一点反应都没有，珮吟有点不高兴了："你这个男人，怎么回事啊？"她一下子站了起来，跨出浴缸，扯了条浴巾围在身上，转身走了。

几分钟之后，水户跟过来上了床，他的身体上还滴着水。他用湿漉漉的手掌在她的肩头揉了揉，又一下一下地抚摸着她的后颈，他的手掌很硬。"听着，珮酱，给我一点时间，让我好好想想，好吗？我们不需要现在就做决定，这件事，我们可以慢慢商量，至少，等你从大连回来再说。今晚，我们开开心心的就好。"

那已经是近一个月以前了，难道是水户变心了？情感是如此脆弱的东西，一个月，足以让很多事情发生变化。珮吟慢慢地穿过教学楼的大理石走廊，情绪又低落了下来。她很想现在就跑去找到水户，问个究竟，可是她不能。放学后她要去一趟医院，她已经两天没有去探望母亲了。

第十八章

　　医院的走廊上，陈燕拄着一根拐杖，慢慢地挪着步。医生关照她，必须多动动，一天两次三十分钟的行走，对将来的康复会起到关键作用。

　　经过一扇开着的窗户时，她停下了脚步，深深地吸了一口新鲜的空气。探头看看下面，那里是医院的大门，进进出出的人很多。她现在的日常活动很有规律，午饭后，小睡一会儿，然后出来在走廊里练习走路，顺便等着她的两个女儿来探望她。过去的六个星期里，珮吟和美吟会在下午轮流来看她。珮吟刚从大连回来那一阵，每天都会在三点半左右过来，很准时。可是慢慢地，她来得越来越晚，有一次天都黑了才出现。前天她干脆就没来，只是打了一个电话来，说那家餐馆临时把她的班次提前了，再说，她也有很多的功课要完成。

　　昨天，珮吟又没来，陈燕就对美吟说起了这件事，因为她心里很不愉快。"她是怎么回事啊？难道一天里面就找不出一个小时来陪陪妈妈吗？就想着自己。"美吟一听，也很生气。

　　陈燕倒是能理解："你姐姐不是我带大的，不像你们和我那样亲。也许，她觉得来医院看看我，已经是尽了她的义务了。"

　　陈燕有时候都会疑惑，在珮吟的心里，更多地把她当作一个阿姨，而不是妈妈吧。心情好的时候，珮吟对她还算温和，可遇上心情不好的日子，她一语不发，满脸阴沉。总之，陈燕在珮吟的身上，从来没有得到过母女间通常会有的那种温暖和亲昵，两人之间，总是隔了一层膜。可是，凭良心说，她又不能怪珮吟，这个孩子，从小到大，吃了那么多苦头，她的心变硬了，也是有可能的。可怜的孩子，这不公平，一点儿也不公平，可是，陈燕又如何能预见，当年她让两个女儿玩了一个游戏，哄得大女儿留了下来，却决定了两个女儿截然不同的人生。虽然她无意抛弃大女儿，但是，事实上，她亲手把命运的枷锁套在了大女儿的脖子上，那真是不堪回首的往事。

这时，一位老者出现在陈燕的视野里，那位白发苍苍的老人家，颤巍巍地拄着一根拐杖，走出了医院。一位中年妇女，或许是他女儿吧，迎了上去，扶着老人走向一辆等在那里的出租车。女人拉开车门，小心翼翼地搀着老人在后座先坐下，然后蹲下去把老人两条软绵绵的腿塞进车里。看着这一幕，陈燕只觉得心寒，老人那两条没有生命力的腿，让她看了只觉得自己的腿也软了。生命是如此的脆弱，衰老是如此丑陋。

一位年轻的清洁女工，穿着蓝色的制服，戴着一双橡胶手套，拎着水桶和拖把走了过来，她礼貌地示意陈燕，要开始拖窗边的这块区域。陈燕缓缓地离开窗口，坐到了附近的一张长椅上，看着这位清洁工女工开始打扫。这个女人的动作很有韵味，随着她腰肢的扭动，拖把在地板上来回地滑动，倒好像是在用拖把在地上做一幅大大的画。陈燕看着，不知怎的，大颗大颗的泪水顺着脸颊就掉了下来。就在不久以前，她也还能做这样的工作，同样轻巧，同样优雅。

她的老板森田桑就多次说过，陈燕是他最好的员工之一，前几天，出乎她的意料，老板居然还到医院来看望她。森田先生总是那么热心而又善良，他嘱咐陈燕好好养病，早日康复回到公司上班。对此，陈燕只能苦笑点头，她自己心里比谁都清楚，她是再也不可能回去做清洁工了。以她现在的状况，根本无法想象弯下腰去，把大楼里的马桶一只只洗刷干净。医生嘱咐她，不能再从事剧烈的活动了，否则就是跟自己的生命过不去。可是，如果不能干活了，活着还有什么用呢？

失去了工作能力，最严重的后果当然是失去了自立，失去了唯一的收入来源。她手头也没有多少积蓄，一想起以后很长的日子都没有收入，她心里有点发慌。当然，她总是可以让孩子们援助她一下，但是，陈燕从来没想过要依赖他人，过着伸手要钱的日子，即使是对自己的孩子。要不是逸文变了心，她怎么会落到这步田地，还要为老年生活操心。距离美吟上次给逸文打电话，又是一个半月过去了，美吟告诉爸爸，妈妈住院了，爸爸先是说自己最近很忙，接着又说等有空了会来看望。可是他没说时间，谁知道他会不会来呢。

当！当！当！走廊上悬挂着的时钟敲了三下，珮吟也许过半小时就会来吧。陈燕想着，撑着拐杖站了起来，准备慢慢地走回病房去。

"妈！"陈燕听到后面有人在喊，一回头，是珮吟。

"你今天感觉怎么样？"说着，珮吟上前扶住了陈燕，和她一起往病房走。

"和昨天差不多，整天躺在床上，快要闷死了。你呢？学校里都好吗？"

"还行。"珮吟扶母亲上床后，拉过一张椅子，在母亲床前坐了下来。

"你看上去很不开心，怎么了？"陈燕靠在垫高的枕头上，声音有点发虚。

"还不是为学费发愁嘛。"珮吟忧心忡忡地说道。

"学费？可是你爸已经帮你把今年的学费都付清了。"

"我不是说语言学校的学费，再过三个月，我该读的课程都读完了。现在的问题是，接下来该咋办？在我的签证过期之前，我必须找到一家新的学校。"

"又是这个老问题！那你是怎么想的？"

珮吟微微一笑，说："我想好了，去上服装设计学院。"

陈燕思忖着点点头，眉头还是紧锁着："服装设计？为什么要学服装设计？"

"妈，我也想去读大学，或者是读研究生搞学问啊，可是我知道，我们没那个钱。相对来说，服装设计的学费便宜多了。我今天给两国站附近的一所设计学院打了电话，他们告诉我一年的学费只要大约一百万。"

陈燕瞪大了眼睛："花这么多钱，就是为了学做衣服？"

"妈，这不是做衣服，"珮吟说着，翻了翻白眼，觉得母亲真是没文化，"日本的时装是很前卫的，全世界闻名。既然我进不了正规的大学，起码得学点有用的吧。这一次，我不会叫你们付所有的学费，只需要帮我承担一部分，或许就一半……"

"我就知道，你心里想的就是钱。"陈燕摇摇头，有点生气，这个大女儿越来越不近人情了，说来说去就是个钱，"那你爸爸知道你的计划了吗？"

"我还没告诉他，但是，我知道他是不会反对的，因为这对我的签证很重要。"

"如果你愿意，我也不反对。可是，这次我恐怕帮不了你。你看，我都病成这样了，以后大概不能再工作了。这次的医疗费，一部分是你妹妹和弟弟出的，我不能对他们再要求什么了。

我还得给自己留点钱，以防万一哪。"

珮吟沉默了下来，她转过身，长长地叹了一口气。

"珮吟？"

珮吟一动不动，"我这一辈子，从来都是被放在最后一位。"过了好一会儿，才听见她轻声地说道，"事实就是这样，在这个世界上，没有人关心我的死活。"

珮吟带着忧伤的话语像一块岩石，砸在陈燕的背后，让她喘不过气来。作为一位妈妈，怎么能拒绝孩子期盼第二次机会的恳求？她想起了这些年，不在珮吟的身边，没有陪伴着她的日子，想起了当年把她留在中国，没有一声告别，就把她扔给弟弟去管。是的，珮吟说得也对，对于她来说，她就是一个狠心的妈妈。

陈燕双手捂住了脸，伤心得说不出话来。一阵难堪的沉默，似乎要扯断母女两人之间那根纽带，让她们彼此离得越来越远。

珮吟从门背后的钩子上取下自己的拎包，说："我该走了。"

"等一等。"陈燕抬起了头，"那我就给你二十万吧，既然你已经下了决心要去读书。但是，剩下的你得自己想办法了，这些真的已经是尽我所能了，希望你能理解。"

"当然！"珮吟的脸亮了，"妈，你不知道，这对我意味着什么！我不会忘记的。"她扑了过来，哽咽着握住了妈妈的手。

第十九章

又一个月过去了，一转眼，一年又快要走到尽头。十二月中旬的一个周一晚上，歌舞伎町一番街转角处，珮吟在向路人发放纸巾包。纸巾包里，塞着亚洲俱乐部的小广告，虽然已经发了好几个，但是珮吟手里还有一大叠。她已经在这个街角站了两个小时，大街上人来人往，灯光璀璨，节日的气息在空气中飘荡。有那么几个路过的白领停下了脚步，珮吟赶紧用最简短的语句介绍俱乐部："我们是来自亚洲的美丽女孩，进来玩玩吧。"她指指身后不远处那栋黑色的大楼，在寒冷中肃立着。

干这件事，她一点儿也不擅长，多数过路的男人会朝她摆摆手，纸巾包碰也不碰就走过去了。有几位中年男人停下了脚步，看了几秒钟那个小广告，发现这是一家陪酒酒吧后，也笑着走开了。

珮吟越来越不舒服了，黑丝袜抵挡不了冬夜的寒气，高跟鞋又把她的脚挤得生疼，仅仅是站在那里，就像是在受刑。在俱乐部干了五个月后，她已经很会利用性感的超短裙和高跟鞋了，当然，其中的代价也是很高的，她的脚永远在和疼痛抗争。终于，熬到十点半了，虽然没有一个男人跟着她走进酒吧，但是她还是很高兴，终于可以进去坐下了。

屋子里的热气一下子包裹了珮吟，她舒舒服服地往长沙发上一坐，刚把高跟鞋踢掉，就看见哈娜端了两杯茶过来了。

"你来了，珮吟。我正想要和你聊一会儿呢。"哈娜说着，拉过一张椅子，坐在了珮吟对面，问道，"今晚怎么样？"

"不怎么样啊，妈妈，"珮吟说着，稍稍直了直身子，桌子下的一双脚还是光着，"我好不容易说动了一个，可是那老家伙都快走到门口了又怂了，转身跑了。"珮吟有点惭愧地笑着。

"哎，该来的会来，不来的拉也拉不动，你也没办法啊。"哈娜的声音还是甜甜的。

"不过呢，我有点经验了，星期三我来的时候，我会穿上那件新买的红色迷你裙，露一点点乳沟出来。那样应该能吸引更多的男人，或许能带来更多的客人。"

哈娜抽出一支Virginia Slim，珮吟连忙凑上去帮她点火。哈娜深深地吸了一口，缓缓地吐了出来："其实呢，张小姐，我想，你星期三还是在家休息吧。"

珮吟一惊，问道："为什么？"

"你看看这儿，你能看见几个客人啊？"

其实，珮吟根本不用看，她知道，除了周静和一个客人坐在一个角落里，再没有其他人了。

哈娜把烟灰往烟灰缸里一掸，说："你看，生意这么清淡，我养不起这么多人了。"

"可是，妈妈，你自己不是说，经济的下滑只是暂时的，生意马上就会好起来的吗？"

"一个月以前，我可能说过类似的话吧。那时候，我还是充满希望的，可是现在，情况已经摆明了，我们正处于经济衰退之中。你知道这两天我们一共来了几个客人吗？一只手就能数得过来！"哈娜看着珮吟，好像在等待着她的反应。

接着，哈娜有点不自然地笑了笑，说："你看看，我也不是叫你走，我就是想说，你可以多休息休息，放松一下。等生意开始好转，我就给你打电话，这样行不？"

"可是，妈妈，你不能就这样不要我了呀，我很需要这份工作的。"珮吟叫了起来，一下子乱了方寸。

"珮吟，别激动，不是针对你一个人，我对周静和另外两个姑娘，也是这么说的。我也是没法子，现在不采取一点行动，下一步可能就要关门了，到那时候，大家都没饭吃。"

"那小红呢？她也要离开了吗？"珮吟还是不甘心。

"小红么，她是个例外，坦率地说，她是要留下来的，至少到目前为止。现在也就她还能给店里带来新的客人，她有生意头脑啊，又有销售经验。"

"销售经验？这是她跟你说的？她有什么销售经验？呵呵，她唯一的销售经验就是在盐城摆地摊卖廉价内衣！而我呢，我可不是吹牛，我的销售经验可比她丰富多了。我在大连第一百货公司做了十年，如果不是来了日本，我马上就要升迁为部门经理了。要知道，那可是大连最大的商店。妈妈，再给我一个机会，我会展示我的销售能力的。"

哈娜有点吃惊地听着珮吟说出这么一番话，眼睛不停地眨着。酒吧里的姑娘来来去去，如流水一般，眼前的这位姑娘，她从来没有放在心上。她对姑娘们的过去没有兴趣，以她阅人无数的经验，只要姑娘在她眼皮底下干一个晚上，她就能拿捏个八九不离十。珮吟在她眼里资质平常，现在居然对她说出这么一番话，让她着实愣怔了一下，不过她一点没有表现出来，依然将声音控制得十分完美："张珮吟，你今天跟我说你过去的经验，该不是在开玩笑吧？我去过大陆无数次，你工作过的那个商店我也去过，在我眼里，那不过是个死气沉沉的老店。你所谓的销售人员，无非是些混日子的营业员，根本就对顾客的需求没有一丝概念。你们上班的时候，嗑嗑瓜子，聚在一起聊聊天，眼里根本没有顾客。进了那种店，如果有人注意到我，就算是我的幸运了，更别奢望还有谁会来为我服务了。你们的工作伦理早就不知道到哪里去了。让我们面对现实吧，你们没有生活在真实的世界里，你们已经吃惯了大锅饭。相反，只有那些个体户，那些为自己干活的人，才能体会到在真实世界里生存是怎么回事。而这恰恰是你和小红的区别，你们两人是完全不同的两个物种，虽然你们来自于同一个国家。

"所以啊，张小姐，你就省点力气吧，别对我说什么销售经验。这里是自由竞争的资本主义社会，如果你不行，你就走开，把位置让给比你行的人，就这么简单。"哈娜说完最后一个字，吸了一口烟，缓缓地吐向虚空。

这下轮到珮吟吃惊得目瞪口呆，而她脸上的表情已经把内心的崩溃表露得一览无遗。在听到哈娜的这番话之前，她可从来没有想过，以往的工作经验，在她适应新世界的过程中，居然会成为前进路上的绊脚石。

"谢谢你，妈妈，再见。"她喃喃地低语了一声，把依然疼痛的双脚塞进高跟鞋，拿上外衣，迈开僵硬的步子，往门口走去。她黯然离开酒吧，心里知道，从此以后，再也不会迈进这里一步了。

走在马路上，青石路面硌得她的脚底生疼，每一根脚趾都在高跟鞋里尖叫，每一步都用了全身的力气才能踩下去。她的第一个念头就是给水户打个电话，独自跌跌撞撞地走着，身心俱疲，她迫切地需要一个坚实的肩膀靠一靠。她找到了一个公用电话，拨通了他家里的电话，可是，一听到她的声音，对方就把电话挂了。等她再打过去的时候，那边就一直占线。

第二天早上，珮吟又往水户的办公室打，她下了决心，今天一定要找到他，跟他说个明白。

"听着，水户桑，请你不要挂掉电话。不然的话，我会冲到办公室，给你好看的。"水户一接起电话，她就很严肃地说起来，心情却是很平静，连自己都吃惊，也许是因为她已经做好放弃他的准备吧。

那边迟疑了一下，然后说："可以，我不挂，你想要什么呢？"

"我只想和你说话，面对面地说话。我们今天能见面吗？"

水户沉吟了一下，说："我今天很忙……不过，如果你一定要见我，那就八点半来我的办公室吧。"

"好，我去你那儿。"

这一次，珮吟早早地就到了水户的办公室，比说好的时间早出了一个小时，这次的见面不同于以往任何一次，她可不想和自己的命运过不去。到了以后，她发现在那个小小的办公室里，只有水户一人还在工作，他正在接电话，办公桌上，摊着几份文件。他示意她等一会儿，指了指办公室一角的一张长沙发，珮吟坐了下来。

电话打到一半，水户让对方等一下，起身到里屋找一份文件。趁此机会，珮吟溜到水户的办公桌前，打量起来，她发现水户的办公桌非常整洁，比较醒目的是一个烫金镜框，她伸手拿了起来。镜框里，是水户的全家福照片，水户和他的太太，还有两个孩子，一男一女，都是十多岁的样子。水户的太太看上去五十出头了，但还是非常漂亮，一身优雅的银灰色套装，里面是一件衬衫，领口有很多蓬松的褶皱，衬托着她修长的颈子。她的脸上，是一种似有似无的微笑，从容淡定，笑得珮吟自惭形秽起来。就是在这个时候，珮吟突然意识到，水户从来就没想过要离开他的家庭。

听到水户的脚步声，珮吟马上放下镜框，坐回到了沙发上。

水户终于打完了电话，他的脸上露出歉意的笑容，对珮吟说："抱歉啊，一个很重要的电话，我不能说挂就挂。"说着，他拉过一把椅子，坐到了珮吟的对面，说："说吧，你来，想要什么呢？"

珮吟清了清喉咙，说："我想知道，你最近都在忙什么。也不给我打电话了，我的电话你也不接，到底怎么回事呢？"

水户换上了一副公事公办的面孔，说："啊，我最近很忙，整天在工作，别的事都顾不过来了。"

"忙得连接个电话的时间都没有了？我实在不能理解，现在经济这么不好，别人的公司都活不下去了，怎么就你的公司还有这么多客户呢？"

"我的公司在海外有很多生意，所以，和日本的市场很不一致。"

"可是，可是这样也不该一连好几个星期不给我打电话啊，更不能不接我的电话了。除非你是在躲着我。"珮吟盯着他，等待着他的回复。可是，水户不说话了，低了头，玩着手里的一支圆珠笔。

"水户实，我问你……"珮吟正色地说道，她自己都吃了一惊，她可从来没有这样连名带姓地叫过水户。

"嘘……别激动，别激动。你知道你的问题在哪里吗？你总是那么咄咄逼人，动不动就发怒。"水户说着，手指撸了撸他那稀疏的头发。

"这是我的问题吗？如果有人故意这么粗鲁地对待你，你不是也会生气吗？"

"珮桑，我不知道该怎么说，"水户尊重而生分地喊了她一声，接着说，"你和我……呃，有时候，我真的觉得，还是不要见面了。"

虽然不是很意外，珮吟还是倒抽了一口冷气："为什么呢？"

"我……应付不了你的脾气，还有你那么多的问题。我自己的生活，压力已经够大的了，我不需要给自己找更多的麻……"

"是麻烦吗？你说的麻烦是什么？哦，我知道了，你是在说我回中国前向你借的那二十万吗？好！如果你想要回去，我马上就还给你。"珮吟心里太知道了，以日本男人的骄傲，他是绝对不会把钱要回去的。

"不不不，我根本不是那个意思。"

"那么，你到底是什么意思？"

"就是……就是我觉得我们两人在一起已经不合适了，我们志不同道不合。"水户挠着头皮，支支吾吾地说了一句。

"你到底想说什么？"

"我要说的是，好吧，这样说吧，我觉得我的性格和你不合，或者从这个意义上说，和任何一个中国女人都不合。你对我来说太强悍了，也太直接了，你心里想什么，什么时候想说，就说出来了，这让我接受不了。有时候，你的直率，还有你的野心，真叫人吃不消。虽然我不想承认，但是我不得不说，我还是喜欢日本女人那种更加柔和，更加顺从的方式。"

"等一等，你可别忘了，是你先来勾引我的。"

"是，这个没错。但是，我在认识你以前，对中国女人一无所知，和你在一起后，我才明白和中国女人在一起是什么感觉。现在，既然我已经明白了，我也知道我没有自己想象的那样强悍，虽然这不是我的初衷。"

"你就瞎扯吧，你以为我不知道吗？我又不是你的第一个中国女朋友，我早就听说了，你和小红……"

"既然你知道了，对，我们是好过一阵。"

"然后呢？你觉得她怎么样呢？"

"她是个很有趣的人。"

"我不是问这个，我是说，你是否觉得她也和我一样强悍呢？"

"也许吧，她看起来也是个很有野心的人，但是她至少没有逼着我和她同居。"

"哼，原来这才是你要甩掉我的理由，可是，你知道吗？如果小红觉得你配得上她，她也会要和你同居的。可是她没有，是因为她找到了比你更好的人，一个更多金、更大方的干爹，撒在她身上那么多钱，你没有。"

"也许是吧，可是，至少她和我在一起的时候总是快快乐乐的，我们度过了很愉快的时光，笑个不停。她和你不一样，她知道我们在一起是为了寻找快乐，可你呢，谁多看你一眼，你就要死命抓住他，你在乎的只是他能不能供得起你。"

珮吟只觉得心中的怒火在燃烧："你说够了没有？别给我找一堆借口，其实你就是个懦夫，你想甩掉我，是因为你承受不了和我在一起的压力。你们这些男人都一样，当你想要我的身体的时候，就说些甜言蜜语，说你喜欢我，还说你以后会照顾我。可是，事实就是你根本就没有想过和你老婆离婚。"

"你听着，我是在一个酒吧里认识你的。任何一个走进酒吧的男人都可以和你过夜，只要他愿意付这个钱。"水户的语气里带着深深的不屑，"你怎么能要求一个男的，对一个和妓女差不多的女人负责任呢？"

"你说我是妓女？你这个混蛋，我不是！"珮吟腾地站了起来，握起拳头打过去，"你现在不要我了，你就想把我扔掉，就像扔掉一双一次性筷子那样，没那么容易……"

"安静，安静！"水户说着，也站了起来，伸出一双有力的手按住珮吟的肩膀，把她按回到沙发上，直到她稍稍平静了一些。

"你这个混蛋!"珮吟还是不住声地骂着，脸涨得通红，"第一次和你在一起的时候，我给了你，是因为我信任你。我是在最孤独的时候认识你，把你当作是一个可以信任的朋友，这是我对东京留存的唯一盼望。我对你诉说自己的遭遇，把自己的身心都交给了你。可我不能相信，你居然会离我而去，还要咬我一口……"珮吟说着说着，突然大放悲声，终于忍不住哭了出来。

"嗨，你这是怎么回事啊?"水户起身坐到了珮吟的身边，厚厚的手掌在她的后背摩挲着，"好了，别这样啊。"他轻轻地摇晃着她，她把脸紧紧地贴在了他的肩膀上。

他们就这样在一起坐了很久，两个人谁也没说话。珮吟哭过之后，平静了一点，身体有一种虚脱的感觉。她就那样靠在水户的身上，跟他说了自己被酒吧解雇的事，也说了自己想去上时装设计学院，可是付不起那学费。当然她也说了如果不想办法继续留在学校里，她就不能保持合法身份，只能离开日本回中国了。这些话，除了水户，还能跟谁说呢?即使他刚才还那样伤害了她。

水户站了起来，在小小的办公室里来回踱着步，一语不发了好一阵，脸上的肌肉扭曲着，好像忍着痛一般。最后，他停下了脚步，转向了珮吟。"听着，"他说，"如果我再给你二十万，怎么样?你可以把它看作是我给你的礼物啊，或者随便你怎么看。你只管拿去，不用想着还我了。但是，有一个条件，过了今晚，你就不要再给我打电话了，不管是我的办公室，还是我家里，都不能打。今晚就是我们最后一次在一起，你同意吗?"

珮吟抬头看着他，简直不能相信自己的耳朵，一时竟说不出话来。过了好一会儿，她低下头，看着脚下的木地板，缓缓地说："这就是买断费了，对吗?"

"我不会这样想，这贬低了我们的友情，还有我的诚意。"

"可以，我接受，"珮吟说着，脸上的神色渐渐坚毅起来，"我什么时候能拿到这笔钱？"

"把你的银行账号给我，这几天我就把钱打过去。"

"不，我要两天之内，星期四，下午五点之前。"

"好，就这么说定了。"

珮吟和水户一起走出办公楼的时候，谁也没说话。正要转进大路的当口，他们看见了一家拉面店，店门口挂着一盏红灯笼，给这个寒冷的夜晚增添了一丝诱人的暖意。

"要不，和我一起进去吃碗面吧。"水户打破了沉默，他的声音听上去还挺愉快，可是珮吟摇了摇头。水户耸耸肩，说："还是你对，这不是个好主意。太晚了，我们还是各自回家吧。"

他们过了马路，朝着地铁站走去。一辆出租车开过来，水户及时地叫住了。"进去吧。"他拉开车门，让珮吟坐进去，关上车门之前，他掏出钱包，抽了几张纸币出来，塞在珮吟的手里："拿着，这是车费。回家好好睡一觉。"

她手里握着钱，别过了头。

"小姐，我们这是去哪里？"司机伸长了脖子，回头看着珮吟问道。

"哦，请开到东北泽。"

车开动了，珮吟还是没忍住，她转身从后窗看出去，想看看水户是不是还站在路边目送着她。可是，夜晚的马路上，空空荡荡，只有路灯投下寂寞的影子。

第二十章

两天后，涩谷。这天，美吟上班晚了几分钟，她进了公司，准备好看纪子的那张臭脸，却意外地发现办公室里安安静静的，没有一个人。大家都到哪里去了？带着疑问，美吟走进了自己的小隔间，一眼就看到了办公桌上躺着一只修长的粉红色的信封。信封上，大红色的邀请信几个字特别醒目。在天野工作了一年多，这还是第一次收到和工作有关的邀请信，美吟好奇地打开了信封。

邀请卡上写着，天野艺术展将于十二月二十七日开幕。终于也有人想到她了，美吟正高兴呢，看见邀请卡的背后还贴了一张小小的便条，上面是森冈纪子的字迹和落款：请务必参加开幕式，并请身着中国传统服装。

美吟又看了一遍便条，以为自己看错了，可是便条上寥寥几个字，她并没有错。在日本，中国传统服装指的就是旗袍，高领，丝质，两边高高开叉。可是，美吟觉得很不对劲，哪有邀请信规定了被邀请人必须参加，而且，还强行规定了被邀请人的着装。一般的情况下顶多就是注明是否正装参宴而已。纪子有没有想过，美吟有可能没有一件现成的旗袍呢，或者，美吟是否愿意穿这样的服装呢。想着想着，她的脑子里闪过一个念头，那么，贝奇和派翠西亚也被规定了穿某一种服装出席这个活动吗？

"贝奇，你收到艺术展的邀请信了吗？"过了好一会儿，贝奇才出现在办公室里。她一进来，美吟就迫不及待地发问了。

"有啊，早上收到的，你去吗？"

"我没有选择啊，纪子附了一张便条，说我必须参加。你有收到类似的通知吗？"

"没有，不过，今天早上看到纪子的时候，她对我说，这次活动很重要，他们很欢迎我参加。"

"关于衣着要求，她什么也没说吗？"

"没有啊，你为什么这样问？"

美吟告诉贝奇，她被要求穿上旗袍。

"哦，这个，她可没对我说。你还是去问问纪子吧，也许是会错意了。"

"可能吧，她这会儿在吗？"

"不在，辉子说她去给理事长跑腿去了。"

美吟在里屋成堆成堆的办公用品中找到了辉子，"辉桑，你在忙什么呢？"美吟问道，最近她看到辉子多少都有点尴尬，因为她的提议，辉子送了一张情人节卡片给布莱恩·沃茨，可是没有产生任何效果。

"哦，我这是在准备公司的手册，理事长想要把所有的介绍材料都更新一下，"辉子笑着回答道，她总是那么好脾气，"对了，你妈妈最近怎么样？"

"好多了，当然，康复需要很长的时间。医生说再过一个月到一个半月，她就可以出院了。"

"这可是好消息。"

"辉酱，我可以问你一个问题吗？"于是，美吟说起了那封邀请信，"以前，在这种活动中，有人穿传统服装吗？"

"我在这儿上班的时间不够长，很难说得准确，不过，两年前，造型艺术学院刚成立，理事长也是把开张派对搞得很隆重，并且要求来自于内罗毕的曼巴穿上他的民族服装。"

"真的啊？"

辉子点点头，说："那你是决定要穿着旗袍过来吗？"

"我还没想好呢，我得先跟森冈桑谈谈。我的看法是，如果贝奇和派翠西亚都不穿特别的服装，那我为什么要穿呢？"

辉子点点头，说："我同意。"

"那你怎么样？你会来吗？"

辉子又点点头。

那天，美吟等了纪子一下午，直到五点差十分的时候，她终于听到纪子穿着高跟鞋的脚步声。

"辉子，来帮我一下。"纪子一走进办公室，就喊了起来，她的两只手上，拎着好几个袋子。"呵，这一天过的！"急急忙忙迎上去的辉子把袋子接过去后，纪子终于呼出一口气。

"这些都是什么啊？森冈桑？"辉子问道。

"这些都是办公室的圣诞装饰品，理事长明天还要给一家杂志拍广告。"

美吟等到纪子坐了下来，不再气喘吁吁了，才走过去对她说："森冈桑，我想和你谈谈。"

"好啊，什么事？"纪子抬起头，看着美吟。

"我收到了邀请信和你的便条，我只想知道为什么我需要穿上旗袍参加开幕式，普通的正装不行么？"

"不，薇薇安桑。所有的外国员工那天都要和理事长一起站到台上，所以，我们希望你穿得很得体。这对于公司的形象来说是很重要的，这一点你当然能理解。"

美吟点点头，继续问道："那为什么只有我需要穿得不一样呢？我知道贝奇就不需要穿特别指定的服装，她准备穿一套西装。"

纪子抿了抿嘴唇，说："你就想想吧，你是要上台的，所以要穿得与众不同。贝奇不一样，她往那儿一站，谁都知道她是外国人。可是你呢，如果你不强调这一点的话，来宾怎么能猜得出你和他们不一样呢？"

美吟心里哼了一声，说："明白了，你的意思就是让我打扮得跟一只水果篮似的，装点你的派对，这就是你要的效果，是吗？"

"薇薇安桑，请你不要拿这次活动开玩笑。这次活动的重要性，对于天野企业和理事长来说，我怎么强调都不过分。要知道，我们是一家国际性企业，我们要显示出国际范儿来。如果你实在不想穿旗袍，你以后也别来上班算了。但是我要警告你，你的行为会产生后果的，而且是很严重的后果。"

"可是这太荒唐了！"

"不，一点都不荒唐。对于你的收入来说，这只是一个很简单的任务，如果你连这都不能胜任的话，我劝你还是另寻高就。对不起，恕不奉陪了，我还有别的事情。"说着，纪子转过身开始打电话。

美吟气鼓鼓地走出了纪子的办公室，太不公平了！既然这是工作的一部分，那么她完全应该以一位翻译的专业身份出现，怎么可以要求她像酒吧女一样，以服装的出奇而招徕注目呢。而且，居然还以解雇的后果来要挟，她还真的把自己当作这里的老板了，她很想直接给天野先生打个电话，但想了想还是先等一等，为了纪子气头上的话，去找天野先生理论，未免也太掉价了。

在回家的地铁上，美吟还在做着激烈的思想斗争。其实，她还真有一件旗袍，那是离开纽约之前，在唐人街买的纪念品，美吟穿过一次，那是在朋友家的春节聚会上。可是这次不一样，首先是命令，继而是威胁，这让美吟意气难平。如果真的像纪子说的那样，不穿的后果将是丢了饭碗，这样的结局，让美吟暗暗地思忖着自己的承受能力。其实，她早就有了去意，现在她更想离开了，离开幕式还有一个星期，如果在此期间找到一份心仪的工作，她就可以傲气地离开天野公司，根本不用委屈自己，附和他人的意愿。可是，一想到找工作，美吟不免又有点泄气，那一则则招聘启事又在她的眼前闪过，那些只招日语母语应聘者的话句，句句戳心，异常刺眼。

如果在台上，她是唯一一个穿着大红旗袍的人，脸往哪里搁，她会为自己成了一件廉价摆设而无地自容。可是，这份清闲的工作又有它的吸引力，薪水和签证让她没有勇气冲冠一怒。

"如果你不强调这一点的话，来宾怎么能猜得出你和他们不一样呢？"纪子的话在她的耳边回响，美吟感觉纪子是在故意提醒她，告诉她不是他们中的一个。美吟在日本生活了二十多年，到头来，她依然得不到一个正常人的待遇。也许，在日本生活下去，她将永远是那个"不一样"的外人。

地铁里，又挤又闷，美吟环顾四周，注意到她身边的一个年轻女孩正在埋头看一本杂志，完全不理会周围的其他人。美吟好奇心起，凑过去看，扫到那女孩正在看的是一篇标题为《如何在工作中找到激情和尊重》的文章。这个标题一下子击中了美吟，在回家的路上，她一直在想，到底什么工作会给她带来激情，同时又换来尊重。她回想着过去的工作经历，那时在纽约翻译画廊手册比现在快乐很多，即使在纽约大学做中文助教那段时间，也比现在有更多的满足感。

她似乎想明白了，打扮得像个中国娃娃，站在台上，向来宾展示其雇主的国际化，绝对不是她的激情所在。

第二十一章

"快放开，给人家看见……"

和水户分手后不久的一天傍晚，珮吟在公寓附近一家超市里购物，隔着几排货架，她听到不远处传来了几声低低的笑语。那是个年轻女人的声音，听上去有点耳熟，是带着浓重中国口音的日语。珮吟被好奇心驱使，推着购物车绕了过去。

在货架的尽头，一个男人紧紧地抱着女人，贴着墙，忘情地亲吻着。那个留着长长黑发的高个子女人，身穿一件兔毛皮草短大衣，下面是一件很短很短的小皮裙，紧紧地裹住了她的臀部。她足蹬一双麂皮高筒软靴，露出了和皮裙之间的一段柔白的肌肤。这个女人的脸被男人挡住了，但是从声音上判断，应该是二十出头。

那个背对着珮吟的男人显然年纪大得多，他穿着一套深色西服，看上去比那个女人还稍稍矮一些，不过身体很敦实，西服紧紧地裹在身上。他们显然是来买吃的，推车就横在一旁，里面已经有好几样食物。

那个男人看上去力气很大，被这样抱着，会疼的吧，珮吟心里想着，但已经无心观看了，她推起购物车，准备绕过去。这时，两个听到声响的男女同时抬起了头，不期然地和珮吟的目光相遇了。

是陈红和水户！珮吟一下子僵住了，简直不能相信自己的眼睛。这是怎么回事？珮吟无论如何都没法想象这两个人还会重新走在一起，陈红不是说水户是吝啬鬼吗？她不是早就把水户给甩了吗？还有水户，一个多星期之前，他不是还亲口对她说，他没法跟中国女人相处吗？

陈红很不自然地对着珮吟笑了笑，说："嗨，秋桑，好久不见了，你还好吗？"她的日语里有一种装腔作势的味道，和她脸上的笑容一样，珮吟看得出，她在努力地做出若无其事的样子。她看上去瘦了一些，化着浓浓的妆，显得比以前更加妖艳了。

珮吟只感到一阵剧烈疼痛撕裂了她的身体，她没有理会陈红，而是扭头盯住了水户。"能告诉我你们两个在这里干什么吗？过家家？哦，让我猜猜看，她是要给你做一顿丰盛的晚餐吗？你们要在哪里吃晚饭？在她家，还是在爱情旅馆呢？"

水户别过了头，好像根本没听到她的话，陈红也低下头，理了理购物车里的食物，一瓶红酒，几包牛排，一盒果汁，还有几袋蔬菜。然后，推上车作势就要继续购物。

"水户实，你是怎么回事？你不是跟我说，你不喜欢中国女人吗？"珮吟用中文咄咄逼人地对着水户说道，珮吟现在的日语已经不错了，但是这会儿，她的中文脱口而出。她一点儿也不担心，以水户的中文水平，他完全能理解她的愤怒。

可是，水户依然沉默着，他抓了抓稀疏的头发，然后转身跟上了陈红。

"等一下，我问你，这才是我们分手的真正原因，对吗？根本不是我的原因，而是因为这个婊子，这个为了得到一切而不择手段的婊子，对不对？"

"老贱货，你给我嘴巴放干净一点，你叫谁婊子啊？"陈红尖叫起来，一下子冲到珮吟的面前，手指头快要戳到珮吟的鼻尖上。

"当然是你！说的就是你这个不要脸的破鞋。"珮吟毫不示弱地回应道，她突然意识到，眼前这个女人，如此深深地伤害了她。先是上次在她家门口，骂她可怜虫，还把她推出去，朝她摔门。而这一次，把她伤得更重。这个满口谎言的女人，却一度认她为最要好的朋友，真的瞎了眼。然而最让她痛心的是，这个比她年轻得多的女人，有着比她厉害得多的手段和风情，偷走了她的男朋友，偷走了她的工资。"提醒你一下，这里是超市，而不是妓院，收起你那套狐媚，躲到见不得人的地方去施展吧。"

"你给我少管闲事，"陈红冲到珮吟面前，双手一叉，说，"你以为这是哪里啊？我想干吗就干吗，关你屁事。你就是妒忌，你这个被抛弃的老女人，看不得别人开开心心。"

"你们两个，够了没有？我可不想惹麻烦！"水户实在忍不住了，他一边想把两个女人的声音压下去，一边不住地看着四周。

"闭上你的狗嘴，你这个贱货！"珮吟立刻顶上去说，"你从来没有一句真话，你说过你不能忍受水户，可现在呢，你们还抱着亲嘴。"

陈红眼睛一翻，说："哼，以前是以前，现在是现在。再说了，我们想干什么还要跟你汇报吗？你算老几，还想管我？你自己看不住男人，恨不得别人也没有男人。你早该识相点，你根本没本钱吃这口饭，你这个丑八怪，你太老啦！"

珮吟只觉得自己的血管都要炸开，陈红居然会暗示她在跟她抢皮肉生意的饭碗，她气急败坏，一把抓起陈红购物车里的一盒番茄汁，猛力地朝陈红的脸上砸去："你这个臭不要脸的婊子，你在我的收入上搞鬼，现在又跟我的男朋友搞鬼，看我今天怎么治治你，叫你以后少出来祸害人。"

陈红拿胳膊一挡，顺势又往珮吟这边一推，珮吟只觉得脸上和胸口一凉，原来是果汁盒炸开了，里面的番茄酱喷了她一身。珮吟一把抓住陈红的长头发，任由番茄汁顺着她的手臂留下来，正要伸出另一只手去抓陈红的脸的时候，只觉得一双有力的手扼住了她的手腕，硬生生地把她往后拽。

"停下，马上停下!"这是一个男人的声音。

在扭动和挣扎中，珮吟发现，那是个保安人员。她同时发现，陈红也被另一个保安控制住了。

还没等珮吟反应过来，她和陈红已经被拖出了购物区，带到超市后面的一个小屋里。她们俩被命令坐在一张大桌子边，珮吟环顾四周，没有看到水户，他一定趁混乱溜走了，这个懦夫!

几分钟后，一个看上去像是主管的四十来岁的男人走了进来，坐到了大桌子的另一边，说："我想知道，刚才发生了什么。你们两个，为什么打架?"他的声音里透着威严。

珮吟一语不发，她的身体依然因为愤怒而微微颤抖，而陈红则满不在乎地抱着胳膊转过身去。

"听着，你们两个有暴力行为，妨碍了其他顾客，损坏了我们的商品。我们在正常营业，不能容忍这种行为。所以，我恐怕要将这起事故报告给警察。"这个主管说道。

"警察"两字听得珮吟一激灵，她也太愚蠢了，怎么能任由自己的情绪肆意发泄呢。她以前听一个留学生说过，在日本，要记住，最不能见的人就是警察。

陈红这时突然开了口，她也不想惹警察。"先生，刚才发生的事不怪我，我和男朋友正好好地在挑东西呢，这个疯女人突然就冒出来了，她对着我们大喊大叫，还抓起一盒番茄汁朝我砸过来。你要知道，她要是刚好抓起那瓶红酒的话，那我就被她砸伤了。"

"这是在骗人，这个女人她偷走了我的工资，又偷走了我的男朋友。"珮吟指着陈红，绝望地喊着。

"好了，你们两个，都别说了！"主管命令道，"接下来，在这张表格上，填好你们的名字，地址，还有外国人登录证，然后再填写一下刚才发生了什么。你们身上都带了外国人登录证，是不是？"

陈红点点头，从她的包包里翻出了她的证件："先生，你看，我是一个遵纪守法的好市民，我有合法的签证，还有一份好工作。"说着，她把登录证放在了主管面前。

珮吟也埋头在包包里找了起来，却惊出一身冷汗，登录证没在身边。"先生，我……恐怕没带呢，我……今天出门的时候换了一只包包。"

"就这样了，我现在给警视厅打电话。我真心希望早点结束这起事件，给你们一个警告，然后就放你们回去。但是，如果你没带外国人登录证的话，抱歉，那我就不能放你走了。"

珮吟一瞬间觉得心脏都停止了跳动，她挣扎着对主管说："可是，先生，我不能耽搁了，我要回家，现在就要回家。"

这个男人摇摇头，说："现在说这个太晚了，恐怕你们两个都得留下，等警察过来。我没有选择。"他站起身，打电话去了。

第二十二章

　　一星期后的这个晚上，美吟正好也刚从公司派对出来，回到家已经九点半了。美吟浑身无力，满心羞耻，她的脚很痛，站了一晚上，每走一步都是煎熬。现在，终于可以放松了，她一进门就踢掉了那双黑色高跟鞋。

　　然后，她才脱下黑色羊毛大衣，整个人往沙发上一摊，双脚跷到了咖啡桌上。真想永远这样躺着啊，这样想着，她的意识慢慢地清晰起来。是的，她以后有的是时间这样躺着，因为天野公司已经不需要她了。她闭上眼睛，回想着今晚在画廊开幕式上的一个个镜头。

　　那个画廊离东京塔不远，里面很大。天野对这个活动很重视，邀请了很多嘉宾。画廊里衣香鬓影，人们一边喝着法国葡萄酒，吃着烟熏三文鱼和起司小脆饼，一边欣赏着五位中国画家的作品。美吟是六点到达那里的，一开始，她没看见纪子。她和来宾们交谈着，向他们解释每位画家微妙的不同之处。她对这几位画家的作品都还蛮熟悉，因为翻译画廊手册时做了一些功课，所以，这会儿正好派上用场，一切都非常好。

　　贝奇、派翠西亚和辉子都聚在迎宾台那边，更多的客人不断地进来。她抽了个空，过去和她们一起喝了一杯长相思白葡萄酒。就在这个时候，纪子出现了，她身上是一袭水红小礼服，朝着迎宾台走过来。

"女士们，你们都好吗？"她微笑着，和大家打着招呼，看起来心情很不错。

"很好，"贝奇回答道，"现在已经来了一百多位嘉宾了。"

"是啊，而且，来宾都对今天展出的作品很感兴趣。"美吟也插了一句，她今天也是个很不错的主人，介绍了很多作品。

纪子一看到她，脸色就阴沉下来："你……这穿的是什么？"她上上下下打量着美吟。

"我觉得还是穿套装自在一些，这样和大家都一样。"美吟不假思索地回答道。

"是吗？恐怕，今天的派对之后，你会有点不自在。"纪子冷冷地抛出一句话，然后对其他人说，"都听好了，辛普森桑，希伯特桑，还有辉子，你们准备好，五分钟之内准备上台。好，现在请跟我来，到舞台旁边等好，沃茨桑已经等在那里了。我一打手势，你们就和我一起上去，站到我后面，清楚了吗？"

大家都点头。

"那我呢？"美吟问道，"即使我穿了套装不合你的意，但我还是公司的一员。"

纪子什么也没说，径直从她面前走过，带着她们几个往舞台方向走去。

这边美吟还没反应过来，麦克风里已经响起了天野先生的声音："女士们，先生们，欢迎各位来到Gallery Kaze风画廊，天野企业的最新杰作……"

美吟走到了舞台的前面，想看得仔细一些。天野先生只讲了大约三分钟，美吟看到她的同事们在纪子的带领下，开始往台上走了。走到舞台当中的时候，大家迅速形成了一个三角形，天野一人站在最前面，后一排左右站着纪子和辉子，再后面一排是派翠西亚、贝奇和布莱恩。这就是理事长要秀的国际化形象，美吟心里冷冷地一笑。

这时，她看到贝奇在台上跟她招手，示意她也上去。起先她犹豫了一下，继而连她自己都不知哪来了勇气，绕到舞台的侧边，跑了上去。可是，她还没来得及挤到贝奇和布莱恩之间，天野先生已经转身开始介绍自己手下的员工了。她就那样尴尬地站在了三角的外面，进也不是，退也不是，破坏了整个造型。她看到了纪子惊讶的脸，可是太晚了，一切都无法补救了。

等所有员工都走下舞台后，美吟看到纪子铁青着脸，冲着她走过来，把她拉到一边说："你的行为太没有教养了，你这是自己出洋相，也给公司蒙羞。"纪子压低了声音，但语气里充满愤怒。

"可是，我也是天野企业的一员呀，我也应该出现在台上才是更公平啊。"美吟据理力争，她没有觉得自己的行为有何不妥。

"薇薇安桑，你做得太过分了。一而再，再而三地无视我的警告，挑战我的权威。就因为这个，你理应自己承担后果。"纪子眯缝了眼睛，冷冷地看着美吟，扔下这句话后，扭头走了。

几分钟后，辉子走了过来，对美吟说，纪子刚刚向理事长汇报了经过，理事长已经同意解雇美吟。"她说，今晚之后，本公司已经不再需要你了，明天你就可以来办公室领取最后一张工资支票，拿走你自己的东西。"

美吟惊呆了，今晚的派对，她也待不下去了。是的，纪子是警告过她，可是，她真的不相信这样小小的抗议会带来这么严重的后果。快要出门的时候，她撞上了贝奇，贝奇显然毫不知情，还问她为什么这么早就要离开。美吟什么话都说不出来，她只能摇摇头，哽咽着跑了出去。

现在，又累又气的美吟揉着自己的脚，思忖着是不是该去冲个澡，然后就上床，不管发生了什么，都留到明天再说吧。就在这时，电话铃声响了。

"小姐，你好。这里是新宿警视厅。这里有一位女士中文名字叫张珮吟，我们要寻找她的妹妹。"

"我就是，出什么事了？"美吟大吃一惊。

"我们需要你提供你姐姐的外国人登录证。据她自己陈述，她忘记随身携带外国人登录证，留在你们的妈妈家里了。你能将此证送过来吗？"接着，这位警察简要地描述了一下事情的经过，并告诉美吟他们需要珮吟的证件留底。

"可是，先生，现在都十点半多了，我把证件拿到，再送到你这里，都已经是半夜了，能不能等明天早上再说啊？"

"小姐，你似乎还没有意识到事态的严重性，如果没有拿到这张证件，我们是不能让她离开这里的。如果你不来，今晚上你姐姐就不能回家了。"

美吟闭上眼睛，一只手扶住了额头。这是一个漫长的夜晚，她刚刚被解雇了，还没来得及躲起来疗伤，现在又要深夜奔出去，为姐姐的愚蠢和荒唐买单。"好的，我尽快送到。"她顺从地说道，心底暗暗叹了一口气。

直到快到半夜了，美吟终于赶到了警视厅。当她看到姐姐时，着实吓了一大跳，灯光昏暗的警视厅监护室，珮吟蜷缩在一个角落里。她的齐肩发看上去湿漉漉的，乱糟糟地黏在一起，她的白衬衫上有大块大块暗红的污渍。

"你怎么了？流血了吗？"她警觉地问道。

珮吟没有回答，只是抬起疲倦而惊惶的眼睛，充满歉意地看着美吟。

警察这次详细地对美吟讲述了事件的细节，并将珮吟和陈红填写的报告交她过目。

"你是说，我姐姐为了一个日本男人，和一个陪酒小姐打起来了？"美吟吃惊得目瞪口呆。

"完全正确，是三角恋爱导致的情敌相争！你是否知道，直到两周前，你姐姐也在一家叫亚洲俱乐部的色情酒吧里做陪酒小姐？"

"真的吗？"美吟再次大吃一惊。虽然上次妈妈跟她说了以后，她心里有所怀疑，但是后来听妈妈说姐姐一口否认，她也觉得是捕风捉影了。

她需要听姐姐亲口说出来，才会相信。她把带着疑问的眼光投向了姐姐，珮吟羞愧地点了点头，然后垂下了眼睑。

"那么，那个女人呢？"美吟觉得今晚的一切都那么不真实。

"我们查看了她的外国人登录证之后，就放她走了。"警察对美吟说，"现在我们需要查看你姐姐的证件，你带过来了吗？"

等所有的录入都完成后，珮吟按警察的要求写了一份保证书，保证不再做出扰乱公共治安的举动，并保证以后一定随时随身携带外国人登录证，如果再犯，将会被拘留。

两姐妹走出警视厅大门时，不约而同地打了一个寒战，已经是凌晨两点了。这个时候地铁早就不运营了，姐妹俩只得叫了辆出租车，虽然贵，她们还是可以一起乘坐一段路。上了车，两人很久都没有说话，还是珮吟先打破了沉默。

"美吟，对不起，给你添麻烦了。"她低低地说道，声音轻得几乎听不到。

"今天是怎么一回事？你到底在想什么？"美吟没好气地回

道，憋了一晚上，她终于可以发泄沮丧和怨怒了，"为了一个糟老男人，和一个小妓女大打出手？你是疯了吗？"

看到珮吟不说话，她又追问下去："你到底在那个俱乐部干了多久？你为什么欺骗我和妈妈？"

"我只是做了任何一个女人处在我的位置都会做的事，我需要钱，很多的钱，越快越好。"

美吟摇摇头，说："可这是为什么呀？你要那么多钱干什么？难道爸爸妈妈给你的还不够吗？我觉得他们为你做得够好的了。"

"为了大山和大海，有一天，他们是要进美国的大学的。"珮吟的声音又轻又柔，"我算过账的，把他们都送进美国的好大学起码要十六万美元，我知道，这个数字对于我来说是个永远也不可能达到的目标，但是，我没有理由放弃。"珮吟低下了头，好像在对自己说："也许，我开始得太晚了，但是我依然希望他们有一个更好的未来，一个比我好得多的未来。"

在昏暗的出租车里，美吟盯着姐姐，好像刚刚认识了她。一直以来，她对姐姐抛弃老公孩子，跑到日本来，心里是相当鄙夷的。可她完全没有想到，姐姐心里藏着这样一个愿望，而不是纯粹是为了自己的虚荣和欲望。"可是，如果你的孩子知道，这些钱是妈妈当陪酒小姐挣来的，他们还会接受吗？"美吟依旧硬起心肠，继续逼问道。

珮吟又沉默了，显然，美吟戳到了她的痛处。

"今晚的事，你会告诉妈妈吗？"过了一会儿，珮吟抬起头，看着美吟问道。

"我还没想好该怎么做。"

"请你，别告诉她好吗？"珮吟的眼里，都是乞求的意思。

美吟别过头，躲避着姐姐的目光，以前姐姐在她面前总是冷傲的，她一点也不习惯求着她的姐姐。美吟想了想，点点头说：
"好吧，我为你保守秘密，但是，你要答应我两个条件，一是你
不能再给妈妈增添学费的压力了，妈妈老了，你懂的。再说了，
你在日本都一年多了，你应该有能力照顾好自己了。"

珮吟点点头，说："可以。"

"第二，你不许再回去当陪酒小姐，不然的话，我就会告诉
妈妈。你能做到吗？"

"能。"

出租车停在了妈妈家公寓楼前面，珮吟下了车，回头向车里
的美吟挥了挥手，说："真不好意思，今晚把你弄得这么晚。"
她惭愧地笑了笑。

美吟冲着她点点头，报以一个友好的微笑。就在几分钟之
前，她对姐姐还是怨气十足，现在，她发现自己心中的怒火已经
完全湮灭了。美吟能够理解，姐姐和其他刚刚来到日本的人一
样，虽然走了很多弯路，但是为了生存还在奋斗。像姐姐这么高
傲的个性，选择做陪酒小姐，一定也是经过了思想斗争。想想自
己，都会受到纪子的不公平对待，那么姐姐在那些日本醉鬼那里
不知道受过多少委屈。而这一切，都是为了她的两个儿子，她一
定很爱很爱他们，很想念很想念他们。

第二十三章

四月初，距离那个羞辱的夜晚，已经过去了几个月。满城的樱花开始飘落的时候，珮吟走进了两国区的东洋文化时装设计学院的大门，这家时装学校在东京的同类学院中口碑不错。更让珮吟高兴的是，爸爸同意补上学费的缺口，终于，珮吟可以在这所心仪的学校里继续读下去了。这所学校的外观非常现代化，符合其时尚的形象。走进主楼后，她在走廊上拦住了两位女生，问她们《人体结构研究》这门课在哪个教室上，这是她的专业必修课之一。

"216室，二楼，走到底，右手。"回她话的这个年轻女孩，留着长长的艳丽的橘红色头发，穿着黑白相间的齐膝长袜。和她一起的女孩，剪了很短的短发，蓬乱地贴着头皮，一对巨大的耳环，在不停地晃荡。"你是新来的老师吗？"长头发女孩问道，一双眯眯的小眼睛上下打量着珮吟。当珮吟告诉她自己是新生时，这个女孩一下子捂住了嘴，咯咯咯地笑着追她的同伴去了。

没过多久，珮吟就对这样的反应习以为常了，不管她去上哪门课，一坐下，周围马上都是异样的目光。她的同学绝大多数都是刚刚高中毕业的女孩子，她们互相之间叽叽喳喳地笑闹着，可是一面对她，表情就有点讪讪的，好像在说，你是个外人。第一天结束的时候，珮吟已经确认了她不仅是整个学校年纪最大的学生，而且还是唯一的中国学生。

三个星期很快就过去了。一天，课间休息的时候，珮吟走进了洗手间，两个女孩正隔着厕所隔间聊天，珮吟本来没兴趣听，但她无意中发现她们竟然在谈论她。

"你有没有觉得奇怪，那个中国女人在这儿干吗。"这是一个年轻女孩的声音，"她都是我妈的年龄了。"

珮吟听出来，那是上见的声音，她在剪裁班的同学。

"就是嘛，哪家公司会雇佣一个这么老的人呢？就算是森英惠，应该也会觉得她也太老古董了吧。"另一个女孩接了过去，说完大笑起来。她的笑声那么尖锐，刺痛了珮吟的耳膜。

没想到会在无意中听到这么刻薄的话，珮吟的心情可糟透了，她转身跑出了洗手间，一口气上了好几层楼，直到站在了教学楼的天台上。在这空无一人的天台上，天空离得那么近，人世间的烦恼似乎都遥远了，珮吟慢慢平静了下来。

就是在这里，珮吟对自己许下了一个承诺，从现在开始，她的生活中就只有一个使命，她将集中精力，尽快地完成学业。一旦拿到文凭，她将离开日本，回到中国，既然日本并不欢迎她，她要回到自己的国家。当然，她不想回到大连，因为她不想让老同事老朋友觉得她在日本混不下去才回来，不想成为他们的笑柄，但是，她可以去上海或者广州，在这些更加开放的城市，她的新技能有更大的发挥余地，她将开始新的生活，同样可以挣很多的钱，继续努力将儿子送到美国。

两个月前，珮吟对周静说起了自己的设想，表示可以和她合作，周静当场就很高兴，觉得她的主意很棒："对呀，如果我们当中的一人还拿了日本时装学院的文凭，那么回去就更有说服力了，这对我们的计划很有利。"周静兴高采烈的样子鼓舞了珮吟，让她觉得自己选择继续读书这条路走对了，虽然这条路走起来很艰辛，一路上都是嘲讽和不信任。

珮吟过上了两点一线的生活，大量的时间都泡在学校里做功课，偶尔需要查额外的资料，她才会去一下附近的街区图书馆。不再和水户来往，也不再去俱乐部，有时她也会感觉寂寞。幸好，不久她找到了一份餐馆的工作，一周三个晚上，在一家叫作人参屋的素食馆打工。这样，珮吟又开始有了一些零花钱，而且，也给她单调的生活增添了一点调味剂。

这家餐馆的老板高桥先生是个挺特别的人，他心肠好，胸襟也开阔，今年三十六岁，是珮吟到日本后遇到的最年轻的老板。高桥没读完大学就退学了，但是他很有生意头脑，他的店里总是坐满了大学生和年轻的白领，他们崇尚有机食品，追求生活品质。珮吟听人说高桥年纪轻轻就到处行走，尤其喜欢东南亚一带，难怪他很自然地雇用了亚洲其他国家的人，而且，一起工作下来，珮吟觉得他是真心喜欢研究他国的文化和历史，一有空，他就和珮吟以及另一个来自越南的员工翁明聊天说话。

要不是因为周静新交的男朋友比尔，珮吟也不会找到这份工作。比尔是加拿大人，和高桥很熟。珮吟答应美吟不再去俱乐部之后，跟周静提起过自己经济上的窘迫，周静是个上心的人，于是就帮她牵了这条线。珮吟得到这份工作后，开心得不得了，本来周静也想介绍珮吟去她自己白天打工的那家超市，可是路上近两小时的来回，对于功课繁重的珮吟来说不太现实。现在可好了，这家餐馆离母亲家只有两站地铁。

高桥先生脾气虽好，但并不说明他对员工很松，相反，他是个要求很高的人。五个小时里，珮吟干得非常辛苦，不停地做这做那，半夜打烊后，她还要拖地板，洗擦厨房，什么活都得干。后来，珮吟才明白，她之所以能够被高桥留下来，就是因为她不像之前的很多雇员，除了当服务员之外，就不肯再干清洁工的活了，觉得太苦太累又太脏。

珮吟自己心里知道，如果是在半年之前，她也会甩手不干的。但是，现在不一样了，工作那么难找，她会珍惜这一次的机会。她开始明白了母亲为什么会去做清洁工，母亲还没有她的文化程度高，年龄又这么大，找工作当然更加困难。好在高桥先生是个很直接坦率的人，他把规则制度和对员工的期望都说在前头，因此珮吟不需要小心翼翼地躲避他，也不用担心会遇到文化上的禁忌。珮吟第一次意识到，拥有如此品性的老板，胜过拥有一份轻松的工作，正是因为这个原因，她愿意工作得更加努力。

第二十四章

又一个星期过去了，新宿。陈燕躺在病床上，等待着美吟的到来。二月底，在医生的强烈建议之下，陈燕终于同意将住院的时间再延长两个月，以保证她的腿脚能完全康复。这么算起来，她在医院里度过的时间将是整整六个月，还好日本的康复治疗并不昂贵，加上她的医疗保险也是由大卫的公司提供的，自己不用掏钱。

陈燕正在那儿看电视消磨时光，突然看到一个日本男人推门进来，他站在病房门口有点拘谨地环顾着，突然眼睛一亮，冲着靠南墙的那个床位奔过去了，那张床上，躺着一位虚弱的半百妇人，是昨天刚刚住进来的。男人差不多是逸文的年龄，脸上挂着笑，他的到来，提醒陈燕，五个半月了，逸文一次都没有来看过她。

想到逸文，陈燕的脸色阴郁了下来，现在，她已经不知道自己对这个男人是什么感觉了，以前，每次和他通电话的时候，她的心里总是充满怨恨。可是，自从脑梗住院后，她的心里有了微妙的变化，想到逸文，她竟然会有丝丝的怀想。当然，那不是想他，而是想念那段他们在一起度过的时光，那时候，他们之间还有恩爱。

当然，自从他离开东京，去了南方的九州岛，一切都改变了。1976年，他从九州回来，但紧随其后的是那份情书的出现，他的情人因此浮出水面，他们的关系，还有这个家庭，就这样破裂了。

他们曾经沿着横滨湾，在夕阳下漫步，他们曾经住在目黑，一家人围着火锅开心地吃喝说笑，那时候美吟和大卫都还小，一家人在异国他乡，虽然不富裕，但也是亲亲爱爱地过着小日子……直到现在，每当陈燕想起那五年，脸上都会不由自主地露出微笑。那是她生命中最甜蜜的一段时光，现在回想起来，竟是那么遥远。陈燕意识到，其实，自从他去了九州开始，她和逸文其实已经不是夫妻，而是整整十七年的陌路人。可既然如此，现在为什么还会对以往念念不忘，脑子里时常浮现过去的情景呢？有时候，陈燕自己都不能理解自己。

自从住院以来，陈燕问了美吟那么多次，逸文有没有说要来看她。可是，美吟每次都愧疚地回答她，打电话问过了，爸爸总说工作太忙。那神色，倒像是美吟做了对不起妈妈的事。如果今天就算是她弥留在世的最后一天，盼望着他能来看她一眼，他也是不会来的吧。陈燕心底涌起一阵阵难言的悲伤，对于逸文来说，她已经没有任何存在的意义了。

"嗨，妈妈。"美吟手捧一大把鲜艳的黄玫瑰走了进来，她欢快的声音惊醒了陈燕，也把她从伤感中抽身出来。

"啊，你今天来得早！"看到女儿，陈燕情绪好多了。

"每个星期六我都是十点半左右来的呀，肯定是因为你今天心情好吧。"美吟笑着说道，放下拎包就去找了个花瓶，把玫瑰花插了进去。

"我没觉得有什么好心情，不过，我是觉得自己有力气多了，这种感觉已经很久都没有了。"

"也许，这说明你终于可以回家了。"

"医生说我恢复得很好，再过一两个星期就可以出院了。"

"也该到时候了!"美吟说着，打开了窗子，一阵清风吹了进来。

"美吟，我在想……"陈燕说着，招招手让美吟坐到她的床边来。

她深深地吸了一口带着玫瑰芬芳的空气，说："我想，我应该回一趟大连老家了。我也不知道为什么，可我真的有点想家了。医生也说，针灸治疗有助于我的恢复，在中国做的话，花费会少很多。只是，我现在还很虚弱，一个人回去恐怕……"

"你的意思是叫我陪你回去吗？如果是的话，那现在可正好是时候。我现在就是个无业游民，随时都可以说走就走。"

"无业游民？怎么啦？"

"没什么，我现在给一家零工介绍所做事，每周和不同的用人公司签合同，而且，我可以自己挑选想去的公司和工作时间，很自由。"

"那你在涩谷的那家公司呢？"

美吟一听，皱起了眉，然后把旗袍事件的前前后后告诉了妈妈。

陈燕叹了一口气，虽然她对女儿的那份工作也不是那么满意，但是至少是一份稳定的收入啊。"你总不能一直打零工吧，"她说，"还有你的签证呢，他们会负责吗？"

"不能，不过，前面那个工作还剩了大半年的签证，你别担心，我很快就会找到一份正式的工作的。"美吟想了想，又说，"还有，我最近也在想回美国读书的事，我正在申请去西雅图的华盛顿大学攻读文学博士，如果能拿到奖学金的话，那我肯定就去了。"

陈燕摇摇头，笑着说："你真有办法，我都不知道你是从哪里找来的这些资源，真希望你姐姐也能像你啊。"

"大姐吗？对了，她最近在忙啥啊？"

"上个星期，她又要我帮她费钱买学习用品，你也知道，我和你爸为了她上时装学校，都花了近五十万了。她现在变成了一个永远也填不满的无底洞。"

"真的？她不是已经承诺……"美吟突然意识到说漏嘴了，赶紧刹了车，"妈，有时候，你真的可以拒绝她的要求的。"她顿了顿，又说，"也许，我们可以叫上她一起回大连。"

"我可以问问她，不过我不抱什么希望，她去年秋天不是刚回去过吗。再说了，回去的开销那么大，她认识那么多人，又要买很多礼物带回去分，太费事。"

"我想她一定很想念她的孩子们，如果能回去见见他们，那有多好。"

陈燕苦笑了一下："我敢肯定，她一定很想。"她抬头看看美吟，目光柔和了起来，说，"如果说，我这辈子还有做对的事的话，那就是养了你和大卫，你们都是好孩子，我真为你们感到骄傲!"

美吟听了这话，走过去搂住了妈妈，说："那是因为有你这位能干的妈妈，好了，开始计划我们的旅行吧。"

第二十五章

三周后的一天，新宿。吃过中饭后不久，珮吟就去了社区图书馆。这门产品设计课程的作业很难，她要再去找一些补充资料学习一下。她不想在那里逗留很久，把功课做完就走，因为她跟母亲说好要回家做几个菜的。

在医院里度过了整个冬天和春天的陈燕，终于在四天前回家了。正好，大卫也要来东京出个短差，陈燕二话没说，就决定在家里一起吃个饭聚一聚。

所以，一进图书馆，珮吟无心浏览，满脑子都是今天要完成的作业，一心只想快点找到时尚设计类的书籍。她的眼睛在一排排的书架上扫过，一不留神，被一根防护栏绊了一下，整个人扑通摔倒在地，捧在手上的一大叠教科书和笔记本都飞了出去。

"你还好吗？"一位坐在附近看书的男人，急忙跑了过来，弯下腰问道。

狼狈不堪的珮吟一抬头，一个男人正关切地注视着她，他看上去四十不到，浓黑的眉毛微蹙。珮吟首先看到的是他宽宽的下巴和厚厚的嘴唇，让她联想起了著名的作曲家坂本龙一。

珮吟的脸一下子红了起来，"嗯，我没事。"她迅速地爬了起来，去捡那些四散的书本和笔记本。

"让我来吧。"浓眉毛说着上前捡起了几支笔，珮吟注意到，他的左手一直插在大衣口袋里，一动不动。

"不用不用，我自己来……"珮吟接过他递来的笔时，指尖和他的手掌一碰，她赶紧缩了回来。

浓眉毛笑着问道："你是设计师？"

珮吟手里攥着笔，脸通红："不不，我是学设计的。正想找些这方面的书看看，你知道这类书大概放在哪里吗？"

"好，你跟我来。"浓眉毛带着珮吟找到了那排书架，说："你是要找某一本书吗？"

"是的，最好是《时装设计入门》这本书。"

浓眉毛和珮吟找遍了书架也没看到这本书，"奇怪，是我的同学跟我说的，上个星期她就是在这里看到的。"珮吟有点慌了。

"别急，我去问问管理员。"

过了一会儿，浓眉毛回来了，摇着头对珮吟说："今天大概是看不到这本书了，管理员说这本书不见了，他们也正在找，可能要花点时间。"

"不见了？哎呀，那我的作业可怎么办呢？"珮吟一急，忍不住叫了起来。

"你的作业是什么？也许我可以帮帮你。我在一所专科学校教电脑设计，对服装设计也略知一二。"

"真的？那可太好了！"珮吟都不敢相信自己的运气，她太需要帮助了，简直没有理由客气，他们两人马上找了张空桌坐了下来。浓眉毛显然没说大话，经他一指点，珮吟不到一小时就把作业做完了，她还知道了浓眉毛叫坂崎良。

"不知该怎么谢你啊，坂崎桑，谢谢你的耐心啊。"珮吟起身道谢。

"真的没事，不必客气。"

"我要先走了，有点急事。过几天能不能请你喝个咖啡？你花了那么多时间帮助我，我一定要好好谢谢你。"

坂崎良一笑，说："那敢情好。"他的左手依然插在大衣口袋里。

两人交换了电话号码后，约了过一个星期见面。然后，珮吟就急急忙忙地往地铁站去了。

回到家的时候，快四点半了。一进门，她就看到美吟已经来了，正在厨房里做菜呢。珮吟赶紧围上围裙，也挤进了巴掌大的厨房，在筷笼里翻找。

"筷子和汤勺早已经摆好了。"妹妹冷冷地在她的身后说了一句。

"你动作真快。"珮吟心虚地回了一句。

"可你又慢了一拍，"母亲在一旁插嘴道，"每次我们需要你的时候，你总是不知道去哪儿了。"

珮吟一句话也没说，这会儿，她没有心情和任何人争辩。她转到客厅，看到桌子上没有杯子，又回到厨房，从橱柜里拿出了四只玻璃杯，又开了冰箱，取出两听啤酒。整个过程中，她尽量不去看美吟的眼睛，她知道为什么，经过警视厅的那一夜之后，她在妹妹面前很不自在。

这天的晚餐，陈燕决定不做饺子，就吃家常菜。虽然在医院里住了那么久，回到家，给儿女们烧饭做菜的兴致一点没减。一转眼，桌上就摆出了好几样菜，有干煎明虾、木须肉、海苔黄瓜色拉、辣子鸡丁和家常豆腐等等。虽然珮吟对母亲的手艺不怎么服气，因为她自己也是个能做菜的人，不过，还是佩服母亲这么快就能整出一桌来。就在最后一碗海鲜锅巴汤端上桌子的时候，大卫也推门进来了。

"哈哈，你可算得真准，"看到儿子，陈燕满心欢喜，"来来来，大卫，赶紧洗洗手坐下来。"

"妈，我已经好几个月没看到你了，你都好吧！"大卫冲了过来，给了陈燕一个大大的拥抱。

"好多了，好多了，现在看到你，就更好了。"陈燕疼爱地拍了拍大卫的腰身，那里已经明显鼓出一圈了，"你看你，都长肥肉了。"

"哈，那是肯定的，最近我胡吃海塞的，像只猪。我知道不好，可是，应酬太多了，没办法。"大卫咧嘴笑着说道。

"长点肉好的，这说明你是个成功人士啊。好了，现在坐下吃饭吧。"

四个人团团地坐了下来，围着这张小小的暖桌，还有一桌子的菜。说起来，离上次的家庭聚餐都快过去一年了，大家都有很多话要说，珮吟心里也很高兴，每个人心情都很好。

大卫还是家里的开心果，总是他在抢着说话逗大家开心，现在，从台湾转了一圈回来，更是话多了。他说着台湾的同事，台湾闷热的天气，台湾的美食，台湾的政治环境。不知怎的，他突然话题一转，说起了最近听到的一件事，一个上海人在日本卖一种治疗脱发的药水，生意做得风生水起，赚了好多钱。

"大姐，你听说过101生发水吗？"

"对呀，珮吟，一年前我就听你说起过了。那时候，你不是有个朋友要帮你在日本做这个生意吗？"珮吟还没来得及回答，母亲就插嘴了。

珮吟点点头，说："是的，可是我和她联系了以后，她一直没回音。起先她可是说得好好的，无论如何都会帮我这个忙的。人心啊，说变就变。"

"不管怎么样，这个产品现在在日本可火了，市场上都快卖脱销了。这个三十几岁的上海人太精明了，趁机把价格提高了百分之二十，你想想看，他赚了多少钱啊！"

"这个人厉害，可是，他怎么知道什么东西好卖，什么东西不好卖呢？"美吟问道。

"这可难说，要走着瞧了。这次，他就靠一个拳头产品，一下子打开了日本市场，他算是做成了！"大卫兴奋地挥着筷子，转向珮吟说，"大姐，我觉得你也该朝这个方向试试，你可是我们家的中国专家啊。你只需要把你对中国产品的了解和对日本市场的认识结合起来，就可以啦。我还知道最近有一款内地生产的海藻肥皂在香港很火，你不妨也看看呗。"

"这个，我还真不知道。"珮吟有点心不在焉地说道，她心里牵挂的是，什么时候跟大卫和美吟提以后在中国开服装店的事儿，不过现在还早，她得再好好思考一下。很显然，弟弟和妹妹并不看好她的能力，加上不久前哈娜对她的销售能力大加打击，现在连她自己对以后能不能开店都没啥信心了。还是再等等，看以后有什么机会吧。"在日本做生意，没有你想象的这么容易。"于是，珮吟敷衍了一句。

"等等，大姐，别那么消极嘛，这个可是个好主意啊。"美吟说道，"再说了，我记得你总是想干出点什么来的呀，那不是你自己说的吗？现在，大好机会来了。"

珮吟低下头，对付着那只夹到自己盘子里的大虾，心里想着怎么回复他们。

"就是啊，你真的应该好好地考虑一下，"大卫和美吟一唱一和，"其实比你想的容易多了，你只要关心一下日本的消费者需要什么，尤其是那些手里有点钱，又特别爱美的单身女人。这会难到哪里去呢？"

"我相信，很多在这里的中国留学生都在挖空心思地琢磨这件事呢，"珮吟终于抬起头，说，"可是，现实中，他们之中又有几个能做得成呢？我们听到的每个成功故事后面，都会伴随着无数的失败，那些都是我们听不到的。"

"可是，如果你不去尝试，你怎么知道自己会成功还是失败呢？"大卫嗓门大了起来，还皱着眉头。

"听着，我在中国生活了三十八年，有些事，我比你们两人知道的多。"珮吟也光火了，脸涨得通红。她觉得简直没法和她的弟弟妹妹说话，他们总觉得自己在国外生活的时间长，动不动就想来教训她。

"就算一个产品不成功，那还有成千上万的产品可以再尝试啊。只要你肯努力，总会找到一条路的。"大卫还是不依不饶。

"没那么简单！"珮吟没好气地叫了一声。她突然觉得肚子要抽筋，真的是够了。她没打招呼，站起来就冲进了洗手间里，砰地关上门，泪水就哗哗地下来了。他们都是那么不可理喻，对她这个姐姐一点都不理解，更不懂得她即使使出全身的力气，依然有如此之多的困难拦在她的前头。

"呵，就这么跑了，好吧！"

"嘘……"

在逼仄的洗手间里，珮吟听到大卫不屑的声音，接着母亲叫他别出声。她搞不懂这个弟弟为什么突然对她这么挑剔，以前，她还以为在这个家里，弟弟是最理解她，最支持她的。难道是因为去了台湾，就对大陆人产生了不同的看法？还是他的台湾同事向他灌输了什么乱七八糟的思想？想到这里，她的泪水都止不住了。她一点都不想回去面对家人，只想蜷缩在洗手间里一个人安安静静。不知道过了多久，外面一点声音都没有了，大卫和美吟都走了。

"你还好吗？"母亲的声音，从门外传了进来。

"嗯。"她轻轻地应了一声。

"他们都回去了，你不能在里面待上一夜吧。"

可是，她还是没动，直到她听见厨房那边传来洗碗的声音。她推开门走了出去，母亲赶紧过来看她，手上还都是洗洁精的泡沫。

"看看你自己，眼睛都肿了，现在好受些了吗？"母亲看着她的脸，问道。

珮吟摇了摇头。

"我的孩子，告诉我，到底怎么了？你为什么这么难过？"母亲在围裙上擦了擦手。

"大卫和美吟，说话太伤人。他们完全不知道，生活对于我来说有多难，可他们还是那么高高在上地评判我。难道他们就没有想过，我没有日本的文凭，年纪又大了，却要从这个国家的最底层起步，该有多不容易啊。"珮吟还是满腹委屈。

"孩子，我知道你很难，可是，我觉得大卫说那些话的初衷就是为了帮助你啊。"

珮吟拿纸巾擦干了眼泪和鼻涕后，慢慢地平静下来了，这时候，她才突然意识到，弟弟和妹妹之所以这样不留情面，或许是因为，在他们眼里，她是那么软弱，那么没有骨气吧。毕竟，这么长时间以来，她不就是像个可怜的讨饭人一样，伸手从妈妈和弟弟妹妹那里要钱吗？既然如此，她又怎么可能在他们面前挺直脊梁，捍卫自己的骄傲呢？

"妈，美吟和大卫可能看不上我的能力和人品，不过，那没关系。"珮吟平静地看着母亲，继续说道，"不论他们选择如何看待我，从现在起，我是不会让他们或者任何人对我的生活指指点点了。不管我会不会在日本或其他地方做生意，那都是我自己

265

的决定，也只有我自己可以决定，我已经决定，在这件事上，我是不会向他们，还有向你，借一分钱的。"这些话语，快速地从她的嘴里说出来，连她自己都吃惊，但奇怪的是，说出这些话之后，她感觉已经放下了，而且，已经找回了尊严。

"好样的，我的女儿，"母亲亲切地搂了搂珮吟的肩头，"你有了自立的勇气，我喜欢这样的你。"

过了一会儿，陈燕倒了一杯大麦茶，放到珮吟面前，说："我想去趟大连，多待一阵子，你愿意和我一起回去吗?"

"不，我不会这样回去的! 我不要这样成为郭敏和姗姗的笑柄。"珮吟咬了咬嘴唇，又接着说道，"姗姗想叫我帮她在日本找个担保人，我没有答应下来。如果我现在回去，她一定会缠着我的。"

"可她是你最好的朋友啊。"

"是，曾经是。可我现在都不认识她了，上次回去见到她，她是那么浮躁，那么咄咄逼人。"

"这跟你回不回去有关系吗?"

珮吟苦笑一下，说："当然。是的，我在这里过得很不顺，有很多困难。可是，如果我选择去排除这些困难，我会默默地奋斗，不管我经历了什么，没有人会来管我。可是，在国内就不一样了，每个人都在别人的眼皮底下生活着，如果成为朋友和亲戚的笑柄，那简直就是耻辱。"

母亲若有所思地点着头。母女俩把桌上剩下的碗碟都收拾到厨房，一人洗碗，一人打扫，没有人说话，但两个人的合作，从未如此默契。

第二十六章

四周后，六月初的一个夜晚，珮吟从人参屋收工出来。回到家，吃了一惊，只见家里的灯全开着，母亲还坐在她的日式床垫上。

"妈，你怎么还不睡？"珮吟脱下鞋子，走了进去。

"来，坐下，我们说说话。"母亲的脸色很严肃，用一种不可抗拒的语气说道。

"可现在都差不多半夜了。"

"珮吟，再过五天我就要回大连了。"妈妈好像没听到她的话，"你妹妹下午刚刚帮我订好票。"

珮吟走进她的房间，脱下衣服，说："我怎么记得你要到下个月才回去呢？突然改主意了？"珮吟从衣柜里取出睡衣换上。

"珮吟，你在听着吗？"

"妈，我明天一大早有个测验，现在很累了，恨不得倒头就睡。我们明天再说，好吗？"

"可我不回来了！"

"什么？"珮吟一愣，"你说什么？"

"我说，我回国后就不再回来了。"

"这个想法是从哪儿冒出来的？我还以为你就是回去看看。"

"是的，我本来是那样想的。可现在我改主意了。"陈燕清了清嗓子，说，"我最近想了很多，老话说，叶落归根，现在我也进入人生的秋天了，是时候该回到老家了。现在，你也已经适应日本的生活了，我就更加没有什么好牵挂的了。"

珮吟一听，脸色就不好看了："妈，看你说的，好像前面一年半时间是为了我才待在日本的，你我都知道，事实并非如此。如果你是真心为我担忧的话，那为什么现在还要匆匆离开，你明知道我在日本生活，前方还不知道有多少困难。"

母亲摇了摇头，说："孩子，我也希望我能为你多做一些，可是，你妈妈老了。如果我的身体还可以的话，我可能还会考虑多待几年，可是，我现在已经没法工作了，东京的生活成本太高，我住不起了。这几年存下来的钱，回到国内去用，可能还够我舒舒服服地过上十到十五年。可是如果在日本，这点钱可能撑不到两年。你知道，光是这间公寓，一个月的租金就要七万。"

珮吟点了点头，一时间竟然不知道说什么好。

"我知道，你爸爸那人是不可能帮我的。"妈妈接着说道，"我住院这么久，他都没来看我一眼。对你们几个，我发誓，我是不靠你们的，不值得啊。我已经老了，这个解决方法，就是最好的了，对大家都好。"

"那爸爸是怎么说的？"

"我根本没问他，这是我自己的决定。我现在都不靠着他了，干吗还要给他这个指手画脚的权利呢。"

"可是你会让他知道你的决定的，对吧？"

妈妈想了想，说："也许，我临走前会给他打个电话吧。"

"那大卫和美吟呢？他们知道吗？"

"美吟知道，大卫么，他很快也会知道的。说实话，我回国，也能减轻他们的经济负担。我会对他们说，时不时地给我寄点钱就可以了，毕竟，在中国过日子，便宜多了啊。当然，对你我不会有任何要求的，你自己过得好，我就很满意了。"

"那么，就这样了?"珮吟抬起头，看着母亲。

"是的，我基本上都已经准备好了，你妹妹陪我一起去大连。她会在那里待上两个星期，如果感觉好，还会再多待会儿。她说自己一直很想知道在中国生活是什么滋味，如果这次住得开心的话，她甚至会考虑在那里找份工作，住上几个月。当然，这个现在还不能决定，我们会走着瞧吧。"

"那么，这间公寓怎么办?"问这个问题时，珮吟突然感到了一丝害怕，"你好像是说过，这间公寓的租赁合同今年夏天什么时候就要终止了。"

"的确如此，这也是我要和你谈谈的。这间公寓是用我的名义租的，所以，合同期限一到，你必须离开这里了。我知道，你从来就不喜欢这里，也许，这次会给你一个机会挑选你自己喜欢的地方。"

"妈，可是怎么可能呢，你明明知道我付不起房租，何况还要按惯例加上四个月的押金。"

"我知道，这也是为什么我想跟你说，一旦合同期满，我很欢迎你和我一起回中国。真的，你应该好好想一想了，到底你是喜欢住在日本，无休无止地被签证问题而困扰，或者，你还是喜欢和我一起回去。我和你可以在大连合租一间公寓，这样你离儿子们又近，我可以先回去打点，找到落脚的地方。你可以慢慢来，到了中国后再找一份工作。现在你的日语也这么好了，应该能够找到一份比原先更好的工作，而且……"

"妈，别操心了。"珮吟打断了陈燕，一说起大连，她的脑海里就又浮现出两张脸，一张是郭敏冷峻的脸，一张是姗姗为了出国而谄笑着的脸，她摇了摇头，驱赶走那不愉快的画面，"我不想回中国，大连，我更是死也不想回去。"

母亲慢慢地点着头，说："好吧，我周六下午才走，你还有时间考虑。如果最终你还是决定留下来，我叫你爸爸帮你安排一间公寓，不过，我想可能会比这间还要小，你要有思想准备……"

"妈，这间公寓的合同到底是哪天到期？"珮吟一点都不想和妈妈多啰唆，她已经厌烦了母亲老是说爸爸的坏话。

"还有四十天，我已经通知过房东了。如果你要搬家，我会让美吟来帮你一下的，至于家具，随便你怎么处理。"

"知道了，妈。"珮吟揉了揉太阳穴，说，"我现在真的要睡了，听到这些事，我的头都痛了。"

疲惫不堪的珮吟躺下后，却辗转反侧，难以入眠。母亲突然宣布离去，对她来说就像是平地惊雷。虽然在日本已经一年半过去了，但毕竟身处异国他乡，她还是慌了手脚，脑子里一片混乱，不知过了多久才渐渐入睡。

又看见了那个小女孩，珮吟看不清她的脸，七八岁的光景吧，扎两条小辫。她手里攥着一张纸条，哭喊着，"我不要留在这里，我不要留在这里……"

"你必须留下，这是你的命。"那个女人说完转过身去。

"妈妈，求求你带上我，别把我一个人扔下，别……"女孩子对着那女人远去的背影哭喊着，"妈妈，妈妈……"

珮吟猛地惊醒了，睡衣黏在身上，潮潮的。

"珮吟，怎么啦？"母亲的声音，透过移门的薄纸，传了进来。

"唔，这是哪儿？"珮吟还在迷迷糊糊之中。

"你做噩梦了吗？赶紧睡吧，才两点。"

可是珮吟又睡不着了，她渐渐清醒过来，发现自己躺在这间小小的睡房里，睁开眼睛，是低矮的天花板。对的，母亲这点说对了，她从来就不喜欢这间公寓，可是，一想起马上要搬家，她的心又沉了下去。她恨母亲这一点，做任何重要的决定都把她排除在外，她永远就是那个接受结果的人，那个最后知道答案的人。泪水在眼眶里打转，珮吟没去拭擦，泪水从眼角涌出，滑向发鬓，珮吟依然一动不动地仰躺着，任由泪水淌下来。过了很久，她侧过身去，脸贴着冰冷的湿枕头，慢慢地又入睡了。那时候，第一缕阳光已经出现在天边。

第二天早上的课，珮吟迟到了一刻钟，考试也考得一团糟。时间不够，头痛，脑子也糊涂。想拿个A是不可能了，能过就不错了。

中午吃饭的时候，珮吟发现自己的手不住地发抖。下午还有课，可她实在没心思留在学校里了，现在她一心一意就想快点见到早司坂崎良，要跟他说说。如今，在她低落和消沉的时候，只有坂崎良能够给予她安慰和鼓励。她找了一个公用电话，拨通了他的电话。坂崎良二话没说，和她约在了附近的一个公园里见面。他总是这样，随时都能在她需要的时候出现，扶她一把，虽然他的一条胳膊已经不好使了。

自从两个月前在图书馆相遇，珮吟和坂崎良就经常约会见面，一周至少两次。在他们第三次约会时，坂崎良就坦然地说起了他的胳膊。他说，他以前在一家广告公司做艺术总监，可是，一场车祸伤到了他的左臂，也让他失去了这份工作。他在车祸中活了下来，可是这段突如其来的变故，却简直要了他的命。几乎有一年时间，他找不到任何工作，直到六个月前，他才从抑郁的深渊里爬出来，并开始了新的工作，在一家职业学校当兼职老师，课余还接一点平面设计的活。

虽然坂崎良是个身有残疾的人，但珮吟还是越来越被他吸引。最初的时候，他们会约在一个咖啡馆，或者一个饭店，但不久，他们见面的地点放在了他的家里，直到他的床上。

不过，在上床之前，珮吟就意识到，坂崎良和她在亚洲酒吧里遇到的日本男人是完全不同的，他羞涩，内向，在他身上，有一种纯真到近乎孩子气的品质，深深吸引了珮吟。

在亚洲酒吧，珮吟的任务是取悦男人，和坂崎良在一起，她觉得两人的角色换过来了。她成了被取悦的那一个，每次到他家，他总是在不经意中让她感到有一种回家的感觉，总是带着尊重地体贴她的感觉。这种感觉，也带入了他们之间的身体关系之中，坂崎良是个充满爱意和激情的情人。他们在一起的时候，他总有办法让珮吟觉得自己是他生命中最重要的人，从他的眼神里，珮吟看到了饥渴，甚至看到了一种对她几乎不顾一切的需要。这种需要，拨动了珮吟内心深处最隐秘而又最根本的需求，不久，她就彻头彻尾地陷了进去。

如果他们两天不见，她的身体就会因为想念他而疼痛，这是她活了近四十年，第一次对一个男人有这种感觉。这种感觉，让她自己都惊讶，甚至可以说敬畏，而一切都无从解释。她只知道，当她和他在一起的时候，她就是她本来的样子，完全没有需要装出更好的模样，这和她与郭敏或者水户的相处多么不同。

然而，又有那么一些时候，珮吟有一种直觉，自己触摸不到他，他好像要把自己缩起来。一开始，坂崎良很少说自己，除了告诉珮吟他四十二岁了，两年前离婚，有一个女儿，但他对那段失败的婚姻避而不谈。一天，珮吟在他家翻一本书的时候，无意中看到了夹藏在书中的一张合影，他，他的前妻还有他的女儿，看上去很幸福的一家。珮吟生出了好奇之心，去问坂崎良，离婚是否因为车祸事故的后果，这时，他才说出自己的胳膊不是因为车祸才毁掉的。

"我的前妻在一家咖啡馆打工的时候，和一个黑社会的人好上了。"他顿了顿，看了一眼珮吟，接着说，"我跟她说要离婚，结果她受那个男人的指使，反过来威胁我，要想离婚，除非把孩子给她，还要给她一大笔赡养费，不然的话就告我家庭暴力。"说这话时，他的脸扭曲着，强忍着痛苦。

他拒不接受前妻的要挟，结果，那个男人带了两个弟兄，把他堵在一个停车场暴打一通，最终，他废了一条胳膊，还失去了孩子的抚养权，失去了他和前妻共同拥有的房子，以及全部的积蓄。他几乎崩溃，甚至想到了去自杀。

回忆这段不堪的往事，坂崎良哽咽了，他低下了头，一只手扶着前额。他告诉珮吟，之所以一直没对她坦白，是害怕说出后珮吟会不再觉得他有魅力了，他说他是这么落魄的一个失败者，他都不知道还能不能再去爱。

这时候，珮吟上前搂住了他，温柔地告诉他，她爱着他，她会帮助他重新找到人生的方向和生活的信心。只要他不嫌弃她是个外国人，前途未卜，她会永远陪伴在他的身边。她从来都没有感受到帮助他人会给自己带来如此强大的力量，和坂崎良在一起，她觉得自己才是掌舵的人，她是被需要的人。那天晚上，珮吟在坂崎良的眼睛里看到了闪耀的光，她以前感觉到横在他们之间的那点隔膜慢慢地消失了。

当珮吟赶到公园的时候，坂崎良已经坐在一条长椅上等她了，他为她准备了一个饭团，怕她会饿着。一见到坂崎良，珮吟的泪水就滚了下来，她语无伦次地说着母亲的计划，还有学校催着要学费等等糟心的事，她叹了一口气说："也许，我终究是要成为非法移民的，不过，真的那样，也只能走一步看一步。"珮吟苦笑了一下。

坂崎良静静地听完珮吟的话，抬起头，看着她，说："不用担心住的地方，外面有的是便宜的住处，只要你不是一定要有自己的浴室。再说，只要你愿意，你随时可以搬到我这里来住。不过，你的签证倒是个问题，我可以帮你解决一部分学费，可惜我自己的积蓄也不多，我可以问问周围的朋友，看看有没有人能伸出援手。别着急，等几天，我会帮你想办法的。"

珮吟只觉得心跳停了一下，难道他是说要和她住一起吗？她不由得露出了微笑。按照中国人的标准，坂崎良无论如何都算不上是个金龟婿，可是，他的激情和真诚足以打动她的心。无论是在国内，还是在任何地方，这样的人不是那么容易遇见的，她感到幸运，虽然现在的处境让她忧心忡忡，可是眼前这个男人让她心中充满温暖。终于，有人真正地关心她，而她，爱着这个人。

第二十七章

"妈妈，看，朝鲜半岛，快了快了!"美吟趴在飞机舷窗上往下看，孩子气地大呼小叫着，这一个星期，她忙着订机票，帮忙整理打包，现在，终于马上就要到达大连了。

这不是美吟第一次回中国，但这是她第一次回老家，对于她来说，这是一次寻根的旅程。三十五年之后，她终于就要踏上故乡的土地，去见见那些远远近近的亲戚，听到过，但从来没见到过的亲戚。妈妈告诉她，两岁的时候，她去过大连，姥姥高兴地抱着她。家乡，我的家乡，我终于回来了!美吟的心里充满了兴奋之情。

在飞机上，美吟问了好多关于表哥陈健的问题，因为她知道，这次他们会在一起待很久，对这个表哥，她很好奇。他小时候长什么样的?他和珮吟相处得好吗?现在他在干吗?结婚了吗?她一路问东问西，突然，她没头没脑地问了一句："妈，你说，你不在身边，大姐没事吧。"

"这个很难讲。"陈燕想了想说，"我已尽可能地劝她和我们一起回来了，可她不听。说真心话，我觉得我离开了，对她反而是好事。我就像一根拐杖，她遇到什么难事，无论大小，首先就是来找我。她还是像个小孩，不懂得自己解决问题。现在我不在了，她就只好靠自己了。如果她能过得去，那就好，如果不能，她也知道上哪儿来找我。"

美吟什么也没说，她倒不觉得，姐姐真的像妈妈说的那样。这会儿，她有点牵挂姐姐了，不知道把她一人扔在日本，会怎么样。

这一段路途，比美吟想象的要短得多，不一会儿，她们已经坐上了出租车，经由长江路，开往城市的中心中山广场。

没来之前，她曾经暗暗期望，大连这个城市或许会有一些有趣的去处。当然，她也没指望像西安或北京那样，到处都是著名的遗迹，帝王将相的陵墓。至少，这里或许会有千年古庙或是古塔，或者像苏州和杭州那样，有中式的古典园林。可是，令她失望的是，出租车司机告诉她，她说的这些东西，大连都没有。

不久，她就了解到，大连属于东北的一部分，城市历史不过百年，近年已经走向衰退。更早的时候，这里啥也没有，就是一个不知名的鱼码头。进入二十世纪后，大连才因为它的地理位置而受到关注，成为俄国和日本争夺的目标。说起大连，人们常常会将它和附近的海军基地旅顺联系在一起，作为进入中国东北的关口，旅顺是这一带唯一的不冻港，所以早就被俄国和日本所觊觎。

后来大连最终落到了日本人的手里，发展成为满洲的一个重要工业基地，也是一个国际性的港口。但是，这个城市在其他方面依然一片荒芜。

好几天，美吟都有种受骗上当的感觉，这个城市，完全出乎她的意料。她想不通，在中国这个有五千年历史的文明古国里，为什么偏偏她的故乡没有漫长历史，一百多年，在历史长河中那不过是一滴水而已。退一步说，就算大连不是什么历史名城，那它也可以更有魅力，更摩登啊，像广州和上海那样。即便是济南，她姨妈住的地方，听上去也比这儿强，起码还有四千年的历史，又是山东的省会。可是，大连有什么？她等待了那么久，终于回到了心心念念的梦中故乡，难道，故乡就是这个样子的？

妈妈看出美吟不开心，就对她说："你可别小看大连，它还是很有内涵的，你知道吗，大连是中国第一个被鉴定为灭鼠达标的城市，还有，它被评为中国最干净、最宜居的城市。"

美吟也知道妈妈的苦心，妈妈在这里过了二十多年，现在当起了美吟的导游，她当然希望女儿会喜欢这里。可是，无论妈妈怎么说，还是没能抹去美吟的失望。后来，妈妈在一家中医治疗中心开始了针灸疗程，她就把导游的任务指派给了陈健。

看起来，表哥陈健还挺乐意当这个导游的，还兼任了司机，开着他那辆白色金杯面包车，载着美吟到处兜风，还耐心地沿着海岸线开了一遍。

美吟不怎么喜欢陈健这个导游，他一根接一根地抽烟，把车里熏得臭烘烘的，美吟很受不了。但是，出于礼貌，她也就忍了。再说，她也是想多看看大连，再给大连一个机会，也许，真的像妈妈说的那样，大连还是有值得发掘的亮点的。

陈健是个尽职的导游，他带着美吟去了每一片海滩，每一座小山，从老虎滩到白玉山，从付家庄到棒棰岛，能想得到的景点，他都带着美吟去过了。每到一个新的景点，陈健都会问美吟："你看，怎么样，漂亮吧？"每次美吟都含含糊糊地表示赞同。

美吟承认，有些景点，风景是很好的，可是，她的好心情也持续不了多少时间，因为两天后，他们的兜风就结束了，显然，陈健已经想不出带美吟到哪里去了。

"美吟妹妹，姑妈已经出去了几十年了，而我生在这里，长在这里，我从来没离开过大连，也不想离开。这里就是天堂，你说呢？"在一座山脚下，表哥把车停了下来，休息一会儿。

"是的，这里有很多漂亮的景致。"美吟礼貌地笑笑说。

"嗯？你说什么？"

"我说，这里有很多漂亮的景致。"美吟提高了嗓门，又说了一遍。

"哦，景致！好奇怪啊，你居然会用这么高级的词儿，呵呵。你知道吗，我觉得啊，像你这样在国外住了那么久，你的中文说得还真不错呢。"陈健调皮地笑了笑。

"你真的这么觉得吗？"

"是啊。"陈健说着，把烟头摘下，"大多数的时间，我是听得懂你说的话的，虽然有时候你的表达有点奇怪，现在的人已经不这么说了。也有那么几次，你的语调有点奇怪，但总的来说，你的普通话讲得很好听，比大多数的港台人士说得好多了，他们说的我经常听不懂。你要是在大连住上一两年，你就说得跟我们一样好啦，带着纯正的大连腔。"

这个建议，美吟听听都有点害怕。"表哥，这我可说不准，一年的时间太长了，估计还没等学会大连腔，我早就回日本了。"

陈健听了好像有点吃惊，眨眨眼睛说："难道你不陪你妈了？她告诉我要留下来的，叶落归根嘛。"

"是，她会留下来，可是我自己就说不清楚了，我有点……呃，这么说吧，我这片叶子还没掉呢，呵呵。我很早就从中国的土地上拔起来了，我到现在都不能确定，对故乡，到底是什么感觉。来之前，我想过在这里找个临时的工作，住上一小段时间，试试看住在中国是什么感觉，可是现在我有点不能确定了。"

"为什么呀？大连是个好地方，它还被评为中国最宜居的城市呢。"

"这个我知道，大连也许是中国最好的城市，可是，对于我来说，这里的人我可受不了。"美吟接着说，"那天去买飞济南的机票，我一大早去，排在第三个，可是一开始售票，队就乱了，我被挤来挤去，被撞到也没人会说声抱歉。结果，还是等了半个多小时才买到票，我站出来说了一句，叫大家排好队按次序买票，结果大家都瞪我，谁也没理会。在这里，办一点点事都那么费劲，我耗不起那个精神，我真的不知道，有没有这个勇气在这里工作和生活。"

听了美吟的一番话，陈健好像有点受伤，他的声音明显低了下去："可是你出生在这里，你其实就是我们中的一员啊。"

美吟嘴一撇，说："那又怎么样，我人生中的头五年是在中国，其中也就两年时间在大连。其实，就算我想努力，也不可能成为你们中的一员。"

"所以，这里对于你来说完全已经是外国了。"陈健停了一下，说，"好吧，至少你应该把你的男朋友带到这里，让他也看看你出生的地方。"

"这个么，恐怕要等上一阵子了。我现在还没有男朋友呢。"

陈健的眉毛一挑，"还没有？怎么会？啊，我知道了，肯定是你的要求很高。"他呼出了一大口烟，说，"说实在的，你也三十五岁了，得抓紧时间，早点把婚给结了吧。"

"我还没遇到想和他一起生活的人，和一个不爱的人生活在一起，我还不如单身。"美吟看着车窗外远处的山峰，缓缓地说道，这种琐碎的寒暄，让她很不舒服，她已经不想再这么聊下去了。

"那倒是真的。"接着两人陷入了长长的沉默，陈健似乎也在没话找话，"那你准备什么时候去济南呢？"

"再过五天吧，等妈妈做完这个疗程就走。我们计划和姨妈一起游山东，先去济南会合，然后坐火车去曲阜和青岛。"

陈健突然问道："姑妈还是会在大连安家吗?"

"不知道啊，她一直是倾向于在大连住下来的，直到两天前，姨妈叫她去济南，和她一起住。好像妈妈还赞同这个建议的，她说身边有个亲戚，回国定居的过程就会简单很多。"

"如果姑妈不喜欢济南呢?"

"那她还是会回到大连的吧。"

"我知道了。"陈健转头看着美吟说，"美吟妹妹，你一定要告诉姑妈，如果她想在大连住下，我和魏玲都会热烈地欢迎她，我们也是她的亲戚，请她把大连当作自己的家吧。"

美吟点点头说："我相信妈妈听到你的话一定很高兴。"

第二天早上，美吟和妈妈刚起来，连早饭还没吃陈健就打电话来了："美吟妹妹，你一定要去看看我的公司，我带你参观一下。"电话里的陈健，情绪很高。

一小时后，陈健带着美吟从市中心，开到了四十公里外的汽车修理厂。

"我离开单位后，一年前，和魏玲一起办起了这个厂子，你看看，这是展示厅，车库在另一头。"

厂区很大，陈健很自豪地这里指指那里指指，可是美吟看到的是稀稀落落的货架，那些生锈的零件看上去就像捡来的破烂，脏兮兮的工具扔得到处都是。

"靠这些零件，你能赚钱?"美吟不相信地问道。

"我们还算刚起步，做的生意主要靠朋友介绍，也许再过一两年我们才能盈利，只要口碑好，顾客就会上门的，这个我很有信心。"陈健咧开嘴笑着说。

见美吟没有表现出欣赏的样子，陈健多少有点失望，不过他还是使唤魏玲去给美吟泡茶。他自己抄起一块破抹布，去拭擦那些摆了七零八落的汽车配件的货架："咱们这儿啊，自己做生意的人真不多，我可不是吹，我还真为自己成了老板而自豪。"

"那可是太好了，表哥，祝你生意兴隆。"听了半天，美吟才反应过来陈健是想听她的表扬。

"谢谢，谢谢！"

直到晚上，陈健非要请美吟和妈妈去大连最气派的富丽华酒店吃饭，美吟才算真正懂得了陈健今天带她去参观工厂的意图。

那是个宴会式的餐厅，落座后，服务员流水般端上了海参刺身、海螺色拉、清蒸石斑、葱姜炒蟹、甜酸大虾等等当地的海鲜，还有各种点心和主食，面条啊，锅贴啊，烧饼啊，一盘盘都要摆起来了，把个大桌子堆得放不下。美吟看得眼花缭乱，这不是明摆着浪费嘛。虽然他们的女儿甜甜后来也来了，可这一桌饭菜足够十来个人吃的。

"这是我们的一点心意，欢迎你们来到大连。"陈健端起酒杯敬了酒。然后，他又把美吟的酒杯倒满，说，"这是五粮液，中国最好的白酒之一。"

美吟听说过这种酒，也知道它很厉害，她几乎没有什么酒量，但是，为了不让表哥失望，就又喝了一杯。不一会儿，美吟就觉得晕乎乎了，眼前也晃动起来，她知道不能再喝了。

"美吟妹妹，来点海螺片，这是大连特产。"表嫂魏玲负责给美吟夹菜，把她前面的盘子堆得满满的。陈健夫妇也没少给陈燕夹菜，不过知道她不能喝酒，就没给她再倒。

美吟尽最大的努力吃着堆到她盘子里的菜，可魏玲还在不断地给她加菜，她吃得太饱了，都有点想吐了。她看看妈妈，妈妈脸上露出满意的微笑。这让美吟很欣慰，是啊，她是该高兴的，等了几十年，终于回到家乡的亲人中间，妈妈的梦想终于成真了。

桌上的菜还没吃掉一半，陈健从脸到脖子都已经通红了，他靠向美吟，大声地说道："我说，美吟……妹妹，你……是知道的，我的汽车修理生意做得很大，对吧？"

"嗯，是很不错。"美吟乖巧地点点头，虽然陈健嘴里喷出的酒气已经让她觉得恶心了。

"那你觉得……唔……你或者你在日本的朋友，会……不会有兴趣投资呢？我……知道，很多日本企业很愿意和中国合作啊。"

"啊，你找错人了，表哥。我只是个书虫，什么投资啊，生意啊，都不懂的。你应该和大卫谈谈。"美吟才不觉得大卫会有兴趣和陈健做生意，可是情急之下，这也是她能想到的最好推辞了，她就想尽快结束这个话题。再说，陈健也烦不到大卫的，他离得那么远。

"大卫？好……好有意思！你姐姐，也说……说了同……同样的话。"陈健身子都有点摇摇晃晃起来，他一只手支在饭桌上，努力保持着平衡，"也……许我开始得太晚了，那……那你呢？你总……总有点积蓄吧？"陈健的眼睛布满了血丝，直直地盯着美吟说，"不……管你懂不懂做生意，你……你应该知道，回祖……祖国投资是很光……光荣的一件事。"

"表哥，很抱歉，我告诉你吧，我不是生意人，而且，我更加不可能和亲戚做生意。"

陈健的脸色一下子阴沉了下来："和亲戚做生意有……有什么不好？我……们都要吃饭，都……要钱。现……现在整个国家都在谈钱，大……大家都想富起来。不论贫……贫穷还是富贵，一家人要分享。这……这没什么不……好的！"磕磕巴巴说完，陈健还捶了一下桌子，加重语气，结果捶翻了他的酒杯。

魏玲赶紧起身拿纸巾去擦。

"再来酒！酒……酒呢？"陈健抓起空杯子，嚷嚷着。他站了起来，摇摇摆摆地东张西望，要找服务员。

"你喝醉了，赶紧坐下！"魏玲一边说着，一边想把他按回到椅子上。

"我没醉！"陈健大声地叫了起来，一把推开魏玲，"你……你这个蠢货，谁……谁说我……"话还没说完，陈健身子一软，倒在了地上。

"醒醒好吧，你这个傻瓜。"在女儿的帮助下，魏玲把陈健从地上拉起来，脸都涨红了。

"他还行吗？"陈燕问道，想过来帮魏玲一把。

"没事没事，你坐着。"魏玲朝陈燕挥挥手，"这都不是第一次了，他一喝多，就这个德行，睡一觉就好了。"魏玲拖着陈健朝门外走去："好了好了，我们该回家了。甜甜，你过来帮我一把。"

"可我还没吃完呢。"甜甜还是一副娇宠得不行的样子，可是在妈妈像石头般冷峻的目光下，只好不情不愿地跟上了。

美吟看到自己闯了祸，惊得呆住了，看他们就要出门，赶过去表示要帮他们叫辆出租车，可是魏玲好像根本没听到她的话，脚步重重地走出了餐馆。

看着表哥一家走远，美吟站在那里，说不出话来，她没有想到，就因为拒绝了表哥，就会闹出这么大的动静来。

"大姐，账单！"一个服务员过来，把账单往他们的酒桌上一拍。刚才一阵忙乱，魏玲忘了付账了，或者，她是故意的？

美吟还没拿出她的钱包，妈妈已经过来了，她看了一眼账单，抽出八张百元票，递给了服务员。

"妈，今晚，是被我搞砸了吗?"在出租车上，美吟惴惴不安地问道。

"我想，你拒绝陈健的时候，可以再婉转一点。"妈妈的声音干涩，"你表哥是个傲气的人，他不习惯被拒绝。"

母女俩再没有说话，显然，刚才发生的一切，让她们都不知道说什么好了。

第二十八章

都十点多了，珮吟才下决心起床。她在房间里摸来摸去，理理柜子桌子，捡起地上乱扔的衣服。自从妈妈十天前离开日本，她已经以生病为借口，两天没去学校了。她心里很清楚，再旷一天课，就逼近百分之八十出勤率的底线了，这是移民局对留学生保持合法身份的最低要求。

然而，她却已经到了无所谓的地步了，尤其是当她得知《时尚科技》这门课的期中考没及格之后。要想说服移民官给她续签一年，恐怕是件很难的事，她几乎不抱希望了。现在，她已经开始在动用积蓄了，加上母亲和妹妹又不在身边，她心灰意冷，没有任何事能让她鼓起足够的勇气，继续完成学业。她感觉差极了，恨不得就此退学算了。

十一点的时候，珮吟终于觉得饿了，去厨房找吃的。冰箱里空空荡荡，只剩一只鸡蛋，还有两根皱巴巴的黄瓜。母亲走了一个多星期了，她基本上已经把家里能吃的都翻出来吃掉，一想起走到超市要十几分钟，她就懒得出门。这时她算了算，已经四天没买过吃的了。她在厨房里又细细地翻了一遍，在水池下面的柜子里找到了几包方便面。鸡蛋黄瓜方便面？听上去不怎么诱人，可是也只能这样对付了。

刨黄瓜皮的时候，珮吟差点被一阵带着苦涩的孤独吞没，可是，这难道不是她自己要的吗，一个属于她一个人的空间。现在，这间公寓里只剩下了她一个人，为什么心里却有了一个孤独的黑洞，巨大得要把她整个人都吸走。

坂崎良已经五天没打来过电话了，这不是他一贯的做派，珮吟很想拿起电话给他打，可是，凭直觉，她觉得应该等待。也许，他是在回避她，也许，他觉得实在没法帮助他，或者，不知道如何跟她开口。

这样的结果，她可以接受，珮吟心想。她知道，自己是个负担，她有太多的问题，哪一个都不容易解决，坂崎良也知道。如果他打来电话，告诉她无能为力，那没有关系。可是，如果他从此不再打电话，从此不再见她，她又该怎么办？她能不能挺过那样的失落，失去一个男朋友，因为她的身份，和她的问题？

这时候，珮吟突然意识到，比起坂崎良不能给她帮助，更让她恐惧的是失去他，应该说，恐惧得多。她是多么盼望他现在就在她的身边，抱着她，安慰她。可是，一天天过去，没有他的音信，听不到他的声音，永远失去他的威胁变得越来越大，越来越真实。

方便面成了糊嗒嗒的一团，她都忘记搅拌一下了，锅里水放得也不够，结果就成了一坨。她也不在乎，反正东西都在里头，她拿出一只碗，把一坨面条往碗里一扣，端到桌子上。一口面条噎在喉咙口，她心一酸，泪水终于止不住地淌了下来。她觉得自己就像个吉卜赛人，永远在漂泊，到哪里都不受欢迎。她的生命，就是一个个临时的站点连接而成的。

她拿起电话，想给父亲打个电话，心想也许父亲能给她一些建议和帮助，至少，能给她一些口头上的安慰吧。然而，电话没人接。

洗碗的时候，珮吟想起了周静，快一个月没和她联系了吧，不知她现在怎么样了。这会儿，已是中午，周静通常做早午班，如果赶得及，她可以去周静家去找她。

拨通电话后，那边是一个男人的声音。

"请问，周静在吗？"

"不在，她回中国了。"这人说着不地道的日本话，听上去像周静的男朋友。

"是比尔吗？"珮吟问道，"我是张珮吟啊，周静的朋友。"

"啊，我记得你。你还好吗，张小姐？"没等珮吟回答，比尔就告诉了珮吟一个不好的消息，两周前，周静被遣返回中国了。移民局对松户区几个非法移民聚集的点发起了突然袭击，周静打工的超市也是重点目标之一，因为在那里打工的中国人非常多。比尔告诉珮吟，周静被拘留了一个晚上，第二天就被带到了机场，几乎立刻就被押上了飞机。

"我借了点钱给她，不然她都没钱买回成都的机票。"比尔说他这会儿刚好在周静的公寓里，帮她收拾一下东西。她离开得太突然，什么都没带走。

"这可是太意外了，"珮吟都听得呆了，来不及消化这个消息，"我们都没有机会说声再见。"

"周静的身份已经黑了一段时间了，这个情况我们都清楚。所以，对于这个结果，我们也是有心理准备的。但是，真的事到临头，还是很震惊。"比尔无奈地叹了一口气。

"那她现在在哪里？"珮吟问道。

"在她一个四川的朋友那里，她可能会在那里找份工，先干起来。"

"那她还能回东京吗？"珮吟问道，就在不久之前，她还是那么信心满满，还想和周静一起开店呢。

"这个我不清楚，要看日本移民局的态度了。"

"现在怎么才能联系她？"

珮吟记下周静的临时地址之后，心情沉重地挂掉了电话。她坐在了榻榻米上，只觉得浑身发沉。最近以来，她在不断地经历失去，现在她又失去了一位好朋友，在东京和她关系最好的朋友。自从到了新学校，功课繁忙，她和周静联系得少了，今天她很想和她说说话，缓解一下自己的焦虑，改善一下心情，可是没想到的是，一个电话把她的心扔进了更幽深的黑洞。想起周静在拘留中心度过的那个晚上，珮吟不禁一颤，她想起了自己在新宿警视厅的那个可怕的夜晚。

本来，珮吟对身份变黑这件事还抱着无所谓的态度，周静的遭遇，如同一瓢冰水，把她给浇醒了。对于珮吟来说，像一个罪犯一样地被驱逐出境，这样的羞辱真是太难以承受了，以后在亲友面前还怎么做人。不行，必须找到一条合法地走下去的路，珮吟躺倒在榻榻米上，闭上眼睛，她要好好地理一下头绪。

珮吟是被一阵急促的电话铃声惊醒的，原来是她父亲。

"你妈给我留了话，要我帮你搬家。你决定下一步去哪里了吗？"他问道，接着告诉她妈妈已经多付了一个月的房租，因为七万元对于珮吟来说负担太重了。

"爸，我不想再读书了，你能不能帮我找个工作啊？你的公司招不招人啊？"珮吟的声音里都带着恳求了。

"是你自己非要去读时装不可的，怎么突然说变就变了？"父亲的语气很不快。

珮吟讲了自己在学校里和别的同学格格不入，下学期的学费还没有着落，语言压力，功课难，等等。她没有说的是妈妈和周静的离去，给她带来了巨大的心理压力，她突然觉得在日本无依无靠，她真的不知道自己能不能靠着自己的力量在日本继续打拼下去。

电话那头是长长的沉默，过了很久，父亲说："给我点时间，我要再想想。"

"爸，你需要想多久？我到大阪来，我们当面谈谈好吗？"珮吟紧紧攥着话筒，好像一放松父亲就要跑掉似的。

"不行，我明天要去福冈出差，今天事情很多，没时间见你。"

"那我们什么时候可以见面？"

"下星期吧，等我回来。你下星期五再给我打电话吧。"

"爸……"

"我有急事，先走了。"电话挂上了。

珮吟轻轻地放下电话，下周，这对珮吟来说，简直就像是一辈子！这几天所有的不顺一下子都涌到眼前，逼得她立刻做决定，而父亲必须是她决定中的一部分啊。珮吟已经下了决心，和自己的命运休戚相关的决定，她需要有一个明确的答案，不能被父亲一句随意的"等我回来"就搁置起来。

那天是星期四，如果不想拖到下周，珮吟必须行动起来了。既然爸爸明天就要出差，那就给他一个惊喜，今天就去见他一面吧，虽说今天事儿多，女儿去了，总该高兴的吧。珮吟是个急性子，想好的事，不去做了心里就百般不舒服。她还从来没见过父亲的公司，虽然也没去过大阪，但是她随学校出门游学过几次，知道日本的交通是极方便的，从东京去大阪，坐新干线只要两小时。顺利的话，今晚谈好事就可以直接回来了，再不济，晚上在小旅馆凑合一晚上也没大问题。珮吟取出一个稍大一点的包，带上过夜可能会用到的物件，就出门了。

到达新大阪站的时候，已经三点半了，下午的太阳虽然已经不是那么晒，但是六月的阳光依然灼人。坐火车顺利，找爸爸的公司却比想象的难多了，拿着父亲的名片，一路问过去，但还是走了很多弯路。当她终于在一条购物街的后面，找到父亲公司所在的那栋五层楼时，已经快五点了。

进了楼，她在一块金属铭牌上寻找爸爸的公司，小小的一栋楼里，竟然藏着数十家公司。当她终于看到爸爸的盛源有限公司时，大大地松了一口气。公司在三楼，从电梯出来，左拐就到了，她看见门开着，就探头去看，又高兴又紧张。那是一间挺大的屋子，正中摆了四张金属桌子，在远处靠窗的角落，有一张更大一些的实木办公桌，珮吟心想，这张办公桌肯定是父亲坐的了。这会儿，屋里没有别人，只有一位穿着凯蒂猫T恤的女孩，挨着门边的一张小桌子坐着，有点无所事事地在一个笔记本上划拉着。

看见有人来，这个女孩抬起了头："需要帮忙吗？"

"是的，我找，呃，张逸文……"珮吟把名片递给女孩子看。

这个二十来岁的女孩上下打量着珮吟，说："秋桑不在办公室，你是？"

"哦，我是他亲戚。他什么时候会回来？"不知为什么，珮吟不想对女孩说出自己的身份，在年轻女孩面前，觉得自己有点蓬头垢面吧。

"不知道，也许再过半小时，也可能会更久。"她心不在焉地答道，接着又说，"他今天很忙，要不，你改天来？"

"不不，我等他。"珮吟说着，在门边的一张单人沙发上坐下了。

女孩看看她，耸了耸肩，不再管她，转身接起了一个电话：

"你好，盛源有限公司。"她的声音很尖，"哦，原来是吉田桑，你都好吗？谢谢你的回电，是的，我想再和你确认一下我的老板的行程……对，三个人，夏威夷，对对，明天中午十二点。你需要准确的名字拼写？好，你等一下。"

女孩走向窗边的办公桌，回来时手上拿了三本护照："对，护照上的名字是Zhang Yiwen，对，是这样拼写。夫人的名字是Chen Manyong，女儿的名字是Emi……对，喜来登，五个晚上。"

珮吟听得手脚冰冷，这是在说父亲吗？他要和一个女人去夏威夷？他们还有一个女儿？这一定是搞错了。

她焦心地等着女孩放下电话，走上前去，说："对不起，我刚才听到你在说，秋桑明天要去夏威夷，他不是要去福冈出差吗？"

女孩抬头看着她，像是在看一个神经不正常的老女人："没错，他明天要去夏威夷了。"说着，拿上三本护照，返回到窗边的桌子。

正在此时，门外传来了邮差的声音，女孩跑了出去，和邮差说着什么。珮吟趁机悄悄走近窗边办公桌，她要亲眼看一看那些护照。

父亲的办公桌上堆了很多文件，一条酒红底蓝格子领带被胡乱地扔在一堆纸头上，上次在金凤凰吃饭，珮吟记得，父亲就戴了这条领带。桌子正中，是刚才那女孩匆匆放下的三本护照，珮吟拿起最上面的那本，翻开一看，一个比现在的爸爸年轻得多的张逸文对着她眯缝着眼睛，微蹙着眉头。

珮吟放下父亲的护照，又拿起了一本，照片上，是一个四十多岁女人，留着长发，脸上是很明媚的笑。虽然有点微胖，但是看上去很自信，也很开朗，这些都是母亲所没有的，珮吟心里闪过了这样的念头。她注意地看了一下，护照上印着的出生日期是

1945年6月24日，只比珮吟大九岁。

还没来得及翻一下第三本护照，珮吟就觉得肩头上就被重重地一拍，她吓了一跳。

"你在干吗？"珮吟一扭头，那女孩就站在她身后，瞪眼看着她。

珮吟惊得一缩，"我……我就想……"她一步步地后退着，慌乱中还撞倒了一张椅子，她没找到理由，也不需要理由，她只想快快逃离此地。从电梯里出来，她的心还在突突跳，腿也有些发软。

父亲在外面有家！这怎么可能？原来，这些年来，父亲过着双重的生活。一直以来，她总以为是母亲把父亲逼出了家门，因为她总是那么怨天尤人，那么郁郁寡欢，让人难以接近。可是，现在珮吟觉得自己错怪了母亲。如果父亲已经有了个十七岁的女儿，那么他的婚外情至少已经持续了十八年。

珮吟这才突然意识到，近二十年来，母亲都忍受着爸爸的背叛。她没有选择离婚，而是和父亲维持这一段名存实亡的婚姻，在东京过着凄凉的生活，守着一间狭小简陋的公寓，为儿女们撑着一个家。这么多年了，她是怎么咽下这口气的？在珮吟的印象里，母亲是最漂亮、最优雅的女人，所以当她到了东京之后，对母亲的状态无比失望，现在，她终于找到了原因。想到母亲竟然被爸爸如此欺凌，珮吟不禁心疼起母亲来。

陈曼咏，都是这个狐狸精！珮吟的心头升腾起一阵怒火，这个插足在父亲母亲中间的第三者。珮吟隐隐约约想起，母亲曾经说过，当年如果不是因为父亲变心，这个家的经济状况会好得多，把珮吟从国内接出来的可能性也会大得多，现在珮吟才明白母亲的意思。谁知道呢，或许，1978年他们就可以把珮吟接出来了，当时中国刚刚打开大门，而且，她比现在年轻了十四岁，一切都将不同。

没来由的，珮吟的眼前闪过了水户太太的影子，那张全家福，至少，在那个女人的脸上，还有那么一丝若有若无的笑容，那领口的褶皱，衬托着她修长的颈子。在此之前，珮吟从来都没有想过，照片上那个优雅的女人，如果知道了水户和她的关系，当然还有水户在她之外的种种不忠，她又会怎样。虽然珮吟并没有成功地勾引水户，但她心里明白，其实，她自己又比陈曼咏好到哪里去呢。

至于她父亲，那更是不如水户，至少，水户没有让他的女人生活在贫困里，需要去擦地刷马桶讨生活。这突如其来的发现，让珮吟对父亲产生了无以言说的怨恨，但是一时间她不知道是恨父亲骗她明天要去福冈出差，还是恨他背叛母亲和这个家二十年，或者，她也恨这么长时间来，居然还有一个人在跟她争夺父爱。

而最难以咽下的这口气是，父亲明天居然带着他的另外一家人去夏威夷度假。显然，他早就计划了这次奢华的旅行，带上情人，带上他们的女儿，在外人眼里，就像任何一个美满的家庭。而珮吟自己，名正言顺的大女儿，却要挣扎着在东京生存下来。

这么长时间以来，珮吟心目中的对手是美吟，她一人独占了父亲母亲的关爱、财富和陪伴，她做梦都不曾想到，居然还有一个人，在暗中和她作对，而年龄却不到她的一半。

就在珮吟走出大楼的那一刻，她看见了父亲，他刚从一辆出租车里出来。

"珮吟？你怎么会在这里？"爸爸一抬头，也看见了珮吟，他扶了扶眼镜，好像不敢相信真的看到了她。

"爸，你为什么骗我？"珮吟脱口而出，"你为什么跟我说明天去福冈，而其实带着别人去夏威夷？"

"谁跟你说的？"

"我都看到她的照片了，那个陈曼咏！还有，你从来没说过你还有个十七岁的女儿！"珮吟连珠炮似的嚷着，泪水在眼眶里打转。

父亲别过头去，回避珮吟的眼睛，很久，他才开了口："生活，是很复杂的。"

"她是谁？你为什么要这样？"

父亲没有马上回答，依然看向远处。"从一开始，我们就不是一路人，你妈妈和我，"想了一会儿，父亲才说道，"可是，直到我们到了香港，一家人生活在一起了，我才真正意识到，我们有很多不同。这种包办的婚姻，我就不应该答应，一开始就应该坚决反对。"

"既然你不爱妈妈，那为什么不和她离婚？"

父亲终于转过了头，看着珮吟悲伤的眼睛，说："那时候，离个婚没那么容易，先是战乱，后来一个运动接着一个运动，你太年轻，不懂……"

珮吟盯着父亲，似乎要从他的脸上找到答案。

"你怎么来了？"父亲终于问起了她。

"我来是想求你帮我找个工作，"珮吟叹了一口气，"那个学校，我看自己是待不下去了。"

"这个，恐怕，我帮不了你。"父亲想都没想就说，"最近太不景气，我这两天还刚刚解雇了一个员工。如果你要搬家，我可以帮你，除此之外，我就做不到什么了。你的继妹马上就要上大学了，我的经济负担很重。"

"行，什么也别说了，你帮得够多了。"珮吟冷冷地说道，转身就走。

"珮吟……"父亲在她的身后喊道，可是她头也不回地朝着火车站的方向离去了。她不再相信父亲的任何借口，她只知道，她已经输给了一个继妹，一刻钟前，她都不知道这个妹妹的存在。

她的脑海里，突然闪现出了小时候的画面，那是父亲在她生命里留下的短促而美好的记忆。那时候，她还很小，也许只有六七岁吧，父亲把她扛在肩头，带她去北京的一个大百货公司买玩具。她见了什么都摇头，直到父亲递给她一只长长的圆筒。

"来，宝贝，看看这里面。看到了没有？你摇一摇，里面就会变出无数的小星星。"这真是她见过的最神奇的东西。

"爸爸，我要我要，给我买给我买。"小珮吟兴奋地晃着父亲的手，父亲乐呵呵地买下了这个万花筒。那时候，父亲就像个魔术师，珮吟要什么，父亲就能变出什么，无论是什么！可是，那已经是很久很久以前了。

珮吟已经记不清，她是怎样跌跌撞撞地找到新大阪车站的了。等到她回到东京，已经过了半夜，天空中闪耀着无数的小星星。

第二十九章

那个悲剧的晚餐之后，美吟和妈妈有好几天都没有陈健的音信。一开始，美吟还挺高兴的，正好，她可以清净一会儿，和妈妈讨论讨论接下来在中国的计划。可是，到了第三个晚上，母女俩都有点沉不住气了，难堪的沉默在她们中蔓延，她们心里多少都有点担心，她们就要离开大连，却给这里的亲戚留下这样的尴尬和不快。

终于，第四天的早上，在她们要离开大连去济南的前一天，甜甜打来了电话。

"姨妈，今晚你和姨婆到我家来吃饭好吗？"甜甜说，她爸爸妈妈准备了好多菜给她们践行，让她们开开心心地去济南。

显然，甜甜承担了友好使者的责任，美吟也就客气地说："谢谢了，我想问一下你姨婆，回头再给你打电话好吗？"美吟放下电话，问妈妈怎么想。

"我们应该去的，这是他们主动表示了好意。"

"可是如果他再提起投资的事怎么办？"

"我相信，陈健已经明白我们的意思了，我们以后要说得婉转一些，不然，他会觉得很没面子。"

美吟点点头，过去这几天，她已经深深地领教了中国人的爱面子。

陈健家比美吟想象的要更小更暗，不过，这个两卧室的屋子，至少还有独立的餐厅，这在北方已经算很不错了。美吟和妈妈到的时候，小小的餐桌已经摆好了，上面放了几样家常菜，看上去也是满满的一桌，有粉蒸肉、苦瓜豆腐、茄汁明虾、辣子鸡，还有一条蒸得鳞光闪闪的大黄鱼。

　　美吟静静地环顾了一下四周，餐厅很小，一张四方桌，六把金属折叠椅，挤在屋子的一角。桌子上方，是一盏日光灯，昏暗的灯光照着这个角落。餐桌对面靠窗的位置，放了一台28寸的电视机，那是整个房间的中心。

　　"来来来，坐下来。"陈健开心地招呼她们坐在沙发上，他还是那么喜笑颜开，好像什么都没发生过似的。他拿出一盘下酒的油炸花生，放在餐桌上，转身去厨房拿啤酒。

　　过了一会儿，甜甜从卧室里出来了，跟她们打了招呼后，一屁股坐在了沙发的正中，拿起遥控器打开了电视，把音量调到了最高。电视里放着一档娱乐节目，台上的男演员拿台下女观众的名字开着玩笑，旁边的观众都笑得前仰后合。甜甜告诉她们，这是大连现在最火的电视节目。

　　不一会儿，陈健拿了一听啤酒从厨房里出来，坐到了甜甜的边上，他打开啤酒，自顾自喝了起来，看着电视哈哈大笑。妈妈似乎也能完全融入，趁着打广告的时间，问这问那的，对那个男演员很感兴趣。美吟被挤在一边，她听不出笑点在哪里，演员也俗不可耐，只觉得好无聊。看到魏玲一个人在厨房里忙乎，她就站起身过去，想去给她搭把手。

　　魏玲正在给茄子裹浆，一看到美吟过来，瞪着眼叫道："别进来，别进来，这里挤，没地儿。"她的语气里，显然有一丝不耐烦，"你去客厅里坐着，菜马上都烧好了，一会儿就开饭。"

美吟努力地笑着说："嫂子，还是让我来帮你吧，你一个人干这么多活，太辛苦了。"

"没事没事，我习惯了，你赶紧走吧。"魏玲连连地摆着手。

"嫂子，你在生我的气吗？"美吟问道，她显然又犯了个错误，装着没事才是给面子。果然，魏玲脸一沉，低下头自己去弄茄子，嘴里说："我都不知道你在说啥，赶紧回去，这儿不是你待的。你在旁边啰唆，我没法干活。"

美吟只好退出了厨房，回到客厅，她发现甜甜旁边坐了一个陌生人，第一眼美吟只注意到他的头发很油腻。

"啊，美吟妹妹，来，我来介绍一下。"陈健看到她，高兴地说，"这是陈晓力，晓力是我多年的朋友了，我们以前还是邻居。"

"你好，陈先生。"美吟说着伸出了手。

"你好。"陈先生从沙发上站起来，紧紧地握了一下美吟的手。

美吟又注意到，这个男人的指甲修剪得非常整齐，这在她见过的中国男人中很稀有。美吟搬过一张折叠椅，坐在了他旁边，趁机多看了他一眼。他看上去三十五六岁的样子，长脸，方下巴，眼睛细长。长得不难看，只是他的头发好油，还有，衣着也奇怪，上面是一件白衬衫，下面是一条黑色灯笼裤，大连人很少这个打扮。

"我的表妹一直在国外生活，她在美国上的学，艺术硕士。"陈健介绍美吟的时候，显然很骄傲。

"啊，原来是位真正的学者。"陈先生笑着对美吟点点头。

美吟挤出了一个微笑，她不习惯被这样介绍，只觉得浑身不自在。她听妈妈说过，在中国，因为"文化大革命"的缘故，有十年的时间，所有的大学都停止了正常的招生，没出过一个择优录取的大学生。美吟几乎可以肯定，陈先生也是那些被剥夺了读大学权利的人之一。

"不仅仅如此，美吟还拿了全奖，以荣誉学生的身份毕业的呢。"妈妈在一边插话道，刚才她也在一旁听着他们的对话。

美吟更加不自在了，幸好魏玲端着两盘菜从厨房里出来了，其中一盘是清蒸的螃蟹，蟹壳鲜红，还冒着热气。"啊，晓力你来了，来，你坐陈健旁边吧。"她笑着说，示意陈健坐到上座去。陈先生站了起来。

"不，今天的座上宾是日本回来的亲人，来，姨妈你坐这儿。"陈健扶着陈燕坐下，又拉开一张椅子，说："美吟妹妹，你坐你妈的左边。晓力，你坐我姨妈的右边。"

陈健自己坐到了美吟的旁边，让甜甜坐在陈先生的旁边，魏玲坐在最靠近厨房的位置。饭桌上的话题，自然而然地和旅行相关，这一来是因为美吟和妈妈明天就要启程，当然也是因为陈健想让美吟展示一下她的广博见闻。

"生活在美国是什么感觉啊?"席间，陈先生突然问了一句。

"呃，这让我从何说起呢。"美吟最讨厌这种没头没脑的问题。

"我的意思是，在国外，真的很容易赚钱吗?中国人出去，发了大财的故事太多了。"陈先生细长的眼睛看着美吟，流露出急切的神色。

"这个么，也要看情况的。美国机会多，如果你有想法，肯吃苦，脑子好，那肯定能挣钱。但是，对于那些习惯了大锅饭的人来说，可能就不容易适应了。我在一份日本报纸上看到，很多从日本去美国的中国人，因为跟不上美国的快节奏，结果还是回到日本了。对于这些人来说，相比美国的高效率，还是传统的日本体制更温和一些，虽然日本的效率已经比国内高出很多。"

"真的啊?"陈先生对美吟的说法挺感兴趣。

"可是，中国人肯定更愿意和美国人打交道，"陈健插了进来，打断了他们，"大多数的中国人都很聪明，他们会觉得日本人的做事方式太古板，太不融通了。我在这儿遇到过几个日本商人，要我说啊，他们也太小心翼翼了，一点想象力都没有。就一点屁大的事儿，他们也要考虑半天，才能做决定，真的没法和他们做事。"

"你的话可能也有一定道理，不过呢，在美国生活就是另外一回事了。"美吟接过话头说，"在美国生活是有代价的，自身的努力那就不必说了，此外还要面对种族歧视，以及可能会遇到的剥削和虐待。因为，作为一个新移民，你的存在就是对他人的威胁，侵犯了他们的资源。所以时不时的，你就会听到有新移民被打，被抢，甚至被杀死，不是死于嫉妒的同胞之手，就是死于怨恨的当地人之手。"

听了这话，两个男人都安静了下来，这可不是他们想听到的话，不过真是美吟想要的效果。那些对他人的国家一无所知，一心就想冲过去赚人家钱的中国人，已经让她厌烦透顶了。他们想听到的就是怎么去钻人家的空子，怎么去发大财，赚快钱，美吟打心眼里看不起这样的人。

"哇，这个螃蟹可真好。"妈妈有点夸张地叫了起来，伸手抓起了一只大螃蟹，显然，她也是想暖暖气氛。

魏玲露着有点发黄的牙齿，开心地笑了，她热情地说："多吃点，还有好多呢。这是昨天下午我们和朋友去海湾里捉来的，挺不错吧。"

"可是为什么这几只这么小？嗯，像这只。"美吟拎起了一只很小的螃蟹，还没一张信用卡大，"我敢说，三分之一的螃蟹都是这个大小的，难道打到这样的螃蟹不应该扔回大海吗？"

"为什么要扔回去啊？"魏玲瞪大了眼睛，不解地问道，她接着说，"美吟，我不知道你说的是哪儿的做法，可是这儿可没人把能吃的东西扔回到大海里去，这多浪费啊。"

"可是，可是这样把将来的资源都吃掉了啊。"美吟明知道自己这时候应该闭上嘴，什么也不要说，可是她就是忍不住，"想想看吧，如果大家都这样的话，不用十年，螃蟹都灭绝了。你们从来就没这样想过吗？"

魏玲的眼神已经明白无误地说出了她的恼怒，"好吧，我实在是不知道你想说什么，如果你那么在乎螃蟹的未来的话，行，你就别吃了，我们大家还可以多吃点。"她把筷子往桌上一放，说，"我们是想好好招待你们，所以才特地去打了最新鲜的螃蟹。可是辛辛苦苦得到了什么？是来听你教训的吗？真是好心没好报！"魏玲抓过一只螃蟹，大口大口地吃了起来。

陈健倒不像他老婆那样敏感，他喝了一口啤酒，说："资源不资源的我不懂，可是在这儿，我们从小就明白能抓住的就不能放。"他夹起一块鸡，塞进嘴里，接着说，"你在国外生活了这么久，这里的很多事你是不懂的。中国现在虽然开放了一些，不过，很多政策也许一转眼又变了，今天一个样，明天又一个样，谁也说不准。所以啊，抓在手里最可靠。"

"就是这个理，"陈先生接上了话茬，"中国人口多，竞争激烈，这让很多人有了'抢'的意识，有时候还要没心没肺地抢。只要有机会，你就要不顾一切地多抢一点，做好好先生完全没意义，你不抢，别人就会把应该属于你的抢走了。你的对手，是十三亿人啊。"

妈妈频频点头，说："你们说的都对，美吟不是在中国长大的，对这里的生活环境一点概念都没有。你们就担待一点吧，她这方面实在太无知了。"

美吟低下了头，说什么也是无益，资源保护理念对于很多中国人来说是完全陌生的。她突然觉得一点胃口都没有，端起盘子，走进了厨房。厨房里一片凌乱，水池里堆满了脏的锅盆碗勺，她犹豫着要不要动手去洗，这样她就有借口待在这里，不用回到气氛难堪的饭桌上了，或许，帮魏玲做点家务，她也会高兴的。

一会儿，魏玲端了一大叠脏盆子走了进来，"你在这儿干吗?"她几乎大叫起来，"你是客人!"

美吟这次学乖了，她不再和魏玲争，洗了洗手就出去了。回到客厅后，只看到陈先生一个人坐在那里。

"大家都到哪儿去了?"她问道。

"老陈在厕所里，别人么，我就不知道了。"

美吟借口要找妈妈，转身离开了客厅，她不想尴尬地面对陈先生。在甜甜的房间里，她看到妈妈正坐在床上和甜甜玩牌呢，一老一少玩得还挺融洽。妈妈居然和一个十四岁的孩子能玩到一起，这让她觉得还挺有趣。她听过一种说法，老人年纪大了，脑子就反应迟钝了，和成年人打交道会觉得吃力，更喜欢和天真孩子在一起，看来这种说法不无道理，美吟想着，脸上浮起了笑容。

美吟在一旁站了会儿，还是觉得挺无聊，就退了出去。客厅里，陈健和陈先生正凑在窗口，朝着外面抽烟呢。美吟正想问问，要不要给他们添点热茶，只听见陈健低声对陈先生说："对啊，她是有点傲气，在国外生活惯了嘛。"他们是在说她吗? 美吟一下子屏住了呼吸。

"她总觉得自己读的书多，就比别人都懂得多，西方的女人都那样。搞得她们好像真的很厉害，很聪明似的，其实那都是假象。我觉得啊，你要让她了解你，喜欢上你，她就服帖了。如果换了我，我肯定是会尝试一下的，你先去跟她说，做个笔友什么的，先互相了解起来嘛。"

表哥是在教陈先生怎么去勾搭她吗？美吟听得手脚都凉了，她悄悄地转身进了厕所，不让他们看见。坐在马桶上，她还在微微发抖，她回想着刚才听到的话，表哥居然想让她成为他朋友去国外的跳板，难怪刚才他们问了那么多关于国外的问题。她想起经常听人说有一些人为了出国，就通过无良中介，用假结婚的方式离开大陆，很多轻信的外国人以及急于结婚的华裔因此受骗上当。可是，她从来没有想到的是，她的表哥居然也会这样想，用这种方式让他的朋友接近她。

美吟进了甜甜的房间，直到魏玲喊她们出来吃甜点和水果。美吟那天晚上话很少，尽量不再交谈，即使陈先生要给她拿东西吃，也被她淡淡地拒绝了。这个油腻腻的家伙，别想在我这儿得到任何好处，她心里暗暗地想着。

第二天，美吟和妈妈的飞机降落在济南机场，珍姨来接她们，分别多年的老姐妹相拥而泣。美吟也很高兴，过去的这几天，她一直在期待着济南之行，希望有不同于大连的收获。可是，她们还没高兴多久，珍姨说出了一件出乎她们意料之外的事，姨父华叔因为胃癌复发，两天前又住院了。这样一来，珍姨陪她们一起游山东的计划彻底泡了汤，因为她每天都要上医院去送饭探望，这比陪她们出游要紧多了，美吟虽然大受打击，但是也知道这是没办法的事。

接下来的两天，她们陪着珍姨去医院探望华叔，到了第三天，珍姨劝她们还是按照原计划，自己出去玩，不用再管他们了。

美吟和妈妈在山东玩了四天，她们几乎玩遍了济南市区的景点，后来又去了曲阜。所有这些景观，在她们看来也并没有特别好，不过玩得倒是愉快，母女俩这样的出游还是第一次，而且，不用担心在亲戚面前说错话，美吟更是觉得轻松多了。

不知不觉中，十六天的假期马上就要结束了。住在酒店里的最后一个下午，美吟把衣服都摊在床上，准备好好地整理一下行李箱。妈妈站在一边看着她，美吟问妈妈想好了没有，接下来决定常住在哪里。

"这个问题我最近想了很多。"妈妈说道，"这会儿，你珍姨会很忙，我如果待在济南，肯定会增加她的负担，而且，济南这个地方我也不熟，所以，我还是决定去大连了，毕竟，我年轻的时候在那里住了很多年，还是很熟悉的。"

"你要知道，如果发现你住在大连，表哥表嫂马上就会来敲你的门了。"美吟觉得自己有必要提醒一下妈妈，"我敢肯定，他们一定会来帮这帮那的，不过，你也不要对他们百分百信任，他们心里在想什么你永远都不会知道的。"

"别担心，我在大连也不是就认识他们，我的老朋友还不少，等我安顿下来，我会去找他们的。我不会有事的，你放心。"妈妈很有信心地说道，"对了，你还想在大连找工作吗?"

这个问题，美吟也问过自己很多次，现在，听到妈妈发问，她的眼前是过马路时朝着她涌过来的车流，是站在车站拥挤的人群中无边的孤独感。她摇了摇头，说："妈，你是知道的，我对大连是抱着厚望的，可是，我觉得在这里一点都不受欢迎。两个星期过去了，还是这种感觉，那我只好回去了，希望你不会太失望。"

"不会，当然不会，我完全理解你。"妈妈冲着她笑了笑，但是看得出很勉强。

"我保证以后会常常来看你。你有没有想过到大连后住在哪里呢?"美吟心里有点难过。

"我现在把钱都存在银行了，如果我想买一小间公寓的话，是没有问题的。只要你和大卫还能给我寄点生活费，那就更好了。"

"我们当然会给你寄，这是最起码的。但是，你要答应我，如果你觉得这儿不合适，那就回日本，不要硬撑，好吗?"

"放心吧，我不会有事儿的。再说，我已经做出决定了，不管怎样，这里是我的家，终于又回家了，我很高兴。"妈妈说着，咧开了嘴笑着，美吟心里也放心了一点。

美吟继续整理她的箱子，看到妈妈回到自己的老家这么高兴，她心里也觉得宽慰了不少。但不知以后妈妈会过得怎么样，毕竟，她现在已经不能时常陪伴妈妈的左右了。

就在这个时候，美吟突然意识到，以后妈妈很可能就要靠着表哥表嫂了。这一点她从来就没想到过，妈妈一直是个很独立的人，爸爸多少年都不挨家，她已经习惯了是妈妈带着她和弟弟一起过日子，妈妈就是她的家。所以，她从来都不曾想过，妈妈会生活在别人的照顾之下，她很后悔自己说出的那些得罪人的话，她很想弥补一下，趁现在自己还在中国。也许她可以在离开之前去一趟友谊商店，也许一根黄澄澄的金项链会让魏玲高兴。

想到这里，美吟抬起头，她看见妈妈坐在那张圈椅里已经睡着了，过去这几个月，她老了很多。以前花白的头发，现在几乎全白了，一场脑梗让她老了很多，现在看上去，比六十五岁实际年龄要老。

看着妈妈衰弱的身体，美吟心一酸。她知道妈妈不会跟她回日本，但是直到现在她的心里还是抱着一丝希望的，可是这丝希望现在看来是太渺茫了。对于美吟来说，从十几岁开始就熟悉的家庭生活，现在就要告一段落了。虽然形同单亲家庭，可是妈妈和她姐弟三人倒是比一般家庭还要亲，那些开开心心的购物，那些轻轻松松的聊天，还有周末一家人聚在一起的吃吃喝喝，都将成为过去了。她不知道，这次分别之后，什么时候会再见到妈妈。她轻轻地走了过去，手指轻轻地梳理着妈妈日见稀疏的白发。她已经在想念妈妈了。

Part 3
西雅图

第三十章

从大阪回来，十多天后的一个星期六的晚上，在人参屋忙了大半天的珮吟拖着疲乏的身子刚到家，电话铃响了。

"你好，珮吟吗?"一个熟悉的声音。

"周静?"珮吟不敢相信自己的耳朵。

"是的，我好高兴你在家。"另一头的周静咯咯地笑着说。

珮吟发出了一声欢快的尖叫，已经有很久没和周静说过话了，珮吟兴奋得都有点喘不过气来，她这才发现自己有多么想念好朋友。

两人的兴奋劲儿过去了以后，周静才说起了那天到底发生了什么。"和平常一样，我正在超市收银，我的主管突然过来叫我马上去一趟他的办公室。"周静一进办公室，就知道不对了，当时，两个警察正在盘问一个从哈尔滨来的女孩，那女孩脸涨得通红。

主管叫周静把护照拿出来给警察，她一下子就慌了，借口护照忘在家里了，一心想着怎么快点脱身，一旦警察发现护照上的签证已经过期，那就大事不好了。可是，警察毫不松懈，他们要和她一起去她住的地方去取护照，她毫无办法阻止这一切的发生。警察把她塞进警车，一路飞驰到她的公寓。

这件事也连累了老板金子先生，当初是因为听信了她的发誓自己的身份合法才雇了她的，最后却被罚了巨款。

"一天后，我被押上了飞往上海的晚班飞机，心想这下全完了，可是，我不能就这么认命了。"周静没有回老家四川，相反，她买了一张火车票，去深圳找她的朋友去了。

在深圳，周静打过很多零工，但她的梦想还是开一家时装店。她到处寻找可能的投资人，朋友和亲戚都问了个遍，最后，她联系上了一位海外华侨，愿意投资她的小店。在深圳这个快速发展的城市里，有很多年轻的白领女性，既有经济实力又爱美，和父辈不同，她们不再和世界潮流隔绝，甚至也不是旁观者，而是主动地投身其中。周静意识到这是一个巨大的潜在市场，她要凭借自己的良好嗅觉，赶在大多数人的前面。现在，她正在做着紧张的准备工作，预计一周后就要开店。她说很多朋友都在期待着，开店那一天会来给她捧场。

"我简直不敢相信，我终于做了老板了！真希望你能来和我一起开店啊，你是时装方面的专家。"珮吟被好朋友的情绪感染了，很为她高兴，但一时又不知道说什么好。周静顿了顿，接着说："好吧，就算你不能来帮我开店，那你也可以做我的买手，时不时地帮我从日本进点货，那也很好。我们俩人携手开店，向时尚界进军，不正是你的主意吗？现在，正因为我被遣返了，倒促成了我们的梦想早日实现。"

珮吟又震惊又佩服，这就是她所认识的周静，总是那么自信，又那么柔韧，即使遇到巨大的打击，马上就能优雅地再次站起来。电话里，珮吟告诉周静，她一定会好好考虑的。

在这间小小的公寓里，珮吟激动地来回走着，周静的电话，仿佛给珮吟打开了一扇窗。在日新月异的南方城市，做自己的老板，多么令人心动！

周静的生意经鼓舞了珮吟，她的邀请也非常诱人，只是这一切来得太早，起码早了一年吧。从大阪回来后，珮吟心里已经很清楚，爸爸是靠不上了，今后的路，只能靠自己去闯了。就在她灰心失意之际，周静的电话就像一场及时雨，浇灌了她快要干涸的心田，让她看到，即使前程一片黯然，也能找到一条绝处逢生的路，而且，这条路或许会通向你根本意想不到的远方。现在，她在东京的生活虽然支离破碎，可是她可以飞到深圳去找她的好朋友，开始新的生活。

只要她的身份不被黑掉，她一直可以在东京和深圳之间来回，当周静的买手，给她出主意，做她的生意顾问，或者，可以说是"她们"的生意。日本的大型百货店经常会有令人咋舌的折扣，是囤货的好时机，再说了，就算在日本上一季流行的服装，拿到中国依然还是最时髦的。现在，虽然她还没完成两年的文凭，她对这个行业已经比大多数人精通多了。自从来到日本，珮吟一心一意要做出点什么才可以回国，现在，她突然生出了离开日本的念头，是啊，她完全可以在中国重新开始，不用再担忧留在日本的费用和签证。

珮吟心情一下子轻松起来，原来，退一步是可以海阔天空的。可是，一想到坂崎良，她的心又沉重了起来，不知该拿他怎么办，整整两周了，他没有打来电话，一想到他也许再也不会打来电话，珮吟的心头如同扎进了一把尖利的针。她很想拿起电话打过去，可是没有这个勇气，明知道如果一切都是必然，那么迟早都会来临。

她环顾着这间小小的公寓，就在昨天，房东还打来电话，通知她搬离的最后期限是八月三十一号，一天都不能晚。也就是说，她在这里顶多只能住上半个月了。突然间，她觉得必须马上见到坂崎良，一天也不能再等了。虽然爸爸给她寄了点钱，可供她暂时搬到另一个公寓，可是，这是另外一回事，她现在急于知道的是，他到底在想什么，他到底是如何看待他们之间的关系的，这些问题，对于她来说比任何东西都更加重要。如果他的心意已变，或者，他不想承担这个责任，帮助一个比他更弱势的人，那么，她也需要马上知道明确的答复，才可以做出下一步的决定。如果真是那样的话，她对这里已经没有任何留恋，提上行李她就可以永远离开这里，周静给她留了一个电话号码，她一个电话过去，几天之内就可以永远地和这里的一切告别。

她这一辈子都在寻找归属，寻找一个属于她自己的家。然而，在日本，虽然她终于和她的家庭团圆，但依然没能给她这样的抚慰。现在，她妈妈已经不在日本，她的家庭梦更是永远都不可能实现。

她渴望再次得到爱，可是，现实似乎在一次又一次地嘲笑她，给她留下越来越深的伤痕。也许，属于她的时间还没到，也许，她命中注定还要接受更多的磨难。她想，也许是时候放下一切了，既然生活总是拒绝她，那么她也能挺过这一次。她还想到，就算坂崎良不再爱她，她也不会怨恨他，毕竟，在日本，真心关爱她的人寥寥无几，而他就是其中的一个，光是这一点，就足够了。

她抬头看看钟，十点二十，如果她现在就去坂崎良家，应该十一点还不到，还不算晚，坂崎良是个夜猫子。她不再犹豫，冲出家门，直奔车站，跳上了开往高圆寺的地铁。

到他家门口时，珮吟的心跳得快要喘不过气来，她站在门口，深呼吸了好几口，才举起了手，轻轻地敲了两下。

"珮吟，是你？"见到珮吟，坂崎良一脸的惊喜，这让珮吟稍稍放下心来，"我今天早上刚从福岛回来，给你打了好几个电话，你一直不在家。"

他身穿一身睡衣裤，很家居的样子，头发随意地蓬乱着。两个星期没见面，他好像瘦了一点，珮吟的眼睛和他的一对上，心又狂跳起来。房间里，只有书桌上方的吊灯亮着，他的书桌上摊满了图纸和各种绘图工具，显然，前一刻他还在紧张地工作着。他让珮吟坐下，转身端了一杯水出来，递给她。

"我一直在人参屋打工，今天有私人宴会包场，老板叫我加班。"珮吟都不相信自己的运气了，她疑惑地看着坂崎良，问，"那你，又为什么想起来打我电话？"

坂崎良拉过一张椅子，在她对面坐下，看着她的眼睛说："你先告诉我，你怎么突然就跑过来了？"

珮吟就把自己的想法都说了出来。

坂崎良沉吟着点了点头，说："其实，完全不是你想象的那样。上次我们分手后，我打了很多电话给朋友，希望能借到一些钱。可是结果很不如人愿，很大程度上是因为我还欠着朋友不少钱，他们都不愿再帮我了。这对我是很大的打击，令我沮丧极了，说实话，我觉得没脸见你。

"一周前，我去福岛看望我姐姐，也是想听听她的意见，希望她能给我出出主意。可是，她的状态也很不好，帮不了我多少。这几天我想了很多，想通了一件事，为了保持合法身份而上学只是个权宜之计，并不能长久地解决问题，而且，只会让我们的债务越欠越多。"

"我知道。"珮吟垂下了头，感觉自己的心也随之沉了下去。

"所以，我就想到了一个办法，我们俩干脆就结婚吧，这样签证就永远不是问题了。可是，我把这个想法跟姐姐一说，却遭到姐姐强烈的反对，说这是个大错。我不知道应该怎么办，因为她现在是我唯一的家人。"

珮吟抬起头，脸上写着忧伤："她反对你结婚，是因为我是中国人，对吗？"

"人们对异国婚姻总是抱有成见，我没想到的是，姐姐比我想象的要保守得多。不过，我想了很久以后，不再在乎了，我只知道我不能错过你。我离开你的这段时间，让我明白，我的生命里，如果没有你，就毫无意义。所以，我必须赶回来，当着你的面告诉你。"坂崎良说着，拉住珮吟的手，放在自己的手心里。

"珮吟，我知道，我们两人才认识了几个月，但是，我真的很喜欢你。在我认识的人当中，你是少有的信任我，你给了我很大的勇气。认识你，是我最幸运的事。我对婚姻很失望，可是因为你，我愿意再试一次。我能给你的很少，除了我自己和我对你的感情。如果我们的婚姻能够成功，那我将非常非常快乐。如果不成功，那至少你可以在日本待下去，不用再担那么多的心，那是我现在最愿意看到的结果，也是我到目前为止所能想到的最好的解决办法，你怎么想？"

"你真的想要这样做？"珮吟屏住了呼吸，看着坂崎良问道。

坂崎良很肯定地点点头，两人的目光纠缠在一起，珮吟盯着那双深棕色的眸子，心一抖，两行热泪淌了下来。在三十九岁的熟龄，她没有经历过爱情，婚姻也失败了，可是，就在眼前，这个异国他乡的陌生人，跟她说，他要和她一起再赌一把。

"我永远都不会忘记今晚。"她的手和他的手紧紧地扣在了一起，坂崎良拉过珮吟，把她抱在怀里。就算这个世界向他们关上了一扇扇的窗，可他们都为对方打开了大门，她需要他，正如他需要她。他们就这样紧紧地抱在了一起，庆幸终于在茫茫人海中找到了彼此。

第三十一章

都两天了，美吟一直在找珮吟，打过去的电话总是没人接。到了第三个晚上，她终于接通了姐姐的电话。

"大连怎么样？"珮吟的语气很欢快。

"还行，终于回家了，妈妈很高兴。"

"表哥表嫂他们怎么样？有没有叫你投资他的汽配零件公司啊？"

美吟觉得有点不舒服，跟她姐姐还没亲密到可以八卦亲戚的程度，如果妈妈也在场，气氛才会好一些。她停顿了一下，口气里有点不耐烦："姐，你看，我不是打电话来跟你聊天的。我打给你，是因为妈妈很担心你，你搬家要我帮忙吗？你是要搬的，对吧？"

"呃……计划稍有变化，"珮吟尽量想说得轻描淡写一点，"我要搬过去和我未婚夫一起住。"

"未婚夫？你什么时候订了婚了？"美吟叫了起来，完全无法掩饰她的惊诧，这么大的事，珮吟居然瞒着她和妈妈，这简直叫人不可忍受。

"他的名字叫坂崎良，做平面设计的。我们是在一个图书馆里遇见的，谈了几个月的恋爱。几天前，就在你和妈妈回大连的那段时间里，他向我求婚了。"

一个日本人，才认识几个月！"那妈妈知道吗？"

"当然不知道，我还都没告诉，想等你们回来再说的。"

"那婚礼是什么时候？"

"没有婚礼，我们下周五去登记结婚，就这样。我们两人都是第二次结婚了，低调一点，简单一点。再说了，"珮吟顿了顿说，"妈妈的租房合同再过十天就到期了，来不及筹办婚礼了。"

"等一等，你结婚该不是和房子有关吧？"

"当然不是。"珮吟一口否认。

"那为什么这么着急？"

"行了，我该去上班了，这会儿没工夫多说。"

"好吧，那你到底还要不要我来帮你搬家？"美吟没好气地问道。

珮吟似乎在思考着，等了一会儿，只听到珮吟说："嗯，最后是有几件大的家具需要搬走，小件我已经陆续搬到坂崎良那里去了。"

难怪，连着两天打电话给姐姐都找不到人，"那你到底要我什么时候来？"

"星期六怎么样？下午四点左右可以吗？"

和姐姐的电话一挂上，美吟就迫不及待地拨了陈健家的电话，她要赶紧向妈妈汇报。姐姐突然间就说要结婚，新郎是一个认识不久的日本人，这么重大的事她不能憋在心里。

没想到的是，妈妈已经从陈健家搬了出来，美吟记得，离开大连的时候，陈健可是一口答应让妈妈住在他家的。经不起他的反复敲打，美吟给了他几千美元，说是投资，其实，无非是想让妈妈在大连过得舒心一点罢了。当时的理解是，妈妈可以一直住在陈健家，直到有合适的房子再搬出去。不过，一位老朋友帮了妈妈的忙，很快，她就找到了一个喜欢的住处，在很幽静的一个小区，于是，她就提前从陈健家搬出来了。

终于找到妈妈时，妈妈的声音听上去很愉快，她告诉美吟新家安置得已经差不多，等家具齐了，美吟就可以过来玩了。

"太好了，"美吟兴奋地回答道，"也许我是你的第一个客人哦。"

"可不是么，"妈妈也很高兴，"你想住多久就住多久。"

美吟差点都忘了为什么要找妈妈了，她赶紧告诉了妈妈姐姐要结婚的事儿。

"你要知道，这也许是最好的结果，"妈妈听了居然波澜不惊，还说自己早就料到会有这一天，"你姐姐这个人，你也是了解的，她没法一个人过。"

"妈，可是，这个男人，她几乎不认识呢。她是为了身份而结婚。"

"也许吧，"妈妈说道，"可是，也有可能她真心爱着那个男人哦，不管怎么样，这样的安排能够让她在日本站住脚，这是我们大家都想看到的结果，对不对？"

"可是，她会幸福吗？"

"幸福不幸福都是相对的，在任何地方，都有可能幸福，或者不幸福。就算她现在在大陆，也未必会幸福。所以，我们还是为她开始新生活祝福吧。"

美吟对着话筒点了点头，妈妈是对的，她应该为珮吟高兴，突然间，她都为自己的自私而感到羞愧了，一直以来，她总是设法劝珮吟回国去，可她从来没想过姐姐到底怎样才会得到幸福。她姐姐为了能够留在日本，已经努力了一年半，难道她就没权利留下来吗？

第三十二章

　　星期六的下午，离租赁合同终止日期只剩下两天，珮吟在坂崎良的陪伴下，来到了母亲的公寓，做最后的清理工作。坂崎良帮着把一些灰扑扑的旧书旧杂志收到纸箱子里，珮吟则一个个柜子，一个个抽屉检查过来，把剩下的东西归置到一起。

　　妈妈留在这间公寓里的东西还不少，珮吟在柜子里拖出两只塑料储物箱，里面塞满了旧衣物，松松垮垮的汗衫内衣，都洗得走形了，还有被单枕套什么的，一概是黄旧的色调，看不出原本的颜色。珮吟把这些东西一股脑都倒进了大垃圾袋里。这些没人要的东西留着也没用，白白占了地方，日本人对穿着还是很讲究的，差一点的就扔了，旧衣服更是没地方送。

　　在塑料箱的底下，珮吟发现了一本陈旧的影集，凌乱地粘了大半本照片，珮吟翻开影集，一张颜色陈旧的照片掉了出来。照片上，她的父亲母亲站在一座日式的木塔前面，似笑非笑地望着前方，看起来，他们大约四十来岁，两人的表情也蛮融洽，这应该是在他们关系还好的时候吧。珮吟把照片塞了回去，又翻看了其他照片，她发现，刚才这张照片是唯一的一张父亲母亲的合影，而剩下的都是母亲、美吟和大卫的照片。这些照片对于母亲来说一定是很珍贵的，只是没顾上带走吧。珮吟嘴角滑过一丝苦笑，她只是在过去的十九个月里走进了妈妈的生活，这个家庭里，原本是没有她的，而她现在却成了这个家庭记忆的保管者。

珮吟的思绪，被坂崎良的问题打断了，他手里拿着一本厚厚的日汉词典，问珮吟该怎么处理，扔掉还是留下来。

"哦，这本词典还挺贵的，不能扔。"珮吟回道。

来的时候，珮吟没有对坂崎良和盘托出，因为她不想跟他解释太多。她只是对他说，她的阿姨，因为国内一位亲戚生了急病，赶回去照顾，托她来料理公寓的善后事项。在坂崎良的帮助下，珮吟把旧书分成了两类，一类直接扔进垃圾桶，另一类还有点价值，可以卖给千代田的二手书店。珮吟把一袋袋的垃圾放到门外，靠墙整整齐齐地排成了一队。

把所有的橱柜抽屉都清理了一遍之后，珮吟开始吸尘，她做得非常仔细，角角落落都吸到了，之后，她还要把玻璃窗也擦得纤尘不染。母亲交代她说，在房东那里押了一个月的租金，搬走的时候，房间必须清理得干干净净，押金才可以全额退还。这笔七万元的押金说好是归珮吟的，珮吟很上心，毕竟，她还是很缺钱，七万元还是可以买些衣服，为周静的小店，不，为她们共同的小店，添几件流行的时装。想起这个，珮吟脸上浮起了一丝微笑，生活还是很有盼头的，何况坂崎良也十分赞同这个主意，接下来，她要认真地计划一下如何和周静合作开店了，她已经答应了周静，秋天会回国一趟。

珮吟根本没有注意，美吟是什么时候走进来的，直到美吟来到她的眼前，跟她挥了挥手，吸尘器的声音实在太响了。

"啊，你来早了！"珮吟说着，按下了吸尘器的开关，顺手擦了一把前额的汗珠，她系着一条方格子的围裙，手上还戴着一副橡胶手套。"来，我给你们介绍一下，这是早司坂崎良，我丈夫。这是我妹妹，美吟，她在日本住了很久了。"

"我经常听珮吟说起来你，很荣幸，终于见面了。"坂崎良微笑着说道，礼貌地鞠了一躬。

"我也一样！"美吟也浅浅地鞠躬，然后转身对珮吟说："姐，我可以帮你什么忙呀？"

"嗯，我想想，对了，你能不能帮着打扫一下客厅？还有，厨房的窗子很脏，油腻腻的，得花点工夫。我本来是想叫坂崎良擦窗的，可他时间不多，一会儿要去上一节私教课。这样吧，你先干起来，等我这里弄好了，我就过来帮你。"

"行！"

"等一下，珮吟，你是不是让美吟干的太多了？要不，等我给学生上完课回来再干吧。"坂崎良说道。

"亲爱的，别担心，她不会介意的。不然的话，她就不肯过来了，对吧？"珮吟笑盈盈地看着美吟说道，然后转身对坂崎良说："现在都快四点半了，你赶紧回去吧，再过半小时就要上课了。"

"是啊，我是得回去了。"

"你什么都告诉他了？"坂崎良一走，美吟就问珮吟。

"你指的是我为什么会独自在中国待这么久吗？我没有都说，我只是含糊其词地说你是我同父异母的继妹。"

"为什么？你为什么要骗他？"

"因为……嗯……太复杂了。"珮吟低声说道，心里也在想着，自己为什么那么自然地就撒了谎。也许，令她感到羞于启齿的是这个破碎的家庭，也许，令她感到无法释怀的是因为她没有属于自己的家，总之，她没有讲真话，"我……不知道该如何向他解释，这么多年以来，我们两姐妹生活在不同的国家，我的生活里没有父母的关爱，寄人篱下，忍受舅舅的虐待。年迈多病的姥姥也不能保护我……"

"舅舅虐待你？你在说什么呀？"

"舅舅一生气就拿我当撒气筒，经常不由分说地打骂我。"

美吟瞪大了眼睛，说："妈妈从来没有告诉我们这些。"

"你什么也不知道，对吧？"珮吟道，她第一次意识到，很多的家庭秘密，她的妹妹其实并不知道。自从她意外地发现了还有一个同父异母的妹妹之后，她对美吟的怨恨已经抵消了很多。就在那一刹那，她不再觉得美吟是个威胁，相反，美吟还很有可能成为她的好朋友呢。

珮吟停下了手中的活，脱去橡胶手套，坐在了榻榻米上。她有点累了，拍拍身边，示意妹妹也坐过来休息一会儿。她轻声慢语地跟妹妹讲起了住在舅舅家那些孤独的日子，讲起了那些冰冷的夜晚，还有做也做不完的家务活。她讲起了刮着寒风的星期天下午，独自坐在海边的岩石上，看着海浪的起伏，幻想着有一天爸爸妈妈来接她，她终于回到了自己的家。珮吟有点吃惊，说着这些时，她的眼里竟然没有一点眼泪，这么多年过去，她的泪水已经流干了。

"为什么妈妈从来不告诉我们这些？我们一直以为舅舅和姥姥把你照顾得很好，因为爸爸妈妈给他们寄了很多的钱和礼物。"美吟瞪大了眼睛，不敢相信姐姐说的话。

"我的处境，妈妈可能既不想看到，又不想知道吧。反正眼不见心不烦，每次我一提到舅舅，她就会转移话题，我觉得她是在回避吧。如果正视现实的话，就要承认他们做了一个错误的决定，必须立刻补救，把我接出去。可她又不想这么做，所以，她就装着什么也不知道，这样最方便。"

"或许，妈妈心里也非常惭愧，可是又不知道怎么办。"美吟的声音里多了一点犹疑。

珮吟咬了咬嘴唇，说："你要知道，妈妈不关心我的想法，她从来就没有和我交流过。八十年代初她来看我时，她明明看到我的婚姻并不如意，可她反反复复就说，我嫁得很好，她很高兴。有时候，我怀疑，爸爸妈妈是否真的关心我，在乎我。"

"他们当然在乎你。"美吟说着，不由自主地伸出手，轻轻地拍了拍珮吟的后背，"事实上，妈妈经常和我说起你呢，她总说你是我们家最聪明的孩子，还说你是爸爸最喜欢的孩子，以前听妈妈这样说，我总是很嫉妒。"

"真的吗？她是这样说的吗？那么，为什么每次她来看我，总是急匆匆地又离开呢？你知道吗？那天，妈妈都没跟我说声再见，就带着你和大卫离开了中国。"

"真的？"

珮吟低下了头："她告诉我，你们会在下午四点以后才离开，可是，当我放学回家时，舅舅告诉我你们都已经去火车站了。我求啊求，好不容易让舅舅带我去了火车站，可是，等我们到了那里，火车已经开动了，我只是远远地看见妈妈向我挥了挥手。那天下午，我哭啊哭，我不能理解，为什么妈妈要这样对我。"

美吟伸出了手，握住了珮吟的手，珮吟感到有点意外，但还是任由妹妹握住了自己的手。"真抱歉，我一点都不知道妈妈是那样离开你的，"美吟说，"但我们都知道，以妈妈的个性，她是没有勇气面对你。有时候，我也希望妈妈能够更勇敢一点，在我们面前能够更真实一点。"

珮吟叹了一口气，说："其实，我自己不也一样吗，对大山和大海，我也做了同样的事。和郭敏签了离婚协议的那天早上，我也是悄悄地离开了家，没有和两个孩子告别。我总以为，我会是一个比妈妈更好的妈妈，可是到头来，我一点都不比她好。我也是一个懦夫，和妈妈一样一样的。"

"姐，我相信，你这样做是因为你不知道该怎么办。"美吟的声音里充满了同情，"我们都会犯错误，重要的是，我们该怎么面对我们的错误，怎么弥补这些错误。大山和大海都还小，也许，在不久的将来，你就可以真诚地告诉他们你为什么离开，你不想伤害他们。"说这些话时，美吟的眼神变得好温和。

珮吟点点头，现在，她的眼睛里竟然有了泪水。生平第一次，她感觉到了妹妹对她的感情，还有妹妹对她的理解，在相处了将近两年之后，她们终于能够像亲姐妹一样地交谈了。

"姐，有时候，我也会想，如果爸爸妈妈的关系不是这么糟糕，那你的生活也许会很不一样。"美吟的眼神里有一丝忧伤，飘忽着看向远方，"爸爸离开家以后，妈妈整个人都畏缩了。我其实也很不理解，他们两个人怎么就越走越远，到了今天的这个地步。"

珮吟犹豫了一下，但还是忍不住把她在大阪的发现告诉了妹妹："以前，妈妈跟我说爸爸外面有人，我都不能相信。可现在我不相信的是，爸爸居然骗了我们所有人，二十年来过着双重的生活。"

美吟听了也吃了一惊，她回忆起很久很久前的那一天，妈妈发现了爸爸衣服口袋里的情书，一下子就崩溃了，日日夜夜都躺在床上不起来："妈妈就像变了一个人，情绪低落，神经过敏，什么事都做不了了。她一连好几个月都不做饭，那段时间，我们放学回家，每天晚上都是吃面包。"

"听上去你们那时候也挺难过的，不过，至少你们没有被抛弃的感觉，爸爸妈妈和好的时候，你和大卫还是有过好日子的。"这时，珮吟想起了那本影集："薇薇安，你看看，我在衣柜里发现了什么。"这是珮吟第一次叫妹妹的英文名字，她从一堆旧书中抽出了那本影集。

"影集？一定是妈妈忘了拿上了。"美吟接过影集，急急地翻看了起来，"哇，看看这些照片，很久以前拍的啊。这些是在目黑，当时我们刚从香港来到东京……"

"这张呢？在哪儿拍的？"珮吟指着另一张照片，照片上的美吟和大卫站在一尊大佛像前，两人看上去都是十几二十不到的样子。

不知不觉地，两姐妹越挨越近，头凑在一起，一张张照片看过去。待到珮吟抬起头时，夕阳斜斜地射了进来，落在这间空荡荡的公寓房间里，落在陈旧的榻榻米上。妹妹和她自己的身上，也披上了一层金辉。她几乎忘记了自己和妹妹为什么会在这里，但是，和妹妹一同遗忘在记忆的河流之中，这种美妙的感觉让她很受用。终于，她们意识到天色已晚，剩下的活儿，明天再干吧，这么好的感觉，她们谁也不愿去破坏。

那天晚上，珮吟邀请美吟去了她最喜欢的一家餐馆，在高圆寺附近，现在她和坂崎良的家搬到了这一带。点了餐之后，珮吟又要了茉莉银豪，是茉莉花茶中的上品，到了日本之后，珮吟的品位开始变得越来越高雅。令她惊喜的是，美吟也挺喜欢这款茶，而且看起来也是真心喜欢，还说这是她喝到的最好的茉莉花茶。

喝着茶，美吟聊起了刚到日本的那一阵，她和大卫在异乡的童年，爸爸总是在出差的途中，妈妈带着他们姐弟俩。

两姐妹肩靠肩地坐着，从来没觉得这么贴近，可以无拘无束地诉说最私密的话题。珮吟说起了自己的前夫，她告诉美吟当时为什么会和他结婚，即使两人之间并没有爱情。最后，她还对美吟说了自己是如何遇到坂崎良的，还有他的过去，和他的胳膊。

"你知道吗，我居然对他的残疾没有一丝在乎，相反，我感到非常幸运，因为他真心地爱我。过去，我也不知道中了什么邪，一心就想多挣钱，锦衣返乡。现在想想，一个温馨的家庭，一个爱的人，比金钱重要多了。"

美吟若有所思地点点头："对啊，这些东西，真的需要经历过，才能体会呢。"

那天晚上她们分手的时候很愉快，回家的路上，珮吟意识到，和妹妹亲亲热热地吃一顿饭，这还是第一次。在妈妈离开日本之后，两姐妹才对彼此敞开了心扉。

第三十三章

美吟自己都不明白，不知怎的，经过东北泽站的时候，她突然很想下车。就在车厢门快要关上的那一刹那，她跳下了车。

她搭乘这条线，是去参加一个应聘面试，其实再坐几站就到了。她的签证快要到期了，必须尽快找到一份新的工作。可是，当地铁到了这个小站时，她抑制不住地就想下去。她曾经无数次地在这里下车，去妈妈家，现在，她又梦游一般站在了月台上。她有一刻钟的宽裕，如果抓紧时间的话，应该是不会耽误事儿的，她心想。

美吟匆匆忙忙地出了站，右转，上了那条熟悉的小路，通向妈妈以前住的地方。妈妈离开日本已经有六个多月了，最后一次来，是帮姐姐搬家，也有好几个月过去了。按理说，她现在已经没有理由再回到这里，她自己都不知道要来干什么。

美吟并不是特别喜欢这个街区，对于她来说，这里太过于安静了。可是，那么多年过去，小路两旁熟悉的小店长在了她的心里，已经成了不变的风景。弯弯曲曲的小路两旁，那些门面小小的清酒小铺，那些夫妻杂货店，多少年来日复一日地开着，这些都让美吟很欣慰，连她自己都没想到的是，这些看起来很不起眼的小店，平时走过的时候都是视而不见的，可是这会儿却这般亲切。随着时间的流逝，每次从这条小路走过，美吟都越来越觉得自己的幸运，有一个善解人意的妈妈，是她最忠实最知心的朋友。当然，美吟也知道，妈妈关于人生和工作的建议，经常是过时的，和外界脱节的，可是，每当美吟在外面觉得走投无路时，总是能回到妈妈这里，炉子上，总有一锅冒着蒸汽的热汤在等着她。

现在，小路拐弯处，美吟终于站到这栋陈旧的公寓楼前。抬头，她有点失望，二楼那间熟悉的公寓，显然一直空着。玻璃窗紧闭，没有窗帘，上面蒙了一层灰。入口处那一排邮箱，原先妈妈的名字被抽掉了，现在还是空白。邮箱里，却塞得满满的，一些花花绿绿的广告，胡乱地斜插着，伸出了邮箱。眼前的景象，让美吟倍感亲切的同时也让她有了无以名状的伤感。直到此刻，她才意识到，自己生命中的一部分，和这栋陈旧衰败的小楼有着如此紧密的联系。

其实，还不仅仅是她的生命，对于她的弟弟和姐姐来说，又何尝不是这样。那么多年来，妈妈是张家的主心骨，是他们在东京的生活中心。美吟已经记不清，在这里，有过多少次聚会，多少次的庆生。眼看着春节又快来临了，一想到这一次不可能再和妈妈一起过新年，美吟的心情一下子黯淡了下来。既然妈妈不在，春节也就没什么意义了，也许就和平常的日子一样过吧，没有了妈妈的东京，在美吟的心里，已经不再有家的味道了。

美吟在公寓楼前站了片刻，家，没有工作就更没有家了，一想到签证，她的心里又蒙上一层阴影。可是，为什么一定要挣扎着留在日本呢，无论在哪里，既然永远是个旁观者，那么，为什么不看看不同的地方呢。也许，现在就是时候离开了，离开这里，去更广阔的世界。她深深地吸了一口气，转身走开，再没有回头。

坐在面试官的对面，美吟发现自己时时地在走神，从面试官的眼神中，她已经看出，这份工作和她无缘。也许，是因为面试官也从她的眼神里看出，她的心不在这里。她在告诉自己，没关系，没有这份工作也没关系，空手离开这里也没关系。更何况，漫长的工作时间，以及每天花在路上的上下班时间，都让她心生厌烦。她觉得很累，很困，只想快点结束，好回到家，躺在自己的床上睡一觉。

等到好不容易脱身回到家，美吟惊喜地看到，门口躺着一只大信封，信封的左上角印着华盛顿大学的图标，美吟的心不由得扑通了一下。她开了门走进公寓，坐下来慢慢地撕开了信封，倒出了里面的一大叠复印件，还有一封邀请函，邀请她参加这个由华盛顿大学和中国文化推进协会合办的中文小说翻译邀请赛。一个月前，贝奇递给她一份文学杂志，上面有关于这个竞赛的通告，她寄了自己的资料过去，没有太放在心上，因为觉得自己的中文水平不够，赢得竞赛的可能太渺茫，可是她必须去试一试。有时候，美吟会怀念在美国求学的日子，如果回到美国继续深造，将会给她的事业带来新的转机。因此，上次在填写参赛资料时，她还顺手填写了中国文学博士学位的申请表，现在她才得知，如果能够在这次竞赛中脱颖而出，还能获得奖学金，那就意味着她的留学费用将大大减少。

需要翻译的文本包括一部长篇小说中的部分章节，还有两篇散文，作者是张炜，一个对美吟来说完全陌生的名字。翻了几页复印件，美吟的心沉了下去，这位作家的笔下，充满了山东方言，美吟觉得连读下去都有难度。在纽约大学的时候，美吟选修过几门中国文学的课，但显然这点学识还不够用，借助一本中文词典，美吟才勉勉强强把一篇散文读了个大概。就这个水平，她怎么可能把这些文字译成流畅可读的英文呢？美吟心里实在没底。

"姐，能帮帮我吗？"这个晚上，折腾了好几个小时后，美吟终于给珮吟打了个电话。她想起珮吟以前在一家文学杂志社工作过，而且，和姥姥以及舅舅生活了这么久，她对山东话应该也很熟悉，妈妈家的祖上其实在山东，后来才搬到了大连。

美吟能听到电话那头的哈欠声，的确太晚了，都已经是夜里十一点多了，吵醒了姐姐，美吟心里一阵内疚，但也顾不得这许多了。

"你听说过一位叫张炜的作家吗？"美吟急切地问道。

"是不是那位出生在龙口的山东作家啊？前几年他得过很多大奖的，你怎么会问起他来了？"

于是美吟跟姐姐说起了这次的竞赛，以及这个竞赛对她的重大意义，珮吟听完后一口答应帮助美吟，美吟松了一口气。

"可我这周接下来几天会比较忙，几乎每天晚上都要去人参屋上班。"珮吟说道。

"那我们周末碰个头怎么样？"于是美吟和珮吟就约在了周六见面，那天正好是中国的大年三十。也许两姐妹还能一起庆祝一下新年呢，美吟心想。

两天后，一个突如其来的电话，打乱了美吟的计划。

那是表哥陈健打来的电话："喂，美吟吗？我终于找到你了！"美吟听到，从电话的那一头，传来陈健粗重的喘气声。

"怎么了？"美吟一惊，心里有一种不好的预感。

"我不知道该怎么跟你开口……"刚开了个头，陈健又停顿了一下，仿佛在积攒勇气，接着，他才告诉美吟，就在昨天，妈妈和甜甜在公园里散步时，妈妈突然跌倒了，显然又一次发生了脑梗。可是，这次没有那么幸运，她倒地时撞到了后脑，现处在昏迷之中。

"怎么会这样？难道甜甜不会看着她吗？"美吟叫出了声。

"别激动，别激动，你看，甜甜只是个孩子，现在也不是追究责任的时候，再说了，姨妈还没有从上一次的脑梗中彻底恢复好，再次出事也是意料之中。"

"她现在人在哪里？"

"在中山医院。大家都很紧张，医生说她的情况很不好，先不说医疗费用的事，我们这里也需要有人一直陪伴她，而且还有很多决定要做。今晚你和珮吟能来大连吗？"

"怎么可能，现在都下午四点多了。而且，我这会儿怎么找得到珮吟，她正在上班的路上。"美吟尖叫起来。

"好吧，那你看着办，今晚来不了，那就明天上午。"

这个电话让美吟浑身战栗，一时不知道该如何是好。终于，平静了一点后，她给珮吟上班的地方打了个电话，留言叫她打回来。然后，她一家家旅行社打过去订机票，可是几乎每家的回复都一样，临近春节，回国的机票几乎告罄，当晚的机票更是没有可能。没办法，美吟只好多花了很多钱，订了两张第二天中午的商务舱机票。

一个半小时后，珮吟回电了，一开始，她对回国这件事很犹豫，不想误太多的工。到最后，意识到事态的严重性，终于答应和美吟一起回去。

美吟和陈健约定了机场的碰头方式后，意识到也该给爸爸还有大卫打个电话，她先打给了大卫，他的台湾同事告诉她，大卫去上海出差了。美吟根据大卫同事给的电话，终于找到了正在上海的一家酒店里的大卫，大卫一听情况，马上说当晚就飞到大连去。听到这句话，放下话筒时，美吟总算松了一口气，至少，马上就有家人陪伴在妈妈身边了。

等到打电话到爸爸办公室时，已经八点了，美吟担心太晚，爸爸已经下班。没想到，电话铃响到第三下的时候，对方接起了电话。

"爸，妈出事了。"美吟急促地说道，接着问爸爸能不能和她们姐妹俩一起回中国。

"不行，我刚出差回来，一大堆事儿要处理。"爸爸冷冷地说道，"再说了，有你和你姐回去，不就够了吗？"

"可是，爸，妈妈这次情况很危急，医生都说她可能熬不过去。"美吟已经近乎哀求。

"不行就是不行，抱歉。我得忙去了。"对方挂掉了电话。

美吟把话筒攥了很久，才慢慢地松开了。她简直不能相信，爸爸居然会如此冷漠。即使家里的宠物狗生了病，也会有主人路途遥遥地赶回去看一眼。可是，结婚四十多年的老伴生命垂危，爸爸都不愿挪一步去看望她，就算是对待一位多年的老同事，也不该这样吧。想起当初爸爸没来医院看望，妈妈脸上的那种失落，美吟感觉到自己心中的某一块地方，变得坚硬冰凉。她可以说服自己原谅爸爸有情人，原谅爸爸另有家庭，但她无论如何都不能说服自己原谅爸爸在妈妈最危急的关头，拒绝去看望她。

第二天一早，美吟就起身收拾行李。她必须在八点半之前离开家，才能准点到达机场。因为不知道这次会在中国待多久，她决定还是轻装上阵，尽量少带东西，如果有需要，再飞一次也很方便。想到这里，她的心里涌上一阵内疚，是的，她从来就没有打算在大连多待，这一次没这打算，更不要说上一次了。

现在回想起来，她后悔上一次没有在大连多住一阵，多陪陪妈妈。她自以为是地把妈妈一个人留在了中国，留在一个妈妈其实已经不再熟悉不能适应的环境里。她也很后悔，不该让陈健来负责妈妈的生活，妈妈刚刚住过一次院，而且年纪又大，像这种情况，最好是找一位可靠的保姆来照顾她的起居。如果她能在中国多待一阵子，或者，帮妈妈找个靠得住的看护人，这一切有可能就不会发生了。

就在美吟准备跨出房门的那一刻，电话铃声响了，美吟心想肯定是姐姐，难道她又要晚到吗？接起电话，却意外地听到大卫嘶哑的声音。

"我有个不幸的消息。"大卫说。

"什么？"

"妈的情况很糟糕，我不知道她能不能熬到今天下午。"

"她现在怎么样？"

"我今天凌晨赶到医院时，医生正在抢救，他们给妈妈做了心脏起搏，说差点没能救过来。早上我看妈妈的脸色好了一点，但是一两个小时前，她的呼吸又开始不均匀了。现在，连医生都说不准她还能挺多久。"

"我们该怎么办？"

"赶紧去机场吧，做好最坏的打算。"

第三十四章

美吟和珮吟走出海关时，大卫和陈健已经等在外面了。美吟在他们的脸上搜索着，寻找着答案，又害怕发现答案。大卫的一双眼睛里布满血丝。

"妈妈怎么样了？"美吟带着哭声问道。

大卫摇了摇头，脸上的肌肉痛苦地扭曲着。

虽然已经被预警过，但是美吟还是没有这样的心理准备，一路上，她都在期盼能见上妈妈一面。她闭上了眼睛，她们来得太晚了，她感觉到珮吟攥住了她的胳膊。

"妈妈现在在哪里？"珮吟问道，她的声音沙哑着。

"在医院后面的太平间里。"陈健平静地说道，"我们得赶紧了，他们说了，只开到五点钟。"

太阳快要下山了，晚霞染红了天空，而暮色渐渐地弥漫开来。四个人坐在陈健的车里，默默地往医院赶，谁也没说话。美吟闭上眼睛，看到了妈妈寄给她的那些照片，那是妈妈刚搬进了新公寓。其中的一张照片上，妈妈满脸是笑。"我终于有了自己的小窝"，妈妈的字迹有点潦草，写在照片的背后。美吟感到一阵心酸，眼里贮满了泪水。

所谓的太平间，其实就是一间小破屋，隐藏在一片荒芜的院子里。一扇白色的木门，上面的油漆已经开始剥落，一把沉重的铁锁锁住了这扇门。这间屋子的前方是一片苗圃，有几个乌糟糟的花盆被遗弃在泥地里。陈健不知去了哪里，再次出现，他跟在了一个看上去六十好几的老汉身后，老汉一边嚼着嘴里的饭菜，一边哆哆嗦嗦地打开了铁锁。他摸到门背后，开了电灯，然后示意他们四人进去。

屋子里有股浓重的霉味，所有的光亮来自于一只电灯泡，电灯泡上面落了一层厚厚的灰。借着昏暗的灯光，美吟看到了墙边堆着的几只大木箱，还有几张简陋的桌子，靠着墙，叠放在一起，这间屋子，看来就像是个仓库，美吟心里暗暗地想。而他们的妈妈，就躺在屋子正中间的一副打开盖子的棺材里，上面铺了一层白布，老汉走过去把白布扯开，慢吞吞地走了出去。

妈妈看起来很苍白，也很安详。脸上涂了一层厚厚的白粉底，嘴唇鲜红。她身穿一套蓝绿色的寿衣，美吟皱了皱眉头，这套崭新的丝绸寿衣让妈妈变得很陌生，好像是个刚唱完戏的演员。美吟俯身在棺材上，伸出手，去触碰妈妈的手。妈妈的手很冷，像冰一样冷，像小鸟的爪子一样僵硬。

"什么时候搬过来的？"美吟强忍着泪水。

"两小时前。"大卫回答道。

"医生怎么说的？我的意思是，确切的死因是什么？"

"脑梗，他说是颅内出血。"

"没错，王医生说了，和跌倒没关系。"陈健插了一句，显然想撇清自己的责任。

美吟心头涌上一阵怒气："可是急什么？为什么这么快就把她搬到这儿？"

"医生要求的。"陈健嗫嚅道，"他们还要把病床腾出来给下一个病人呢，你知道的，市医院的床位有多紧张。"

"难道你就不能让他多等一会儿，至少，等我们姐妹到了再搬吗？不过就晚了两小时而已，我们也想问问医生情况，见到妈妈临终的模样啊，而不是看到妈妈的脸被这么拙劣的化妆品盖住，你看看，她现在这样子，简直是可笑。"

"美吟，我知道，你很生气。可这是这儿的规矩，一旦宣布死亡，必须转移到太平间，把病床腾出来的。"陈健的脸上显出一丝愠色。

"他说的是实情。"珮吟出来给陈健解围，"这里的医院，病床很紧张，很多病人都等着床位。再说了，在这里，谈不上对死者的尊重。"

美吟转向大卫，好像在寻找他的证实。但是大卫什么也没说，他的眼神空洞，看上去好像一夜没睡。

美吟叹了口气，退到一边，在墙角的木箱子上坐下，头埋了下去。珮吟也跟了过来，让美吟吃惊的是，姐姐靠在她的肩头，抽搐了起来。美吟抬起头，轻柔地梳理着姐姐蓬乱的头发。

"不早了，我们该走了，还有很多事儿要办。"陈健说着，往门口走去。

走出小屋，他们一下子都被夜色吞没了。陈健在前面带路，四人默默地绕到了太平间的后面，那里是一片荒地，幽幽星光下，美吟看到了一个铁桶和边上的一个黑色大塑料袋，鼓鼓囊囊的。

"来吧，给姨妈烧点纸钱去。"陈健说着，往手心里哈了口热气，搓了搓手，美吟冷得一哆嗦。陈健解开塑料袋，露出了一大叠纸钱，还有纸房子、纸电视机等等日用品。陈健抬头看看美吟，说："你知道这是干什么吧？是烧给姨妈，在那边用的。"

美吟点点头。

陈健团了团几张旧报纸，放进铁桶里，划了根火柴，扔在报纸上。火苗瞬间就蹿了起来，旧报纸在火焰里卷曲。

美吟蹲了下来，从塑料袋里取出一叠纸钱，一张一张地点上火。"你真的相信，在那边，死去的人还用得到这些东西吗？"她看看陈健，问道。表兄的侧脸在跳跃的火焰的映照下，忽明忽暗。

"当然咯，"陈健抬头看看美吟，"在那边啊，还得讨阎罗王喜欢，那也用得到钱啊。"

姐弟三人在陈健的指点下，将塑料袋里的东西一一烧尽，然后立在铁桶前，默默地向妈妈告别。烧成灰烬的冥纸，带起了一缕青烟，冷风一刮，在夜空里消散开来。

这个晚上，张家姐弟在陈健家度过了一个不眠之夜，他们轮流着给亲戚打电话，告知妈妈的死讯，以及第二天的葬礼安排。他们还做了菜，要带去祭给妈妈。又用粗粝的草纸，折了堆成小山的三角包。魏玲说这些三角包就是钱，到时候带到葬礼上，也要烧给妈妈的。本来他们也不用这么着急，但是，第二天就是除夕，春节转眼就到。陈健和魏玲都担心，殡仪馆很可能在春节期间一关就是一个多礼拜，所以，他们夫妻俩一致认为，告别仪式最好就安排在第二天中午之前。整整一夜，谁也没合眼，尽量把该做的事情都做好。

第二天一大早，大家的眼里都布满了血丝，头发乱糟糟的。张家姐弟和陈健一家，带上珮吟的两个儿子，一起上了一辆面包车，开往殡仪馆。虽说在亲人离去的悲伤之中，看见两个儿子，珮吟还是无比欣喜，她苦笑着对美吟说，郭敏还算有点人性，没拦着两个孩子来参加姥姥的葬礼。

通往殡仪馆的土路很颠簸，行驶在荒郊野外，漫长得好像没有尽头，车上的人都疲惫不堪。终于，一百多公里后，路边出现了几个小摊贩，灰头土脸地瑟缩着，身边的破篮子里有几簇塑料花，还有冥币一类的东西。美吟知道，目的地到了。

殡仪馆大得出奇，除了主楼之外，还有无数栋偏楼，一片巨大的空旷地，供死者亲友前来烧纸。另外，还有一栋独立的大楼，专门用来储存骨灰。美吟原以为，除夕日，人们都忙着为即将来到的春节做准备，来殡仪馆的人一定很少。没想到的是，身边挤来挤去的都是身穿黑衣脸色肃穆的人，巨大的殡仪馆里就像一只盛着蜂蜜的大碗，吸引着涌动的蚂蚁。显然，死神并没有顾及即将来到的节日，在这个人口庞大的国家里，无论什么，都是令人惊骇的数量，包括死亡。

也许是因为一夜没合眼，或者，根本就是因为置身于密不透风的人群之中，美吟感到一阵晕眩，透不过气来。她怕自己会晕过去，赶紧抓住了离她最近的一把椅子的扶手，慢慢地坐了下来，深吸了几口气，让自己定定神。她感觉到了珮吟和大卫也坐到了她的身边，这让她心里有了慰藉，但她什么也没有说。这时，陈健挤了过来，珮吟和大卫都站了起来。

"我再去确定一下火化的时间。"陈健丢下一句话，又消失在人群中。

陈健一走，有几个人冲着珮吟走过来，美吟一个也不认识。他们一个接一个地和珮吟低声说着话，脸上的表情都很沉重，他们还不断地扭头打量她和大卫。美吟隐隐约约好像听到他们在说，哦，他们就是你的弟弟妹妹啊。珮吟点着头，转向美吟和大卫，好像在示意他们过去。美吟瞥到大卫起身走向那些人，和他们一一握手，可是，她浑身没有一点力气，根本站不起来，好像有一股神秘的力量控制了她，把她按在椅子上，动弹不了。

显然，他们是她从未见过面的亲戚，在纷乱的大厅里，她听不清他们在说什么。她感觉自己好像被装进了一只玻璃瓶里，所有的声音变成了模糊不清的嗡嗡声。没关系，会好的，她在心里安慰自己。她坐在那里，什么也不想说，什么也不想做，只想一个人安安静静的，不被打搅。那些亲戚的面孔，一张张都那么模糊不清。

在纷乱的人来人往中，时时听到从不同的小厅里传出的哭声，此起彼落，空气更是格外凝重。时间胶着在一片凄凉之中，仿佛凝固了。美吟的思绪回到了从前，那时她还是个高中生，圣诞夜，她高高兴兴地换上最漂亮的那件裙子，准备去淑芳家。淑芳是她的好朋友，也是从大陆来的，她们是在横滨上国际学校的时候认识的。这天晚上，淑芳家开圣诞派对，邀请了美吟，美吟一边弄头发，一边开开心心地哼着歌。从厨房那边，美吟听到乒乒乓乓的声响，妈妈没来由地摔锅扔碗。

"妈，你在干吗呢？"她探头问道。

"你这是准备去哪儿？"妈妈没好气地反问道。

"去淑芳家呀，你忘了吗，她家今晚开派对啊。"

"她邀请了你，你也可以不去啊！"

"可我想去啊，妈。我一直等着她邀请我呢，都等了好久了。淑芳人很好，她是我在学校里最好的朋友，其实，也是唯一的朋友。我不想让她失望，再说了，她妈还要给我们烤一只鸭子呢，很隆重的。"

"你和你爸，你们都是一路货色。自私！只想到你们自己！"

"妈，我怎么自私了？你为啥这么说啊？"这时候，美吟真希望大卫也在，可他住寄宿学校，妈妈身边只有她一个人。

"你什么时候想到过我啊？在圣诞夜，你就忍心出去玩，把我一人扔家里？"

"妈，别这样，我以为你是同意我出去的……"

"行了，既然你这么想出去，那就走吧！"妈妈把一口锅狠狠地往灶台上一摔，"我真是个苦命的人。"她一边呜咽着，一边往橱柜门上撞头。

"妈……"

"你们都恨不得离开我，你们都一个样。"妈妈带着哭腔喊道，还是不停地撞头。

"妈，别这样啊！好吧，你想要我怎么样？不要去？"美吟哀求着问道，只希望妈妈别这样伤害自己。

"我为了你和大卫，每天从早干到晚，可又是为了什么呢？到头来，我还不是孤零零的一个人吗？"妈妈哭喊着，声音嘶哑。

"你到底要我怎么样？跟淑芳说不去了吗？"美吟只觉得好绝望，泪水涌了上来。

"可以吗？"妈妈猛地转过了身，眼睛里闪着亮光。

"如果那样会让你开心……"美吟咬住了嘴唇，努力不让泪水滑落。

"那好，你给她打电话吧。"

这是美吟一辈子中最难堪的时刻之一，给好朋友打电话，告诉她自己来不了了，却说不出理由。那天晚上，她一直陪伴在妈妈身边，却相对无言，心里满是怨怼。

"薇薇安，请你别恨我，我什么都没有，只有你了。"后来，妈妈也想跟她解释，但她只是摇了摇头。她根本不恨妈妈，她只是为自己感到可怜，也为妈妈感到可怜。她记得那天晚上她是哭着入睡的，那天晚上也标志着她从此成为妈妈诉苦的对象，妈妈的保护人，也是妈妈的代言人。从那天起，只要妈妈想跟爸爸说什么，总是由美吟出面，以至于美吟和爸爸的关系也紧张起来，这种状态一直持续到她离开日本去了纽约。为了陪伴情绪不稳的妈妈，她牺牲了很多外出结交朋友的机会，甚至是谈恋爱的机会。

有时候，美吟也会怨恨妈妈把她当作了拐杖，让她去承担超出她年龄的负担。但是，在内心深处，她也明白妈妈的苦楚，她太孤单，太绝望，没有地方倾诉和宣泄。很早，早于珮吟告诉她发现了爸爸的秘密，她就已经从旁人的风言风语中听出来，爸爸在横滨并不是一个人住，肯定还有一个女人。就凭这一点，她恨爸爸，更加站在了妈妈这一边。而大卫不一样，作为家里最小的男孩，他很难体会妈妈的苦处，再说，他很早就上了寄宿学校，搬出去住了。

所以，这么多年来，是美吟陪伴着妈妈。美吟不能确定，这是偶然，还是必然。很多年以后，她才意识到，这是她成为那个更幸运的女儿所必须付出的代价。慢慢地，她也习惯了成为妈妈的感情依靠，做妈妈的知心人。她早就知道，她并不是妈妈最喜欢的女儿，这种状况能否改变，就在于她有多希望去赢得妈妈的欢心。

在爸爸的情书被发现后的那些日子里，只有她能够给妈妈一点安慰。妈妈没有朋友，在日本多年，日语几乎都不会说。美吟意外地发现，是这种家庭的变故，把她和妈妈紧紧地绑在了一起。此刻，妈妈就要被化为灰烬，美吟才意识到，她和妈妈之间的这种紧密的关系多么可贵，又是多么不容易。

陈健急促的声音打断了美吟的追忆，她一时有点恍惚，不知道陈健在说什么，只看到他无比兴奋。等大卫还有珮吟和她的两个儿子都站了起来，她这才反应过来，终于轮到他们了。

在这个巨大的殡仪馆里，有十几个悼念厅，在陈健和魏玲的带领下，张家姐弟，甜甜和珮吟的儿子，还有数十位亲友，默默地穿过人群，上二楼，来到了东边的一间悼念厅。厅正中，摆放着棺材，四周围绕着色彩艳俗的假花，一位穿着灰色丧事礼服的司仪站在棺材的上角。

"排好队，绕着棺材排。"司仪铁青着脸，毫无表情地指挥着众人，"三个人一组向遗体告别，现在可以开始了，一鞠躬，二鞠躬，三鞠躬。"

整个仪式结束得比美吟预料的要快很多，还没等她反应过来，不知从哪儿冒出来四个穿制服的大汉，抬起棺材就往悼念厅的边门走去，做火化的准备。

突然间，珮吟像疯了一样从人群中冲出来，尖叫着，那种声音美吟从来没有听到过。"妈，妈！你怎么就这样走了？你不能这样对我！妈……"她疾步扑向棺材，尖厉地喊叫着。可是，她还没碰到棺材的边，就绊倒在地。

陈健和大卫赶紧上前扶起了珮吟，他们搀着珮吟来到了悼念厅的外面，美吟也跟了出去。珮吟倚在一张长椅上，悲切地哭着哭着，浑身抽搐得越来越厉害。

美吟从来不曾想到，在姐姐看似冷漠的外表下面，居然还有这么一颗柔软而脆弱的心。这让她意识到，姐姐又变回到了那个小女孩，那个三十年前被遗弃在大连火车站的小女孩，在她的内心深处，这是一块疤，永远不能愈合。

慢慢地，美吟环抱住了珮吟，轻柔地抚摸着她的背，仿佛在哄一个婴孩入睡。美吟多想告诉珮吟，一切都会好的，妈妈的离去，姐妹俩一样痛。可是，什么东西堵在了她的喉咙口，一句完整的话都说不出来。"好了，好了，"她只能喃喃地说，"好了，好了。"

第三十五章

两周后，珮吟来到了美吟的家里，那是冬天里的一个阳光灿烂的好日子，温暖的夕阳斜斜地射进了公寓。美吟邀请珮吟过来吃意面，那是美吟的拿手菜。珮吟还没有从妈妈的去世中恢复过来，但是，她需要亲人的陪伴，所以很欣慰地接受了邀请，只是见到妹妹，免不了又是泪眼蒙眬。美吟在煮通心粉的时候，珮吟就帮着做沙拉，美吟关照姐姐，把卷心菜切丝，浇上沙拉酱，撒上一点胡椒粉，就可以吃了。珮吟瞪大了眼睛，"明明可以炒熟了吃，为什么吃生的?"她不解地问道，"这个吃法，不就和兔子一样了吗?"

美吟掩嘴一笑："告诉你吧，这可是美国人最喜欢的吃法。再说了，你没听说生菜最健康吗?"

珮吟也笑了，这些外国佬，这么喜欢吃生的食物。火的利用不是标志着文明的进步吗? 咱们中国人可不爱吃生的东西，妹妹真是太洋化了。

珮吟很想对美吟说点什么，但想了想，什么也没说。经过在日本的这段时间，她慢慢观察到，中国人在国外待上一阵后，会形成自己的行为方式，既不同于中国人，也不同于日本人。这种海外的华人文化，更像是一种文化的混合体，或者说，就是一种新的文化。她意识到，其实，这也是移民在国外保留自己文化传统的一种方式。现在，她也很疑惑，自己以后会不会也形成一种在日本生活的特有方式，比如，在日本的新年，包中国的饺子。

吃晚饭的时候，美吟突然宣布，再过五天，她就要去美国了。一周前，她收到了一封来自华盛顿大学的邀请信，寄信人是中国艺术史教授，贝奇的朋友。这位教授为他的艺术史专著寻找合适的助理研究员，在贝奇的推荐之下，美吟寄去了自己的履历。显然，美吟在中国艺术史方面的知识，加上她在那家艺术画廊的实践经验，让这位教授大为欣赏，他告诉美吟，他的新书，是关于一位12世纪的中国文人和画家。这个为期四个月的工作报酬不错，而且，如果期间美吟被华盛顿大学录取的话，这份工作还可以延期。唯一的要求是，她必须马上开始工作，因为教授的档期很紧。

"你已经申请了？"珮吟问道，她还是第一次听说妹妹有计划重返美国。

美吟点点头："妈妈去了中国之后，我就去申请了这所大学的中国文学博士学位，现在妈妈永远地离开了我们，东京对于我来说就不再是一个家了。再说，我也想认真地考虑一下自己的职业规划。我真心觉得，在美国，我或许有更多的机会，在这里，我总觉得没有融入感。"

珮吟若有所思地看着美吟，第一次意识到，如果妹妹也离开日本的话，那她在日本真的就是独自一人了。她回味着妹妹说的话，因为母亲不在了，日本就不再是个家了，她在想自己是否也有同感。没有，她很快就否定了，毕竟，三十年没有和母亲生活在一起，她和母亲之间并没有建立起一种情感上的维系，像美吟和妈妈之间那样。

她猛地意识到，那么多年来她一直心心念念的母亲，其实只存在于她的记忆之中。最后和她团聚的母亲，其实完全是另一个人，甚至可以说，是一个陌生人。

既然母亲并不是她的情感上的"家"，那么，她的真正的家又在哪里？这个问题沉沉地压向了她的胸口。直到目前为止，她都没有从这个角度思考过家的概念，在她的记忆里，她从来都不曾停止过对家的追寻，她是多么期待有个自己的家。如果说，家是个温暖的港湾，在那里，她被接受，被理解，永远不需要为自己解释，那么，坂崎良会是她最终的家吗？

珮吟的思路，被美吟端上来的点心打断了，那是点缀着小饼干和草莓的冰淇淋杯。美吟一边倒着咖啡，一边慢悠悠地说，就算最后没能被华盛顿大学录取，这份工作也将是一次很好的机会，她可以借此探寻一下美国是否还有别的可能性。至于日本，她随时都可以回来，然后再考虑下一步。

"那么，大姐，你说说看，你到底有没有懊悔离开中国？"起身收拾杯盘之前，美吟突然问了一句，这个问题让珮吟吃了一惊。她怀疑美吟早就想问了，只不过是不敢问才一直憋着，直到现在才敢问出来。

"当然不！"珮吟脱口而出，她记得，妈妈过去也问过同样的问题，"刚到日本的时候，我就像一个饿了很久的小孩，见到什么都想要，爱情，希望，尊重，成功……所有在我眼前闪过的机会，我都会毫不犹豫地伸出手去抓，希望有一次我真的能抓住，那我就撞了大运了。"

珮吟想了想，继续说："如果我还生活在中国的话，我还是会这样，生怕被落在后面。可现在不一样了，当我努力过之后，发现了人生中更重要的东西。光凭着这一点，我就不后悔来到了日本。"

珮吟说，虽然她没有在日本找到想要的财富和荣耀，但是，一路走来，她却意外地找到了对于她来说更有价值的东西，那就是内心的平静和行动的自由，不必在意旁人的眼光和评判。这是在中国生活了那么多年都不曾得到过的，从前，她总是听从别人的指令，追随着别人的标准过自己的日子，就像蜂群中的一只小蜜蜂，在一片蜂鸣中失去了自我。"也许，有些人会觉得那样很舒适，但我不是，那样的环境，只会让我感到窒息，无所适从。"

离开中国，珮吟再也听不到那片铺天盖地的蜂鸣了。她说，是的，她还是很穷，以中国的标准，她也太失败了，但那是她自己的事。在这里，只要关上门，她就可以做回自己，不需要去看任何人的眼光，她可以按自己的节奏过日子，这种感觉，让她得到了前所未有的自由和满足。

"当然，为此我也付出了巨大的代价，离开了大山和大海，他们也在为我付出。"珮吟的声音低了下去，她的眼睛回避着美吟的注视，"说实话，我真的不知道我是否有这个能力，给他们一个安稳的家，在我自己的生活里，依然还有那么多的不确定。"于是，珮吟告诉了美吟，她已经决定了和周静一起试水时尚市场，秋天她就准备去一趟深圳，对此她充满期待。"我现在已经存了差不多七八十万日元，钱虽然不多，但我希望能用在刀口上。"

"那你的孩子们怎么办？你不是要给他们攒学费吗？"美吟问道。

"我本来是那样打算的，可是，就这么点钱，只能选重点了。我的计划是，如果我们的事业能成功，这些投资就能得到迅速的回报，那么到儿子们上大学的时候，刚好学费也有了。"珮吟的眼睛里闪着希冀的光。

美吟看着珮吟，赞许地点点头，说："我的生活里也有很多的不确定，但是，有一点是确定的，无论你认为什么是对你儿子最好的，我一定会竭尽全力帮助你。我们是亲人，心一定要齐。"

　　珮吟脸上绽开了笑容，她从来没有把妹妹当作可以联合的力量，现在，妈妈离开了，美吟也马上要去美国了，她没有理由在亲情面前畏缩。她拍了拍美吟的背，说了声谢谢，那声音轻到听不见，但是美吟看见了姐姐翕动的嘴唇。

第三十六章

　　一个七月中旬的清晨，美吟从资料堆里抬起头，从窗口看出去，天边的云层中透出了一道霞光。晨风带着皮吉特湾的湿气，让美吟感到了一丝凉意。她这才意识到，凌晨四点半，摸黑起来开始工作，好几个小时已经过去了。

　　霍华德教授的写作计划任务繁重，她来美国后几乎都没闲着。过去的四个半月里，她每天几乎工作十四个小时，一周工作六天，似乎黑眼圈和眼袋已经永久地凝固在她的脸上。这个计划的期限延了两次，可喜的是，现在已经进入收尾工作，离完成的日子已经不远了。就在前两天，霍华德教授还跟她说，这本书的进展相当顺利，这还得感谢她的得力帮助，再过三周，一切都能尘埃落定了。

　　想到这里，美吟起身舒展了一下，走到挂历前。这时她发现，珮吟的生日就在完工后的一周，也就是说，再过一个月，姐姐就四十岁了，这可是人生的重要一刻。美吟心里一动，是不是应该让姐姐来美国过生日呢？这样一来，这个生日就过得很有意义了，而且，还能圆了姐姐的美国梦。

　　掐指一算，她已经有两月没和姐姐通话了，这一阵实在太忙了，上一次通话，也是匆匆地结束的。美吟拉开抽屉翻找出一张生日贺卡，坐下来，打开贺卡，写了起来：

亲爱的珮吟：

你一定在想，四月以后，我怎么没再给你写信或者打电话。

是这样的，过去的两个多月，我简直忙死了，霍华德教授布置给我的任务很繁重。不过，这两天我终于可以喘口气了，教授对我的工作也很满意，给我加了三周的工作，也就是说，我最终得工作到八月中旬。

上次的那个翻译比赛，我没有获奖，虽然我们俩花了那么多心血。但我还是被录取了，而且，在霍华德教授的帮助下，我获得了一份兼职的助教工作（耶！）。新学期将在八月底开始，幸运的是，系里免去了我的外州学费，这可是给我省了一大笔钱。

我终于可以在这里开始新的生活了，这是我期盼了很久的结果，可惜的是，因为这次的延期，我可能没有时间回日本了，开学之前我还要找一间公寓。不过我争取八月底回来一次，和大家告个别。

姐，回到美国，我真的很开心。很奇怪吧，但我在这里感觉很舒服，四年过去了，回到这里，还像以前一样，这种感觉很亲切。虽然这次我生活在美国大陆的另一边，西雅图是个好地方，每天，看看美丽的城市的天际线，看看如梦如幻的湖光山色，我真的感觉自己太幸运了，能够生活在这个城市。

我觉得在这里，生活容易多了，因为这里的一切都有很清晰的规则。有趣的是，我在日本生活了二十四年，但从来没有这种融入的感觉，我总是那个局外人，冷眼旁观。一天夜里，我工作到深夜的时候，突然想到我们俩都有二三十年的局外人生活，爸妈离开你以后，你在中国感觉像个孤儿，而我呢，也始终过着边缘人的生活。

对了，我还想再去一趟大连。我受邀参加明年四月份在山东大学举办的一个交流项目，为时两周。那里离大连那么近，我想我可以抽个周末飞过去一趟。上次和妈妈一起去大连，感觉非常不好，但是我心里一直放不下。

我想，很多的失望其实来自于我自己不合实际的幻想，我对大连的预判，绝大多数是来自于妈妈对自己家乡的美化，其实，仔细想想，妈妈也离开家乡那么多年了，她怎么描绘得出一幅真实的画面呢？所以，我想我应该回去一趟，这次，我将不带感情色彩地去观察它。那里是我的根，我想，我应该对它有更深入的了解。我也很想和大山大海一起，给妈妈上上坟。

想到大山和大海，美吟心里涌上一阵内疚。她应该为这两个孩子做点什么，比如为他们建立一个教育基金。

美吟还清楚地记得，上次和姐姐一起吃晚饭的时候，当说到她会帮助姐姐把两个孩子从中国接过来的时候，珮吟的眼睛一下子就亮了。这两年在日本，把孩子接过来，送他们去美国上大学，可以说是珮吟生活中的重心，然而，这一切对于她来说还是个遥远的梦想，既然如此，作为小姨，美吟当然应该为两个外甥做点什么了。

美吟站起身来，在狭小的公寓来回地走着，心里想的全是姐姐。她能想象那个生活在黄海边的小姑娘，每天望着茫茫的大海，期待着有一天能再见到妈妈。美吟心里一酸，她不知道，在姐姐的内心深处，童年的创伤是否已经愈合。

大山和大海马上就要十三岁了，如果她和珮吟现在就能为他们做点什么的话，一切都不算太晚。美吟深刻地感受到自己对姐姐的责任，这不仅仅是因为她幸运地替代姐姐离开了中国，还因为她不能让这样的家族魔咒再次应验。

何况，中国现在也越来越开放了，中国人来去更自由，出国也不再是一件难上加难的事。在这种情况下，仅仅因为缺钱，两个孩子就失去了走出国门的机会，这简直太说不过去了。即使不是为了孩子的前途，就算让母子团聚，这也是值得去努力的。谁知道呢，也许，这一步就是姐姐治愈创伤的开始。也许，下次和弟弟打电话的时候，她还能说服弟弟也来一起帮助姐姐，毕竟，家里的事，应该由自家人来承担。

想到这里，美吟又坐了下来继续写，贺卡的空白处已经写不下了，她取出一张白纸写了起来：

说到孩子们，他们现在怎么样了？这两个淘气鬼现在也马上就是小大人了，我认真地先开始为他们建立一个教育基金，这样，你就不用独自一人为他们的前途而奋斗了。我会尽自己的努力，帮助你们母子在一两年内团聚，而不是等到他们结婚有了自己的孩子，就像你那样。这个怪圈，现在就应该打破了。

对了，我跟你说起过贝奇吗？她是我在日本的最好朋友，她马上也要回美国了。我在想，邀请她和她的日本男友到西雅图来过圣诞节。如果你和坂崎良也能来的话，那就太好了。贝奇人很好，我相信你和坂崎良都会乐意认识她的。如果你们愿意来的话，你们的机票就包在我身上了，这会让我很高兴，对于你来说，现在是时候来看看你向往的美国了。好好想一想吧！

　　好了，我必须打住了，我还有很多事情要做。尽快给我一个回复，我们可以早作安排。期待见面，保重！

妹妹，美吟

　　美吟站了起来，走进那个小小的厨房里，给自己冲了一杯银豪茉莉，那还是姐姐送给她的告别礼物。她心里默默地想了一下，过些天大卫打电话来时，她得记得跟他提教育基金的事，另外，如果一两年里两个孩子来日本的话，机票也要弟弟帮着买。

　　上一次打电话的时候，珮吟说起郭敏刚结婚不久，既然这样，他现在应该不会那么固执地隔离珮吟和两个孩子了。

　　美吟捧着茶杯回到了书桌前，空气里立刻充满了茉莉的芬芳。她抬头看着窗外，又是一个好日子。这个城市，在初升的太阳的映衬下，熠熠发光，多美啊。如果有一天，外甥们来西雅图上大学，她做他们的监护人，和他们一起分享这样的美景，那该有多好啊。

　　珮吟的过去，已经无法改变，但是美吟确信，姐姐的命运，不会在两个孩子身上重演。美吟端起茶杯，喝了一口碧清的茶水，一丝甘甜，在心底漾开。

鸣 谢

这本书的写作是一段漫长的旅程，没有一路上来自多方的提携帮助，难以走到今天。

感谢班奈森·欧菲尔德和莎伦·格兰特，是他们看到了这本书的价值，最初从他们这里得到的肯定以及编辑和媒体方面的建议，让我受益匪浅。

感谢亲爱的朋友严歌苓，这么多年来，她不仅给过我那么多精彩的建议和指点，作为一个拥有天赋和激情的小说家，她还一直激励着我的写作。

感谢迈克尔·多德森、贝齐·奥斯本、Liu Hong、芭芭拉·德米可、爱德华·噶尔根和奥利佛·奥格斯特抽出宝贵的时间阅读手稿，并给我提出了无价的建议。同样，我也要感谢卡洛·格斯金、洛依·凯斯和肖恩·恩尼斯，在本书的不同阶段给予我帮助和专业的建议。

感谢克里斯·罗宾把这本书变成了现实，还有艾莉森·伊特利提出的问题，极大地提升了这本书的内涵。

在天普大学东京校区求学期间，荣幸地得到了写作老师戴安娜·海布里奇的信任和帮助，支持着我走过了那么多年。在面包写作坊，很荣幸地得到了海丽娜·玛利亚·弗拉门特和阮越清的指教，使我在改编润色方面受益匪浅，为我的写作职业打下了基础。

还要感谢遍布于东京和北京的密友们，莎伦·莫萨维、海伦·维恩、迪迪·塔特罗和张丽佳，喝下去的是无数杯的茶和咖啡，倾倒出来的是鼓励的言辞，是你们的爱和友谊给了我力量。

当然，最诚挚的感谢，要献给马克·马尼耶，对我忍耐已久的爱人。如果没有他的理解和爱，专业的帮助，以及为了让我安心写作，在泰勒和维塔这两个孩子之间拉架，这本书就没有可能完成，这本书是献给你的。

最后，我还要感谢我的好朋友，著名作家虹影。她的鼓励和给力的帮助，让我最终实现了一直想要把这本英文书翻译成中文的愿望。我对她再次表达深深的谢意。